鹿鼎記

The Duke of the Mount Deer by Jin Yong

Copyright © 1969, 1981, 2006 by Louis Cha.
Korean translation copyright © 2021 by Gimm-Young Publishers, Inc.
All rights reserved.

1969, 1981, 2006 Original Chinese Edition Written by Dr. LOUIS CHA 查良鏞傅士 known as Jin Yong 金庸.
All rights of Dr. Louis Cha vested in the Chinese language novel are reserved and any infringement thereof is
strictly prohibited.

Original Chinese Edition Published by MING HO PUBLICATIONS CORPORATION LIMITED,
HONG KONG.
Korean translation copyright is held by Gimm-Young Publishers, Inc.
This Korean edition is published by arrangement of JIN YONG & Gimm-Young Publishers, Inc.

이 책의 한국어판 저작권은 저자와의 독점 계약으로 김영사에 있습니다.
저작권법에 의해 한국 내에서 보호를 받는 저작물이므로 무단전재와 무단복제를 금합니다.

녹정기 6 ─ 소영웅의 활약

1판 1쇄 인쇄 2021. 01. 15.
1판 1쇄 발행 2021. 01. 30.

지은이 김용
옮긴이 이덕옥
발행인 고세규
편집 봉정하, 구예원 디자인 유상현 마케팅 김용환 홍보 반재서
발행처 김영사
등록 1979년 5월 17일 (제406─2003─036호)
주소 경기도 파주시 문발로 197(문발동) 우편번호 10881
전화 마케팅부 031)955─3100, 편집부 031)955─3200 | 팩스 031)955─3111

값은 뒤표지에 있습니다.
ISBN 978─89─349─8949─3 04820
        978─89─349─8943─1 (세트)

홈페이지 www.gimmyoung.com   블로그 blog.naver.com/gybook
인스타그램 instagram.com/gimmyoung   이메일 bestbook@gimmyoung.com

좋은 독자가 좋은 책을 만듭니다.
김영사는 독자 여러분의 의견에 항상 귀 기울이고 있습니다.

일러두기

본문의 미주는 옮긴이의 주이다. 작품의 이해를 돕기 위한 김용 선생님의 작가 주는 •로 표기하고 미주 뒤에 수록한다.
단, 전체 내용에 대한 주일 경우 • 없이 장만 표기한다. 외국 인·지명은 대부분 현대 우리말 표기에 맞추었다.

녹정기 鹿鼎記

김용 대하역사무협 — 이덕옥 옮김

소영웅의 활약

6

김영사

〈강희남순도康熙南巡圖**〉**(부분)

그림의 폭이 아주 넓다. 많은 유명 화가들의 공동작업으로 완성되었다. 가장 잘 알려진 화가 왕휘王翬
가 진두지휘했다. 흡사 사진과 같은 그림으로, 사전에 초고(밑그림)를 강희에게 보여주어 윤허를
받았다. 빨간 옷을 입은 이들은 어가御駕를 수행하는 사람들이다. 악대樂隊가 포함돼 있다.
출처: 월간 〈자금성紫金城〉

〈강희남순도〉(부분)

수행인원들 중 일부를 그렸다. 황제가 타고 가는 수레를 '로輅'라 한다. 코끼리 등에 보병實甁이 있는데, '태평유상太平有象'이란 뜻으로 '태평성대'를 의미한다. 코끼리는 어가 행차를 따르지 않는다.

출처: 월간 〈자금성〉

〈강희남순도〉(부분)

황제의 어림군御林軍. 양황기鑲黃旗의 친군親軍이다. 출처: 월간 〈자금성〉

〈강희남순도〉(부분)

황제의 어림군. 정백기正白旗의 친군이다. 오른쪽 아래로 환송하는 관원들이 보인다.
출처: 월간 〈자금성〉

〈강희남순도〉(부분)

황라산黃羅傘, 노란 우산 아래 있는 사람이 강희다. 당시 황제는 36세였다. 화가는 그를 약간 나이
들어 보이게 그렸다. 짧은 수염을 그려 영명하고 노련함을 부각시켰다. 그 뒤에는 신복인 시위
수령이다. 세 사람은 황제가 하사한 황마괘를 입고 있다. 가장 가까이 있는 소년이 위소보인 듯
하다. 출처: 월간 〈자금성〉

〈강희남순도〉(부분)

강희 황제의 뒤를 바싹 따르는 어전시위들. 붉은 술을 단 홍영창紅纓槍에 표범 꼬리가 걸려 있다.
그래서 '표미반豹尾班'이라 부른다. 출처: 월간 〈자금성〉

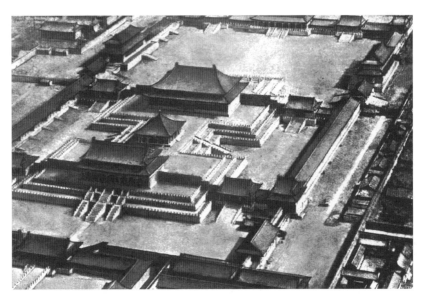

청나라 궁전 삼대전三大殿의 조감도 鳥瞰圖

청나라 군대의 대포

쌓여 있는 원형 물체는 포탄이다.

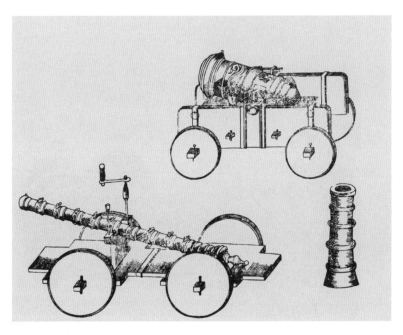

강희 시대의 대포

오삼계의 **투암순도** 鬪鵪鶉圖

암순은 메추리다. 이 그림은 원래 청나라 내무부內務府 전량고錢糧庫에 소장돼 있었다. 1929년
에 출간된 월간 〈고궁故宮〉 제2기본에서 발췌했다. 그 편집자는 "낙관이 없고 비록 많이 파손
됐지만 그림 속 인물들은 생동감이 있고, 가히 보물 같은 작품"이라고 했다. 오삼계와 시종들
은 모두 명나라 복식을 하고 있다. 군사를 이끌고 청나라에 반기를 든, 반청反淸 이후에 그려진
것으로 추정된다.

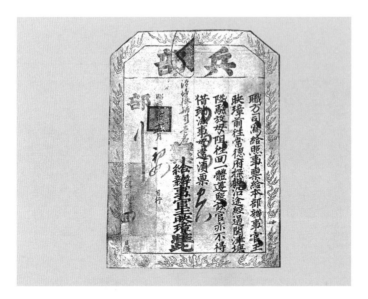

오삼계가 반청 이후에 사용한 병부호조 兵部護照

소무昭武 연호를 사용했다.

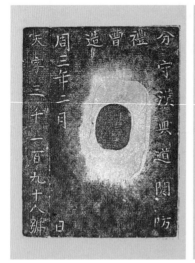
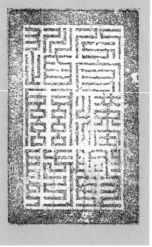

오삼계의 군사가 변방 요새 한흥도 漢興道를 지키는 데 사용한
관방 關防

청나라 황궁 태화전太和殿의 섬돌

위소보는 모자를 벗었다.

"보라고! 호두신공을 연마하느라 변발이 다 잘려나갔고, 머리카락도 얼마 남지 않았어. 덕분에 호두신공을 완성할 수 있었지! 머리카락이 하나도 남지 않으면 그땐 가슴을 공격해도 끄떡없을 거야."

라마승은 위소보가 허풍친 소리를 듣고 좀 더 믿게 됐다.

다음 날 세 사람은 남쪽으로 향하면서 가는 곳마다 아기阿琪의 행방을 수소문했다.

위소보는 두 사람을 깍듯이 잘 모셨다. 속으로는 아가阿珂가 사랑스러워 미칠 지경인데도 겉으론 감히 경박한 행동을 하거나 좋아하는 내색을 할 수 없었다. 백의 여승에게 들키는 날이면 큰일이 날 것이기 때문이었다.

아가는 한 번도 그에게 다정한 말을 해주지 않았다. 뿐만 아니라 백의 여승이 보지 않을 때에는 주먹으로 때리고 발로 걷어차 분풀이를 하기도 했다. 그래도 위소보는 그녀와 함께 있는 것만으로도 얼마나 기쁜지 몰랐다. 간혹 얻어터지는 것쯤은 아무것도 아니었다. 주먹질을 하면 몸으로 맞고, 발길질을 하면 엉덩이로 받았다. 그리고 밤에 잠자리에 누워 그녀에게 얻어맞은 상황을 되씹어보면, 그것 또한 나름대로 가슴 벅찬 낙이 아닐 수 없었다.

이날 창주滄州가 가까워지자 세 사람은 작은 객잔을 찾아들어 하룻밤을 묵었다. 다음 날 위소보는 백의 여승의 아침식사를 준비하기 위해 저잣거리로 나갔다. 그가 배추와 두부, 버섯 등 찬거리를 구입해 돌아와보니, 아가가 객잔 문 앞에 서서 주위를 두리번거리고 있었다. 위소보는 헤벌쭉 웃으며 그녀에게 다가가 품속에서 매괴송자玫瑰松子를 꺼내줬다.

"낭자 주려고 사온 사탕이야. 여긴 작은 고을인데 이렇게 맛있는 사탕이 있네."

아가는 받지 않고 그를 흘겨봤다.

"네가 사온 사탕은 냄새가 나서 안 먹어!"

위소보는 웃으며 다시 권했다.

"한번 먹어봐, 맛이 괜찮다니까."

위소보는 그동안 아가가 사탕을 좋아하는 것을 눈여겨봐두었다. 그러나 백의 여승은 그녀에게 군것질할 용돈을 주지 않았다. 가끔 그가 작은 콩엿을 사다주면 무척 맛있게 먹곤 했다. 그래서 오늘은 그녀의 환심을 사기 위해 일부러 맛있는 사탕을 사온 것이었다.

아가는 마지못한 듯 사탕을 받고는 말했다.

"사부님은 지금 방 안에서 운공을 하고 있어. 난 심심해서 나왔는데, 여긴 너무 외져서 그런지 별로 구경할 것도 없네. 나랑 다른 데로 놀러 가자."

위소보는 자신의 귀를 의심할 정도로 어리둥절했다. 이내 피가 끓어올라 얼굴이 화끈거렸다.

"지금… 날 놀리는 거 아니지?"

아가가 말했다.

"내가 왜 널 놀려? 싫으면 관둬, 나 혼자 놀러 갈 거야."

그러면서 동쪽 샛길로 걸어갔다. 위소보가 얼른 소리쳤다.

"갈게, 갈게! 내가 왜 안 가? 낭자가 나더러 빙산화해에 가자고 해도 눈 하나 깜박 않고 갈 거야!"

그러고는 바로 뒤따라갔다.

고을을 벗어나자 아가는 동남쪽으로 몇 리쯤 떨어진 작은 산을 가리키며 말했다.

"저 산에 올라가 놀면 좋겠는데!"

위소보는 입이 귀에 걸렸다.

"좋아, 좋아!"

두 사람은 산길을 따라 산 위로 올라갔다. 산에는 소나무가 빽빽하고 인적이 없어 조용하긴 하지만 풍경은 별로 볼 게 없었다. 그러나 천지간에 아무리 볼품없는 산수라 할지라도, 아가와 함께 있으니 위소보에겐 그 어느 명승선경名勝仙境보다 더 아름답게 느껴졌다. 더구나 그는 사실 제아무리 아름다운 경치가 눈앞에 펼쳐져도 그 좋고 나쁨을 잘 구분하지 못했다.

위소보는 아주 과장해서 말했다.

"우아! 정말 경치가 아름답기 짝이 없군."

아가가 그의 말을 받아 물었다.

"뭐가 아름답다는 거야? 어지럽게 널려 있는 바위와 나무들뿐이라 볼 게 하나도 없는데!"

위소보는 무조건 맞장구를 쳤다.

"그래, 그래. 경치가 별로 볼 게 없네."

아가가 다시 물었다.

"한데 아까는 왜 경치가 아름답기 짝이 없다고 했지?"

위소보가 빙긋이 웃으며 말했다.

"원래는 경치가 별로였는데, 아가의 절세용모와 어우러지니 아름답기 짝이 없게 변했어. 이 산에는 꽃이 없지만 너의 모습은 천만 송이 꽃보다 더 화사하고 예뻐. 그리고 이 산에는 새가 없지만 너의 목소리는 천 마리의 꾀꼬리가 합창하는 것보다 더 듣기 좋아.”

아가는 흥 하고 코웃음을 날렸다.

“그런 헛소리를 들으려고 여기 오자고 한 게 아니야. 당장 내 곁에서 떠나. 멀리 꺼질수록 좋아! 앞으로 다신 내 앞에 나타나지 마. 만약 또 내 눈에 띄면 바로 눈알을 뽑아버릴 거야!”

위소보는 가슴이 철렁했다. 그는 그야말로 ‘우거지상’이 되어 사정하다시피 말했다.

“낭자, 앞으로 절대 놀리지 않을 테니 제발 좀 봐줘.”

아가가 말했다.

“이미 봐준 거야. 오늘 네 목숨을 살려준 것만도 다행인 줄 알아!”

그러면서 허리에 차고 있던 유엽도를 뽑아들었다.

“엉큼한 생각으로 계속 날 따라다니는 걸 내가 모를 줄 알아? 날 자꾸만 희롱하면 난⋯ 난 사부님한테 천번만번 매질을 당하는 한이 있더라도 널 죽이고 말 거야!”

유엽도에서 싸늘한 광채가 번뜩였다. 위소보는 그녀의 강인하고 욱하는 성질을 보았던 터라, 말로만 위협하는 게 아니라는 걸 알았다. 일단 이 위기를 모면해야 했다.

“사태께서 아기 낭자 찾는 걸 도와달라고 했어. 그녀를 찾기만 하면 바로 떠날게.”

아가는 고개를 내둘렀다.

“아니야! 네가 도와주지 않아도 우리가 찾을 수 있어. 설령 찾아내

지 못한다 해도, 사저는 세 살 먹은 어린애가 아니니 스스로 돌아올 수
도 있고…."

그러면서 칼을 허공에 휘둘러 날카로운 바람소리를 일으켰다. 목소
리도 그 칼바람만큼이나 차갑게 변했다.

"당장 떠나지 않으면… 나더러 매정하다고 원망하지 마!"

위소보는 빙긋이 웃었다.

"지금까지 줄곧 나한테 매정하게 굴었는데, 새삼스럽게 무슨…."

아가는 버럭 화를 내며 소리쳤다.

"아직도 감히 나한테 그런 쓸데없는 헛소릴 지껄이는 거야?"

대뜸 앞으로 달려와 위소보의 머리를 향해 칼을 내리쳤다. 위소보
는 소스라치게 놀라 황급히 옆으로 피했다.

아가의 호통이 바로 뒤따랐다.

"갈 거야, 안 갈 거야?"

순순히 물러날 위소보가 아니었다.

"나를 난도질해 귀신이 되더라도 끝까지 널 쫓아다닐 거야!"

아가의 분노는 극에 달했다. 그녀는 획획 칼을 마구 휘둘러댔다. 다
행히 그녀가 펼친 초식은 이미 소림사 반야당에서 전개했던 것이고,
징관 화상이 그 해법을 일일이 다 고안해냈다. 위소보는 징관으로부터
가르침을 받았기 때문에 쉽게 피할 수 있었다.

아가는 계속 공격이 빗나가자 더욱 화가 치밀어 유엽도를 휘두르는
속도가 더 빨라졌다. 위소보는 계속 피하다가 도저히 버티기가 어려워
지자 비수를 뽑아서 그녀의 유엽도를 막았다. 챙, 금속성이 들리면서
유엽도가 두 동강이 나버렸다.

아가는 놀라고 분해서 이성을 잃은 듯했다. 부러진 칼을 미친 듯이 휘두르며 닥치는 대로 위소보를 공격했다. 위소보는 그녀가 단도로 공격해오자 더 이상 비수로 막을 수 없었다. 자신은 무공이 평범해서 자칫 잘못 막다가 그녀의 손목이라도 스치게 되면, 그 즉시 손목이 잘려나갈 것이었다. 맙소사! 몇 번 피하다가 냅다 산 아래로 도망쳤다.

아가는 단도를 들고 쫓아오며 소리쳤다.

"당장 꺼져버리면 죽이진 않을게!"

위소보가 고을 쪽으로 도망가는 것을 보고는 다급해졌다.

'저 고약한 녀석이 사부님께 고자질하면 큰일인데!'

있는 힘을 다해 쫓아가 그를 가로막으려 했다. 그러나 백의 여승은 그녀에게 무공 초식만 가르쳐줬을 뿐 내공 심법은 전수해주지 않았다. 그러니 그녀의 내공은 위소보와 비교해도 도긴개긴, 오십보백보였다. 기를 쓰고 쫓아갔어도 결국 따라잡지 못했다.

위소보가 객잔 안으로 들어가는 것을 보자 다급해 울음이 터질 뻔했다. 그녀는 마음을 굳게 먹었다.

'좋아! 만약 사부님이 나무라면 녀석한테 희롱당한 것을 고스란히 다 일러바쳐야지!'

그녀는 단도를 거두고 천천히 객잔 안으로 들어갔다.

아가가 객방 앞에 와보니 한 사람이 쓰러져 있고 방 안에서 요란한 소리가 들렸다. 그녀는 사부님이 걱정돼 이것저것 생각할 겨를도 없이 대뜸 방문을 열었다. 순간, 한 갈래의 무지막지한 힘줄기가 뻗쳐왔다. 아가는 그 엄청난 힘에 밀려 비틀거리며 뒤로 물러나 벌렁 나자빠졌다.

그런데 왠지 몸 아래 뭔가 푹신한 느낌이 들었다. 뜻밖에도 사람의 몸 위에 자빠진 것이었다. 황급히 몸을 일으키려고 오른손을 뒤로 짚었는데, 이번에는 그 사람의 얼굴을 누르고 말았다. 실로 낭패한 상황이었다. 자세히 생각할 겨를도 없이 몸을 일으켜 뒤돌아보니, 땅에 쓰러져 있는 사람은 바로 위소보였다.

아가는 소스라치게 놀라 소리쳤다.

"아니, 네가…?"

말을 내뱉자마자 갑자기 양쪽 무릎이 풀리며 비칠거리는가 싶더니 몸이 앞으로 고꾸라져 위소보를 향해 쓰러졌다. 이번엔 정면으로 덮친 격이 되었다. 소스라치게 놀랄밖에!

"아, 안…!"

이미 위소보의 품으로 쓰러져 눈과 눈이 마주치고, 코끝이 거의 서로 맞닿을 상황이 되고 말았다. 아가는 행여 위소보가 자기에게 입을 맞출까 봐 눈을 감아버렸다. 빨리 몸을 일으키려고 버둥거렸으나 전혀 힘을 쓸 수가 없었다. 간신히 고개를 돌려 소리쳤다.

"어서 날 일으켜줘!"

위소보가 퉁명스레 말했다.

"난 전혀 힘을 쓸 수 없는데… 어쩌면 좋지?"

경국지색의 절세미녀가 자기 몸 위에 엎어져 있으니 좋아서 미칠 지경이었다. 그는 속으로 쾌재를 불렀다.

'지금 힘을 쓸 수 없는 건 틀림없는 사실이지만, 설령 천하장사와 역발산의 힘이 있다고 해도 절대 일어날 수가 없지. 그리고 이건 네가 나한테 덮친 것이니, 날 원망하지 못하겠지?'

아가는 악을 쓰듯 소리쳤다.

"사부님이 협공을 당하고 있어, 어서 도와드려야 해!"

그녀는 좀 전에 방문을 열자마자 사부님이 책상다리를 하고 앉아 오른손을 뻗어내고, 왼쪽 소맷자락을 휘두르면서 적과 맞서고 있는 모습을 보았다. 적이 어떤 사람인지는 자세히 보지 못했다. 하지만 한두 명이 아닌 듯싶었다. 더 자세히 보기도 전에 그 엄청난 힘줄기에 밀려 뒤로 나자빠졌던 것이다.

위소보는 그녀보다 약간 일찍 당도했을 뿐, 당한 일은 똑같았다. 문을 열자마자 무지막지한 힘에 밀려 뒤로 나자빠졌고, 간신히 몸을 뒤집어 일어나려는 순간 아가가 나타났으며, 그녀는 미처 그를 확인하기도 전에 경풍勁風에 의해 자기 몸 위에 넘어진 것이다.

위소보는 뒤로 자빠지면서 엉덩방아를 찧어 엉덩이가 아팠는데, 아가가 그의 몸 위로 쓰러지는 바람에 가슴과 배까지 아팠다. 그런데도 기분은 입이 귀에 걸리게 좋았다. 이 미인이 영원히 자기 품에 엎어져 다시는 일어나지 않기를 바랐다. 백의 여승이 지금 누구와 싸우고 있든 전혀 관심이 없었다. 그녀는 워낙 무공이 신통광대해 제아무리 막강한 적수라 해도 꺾을 수 있을 거라고 믿었다.

아가는 위소보의 가슴을 짚고 천천히 몸을 일으켰다. 그러고는 길게 숨을 불어내며 앙칼지게 쏘아붙였다.

"왜 거기 누워서 내 다리를 걸었지?"

그녀는 위소보도 어쩔 수 없이 자기와 똑같이 당했다는 것을 알고 있었다. 그래도 좀 전의 일이 너무 창피해 생떼를 쓴 것이다.

위소보가 말했다.

26. 여심을 향한 소영웅의 맹활약

"그래, 그래! 네가 나자빠질 줄 알았다면 미리 옆으로 석 자쯤 피해
줬어야 하는데, 미안해! 아니지! 석 자를 피하면 너랑 머리를 나란히
하고 누워 있을 뻔했으니, 남들한테 오해를 받기 십상이지!"

아가는 '퉤!' 하고 침을 뱉었다. 그러고는 사부님의 안위가 걱정돼
방 안을 살펴보았다.

백의 여승은 방 안 맨 안쪽 한가운데 앉아 장풍과 소매를 떨치며 적
과 맞서고 있었다. 그녀를 협공하는 적은 다섯 명으로 보였다. 그들은
모두 라마승 복식이었고 제각기 신속하게 장풍을 뻗어냈다. 그러나 백
의 여승의 장력掌力에 밀려 가까이 접근하지 못하고, 전부 문 양쪽 벽
에 등을 바싹 붙이고 있는 상황이었다.

아가는 앞으로 좀 더 나가 다섯 명 외에 다른 적이 있는지 확인해보
려고 했다. 그런데 앞으로 한 걸음을 내딛자 바로 힘줄기가 밀려와 숨
을 제대로 쉴 수가 없었다. 다시 뒤로 두 걸음 물러났다. 마침 위소보
가 여전히 그곳에 누워 있어 발로 걷어차며 소리쳤다.

"이봐, 어서 일어나! 라마승들인데 혹시 알아?"

위소보는 손으로 땅을 짚고 몸을 일으켰다. 그러고는 방 안을 힐끗
보더니 말했다.

"라마승이 여섯 명인데, 다들 나쁜 놈들이겠지!"

그는 아가 옆에 서 있었기 때문에 라마승 한 명을 더 볼 수 있었다.

아가가 쏘아붙였다.

"당연히 나쁜 사람들이지! 누가 그걸 몰라서 물어?"

위소보가 웃으며 말했다.

"진짜 나쁜 사람인지 아닌지는 확실치 않아. 난 좋은 사람인데 넌

날 나쁜 사람이라고 하잖아. 어쨌든 라마승이 사태를 공격하는 걸로 봐서 나보다는 나쁜 사람들 같아."

아가는 그를 흘겨보며 냉소를 날렸다.

"흥! 내가 보기엔 너랑 한패거리 같아! 네가 사부님을 해치려고 저 라마승들을 불러온 거지?"

위소보가 억울한 눈빛으로 말했다.

"난 사태를 보살님처럼 존경하고 낭자를 선녀처럼 받드는데 왜 해치려 하겠어?"

아가는 방 안을 살피다가 갑자기 놀란 외침을 토했다. 위소보도 절로 방 안에 주의를 기울였다. 여섯 명의 라마승이 모두 계도戒刀를 뽑아든 것이다. 앞으로 달려들어 계도를 휘두를 태세였다. 단지 백의 여승의 장풍에 밀려 더 가까이 접근하지 못하는 것 같았다.

그때 여승의 머리 위에서 서서히 흰 기체가 피어오르기 시작했다. 있는 공력을 다 끌어올리고 있는 게 분명했다. 그녀는 한쪽 팔밖에 없는데, 여섯 자루의 계도를 막아내기엔 아무래도 역부족인 듯싶었다. 얼마나 더 버틸 수 있을지 걱정스러웠다.

위소보는 나서서 도와주고 싶었지만 자신의 무공으로는 방 안으로 들어가기조차 어려웠다. 설령 들어간다고 해도 여승은 자기까지 지켜줘야 하니, 도움이 되기는커녕 오히려 짐만 될 게 뻔했다. 다급한 나머지 담 구석에 놓여 있는 빗자루를 대뜸 집어들었다. 몸을 움츠린 채 문 옆으로 다가가 빗자루를 안으로 밀어넣어 가장 가까이 있는 라마승의 얼굴을 마구 후려쳤다. 그에게 타격을 입히려는 게 아니라, 정신을 분산시켜 백의 여승을 공격할 기회를 주지 않으려는 속셈이었다.

그런데 빗자루를 들이밀자마자 대갈일성이 들리며 손이 가벼워졌다. 빗자루가 그 라마승의 칼에 베인 것이다. 이어 방 안에서 경풍이 회오리치며 빗자루 파편이 날아와 위소보의 얼굴을 훑고 지나갔다. 얼굴에 상처가 나면서 따끔하고 아팠다.

아가가 다급하게 말했다.

"무슨 장난을 하는 거야? 그건… 소용없어."

위소보는 문 옆 판벽에 바싹 붙어섰는데, 몸이 부들부들 떨렸다. 방 안에서 일어나는 엄청난 도풍장력刀風掌力에 판벽이 진동했다.

위소보는 문득 떠오르는 생각이 있어, 라마승 여섯 명이 있는 위치를 정확히 확인하고, 우선 그 빗자루를 베어버린 라마승 뒤쪽으로 갔다. 그리고 비수를 뽑아 판벽을 사이에 두고 푹 찔렀다. 그의 비수는 날카롭기 짝이 없었다. 게다가 판벽의 두께는 한 치 남짓에 불과했다. 마치 두부를 찌르듯 그 라마승의 등을 파고들었다. 라마승은 비명을 지르며 몸이 맥없이 풀려 판벽에 등을 기대고 천천히 쓰러졌다.

위소보는 그 라마승의 비명을 듣는 순간 성공했다는 것을 알고 두 번째 라마승 뒤로 가서 똑같이 비수를 꽂았다. 이렇게 순식간에 네 명을 저승으로 보냈다. 비수는 짧아서 등을 찔러도 가슴 앞으로 뚫고 나오지 않는다. 비수에 찔린 자가 천천히 주저앉을 때까지 다른 사람들은 그에게 무슨 일이 일어나고 있는지 전혀 알지 못했다.

나머지 두 라마승은 뒤늦게 뭔가 심상치 않음을 깨닫고 냅다 도망을 치려 했다. 그러자 백의 여승이 몸을 솟구치더니 장풍을 날려 한 라마승의 등을 공격했다. 그는 즉시 피를 토하며 죽었다. 여승은 그와 동시에 왼쪽 소맷자락을 날려 다른 한 라마승의 퇴로를 막고 오른손으로 지풍을 날려 다섯 군데 혈도를 찍었다. 혈도가 찍힌 라마승은 비실비실 그 자리에 쓰러져 움직이지 못했다.

백의 여승은 죽은 네 라마승의 몸을 발로 밀어 뒤집어보았다. 등에 제각기 칼을 맞은 상처가 있고, 판벽에 구멍이 뚫려 있는 것을 확인하고는 어떻게 된 상황인지 깨달았다.

그녀는 혈도가 찍힌 라마승에게 다그쳤다.

"너… 너의 정체는…?"

말을 잇지 못하고 몸이 휘청거리더니 자리에 주저앉았다. 그리고 입에서 울컥 피를 토했다. 여섯 명의 라마승은 모두 무공 실력이 대단했다. 그녀는 혼자서 그 여섯을 상대하느라 내력이 거의 다 고갈됐다. 마지막 힘을 다해 장풍을 날리고 지풍을 전개하는 바람에 더 이상 몸을 지탱할 수가 없었던 것이다.

아가와 위소보는 기겁을 하며 앞다퉈 달려들어가 그녀를 부축했다. 아가가 연신 소리쳤다.

"사부님! 사부님!"

여승은 호흡이 미약했다. 그녀는 눈을 감은 채 아무 말도 하지 못했다. 위소보와 아가는 그녀를 부축해 침상에 눕혔다. 여승은 다시 많은 피를 토했다. 아가는 너무 당황해 어찌할 바를 모르고 그저 눈물만 흘렸다.

객잔 주인과 점원들은 난데없이 나타난 사람들이 손님과 악투를 벌이는 것을 보고 겁이 나서 멀찌감치 도망갔다가, 지금 싸우는 소리가 멈추자 비로소 조심스레 다가와 방 안을 살폈다. 방 안은 선혈이 낭자하고 시체가 널브러져 있는 등 그야말로 난장판이었다. 다들 놀라서 소리를 지르며 야단법석을 떨었다.

위소보는 양손에 계도를 들고 호통을 쳤다.

"웬 소란이냐? 다들 조용히 해! 더 떠들면 모조리 죽여버리겠다!"

주인과 점원들은 날이 시퍼런 계도를 보고는 쩔쩔매며 그저 연신 고개를 끄덕였다.

위소보는 은자 세 덩어리를 꺼냈다. 하나에 족히 닷 냥은 될 성싶었다. 그것을 점원에게 주며 말했다.

"가서 마차 두 대를 불러오시오. 닷 냥은 수고비요!"

점원은 놀라면서도 이게 웬 떡인가 싶어 좋아했다. 날 듯이 밖으로 뛰쳐나가 금방 마차를 불러왔다.

위소보는 다시 은자 40냥을 꺼내 주인에게 건네주었다.

"이 고약한 라마승들이 싸우다가 서로 죽이고 죽는 것을 다들 보았죠, 그렇죠?"

주인장은 감히 아니라고 할 수 없어 그저 고개를 끄덕였다.

위소보가 다시 말했다.

"그 40냥은 방값과 식대요."

그는 곧 아가와 힘을 합쳐 백의 여승을 마차에 태우고 이불을 가져와 덮어주었다. 그리고 점원들을 시켜 그 혈도 찍힌 라마승을 다른 마차에 실었다. 이어 아가에게 말했다.

"라마승은 나한테 맡기고, 낭자는 사태를 잘 모셔!"

두 사람도 각자 마차에 올랐다. 위소보는 마부에게 큰길을 따라 남쪽으로 가라고 말하고, 속으로 생각했다.

'사태는 중상을 입었는데 라마승들이 다시 나타나면 큰일이야. 우

선 한적한 곳을 찾아 상처부터 치료해야지.'

그리고 행여 그 라마승이 스스로 혈도를 풀까 걱정이 돼 밧줄로 손발을 꽁꽁 묶었다.

10여 리쯤 갔을까, 아가가 갑자기 마차를 세우라고 소리를 지르더니 마차에서 뛰어내려 위소보에게 달려와서는 몹시 당황한 목소리로 말했다.

"사부님의 숨소리가 점점… 약해지고 있어. 아마… 아마…."

위소보가 깜짝 놀라 마차에서 내려 달려가보니 백의 여승의 숨결이 실낱같이 미약했다. 아가가 울먹이며 말했다.

"상처를 치료하는 영약이 있으면 좋겠는데… 이런 곳에서 의원을 찾을 수도 없고…."

위소보는 문득 태후가 준 환약 서른 알이 떠올랐다. 그 무슨 설삼옥 섬환雪參玉蟾丸이라고 했던가… 어쨌든 조선 국왕의 진상품이라고 했다. 강신보양康身保養에 좋을 뿐 아니라 상처를 치료하고 해독하는 데도 탁월한 효험이 있다고 했다. 그중 스물두 알은 홍 교주와 그의 부인에게 전해주라고 했는데, 아직 다 갖고 있었다.

위소보는 품속에서 작은 옥병을 꺼내며 말했다.

"상처를 치료하는 영약이라면… 내가 좀 갖고 있지."

그는 두 알을 쏟아 백의 여승의 입에 넣어주었다. 아가는 얼른 물을 가져와 여승의 입에 흘려넣어 약을 먹였다. 위소보는 은근슬쩍 백의 여승의 마차에 동승해 아가와 마주 앉았다. 그리고 점잖게 말했다.

"사태께서 약을 복용하고 어떻게 될지 모르니 내가 곁에서 지켜드려야겠어."

그는 마차 두 대가 계속 앞으로 가도록 명했다.

차를 한잔 마실 시간이 경과했을 즈음, 백의 여승이 길게 숨을 불어내며 천천히 눈을 떴다. 아가는 기뻐하며 소리쳤다.

"사부님, 좀 나아지셨어요?"

여승이 고개를 끄덕였다.

위소보는 다시 환약 두 알을 꺼냈다.

"이 환약이 약효가 있다면 다시 두 알을 더 복용하세요."

여승은 천천히 고개를 흔들며 나직이 말했다.

"오늘은… 됐다. 내가… 운기運氣를 해서 약효가 퍼지게 할 테니… 우선… 마차를 좀 멈춰다오."

위소보가 대답을 하고 마차를 세우라고 소리쳤다.

백의 여승은 아가의 부축을 받아 일어나 가부좌를 틀고 앉아 눈을 감은 채 운기조식에 들어갔다. 아가는 눈 한 번 깜박이지 않고 여승을 주시하고, 위소보는 눈 한 번 깜박하지 않고 아가만 응시했다.

수심으로 가득하던 아가의 안색이 차츰 환해지고, 수정처럼 맑은 눈동자도 서서히 빛나기 시작했다. 얼마쯤 시간이 지나자 그녀의 입가에 엷은 미소가 피어올랐다. 위소보는 백의 여승을 쳐다볼 필요도 없이 운기조식을 통해 그녀의 상세傷勢가 많이 호전되고 있다는 것을 알 수 있었다. 다시 얼마 후에 아가는 기뻐하는 표정이 더욱 두드러졌다. 위소보는 그것을 지켜보며 속으로 생각했다.

'이 마차 안에 사태가 없고 나랑 저 절세미인 단둘이 있는데 저렇듯 좋아하는 표정을 지으면 난 정말이지 가슴이 터져 죽을 거야.'

아가가 문득 고개를 들다가 위소보가 자신을 뚫어지게 쳐다보고 있는 것을 의식하고는 얼굴이 빨개졌다. 한마디 쏘아붙이려다가 행여 사부님의 치료에 방해가 될까 봐 입 밖에 내뱉으려던 말을 삼키고는 그냥 매섭게 째려보았다. 위소보는 능청스레 그녀에게 미소를 보냈다. 그리고 그녀의 시선을 따라 여승을 살펴보니 호흡이 고른 게 안정을 되찾은 모양이었다.

아나나 다를까, 백의 여승은 곧 길게 숨을 불어내더니 천천히 눈을 뜨고 나직하게 말했다.

"이젠 다시 길을 가도록 하자."

위소보가 말했다.

"좀 더 쉬었다가 가도 괜찮아요."

여승이 말했다.

"아니다."

위소보는 다시 마부들에게 은자 닷 냥을 나눠주었다. 당시 마차를 빌리려면 하루에 한 푼 반이면 충분했다. 마부들은 이렇듯 손이 큰 손님은 난생처음이라, 입이 귀에 걸려 연신 고맙다며 머리를 조아렸다.

여승이 넌지시 물었다.

"소보야, 나한테 준 것이 무슨 약이냐?"

위소보가 대답했다.

"그건 설삼옥섬환이라고 하는데, 조선 국왕이 소황제한테 진상한 거래요."

백의 여승의 얼굴에 한 가닥 미소가 스쳤다.

"설삼雪參과 옥섬玉蟾은 상처를 치료하고 기운을 북돋워주는 성약聖藥이지. 기사회생의 효능이 있다고 하는데, 내가 운이 좋았던 모양이다.

네 덕분에 살아난 거야."

그녀는 중상을 입었지만 지금은 호흡이 고르고 기혈이 막힌 증상도 찾아볼 수 없었다.

아가는 매우 좋아했다.

"사부님, 이젠 정말 괜찮아요?"

여승이 빙긋이 웃으며 말했다.

"죽지 않을 테니 걱정 마라."

위소보가 얼른 말했다.

"아직 스물여덟 알이 남았는데… 받아주세요."

그러면서 옥병을 건네주었다. 그러나 그녀는 받지 않았다.

"앞으로 두세 알만 복용해도 충분하니 그렇게 많이는 필요 없다."

위소보는 원래 씀씀이가 컸다. 나름대로 꿍꿍이도 있었다.

'아가를 봐서라도 서른 알을 다 줘도 하나도 아깝지 않아. 그리고 화냥년 태후는 틀림없이 더 갖고 있을 거야.'

그래서 말했다.

"사태, 몸을 생각하셔야죠. 이 환약이 효능이 있다면 저는 나중에 소황제한테 또 달라면 돼요."

그는 옥병을 백의 여승의 손에 쥐여주었다. 여승은 고개를 끄덕였지만 역시 옥병을 돌려주었다.

다시 길을 어느 정도 간 후 백의 여승이 입을 열었다.

"그 라마승에게 몇 가지 물어볼 것이 있으니 조용한 곳에서 잠시 멈췄다 가자."

위소보가 대답하고는 마부에게 마차를 가까운 야산 골짜기로 몰고 가도록 분부했다.

잠시 후, 마차가 멈춰서자 라마승을 마차에서 끌어내렸다. 마부들은 마차를 끌고 온 노새를 풀어 야산 뒤쪽으로 풀을 먹이러 나섰다. 위소보는 특별히 당부했다.

"내가 부르지 않으면 오지 말아요."

마부들은 대답을 하고 노새를 끌고 갔다.

여승이 위소보에게 말했다.

"네가 물어봐라."

위소보는 먼저 비수를 꺼내 나뭇가지 하나를 싹둑 잘랐다. 그리고 역시 비수를 이용해 잔가지를 이리저리 깨끗하게 쳐냈다. 나뭇가지는 금세 길쭉한 곤봉棍棒으로 변했다. 그는 라마승에게 말했다.

"형씨, 혹시 인봉人棒이 되고 싶은 생각이 있소?"

라마승은 그의 비수가 매우 날카로운 것을 보고 간담이 서늘해져 떨리는 목소리로 반문했다.

"나리, 인봉이 뭔데요?"

위소보가 대꾸했다.

"두 팔을 잘라버리고 귀와 코도 다 베고, 아무튼 몸에서 튀어나온 부분을 잔가지 치듯이 다 잘라버리면 곤봉 같은 사람, 인봉이 될 게 아니겠소? 아주 재미있을 것 같은데, 한번 시험해볼래요?"

그러면서 비수로 그의 콧등을 쓱쓱 가볍게 문질렀다. 라마승은 기겁을 했다.

"아녜요, 안 돼! 난 인봉이 되기 싫어요!"

위소보는 느긋했다.

26. 여심을 향한 소영웅의 맹활약

"거짓말이 아니에요. 아주 재밌을 거예요. 우리 한번 시도해보죠."

라마승의 콧등에 땀이 맺혔다.

"재미… 없어요!"

위소보가 말했다.

"시도도 안 해보고 어떻게 재미없다는 것을 알지? 일단 딱 한 번만 해봅시다."

그러면서 비수로 그의 어깨를 자를 듯이 겨냥했다.

라마승은 울상이 되어 애원했다.

"제발 살려주세요. 사태를 해치려 해서… 정말 잘못했습니다."

위소보는 고개를 끄덕였다.

"좋아요, 그럼 묻는 말에 솔직히 대답해요. 단 반 마디라도 거짓말을 하면 바로 이런 봉으로 만들어버리겠소! 인봉은 사람나무가 될 수도 있으니까 이곳에다 심어 비료 대신 오줌을 싸주면 보름 후에 어쩌면 두 팔과 귀, 코가 다시 자라날지도 몰라요."

라마승은 겁에 질려 소리쳤다.

"아녜요! 뭐든지 다 솔직히 대답할게요!"

위소보가 물었다.

"이름이 뭐예요? 왜 사태를 노렸죠?"

라마승이 대답했다.

"저의 이름은 호파음呼巴音이고 청해의 라마입니다. 대사형 상결桑結의 명을 받고 사태를 잡으러… 잡으러 온 겁니다."

위소보는 상결이란 이름을 오대산에서 들어본 것 같았다.

"우리 사태께서 그 게딱지 같은 사형한테 뭘 잘못한 것도 없는데,

왜 그런 흉악무도한 짓을 시켰죠?"

호파음이 대답했다.

"대사형의 말로는, 우리 활불께서 갖고 있던 여덟 부의 경전을 저 사태가 훔쳐… 아니, 빌려갔으니 되돌려받아오라고 했어요."

위소보가 다시 물었다.

"무슨 경전인데요?"

호파음이 다시 대답했다.

"차암고토오差庵古吐鳥 경전입니다."

위소보가 다그쳤다.

"이런 빌어먹을! 무슨 헛소리요? 차안꼬끼오가 무슨 경전인데?"

호파음이 얼른 말했다.

"아, 그건… 우리 청해 사람들이 하는 서장어요, 한어로는 《사십이 장경》입니다."

위소보가 또 물었다.

"그 게딱지 사형은 사태가 《사십이장경》을 갖고 있는 걸 어떻게 알 았지?"

호파음이 또 대답했다.

"그건 잘 모르겠어요."

위소보가 으름장을 놓았다.

"그래요? 모른다면 그 헛바닥이 무슨 소용이 있겠소? 쭉 내밀어봐 요, 싹둑 잘라버릴 테니!"

그러면서 비수를 휘둘렀다. 호파음이 어찌 감히 혀를 내밀겠는가, 그저 통사정을 했다.

"저는 정말 모릅니다."

위소보가 다시 물었다.

"그 게딱지 사형은 청해에 있을 텐데, 이렇게 빨리 사람들을 보냈단 말이오?"

호파음이 다시 대답했다.

"대사형과 우린 줄곧 북경에 있었어요. 우린 북경에서 뒤를 쫓아온 겁니다."

위소보는 고개를 끄덕였다. 충분히 짐작이 갔다.

'보나마나 그 화냥년 태후가 알린 거군!'

하지만 시치미를 떼고 물었다.

"패거리 중에 무공이 더 높거나 비슷한 사람이 몇이나 더 있죠?"

호파음이 대답했다.

"우리 동문 사형제는 모두 열세 명인데, 사태가 다섯 명을 죽였으니 이제 여덟 명 남았습니다."

위소보는 내심 놀라며 호통을 쳤다.

"무슨 여덟이 남아? 하나는 사람이라 할 수 없지! 좀 있으면 인봉으로 변할 테니까!"

호파음이 다시 사정을 했다.

"날 인봉으로 만들지 않겠다고 약속했잖아요."

위소보가 다그쳤다.

"그 나머지 일곱 인봉은 지금 어디 있는데?"

호파음이 말했다.

"우리 대사형은 무공이 아주 고강해서 인봉으로 변하는 일은 결코 없을 겁니다."

위소보는 그의 허리를 한 번 걷어찼다.

"이런 고약한 것을 봤나! 곧 죽어도 큰소리를 치는군! 그 대사형이 제아무리 무공이 고강해도 내 반드시 인봉으로 만들어버릴 거야!"

호파음은 그저 고개만 끄덕였다.

"아, 네! 네…."

하지만 그건 어림도 없다는 표정이었다.

위소보는 다시 반복해서 다그치고 물었지만 더 이상을 알아낼 수는 없었다. 그래서 마차 안으로 들어가 백의 여승에게 나직이 이야기를 다 해주었다.

"사태, 아직 일곱 명이 남았다는데… 그들이 한꺼번에 몰려오면 상대하기가 쉽지 않을 겁니다. 물론 평상시 같으면 사태께서는 그들을 안중에도 두지 않겠지만, 지금은 몸이 좀 불편하니…."

여승은 고개를 흔들었다.

"아니야. 내가 내상을 입지 않은 상태에서도 혼자서 여섯을 상대해내지 못했는데, 더구나 그들보다 무공이 훨씬 고강한 대사형까지 합세한다면 도저히 승산이 없어. 그 상결은 서장 밀종의 제일고수라고 들었다. 특히 그의 대수인신공大手印神功은 이미 등봉조극登峯造極, 최고 경지에 이르렀다고 하니…."

위소보는 눈치를 살피며 조심스레 말했다.

"한 가지 수가 있긴 한데… 단지… 사태의 존엄尊嚴이 손상될까 봐 걱정이 됩니다."

여승은 한숨을 내쉬었다.

26. 여심을 향한 소영웅의 맹활약

"이미 속세를 떠난 사람인데 무슨 존엄을 운운하겠느냐? 그게 무슨 수인데?"

위소보가 말했다.

"우린 일단 외진 농가를 찾아 당분간 숨어 지내도록 해요. 사태께선 농촌 아낙의 옷으로 갈아입고 침상에 누워 요양에 전념하면 됩니다. 저하고 아가도 촌색시와 머슴으로 변장해 사태의⋯ 아들딸 노릇을 하는 겁니다."

여승은 고개를 내둘렀다. 아가도 토라졌다.

"사람이 나쁘니 생각도 삐딱하군! 사부님은 당세 고인高人이신데, 뭐가 두려워서 숨어 지내겠어?"

여승이 잠시 생각하더니 말했다.

"그 수도 나쁘진 않겠군. 너희 둘은 내 생질과 질녀라고 하자."

위소보는 좋아하며 대답했다.

"네, 네!"

속으로는 아쉬워했다.

'생질과 질부라고 하면 더 좋을 텐데!'

아가는 위소보를 흘겨봤다. 사부님이 그의 제안을 받아들인 게 못마땅한 것 같았다.

위소보가 다시 말했다.

"저 라마승을 살려두면 아무래도 뒤탈이 생길 수 있으니 아예 죽여서 흔적을 없애버리죠!"

여승이 말렸다.

"앞서 어쩔 수 없는 상황에서 그들과 싸움을 벌였지만, 지금 그 라마승은 반항할 힘도 없는데 죽이는 것은 너무 가혹한 일이지. 그렇다고 놓아줄 수도 없으니… 당분간 데리고 다니면서 차츰 생각해보자."

위소보는 대답을 하고 마부들을 불러와 호파음을 다시 마차에 태웠다. 그리고 마차를 계속 몰도록 했다.

위소보의 제안대로 일단 가까운 고을에 들러 세 사람 다 허름한 옷을 구해 촌사람으로 가장했다. 그런데 큰길을 따라 아무리 가도 외진 농가가 보이지 않았다. 상결 패거리가 언제 뒤를 쫓아올지 모르는 상황이라, 샛길이 나타나면 바로 꺾어서 들어갈 생각이었다. 오면서 샛길이 몇 군데 있었지만 너무 비좁아 마차가 다닐 수 없었다.

들어갈 만한 길을 찾아 한창 달리고 있는데 갑자기 요란한 말발굽 소리가 들리더니 수십 필의 말이 흙먼지를 일으키며 달려왔다. 위소보는 내심 깜짝 놀랐다.

'큰일났군! 라마승이 예닐곱 명이 아니라 수십 명이나 되잖아!'

그는 마차를 빨리 몰라고 재촉했고, 마부는 노새에 연신 채찍을 가했다. 그러나 얼마 가지 않아 그들은 바로 마차 뒤까지 따라붙었다.

위소보는 마차 틈새로 살짝 밖을 내다보고는, 마음이 놓여 안도의 숨을 내쉬었다. 뒤에서 달려온 수십 필의 말에는 라마승이 아니라 청색 옷을 입은 사내들이 타고 있었다. 그들은 삽시간에 마차를 스쳐지나 앞쪽으로 달려나갔다.

그 순간 아가가 별안간 소리쳤다.

"저… 정鄭 공자!"

그 소리에 말을 몰고 온 한 사내가 바로 고삐를 끌어당겨 말을 세우고 한쪽으로 비켜섰다. 그리고 마차와 나란히 달리게 되자 소리쳤다.

"진陳 낭자요?"

아가가 대답했다.

"그래요, 저예요!"

반가움이 넘치는 음성이었다. 말 탄 사내가 다시 큰 소리로 외쳤다.

"여기서 다시 만나게 될 줄이야! 왕王 낭자와 함께 있소?"

아가가 말했다.

"아녜요, 사저는 여기 없어요."

그 사내가 말했다.

"낭자도 하간부河間府로 가는 길이오? 그럼 함께 가면 되겠군!"

아가가 다시 말했다.

"아녜요, 우린 하간부로 가는 게 아녜요."

사내가 다시 말했다.

"하간부에서 재밌는 일이 벌어진다는데, 함께 갑시다."

두 사람은 대화를 주고받는데 마차는 계속 앞으로 나갔다. 위소보는 아가가 얼굴이 불그스름해지고 눈이 반짝반짝 빛나면서, 마치 세상에서 가장 친한 사람을 만난 듯 좋아하는 것을 보자, 쇠망치로 뒤통수를 한 대 얻어맞은 기분이었다.

'젠장! 정인情人이라도 만난 거야, 뭐야?'

그는 나직이 말했다.

"우린 빨리 피신을 해야 하니까 상관없는 사람과 쓸데없는 말을 하지 마."

아가는 그의 말은 아예 들은 척도 하지 않고 사내에게 물었다.

"하간부에 무슨 재밌는 일이 있는데요?"

그 사내가 되물었다.

"모르고 있는 모양이지?"

그러면서 마차의 포장을 살짝 젖혀 얼굴을 쓱 들이밀었다. 만면에 웃음을 띤 영준하게 생긴 젊은이로, 스물서너 살쯤 돼 보였다.

"하간부에서 '살계殺鷄대회'가 열린다고 해서 천하의 영웅호한들이 다 몰려가고 있소. 아주 재밌을 거요."

아가가 다시 물었다.

"살계대회가 뭔데요? 닭을 죽이는 건가요? 그게 무슨 재미가 있다는 거예요?"

사내가 웃으며 말했다.

"장닭을 죽이는 거지. 하지만 진짜 수탉이 아니라 나쁜 놈을 말하는 거요. 그의 이름자 중에 '계' 자가 있기 때문에 그렇게 말하는 거지."

아가는 웃었다.

"아무려면 사람 이름에 '계' 자가 들어가겠어요? 거짓말 말아요."

사내도 웃었다.

"그건 닭 '계' 자가 아니라, 음이 같을 뿐이오. 바로 계화桂花 할 때 그 '계桂' 자요. 이젠 누군지 짐작이 가죠?"

위소보는 가슴이 철렁했다.

'이름에 '계' 자가 있다면… 이 소계자를 죽이는 대회란 말야?'

아가가 손뼉을 치며 까르르 웃었다.

"알았어요! 그 매국노 오삼계 말이군요?"

사내가 웃으며 대답했다.

"그래요, 금방 알아맞히다니 아주 총명하군요."

아가가 물었다.

"그럼 오삼계를 잡았나요?"

사내가 대답했다.

"그건 아니오. 다들 함께 모여서 그 매국노를 죽일 계책을 세우려는 거지."

위소보는 안도의 숨을 내쉬었다.

'제기랄, 그렇겠지! 이 소계자는 아직 나이도 어린데 왜 도살을 하겠어? 설령 죽이려 해도 거창하게 그 무슨 살계대회까지 열 필요는 없겠지! 빌어먹을, 그냥 남의 이름을 빌린 것뿐인데, 재수 없게 하필이면 이름에 계 자가 들어가서….'

사내는 아가를 쳐다보면서 싱글벙글 웃으며 계속 말을 몰았다. 말 안장에 앉아서 몸을 돌려 마차 안을 보면서 말을 몰고 있으니 기마술이 대단했다.

아가는 고개를 돌려 백의 여승에게 물었다.

"사부님, 우리도 갈까요?"

여승은 무공이 뛰어났지만 세상물정은 잘 몰라 임기응변에는 약해서 선뜻 결정을 내리지 못했다. 무림 호걸들이 오삼계를 죽일 계책을 세우려 한다니, 참여하고 싶은 마음도 없지 않았다. 하지만 한편으로는 상결 일당이 뒤를 쫓아올지도 몰라 걱정스러웠다. 그녀는 잠시 머뭇거리다가 위소보에게 물었다.

"네 생각은 어떠냐?"

위소보는 아가와 사내가 시시덕거리며 이야기를 주고받는 꼬락서니가 눈에 거슬렸다. 무슨 수를 써서라도 아가를 녀석에게서 떨어뜨리고 싶었다. 그래서 얼른 말했다.

"고약한 라마승들이 쫓아오면 상대하기 어려우니 빨리 피하는 게 좋을 것 같아요."

그 사내가 바로 물었다.

"라마승이라니…?"

아가가 대답했다.

"정 공자, 이분은 저의 사부님이세요. 우린 도중에 라마승들의 습격을 받아 사부님이 중상을 입으셨어요. 아마 다른 일고여덟 명의 라마승들이 다시 뒤를 쫓아올 모양이에요."

사내가 말했다.

"알았어요!"

그는 곧 몸을 돌려 일행에게 말을 멈추라고 소리를 질렀다. 마차 두 대도 멈춰섰다. 사내는 바로 안장에서 뛰어내려 마차의 포장을 젖히더니 공손하게 몸을 숙였다.

"후배 정극상鄭克塽이 선배님께 인사 올립니다."

백의 여승은 그저 고개만 끄덕였다.

정극상이 다시 말했다.

"그깟 라마승들은 걱정할 필요가 없습니다. 후배가 대신해 다 처치하겠습니다."

아가는 기뻐하면서도 한편으로는 걱정이 됐다.

"그 라마승들은 아주 사나워요."

정극상이 자신 있게 말했다.

"나와 함께 온 20여 명의 동료들은 모두 무예가 뛰어나니 충분히 처리할 수 있을 거요. 수적으로도 그들을 압도하지만 설령 일대일로 싸운다 해도 그들을 겁낼 이유가 없습니다."

아가는 고개를 돌려 사부를 쳐다보았다. 승낙을 바라는 눈치였다. 간청하는 눈빛이라고 하는 게 더 정확할지도 몰랐다.

위소보가 얼른 나섰다.

"안 돼요! 사태께선 지고무상至高無上한 신공을 지녔는데도 부상을 입었는데 스물몇 명이 무슨 소용이 있겠어요?"

아가가 화를 냈다.

"너한테 묻지도 않았는데 왜 나서서 그렇게 잔소리를 하는 거야?"

위소보가 말했다.

"사태가 걱정돼서 그러는 거지!"

아가가 쏘아붙였다.

"사부님이 걱정되는 게 아니라 자기가 죽을까 봐 겁나는 거겠지! 못된 짓만 골라서 하는 사람이 마음을 좋게 먹을 리가 있겠어?"

당하고만 있을 위소보가 아니었다.

"저 정가가 뭐가 대단하다고 그래? 사태보다 더 세다는 거야?"

아가가 맞받아쳤다.

"20여 명의 무공 고수를 데려왔다고 했잖아. 20명이 넘는데 그깟 라마승 일곱 명을 겁낼 것 같아?"

위소보는 코웃음을 쳤다.

"그들이 다 무공 고수라는 걸 어떻게 알아? 내가 보기엔 그냥 평범한 것 같은데!"

아가도 물러나지 않았다.

"난 당연히 알지! 그들의 실력을 봤어. 그 누구도 너보다는 백배 나을 거야!"

백의 여승은 생각에 잠긴 채 아무 말도 하지 않았다. 라마승들의 추격을 피하기 위해서 위소보의 제안을 받아들여 촌부로 가장했지만 썩 내키진 않았다. 두 어린아이하고는 이미 얘기가 된 일이라 상관없지만 20~30명이나 되는 강호 영걸들에게는 그 모습을 보이고 싶지 않았다. 그래서 천천히 말했다.

"그 라마승들이 노리는 건 나예요. 정 공자의 호의는 고맙지만, 어서 갈 길을 가세요."

정극상은 힘주어 말했다.

"무슨 말씀입니까? 어려움에 처해 있는 사람을 돕는 건 인지상정인데, 더구나… 더구나 사태는 진 낭자의 사부이니 저로서는 당연히 최선을 다해 도와드려야죠."

아가는 그 말을 듣자 얼굴이 빨개지더니 고개를 숙였다. 매우 흐뭇해하는 것 같았다.

여승은 결국 고개를 끄덕였다.

"좋아요, 그럼 함께 하간부로 가보죠. 대신 난 낯을 가리는 편이라 다른 사람한테는 얘기하지 않는 게 좋겠어요."

정극상은 좋아했다.

"네, 알았습니다! 선배님이 시키는 대로 하겠습니다."

여승이 넌지시 물었다.

"정 공자는 어느 문파죠? 스승님은 어떤 분이신지…?"

정극상이 대답했다.

"저는 세 분으로부터 무예를 전수받았습니다. 첫 번째 사부님은 성이 시施씨고, 무이파武夷派의 고수입니다. 두 번째 사부님은 성이 유劉씨인데, 복건 천주泉州 소림사의 속가俗家 제자입니다."

여승이 다시 물었다.

"음, 그 유 사부의 존성대명은 어떻게 되죠?"

정극상이 다시 대답했다.

"유국헌劉國軒이라 합니다."

여승은 그가 사부의 이름을 바로 대며 별로 존경을 표하는 것 같지 않아 내심 이상하게 생각했다. 그리고 뇌리에 떠오르는 사람이 있어 다시 물었다.

"대만의 유 대장군과 동명인데, 혹시 그분이신가?"

정극상이 고개를 끄덕였다.

"네, 대만 연평군왕延平郡王 휘하에 제독으로 있는 유국헌, 유 장군입니다."

여승이 또 물었다.

"그럼 정 공자는 연평군왕의 가족인가요?"

정극상이 또 대답했다.

"네, 저는 연평군왕의 차남입니다."

여승은 고개를 끄덕였다.

"충량의 후손이군요."

정성공鄭成功은 네덜란드(중국 한자로는 荷蘭)로부터 대만을 되찾았다. 그래서 계왕桂王은 정성공을 연평군왕, 초토대장군招討大將軍에 봉했다. 영력永曆 16년(강희 원년) 5월에 정성공은 별세했다. 당시 세자인 정경鄭經은 금문金門과 하문廈門에 주둔하고 있어, 정성공의 동생인 정습鄭襲이 대만에서 정성공의 봉작奉爵을 계승했다. 이에 불만을 품은 정경은 휘하 대장 주전빈周全斌과 진근남 등을 이끌고 대만으로 쳐들어가 정습을 옹립한 부대를 대파하고 연평군왕의 자리를 이어받았다. 정경에게는 아들이 둘 있었는데, 장남은 정극장鄭克臧이고, 차남이 바로 정극상이다. 정성공의 부친 정지룡鄭芝龍부터 따지면, 정극상은 정씨 문중 제4대가 되는 셈이다.*

당시 연평군왕은 만청滿淸에 굴하지 않고, 비록 바다 건너 대만에 있었지만 대명의 정통을 이어받았기 때문에, 반청복명을 꾀하는 모든 사람들로부터 존경을 받고 있었다. 정극상은 자신의 신분을 밝히면 아가의 사부가 존경을 표할 거라고 생각했는데, 그냥 고개만 끄덕이며 '충량의 후손이군'이라고 할 뿐, 대수롭지 않게 생각하는 것 같았다.

그는 물론 아가의 사부가 바로 대명의 마지막 황제인 숭정의 공주라는 사실을 전혀 모르고 있었다. 그가 사부인 유국헌이 부친의 부하라서 별로 경의를 표하지 않는 것과 마찬가지로, 백의 여승의 입장에서 볼 때 정경은 그저 충량의 후손일 뿐이었다.

위소보도 속으로 계속 씨부렁댔다.

'빌어먹을! 아니꼽게 왜 자꾸 잘난 척을 하는 거야? 연평군왕이 뭐가 대단하다는 거야?'

하지만 그도 연평군왕이 대단하다는 것을 알고 있었다. 사부인 진근남이 바로 연평군왕의 부하였기 때문이다. 생각할수록 속이 쓰렸다.

정극상의 언동으로 봐서 아가한테 마음을 품고 있는 게 분명했다.

그는 많은 병사를 거느리고 있으며, 연평군왕의 당당한 공자다. 강호를 떠돌고 있는 목왕부와는 비교가 안 된다. 더구나 그의 용모는 자기보다 열 배는 더 준수하고, 언동은 아마 자기보다 백 배는 더 고상할 것이다. 무공은 아직 잘 모르겠지만 모름지기 자기보다 열 배쯤은 뛰어나지 않더라도 대여섯 배는 더 고강한 게 틀림없다.

놈이 아가를 좋아하고 있다는 것을, 설령 앞 못 보는 장님이라도 금방 알아차릴 것이다. 만약 아가를 놓고 정 공자와 쟁탈전을 벌인다는 걸 사태가 안다면, 정 공자가 뭐라고 하기도 전에 아마 먼저 자기를 때려죽일 터였다. 그리고 사태는 그를 충량의 후손이라고 칭찬하지 않았는가! 한데 자기는 누구의 후손인가? 그저 기녀의 아들일 뿐이다.

백의 여승은 정극상을 쳐다보며 천천히 물었다.

"그럼 정 공자의 첫 번째 사부는 바로 만청 오랑캐에 투항한 시랑施琅이겠군?"

정극상이 대답했다.

"네, 후안무치하고 배은망덕한 사람입니다. 저는 그를 사부로 인정하지 않은 지 오래됐습니다. 나중에라도 그를 만나면 반드시 제 손으로 죽일 겁니다!"

말투가 매우 격앙돼 있었다.

위소보는 또 속으로 생각했다.

'네놈의 사부가 조정에 투항했구나. 그 시랑이라는 놈을 만나게 되면 조심해야겠는데!'

정극상이 다시 말했다.

"저는 최근 10여 년 동안 줄곧 풍馮 사부님한테서 무예를 배웠습니다. 그분은 곤륜파崑崙派의 제일고수이며 별호가 '일검무혈一劍無血'인데, 사태께서도 아마 성함을 들어서 알고 계실 겁니다."

백의 여승이 말했다.

"음, 풍석범馮錫範, 풍 사부지. 한데 그 별호를 갖게 된 연유는 잘 알지 못하네."

정극상이 설명했다.

"풍 사부님은 물론 검법도 대단하지만 기공氣功 또한 출신입화出神入化의 경지에 달했습니다. 항상 검 끝으로 사혈을 찍기 때문에 상대는 상처를 입지 않을뿐더러 피도 흘리지 않습니다. 그래서 '일검무혈'이라하지요."

여승은 고개를 끄덕였다.

"음… 기공을 그렇듯 반박귀진返璞歸眞의 경지까지 연성練成한 사람은 몇 명 없을 걸세. 한데 풍 사부의 연세는 어떻게 되지?"

정극상은 우쭐대며 대답했다.

"올겨울에 사부님의 50회 수연壽宴을 차려드릴 생각입니다."

여승은 다시 고개를 끄덕였다.

"쉰 줄에 내공이 그리 심후하다니, 실로 대단하군."

약간 멈칫하더니 다시 물었다.

"함께 데려온 시종들도 물론 무공 고수들이겠지?"

정극상이 대답했다.

"염려 마십시오. 왕부에서 정선한 실력이 뛰어난 무사들입니다."

위소보가 느닷없이 나섰다.

"사태, 천하에 고수들이 왜 이렇게 많아요? 이분 정 공자의 첫 번째 사부님은 무이파의 고수고, 두 번째 사부는 복건 소림파의 고수고, 세 번째는 곤륜파의 고수인데, 데려온 시종들까지 다들 고수라니, 그 자신도 당연히 고수겠군요?"

비꼬는 듯한 그의 말에 정극상은 이내 화가 치밀었다. 그런데 이 어린 소년이 무슨 내력을 지니고 있는지 알 수 없었다. 아가와 그녀의 스승이 그와 함께 마차를 동승한 것으로 미루어 아무래도 서로 인연이 깊은 것 같았다. 그래서 화를 참고 아무 말도 하지 않았다.

아가는 가만있지 않고 정극상을 거들었다.

"옛말에 훌륭한 명사明師에게선 반드시 뛰어난 고도高徒가 배출된다고 했어요. 정 공자는 명사 세 분에게서 배웠으니 당연히 무공이 뛰어나겠죠!"

위소보가 점잖게 그녀의 말을 받았다.

"네, 옳은 말입니다. 난 정 공자의 무공을 보지 못했기 때문에 그냥 물어본 것뿐예요. 그럼 낭자는 정 공자와 비교해서 누구의 무공이 더 고강하죠?"

아가는 정극상을 힐끗 쳐다보고 나서 말했다.

"당연히 정 공자가 나보다 훨씬 낫겠죠!"

정극상은 빙긋이 웃었다.

"낭자는 너무 겸손하군요."

위소보가 고개를 끄덕였다.

"아, 그렇군요. 훌륭한 스승한테서 뛰어난 제자가 배출된다고 했는데, 그럼 낭자의 무공이 고강하지 못한 것은 사부님이 훌륭한 스승이 아니기 때문이군요. 사부님은 명明사가 아니라 암暗사고, 고高수가 아니라 저低수겠네요?"

아가는 말로는 도저히 위소보의 상대가 될 수 없었다. 한마디에 바로 꼬투리가 잡히고 만 그녀는 얼굴이 빨개져서 얼른 반박했다.

"내가… 내가 언제 사부님이 암사고 저수라고 했어? 혼자서 헛소리를 하고 있잖아!"

백의 여승이 빙긋이 웃으며 나섰다.

"아가야, 입씨름을 해봤자 넌 도저히 소보를 당할 수 없어. 그만하고 어서 가자!"

마차의 포장이 내려졌다. 정극상 일행은 서쪽으로 향했고, 마차도 뒤를 따랐다.

마차 안에서 여승이 나직이 아가에게 물었다.

"넌 어떻게 저 정 공자를 알게 됐지?"

아가는 얼굴을 붉혔다.

"사저와 함께 하남 개봉부開封府에서 그를 만났어요. 당시 저희는… 남장을 하고 있었는데, 그는 주루에서 우리를 남자로 알고 술자리를 함께하자고 했어요."

여승은 조용히 나무랐다.

"정말 겁도 없구나. 여자의 몸으로 주루에 가서 술을 마시다니!"

아가는 고개를 숙였다.

"진짜 술을 마시러 간 게 아니라, 그냥 장난삼아서 한번 가봤어요."

위소보가 나섰다.

"아가 낭자는 선녀처럼 아름다우니까 아무리 남장을 해봤자 그 누구라도 금방 미모의 낭자임을 알아볼 수 있어요. 저 정 공자는 엉큼한 속셈을 품은 게 분명해요."

아가가 화를 내며 쏘아붙였다.

"엉큼한 속셈을 품은 사람은 따로 있지! 정 공자는 우리가 남장을
한 것을 전혀 눈치채지 못했어요. 나중에 사저가 사실을 밝히니까 정
중하게 사과를 했어요. 그는 예의가 깍듯한 성인군자예요. 누구처럼
망나니가 아니라고요!"

위소보는 입을 다물었다.

일행은 정오 무렵이 되자 풍이장豐爾莊에 당도했다. 이곳은 하남 서
쪽, 기서冀西 지방에서 제법 큰 고을에 속했다. 다들 식사도 하고 쉴 겸
반점 앞에서 멈췄다.

위소보가 마차에서 내려보니, 정극상은 풍채가 좋고 키가 훤칠한
게 자기보다 머리 하나 반은 더 큰 것 같았다. 절로 열등감이 느껴졌
다. 게다가 차림새도 화려하고 허리에 찬 보검집에도 반짝반짝 빛나는
보석이 박혀 있었다. 그의 시종들도 한결같이 몸에 도검을 차고 몸집
이 우람한 게 아주 다부져 보였다.

반점 안으로 들어가자 아가는 백의 여승을 부축해 자리에 안내하고
자기는 정극상과 대각선으로 마주 보게 앉았다. 위소보가 여승 맞은편
에 앉으려 하자 아가가 눈을 흘겼다.

"저쪽에 자리가 많잖아. 다른 데 가서 앉으면 안 돼? 널 보고 있으면
밥이 넘어갈 것 같지 않아!"

위소보는 화가 나서 얼굴이 뻘겋게 달아올랐다. 그는 속으로 시부
렁댔다.

'제기랄! 그럼 정가 녀석과 함께 있으면 밥이 꿀꺽꿀꺽 잘 넘어가

냐? 젠장! 그래, 배 터져 죽어라!'

백의 여승이 꾸짖었다.

"아가야, 왜 그렇게 소보한테 무례하게 구느냐?"

아가가 토라진 표정으로 말했다.

"그는 온갖 못된 짓을 다 하는 나쁜 사람이에요! 사부님이 죽이지 말라고 해서 참았는데, 그렇지 않았으면 벌써….'"

그러면서 위소보를 매섭게 노려보았다.

위소보는 속이 터졌지만 화를 낼 수도 없어 그냥 구석진 자리로 가서 앉았다. 당연히 속으로는 시부렁댔다.

'넌 오로지 저 개똥 같은 정가 녀석한테 시집을 가고 싶은 모양인데, 이 위소보가 가만 놔둘 것 같니? 날 죽이겠다고? 흥! 어림 반 푼어치도 없는 소리! 무슨 수를 써서라도 네가 좋아하는 신랑을 죽여 네가 시집가기도 전에 청상과부가 되게 만들 거야! 그럼 결국 나한테 시집 올 수밖에 없겠지. 이 어르신께서 소박맞은 널 받아주는 것만도 천만다행인 줄 알라고!'

점원이 곧 식사를 올렸다. 정가 일행은 굶주린 이리떼처럼 허겁지겁 먹기 시작했다. 위소보는 소가 들어 있지 않은 찐만두를 여러 개 집어들고 마차로 가서 호파음에게 먹였다. 이 호파음이 정가 패거리보다 훨씬 정겹게 느껴졌다.

내키지 않는 마음으로 다시 안으로 들어와보니, 식탁 몇 개 건너 저편에서 아가가 화사한 표정으로 정극상과 시시덕거리며 다정하게 밥을 먹고 있었다. 위소보는 울화가 치밀어 도저히 밥이 넘어가지 않았다. 그는 속으로 궁리를 했다.

26. 여심을 향한 소영웅의 맹활약

'저 정가 녀석을 죽이는 건 결코 쉬운 일이 아닐 거야. 쥐도 새도 모르게 흔적을 남기지 말아야 해. 그렇지 않고 만약 아가 계집애가 알아차리는 날이면, 낭군을 죽였다고 길길이 날뛰며 복수하려 할 거야!'

이때 요란한 말발굽 소리가 들리더니, 이내 몇 명이 말을 몰고 고을로 들어와 반점 앞에서 멈췄다. 그들은 말에서 뛰어내려 반점 안으로 성큼성큼 들어왔다. 일곱 명의 라마승이었다.

위소보는 그들을 보자 가슴이 방망이질하기 시작했다. 그러나 한편으로는 고소하다는 생각도 들었다.

'정가 녀석은 명사 세 사람한테 무공을 배웠다고 큰소릴 뻥뻥 쳤는데, 좋아! 한바탕 싸움이 벌어지겠군! 난 강 건너 불구경만 하면 되니까 속은 편하네!'

라마승들은 백의 여승을 발견하자 이내 안색이 크게 변했다. 뭔가 알아들을 수 없는 말을 씨부렁대더니 그중 몸집이 우람한 자가 몇 마디 분부를 내렸다. 그러자 일행은 문 쪽에 있는 식탁에 둘러앉아서 점원을 불러 식사를 주문했다.

라마승들은 백의 여승을 뚫어지게 노려보았는데, 눈에 분노가 이글거렸다. 여승은 그들을 아랑곳하지 않고 천천히 식사를 했다.

잠시 후, 한 라마승이 자리에서 일어나 백의 여승의 식탁 앞으로 다가가 소리쳤다.

"이봐! 네가 우리 동료들을 죽였느냐?"

백의 여승이 뭐라고 대꾸를 하기도 전에 정극상이 벌떡 일어나 호통을 쳤다.

"뭐 하는 놈들이냐? 여기가 어디라고 감히 행패를 부리는 것이냐?"

그 라마승이 성난 음성으로 되물었다.

"그러는 너는 뭐 하는 놈이냐? 우린 이 여승과 할 얘기가 있어서 왔는데, 네놈이 왜 나서? 어서 꺼져!"

순간, 바람소리가 일며 정극상의 부하 네 명이 일제히 그 라마승에게 덮쳐갔다. 라마승은 오른팔을 들어 두 명을 막고 냅다 발을 날려 한 명을 반점 밖으로 걷어찼다. 이어 주먹을 날려서 다른 한 명의 콧잔등을 후려갈겼다. 맞은 사람은 바로 기절해 쓰러졌다.

나머지 사람들이 고함을 질렀다.

"공격!"

다들 무기를 뽑아들고 라마승을 공격해갔다. 문 쪽에 앉아 있던 라마승 다섯 명도 제각기 계도를 뽑아 달려왔다. 그 우람한 라마승만이 자리에 앉아 미동도 하지 않았다.

반점 안은 삽시간에 요란한 금속성과 고함 소리, 기합 소리가 뒤엉켜 아수라장이 됐다. 그릇과 접시 따위가 이리저리 어지럽게 날아다니고 탁자와 의자도 박살이 났다. 패싸움이 붙자 점원과 손님들은 지레 겁을 먹고 앞다퉈 밖으로 도망쳤다.

정극상과 아가는 검을 뽑아들고 백의 여승 앞을 지켰다. 라마승 한 사람이 정극상의 시종 대여섯 명을 상대하고 있었다.

그때 난데없이 획 하는 소리가 들리는가 싶더니 단도 한 자루가 날아가 천장 대들보에 꽂혔다. 곧이어 다시 서너 자루의 장검이 허공을 가로질러 천장으로 날아갔다. 정극상의 시종들은 연신 놀란 비명을 지르며 빈손으로 뒤로 물러났다. 그들의 무기가 모두 날아가 천장 대들보에 박혀 떨어지지 않았다. 강편鋼鞭이나 철간鐵鐧 같은 무거운 병기는 천장을 뚫고 나가는 바람에 기왓장 파편이 떨어졌다.

향 한 자루 정도 타는 시간이 경과됐을까, 20여 명의 시종들은 모두 무기를 놓치고 말았다. 위소보는 놀라운 한편 은근히 좋기도 했다. 사실 놀라움보다 기쁨이 더 앞섰다.

몇몇 라마승은 분분히 뒤로 물러나 소리쳤다.

"다들 어서 무릎을 꿇고 항복해라! 아니면 모조리 대갈통을 잘라버리겠다!"

시종들은 비록 무기를 잃었지만 겁을 먹지는 않았다. 그들은 주먹을 날리거나 긴 걸상을 집어들고 다시 라마승들에게 덮쳐갔다. 라마승들은 일제히 기합을 내지르며 칼을 던져냈다. 휙휙 소리에 이어 탁탁 소리가 들리더니 여섯 자루의 계도가 그 우람한 라마승이 앉은 식탁 위에 둥근 원을 그리며 질서정연하게 꽂혔다. 이어 여섯 명의 라마승이 시종들 사이로 파고들었다.

"으악!"

"아야!"

"악!"

파도치듯 비명이 터지는 가운데 뚝, 뚝, 우두둑 하는 소리가 들리더니 삽시간에 20여 명의 시종들은 모두 대퇴골이 부러져 여기저기 나동그라졌다.

상황이 이렇게 되자 위소보는 좀 전과는 달리 놀라움이 기쁨보다 앞섰다. 내심 걱정이 됐다.

'이젠 사태와 나의 미인을 노릴 텐데, 어쩌면 좋지?'

여섯 명의 라마승은 합장을 하고 잠시 뭐라고 씨부렁거리며 염불을 외웠다. 그러더니 식탁으로 돌아가서 계도를 뽑아 허리에 찼다.

그 우람한 라마승이 소리쳤다.

"술 가져와! 먹을 것도 줘야지!"

그가 몇 번 소리쳤지만 점원들은 멀찌감치 서서 바라만 볼 뿐 감히 가까이 다가가지 못했다. 그러자 다른 라마승 한 명이 호통을 쳤다.

"이런 빌어먹을! 술을 안 가져오면 당장 이 집을 불바다로 만들어버릴 거야!"

주인장은 집을 불사르겠다는 말에 기겁을 하며 얼른 나섰다.

"아, 네! 네… 바로 올리겠습니다. 자, 빨리빨리 술과 안주를 가져다 올려라!"

위소보는 백의 여승을 쳐다보았다. 그녀가 어떻게 할 것인지 조마조마했다. 그런데 그녀는 태연한 표정으로 천천히 차를 마시며 전혀 움직이지 않았다. 반면 아가는 안색이 창백하게 변했고 눈엔 두려워하는 빛이 가득했다. 그리고 정극상은 안색이 파랗게 질려 검을 쥐고 있는 손이 파르르 떨렸다. 덤빌 수도 없고 물러날 수도 없어 어찌할 바를 몰라 하고 있었다.

그 체구 우람한 라마승이 냉소를 날리더니 몸을 일으켜 정극상 앞으로 다가갔다. 정극상은 자신도 모르게 옆으로 비켜섰다. 그러고는 검 끝으로 그 라마승을 겨냥하며 소리쳤다.

"저… 어쩌려는 거요?"

그의 목소리는 갈라지고 떨렸다.

라마승이 물었다.

"우린 이 여승에게 볼일이 있을 뿐이다. 다른 사람과는 상관이 없다. 넌 그의 제자냐?"

정극상이 간단하게 대꾸했다.

"아니요!"

라마승이 차갑게 말했다.

"좋아, 그럼 어서 꺼져라!"

정극상은 이대로 물러나자니 체면이 말이 아닐 것 같았다. 그래서 침을 삼키며 말했다.

"저… 댁은 누구요? 이름을 밝혀주면 나중에… 나중에….."

라마승은 앙천광소仰天狂笑를 터뜨렸다.

"풋 하하하핫….."

위소보는 그의 웃음소리에 고막이 윙윙 울리고 머리가 터질 것 같았다. 더 가까이 있는 아가는 휘청거리더니 걸상에 주저앉아 머리를 탁자에 박았다.

라마승이 얼굴에 웃음을 띤 채 말했다.

"내 법명은 상결이다. 청해 활불 좌하의 대호법大護法이다! 나중에 날 어떡하겠다는 거냐? 날 찾아와 복수라도 하겠다는 것이냐?"

정극상은 만용을 부리며 떨리는 음성으로 말했다.

"그… 그렇소!"

상결은 하하 웃으며 왼쪽 소맷자락으로 잽싸게 그의 얼굴을 훑었다. 정극상은 얼른 검으로 막았다. 그 순간 상결은 오른손 중지를 튕겨냈다. 쳉! 금속성이 들리며 정극상의 장검은 허공으로 날아올라 천장 대들보에 꽂혔다. 상결은 그에게 숨 돌릴 틈도 주지 않고 뒷덜미를 낚아채 번쩍 들어올리는가 싶더니 쿵 하고 다시 제자리에 앉혔다. 그러고는 웃으며 말했다.

"얌전하게 앉아 있어."

정극상은 그에게 뒷덜미를 낚였을 때 이미 대추혈이 찍혔다. 그 혈도는 수족삼양手足三陽과 독맥督脈이 모이는 곳이라, 이내 온몸이 마비돼 움직일 수 없게 됐다. 상결은 냉소를 날리더니 백의 여승을 그대로 놔둔 채 다시 자기 자리로 돌아가 앉았다.

위소보는 도저히 감을 잡을 수 없었다.

'저들은 뭘 기다리는 걸까? 왜 사태를 공격하지 않지? 혹시 또 다른 고수들이 오길 기다리고 있는 걸까?'

주위를 두리번거렸지만 이 반점의 사면은 모두 벽돌로 된 벽이라, 지난번처럼 판벽을 사이에 두고 몰래 비수를 쓰는 그 '비법'을 전개할 수는 없었다. 그리고 라마승들이 벽에 기대 있지도 않았다. 위소보는 아직 마차 안에 있는 호파음이 생각나 안색이 변했다.

'아뿔싸! 놈들이 그 호파음을 구해내면 내가 사태랑 한패라는 걸 바로 알 텐데! 그리고 내가 라마승 넷을 죽인 사실도 알아낼지 몰라. 그럼 이 위소보는 바로 저승으로 갈 거고, 그 네 명의 라마승과 마주치기 싫어도 어쩔 수 없이 만나게 될 거야. 가장 겁나는 건… 그들이 어쩌면 날 인봉, 인간 몽둥이로 만들어버릴지도 몰라! 그건 내가 생각해낸 방법이니까.'

죽은 라마승들을 만나 자신이 인봉이 되는 건 그야말로 자업자득이니 아마 염라대왕도 말리지 못할 것이다. 생각이 거기에 미치자 모골이 송연해졌다. 고개를 돌려 상결을 쳐다보니 표정이 심각하면서도 뭔가 망설이는 것처럼 보였다. 위소보는 이내 알아차렸다.

'그래, 맞아! 그는 사태가 중상을 입은 사실을 모르고 있어. 그러니 무공이 고강한 사태가 어떻게 출수할지 몰라 망설이고 있는 거야!'

이때 점원이 술과 안주를 가지고 왔다. 그런데 술 한 주전자는 라마 승들에게 각자 반 그릇씩밖에 돌아가지 않아 단숨에 다 비워버렸다. 한 라마승이 식탁을 내리치며 욕을 했다.

"이런 빌어먹을! 지금 장난하는 거냐? 술 한 주전자는 나 혼자 마시기도 부족해!"

점원은 겁을 먹고 부들부들 떨었다. 얼른 몸을 돌려 술을 더 가지러 갔다.

위소보는 문득 뇌리에 떠오르는 생각이 있어 점원을 따라 주방으로 들어갔다. 그는 아직 어린아이라 아무도 그를 눈여겨보지 않았다. 점원은 주방에서 큰 단지에 담겨 있는 술을 떠서 주전자에 붓고 있었다. 워낙 겁을 먹은 터라 손이 떨려 술을 제대로 주전자에 붓지 못하고 탁자, 바닥, 술단지 주위에 질질 흘렸다.

위소보는 은자 한 덩어리를 꺼내 점원에게 건네주었다.

"겁내지 말아요. 이건 내 밥값인데, 거스름돈은 다 가지세요. 내가 대신 술을 따라줄게요."

그러면서 자연스럽게 술주전자를 받아들었다. 점원은 웬 떡이냐 싶어 좋아했다. 세상에 이렇게 맘씨 좋은 사람이 있을 줄이야, 횡재한 기분이었다.

위소보가 말했다.

"라마승들은 정말 고약해요. 지금 뭐 하고 있는지 한번 살펴봐요."

점원은 그의 말대로 주방 문 쪽으로 가서 밖을 내다보았다.

위소보는 그 틈을 타 품속에서 몽한약을 꺼내 술주전자 속에 쏟아 넣었다. 그리고 몽한약을 탄 술주전자를 몇 개 더 만들었다.

그때 점원이 몸을 돌려 나직이 말했다.

"그들은 술을 마시고 있는데, 별로… 다른 짓은 안 하는 것 같아…."

위소보가 술주전자를 그에게 건네주었다.

"또 화를 내기 전에 빨리 갖다줘요. 성질이 고약해서 정말 이 집에 불을 지를지도 몰라요!"

점원은 고맙다는 인사를 하고 두 손에 술주전자를 들고 나갔다. 가면서도 중얼거렸다.

"정말 좋은 사람이네. 복 받을 거야."

라마승들은 주전자를 빼앗다시피 가져다가 제각기 사발에 가득 따르며 호통을 쳤다.

"가서 술을 더 가져와!"

위소보는 일곱 명의 라마승들이 전혀 의심하지 않고 술을 벌컥벌컥 마시는 것을 보고 속으로 쾌재를 불렀다.

'저 고약한 라마승들은 무공만 고강했지, 강호의 술수에 대해선 영 젬병이구먼! 다행이야!'

상결 등은 다섯 명의 동료가 죽은 모습을 직접 보았다. 그중 한 명은 장력에 의해 갈비뼈가 다 부러졌으니, 상대의 무공이 어느 정도인지 짐작이 가고도 남았다. 상결이 스스로 판단하기로는, 상대와 겨룬다면 승산보다는 질 확률이 더 높았다. 반점에 들어와 계속 백의 여승을 눈여겨 살펴봤는데, 너무나 태연자약한 게 역시 대가다운 풍범風範이 역력했다.

그렇게 일곱 명의 신경이 모두 백의 여승에게 집중돼 있다 보니, 위소보의 술수에 당하고 만 것이다. 그들은 백의 여승 같은 고수가 술에다 몽한약을 타는 그런 비열한 수법을 쓰리라곤 눈곱만큼도 생각지 못했다. 그래서 약을 탄 술을 마시면서도 전혀 눈치를 채지 못했다. 만약 백의 여승이 없었다면 몽한약을 탄 술을 이렇게 거푸 마시면서 눈치를 채지 못했을 리가 없다.

라마승 중에 여색을 밝히는 뚱보가 있었다. 그는 아가의 절세미모를 보고 벌써부터 수작을 부려 몸을 좀 더듬어보고 싶었다. 그러나 백의 여승이 겁나 감히 무례한 짓을 하지 못했는데, 지금 배 속에 술이 들어가자 욕망이 꿈틀거리기 시작했다. 게다가 서서히 약기운도 올라와 머리가 빙빙 돌면서 정신이 흐려졌다. 나중에 삼수갑산을 갈지라도 일단 본능을 채우고 볼 배짱이 생겼다. 그는 몸을 일으켜 아가에게 다가가 히죽히죽 웃으며 말했다.

"어이구, 요 귀여운 것! 시집은 갔는지 모르겠네…."

그는 거침없이 솥뚜껑만 한 손을 내밀어 아가의 얼굴을 쓱 만졌다. 아가는 화들짝 놀라 부들부들 떨었다.

"이… 이…."

그녀가 칼을 휘둘렀으나 뚱보 라마승은 가볍게 그녀의 손목을 낚아채 비틀었다. 아가의 칼이 바닥에 떨어졌다.

"풋, 하하…."

뚱보는 웃어젖히며 아예 아가를 품에 끌어안았다.

"으악! 악…."

아가는 비명을 지르며 그에게서 벗어나려고 몸부림을 쳤지만 소용이 없었다. 뚱보의 두 팔이 마치 커다란 쇠고리같이 그녀를 옭아맸는데, 무슨 수로 벗어날 수 있단 말인가?

백의 여승은 줄곧 침착함을 유지하고 있었는데, 이 순간 안색이 변했다.

'이 라마승들이 당장이라도 날 죽이는 건 상관없지만, 이런 수모를 당한다면 죽어서도 눈을 감지 못할 거야!'

정극상은 몸을 일으키려고 버둥거리며 소리쳤다.

"이… 이런…!"

그러자 뚱보 라마승은 대뜸 왼손을 떨쳤다. 퍽 소리가 들리더니, 정극상이 일장을 맞아 바닥에 쓰러져서는 데굴데굴 굴렀다.

위소보는 좋아하는 여인이 수모를 당하자 내심 조급해졌다.

'젠장! 몽한약이 왜 아직도 듣지 않지? 라마승들은 해괴한 무공을 익혀 몽한약도 소용이 없는 게 아닐까?'

뚱보가 두툼한 메기입을 내밀어 아가의 얼굴에 마구 입을 맞추는 것을 보고 위소보는 더 이상 참을 수 없었다. 그는 비수를 소매 속에다 숨기고 헤벌쭉 웃으며 앞으로 나갔다.

"대화상, 지금 뭐 하는 거요?"

그는 왼손으로 뚱보의 등을 건드리는 순간, 오른쪽 손목을 뒤집어 비수를 손에 쥐고는 뚱보의 왼쪽 가슴을 푹 찔렀다. 그러고는 여전히 웃으며 말했다.

"대화상, 재밌나 보지?"

상대가 반격을 할까 봐 잽싸게 왼쪽으로 몸을 피했다. 그의 비수는 예리하기 짝이 없었다. 왼쪽 가슴을 찔린 뚱보는 이내 심장이 멎어 그 자리에 굳어버렸다. 그래도 아가를 껴안은 채 팔을 풀지 않았다. 아가 는 그가 죽은 줄도 모르고 계속 비명을 질러댔다.

위소보는 다가가 뚱보의 손을 떼어내고 팔꿈치로 살짝 그를 밀치며 나직이 말했다.

"아가, 어서 날 따라와!"

그는 한 손으로 아가를 잡고, 한 손으론 백의 여승을 부축해 반점 밖 을 향해 걸어갔다.

뚱보 라마승은 아가의 몸에서 떨어지자 천천히 쓰러졌다. 나머지 라마승들은 소스라치게 놀라며 앞을 다퉈 달려들었다. 그러자 위소보 가 소리쳤다.

"꼼짝 마라! 저 라마승이 무례한 짓을 저질러 사부님께서 기묘한 무 공으로 그를 저승으로 보냈다! 누구든 한 발짝만 더 내디디면 바로 저 렇게 골로 갈 거다!"

라마승들이 멈칫하는 순간 쿵, 쿵, 두 명이 그 자리에 쓰러졌다. 곧 이어 다시 두 명이 휘청거리더니 나자빠졌다. 상결은 내공이 심후해 몽한약의 발작이 좀 늦었다. 그는 쓰러지진 않았지만 머리가 빙빙 돌 고 몸이 허공에 붕 떠 있는 것 같았다. 백의 여승이 정말 무슨 기이한 무공을 전개한 줄 알고 몹시 당황스러웠다. 정신이 가물가물 어지러운 데, 몽한약에 당한 것이라고는 전혀 생각지 못했다.

아가가 소리쳤다.

"정 공자, 빨리 우리랑 함께 가요!"

정극상이 대답했다.

"네!"

그는 비칠거리며 몸을 일으켜 앞장서 밖으로 뛰쳐나갔다. 위소보도 백의 여승을 부축해 밖으로 나갔다. 상결은 두어 걸음 쫓아왔으나 몸이 흔들거리더니 식탁 위에 넘어졌다. 우지끈 소리가 들리며 식탁이 박살났다.

위소보가 나가보니 마부는 이미 어디로 달아났는지 보이지 않았다. 그는 기다릴 여유가 없어 백의 여승을 부축해서 마차에 올랐다. 호파음은 여전히 마차 안에 쓰러져 있었다. 정극상과 아가도 마차에 오른 것을 확인한 후, 행여 상결이 쫓아올까 봐 마부석에 앉아 채찍을 날려 마차를 몰았다.

위소보는 단숨에 10여 리를 달려나갔다. 한바탕 비라도 쏟아질 것처럼 날이 침침해졌다. 마차를 끄는 노새가 지쳤는지 속도가 느려지자 정극상이 입을 열었다.

"말이 없는 게 애석하군. 우리가 타고 온 준마는 달리는 속도가 빨라 라마승들이 쫓아오지 못할 텐데!"

위소보가 쏘아붙였다.

"지금 사태가 어떻게 말을 탈 수가 있어요? 그리고 누가 마차에 타라고 했지? 이랴! 이랴!"

그는 다시 채찍을 휘둘러 노새를 몰았다.

정극상은 왕부의 공자라, 평상시 다들 그를 떠받들었다. 지금 위소보에게 핀잔을 듣자 화가 치밀어 얼굴이 벌겋게 상기되었다.

이때 뒤에서 말발굽 소리가 들려왔다. 위소보는 다급해졌다.

26. 여심을 향한 소영웅의 맹활약

"사태, 아무래도 마차를 버리고 잠시 몸을 숨겨야겠어요."

주위를 둘러보니 집은 없고, 조금 멀리 논밭에 보릿짚단이 몇 개 놓여 있었다.

"좋아요, 우리 저 보릿짚단 속으로 들어가 피신해요."

그러면서 노새를 멈춰세웠다.

정극상이 화를 내며 못마땅해했다.

"보릿짚단에 숨어 있다가 들키면 우리 연평왕부의 체면이 뭐가 되겠어?"

위소보가 받아쳤다.

"맞아! 우리 세 사람은 보릿짚단 속에 숨을 테니 공자께선 혼자 마차를 몰고 계속 달려요. 그럼 저들의 추격도 따돌릴 수 있겠네요!"

그러고는 백의 여승을 부축해 마차에서 내렸다. 아가는 결정을 못 내리고 우물쭈물했다. 그러자 백의 여승이 말했다.

"아가야, 내려와라."

아가는 정극상에게 손짓을 하며 말했다.

"내려서 잠시 몸을 숨겨요."

정극상은 세 사람이 다 보릿짚단 속으로 들어가자 잠시 망설이다가 뒤따라들어갔다.

위소보는 갑자기 생각난 일이 있어 황급히 보릿짚단 속에서 나와 마차에 올라탔다. 우선 비수로 호파음을 죽였다. 순간, 뇌리에 스치는 생각이 있어 호파음의 한쪽 손을 손목부터 잘라냈다. 그러고는 마차에서 내려 노새의 엉덩이를 찔렀다. 노새는 비명을 질러대며 마차를 끌고 미친 듯이 앞으로 달려나갔다. 말발굽 소리가 더 가까이 들려와 얼른 보릿짚단 속으로 뚫고 들어갔다.

위소보는 비수를 신발 속에 갈무리했다. 잘라낸 호파음의 손을 들고 아가를 깜짝 놀라게 해줄 심산이었다. 날이 침침한 데다가 보릿짚단이 단단해, 그 속에 숨어 있으니 한 치 앞을 분별할 수 없었다. 위소보는 왼손을 뻗어 더듬었다. 손에 변발이 잡혔다. 그건 보나마나 정극상이다. 그가 다시 더듬어보니 이번엔 부드럽고 가는 허리가 만져졌다. 아가가 틀림없었다. 그는 허리를 몇 번 주무르고 나서 소리쳤다.

"정 공자, 왜 내 엉덩이를 만지는 거야?"

정극상은 어이가 없었다.

"난 아닌데!"

위소보가 코웃음을 쳤다.

"내가 아가 낭자인 줄 아나 보지? 왜 자꾸 더듬는 거요?"

정극상이 화를 냈다.

"무슨 헛소릴!"

위소보는 왼손으로 아가의 가슴을 한번 주무르고 이내 손을 거두며 소리쳤다.

"정 공자, 왜 자꾸 이러지?"

이어 호파음의 손을 아가의 얼굴에 살짝 갖다 대고 비비다가 바로 가슴을 더듬었다.

앞서 그가 아가의 허리와 가슴을 더듬으며 소리를 질렀을 때, 아가는 정말 정극상이 짚단 속에서 자기에게 무례한 짓을 하는 줄 알고 부끄럽고 당황스러웠다. 그런데 바로 차가운 큰 손이 자기의 얼굴을 쓰다듬는 게 아닌가! 위소보의 손은 그렇게 클 리가 없었다. 정극상임에 틀림없어 막 소리를 지르려 했다. 그러나 사부님과 위소보가 들으면 망신을 당할 게 뻔해 얼른 고개를 돌렸다.

이번엔 그 큰 손이 자신의 가슴을 더듬었다. 속으로 욕이 나왔다.

'정 공자가 왜 이렇게 무례한 짓을 하지?'

절로 화가 치밀어 한쪽으로 몸을 피했다.

위소보는 몸을 돌려 찰싹 하고 정극상의 뺨을 후려쳤다. 그러고는 소리쳤다.

"아가 낭자, 잘 때렸어! 어이구… 정 공자, 왜 또 날 주무르는 거야? 사람을 잘못 짚었어!"

정극상은 정말 아가가 뺨을 때린 줄 알고 화가 나서 소리쳤다.

"네가 더듬은 거지, 난 아니야! 내가 왜…?"

아가는 속으로 생각했다.

'분명히 큰 손이었어. 망나니의 손이 아니야!'

위소보는 호파음의 손을 갖고 다시 아가의 뒷덜미를 더듬었다.

이때 말발굽 소리가 아주 가까이 들려왔다.

한편, 상결은 백의 여승 등이 반점에서 나가자 바로 쫓아가려 했다. 그러나 온몸이 풀려 힘을 쓸 수 없었다. 역시 그는 내공이 아주 심후해서, 몽한약을 먹었는데도 정신을 잃지 않았다. 진기를 끌어올려보니 기氣의 순환에 지장이 없었다. 단지 머리가 어지러울 뿐이었다. 이내 뭔가 알아차리고 소리를 질렀다.

"냉수를 가져와! 빨리 냉수를 떠와라!"

점원은 또 무슨 날벼락이 떨어질지 몰라 서둘러 냉수를 떠왔다.

상결이 말했다.

"내 머리에다 끼얹어라!"

점원은 선뜻 그에게 물을 끼얹지 못하고 우물쭈물했다. 상결은 점원이 몽한약을 쓴 줄 알고 숨을 길게 들이켜더니 물 사발을 향해 머리를 들이박았다. 물이 그의 머리에 쏟아졌고, 이내 정신이 좀 맑아진 것 같았다. 그는 다시 소리쳤다.

"물을 더 떠와! 많을수록 좋다! 빨리, 서둘러!"

점원은 다시 물을 떠왔고, 상결은 그 물을 머리 위에 부었다. 그리고 점원들에게 물통에 물을 더 많이 떠오게 해서 다른 라마승들에게 끼얹어 정신이 들게 만들었다. 그런데 그 뚱보 라마승만이 아무리 물을 끼얹어도 깨어나지 않았다. 자세히 살펴보니 등에 핏자국이 있었다. 비로소 죽은 걸 알았다.

여섯 명의 라마승은 식당에 불을 지를 겨를도 없이 말을 몰아 뒤를 쫓아온 것이다.

아가는 큰 손이 다시 자신의 뒷덜미를 더듬자 더 이상 참을 수 없어 앙칼지게 쏘아붙였다.

"안 돼!"

위소보는 그 즉시 손을 뒤집어 정극상의 뺨을 후려갈겼다. 짚단 속에선 사물을 분간할 수 없어 정극상은 피할 새도 없이 다시 뺨을 맞고는 소리를 질렀다.

"내가 아니야!"

아가와 그가 소리를 지르는 바람에, 그들이 그곳에 숨어 있다는 것이 발각되고 말았다.

상결이 소리쳤다.

"여기 있다!"

라마승 한 명이 짚단 가까이 달려왔다. 그는 정극상의 발이 짚단 밖으로 노출돼 있는 것을 보고는 바로 발목을 잡고 냅다 끌어당겼다. 그리고 상대가 반격할까 봐 멀리 내던졌다.

그 라마승은 다시 짚단 안으로 손을 집어넣어 더듬었다. 위소보는 몸을 움츠리고 있다가 라마의 손이 짚단 속을 마구 헤집는 것을 보자, 다급한 나머지 호파음의 손을 그의 손에다 밀어넣었다. 라마승은 손의 느낌이 와닿자 다짜고짜 힘껏 밖으로 끌어당겼다. 상대방을 짚단 속에서 끄집어낼 심산이었다. 이어 정극상을 던졌듯이 있는 힘을 다해 손을 뿌리쳤다. 그런데 뜻밖에도 허탕이었다.

죽을힘을 다해 끌어당긴 게 잘려진 손이라 제풀에 그만 쓰러지고 말았다. 그리고 자신이 잡은 게 죽은 사람의 손이라는 것을 깨닫는 순간, 가슴 밑바닥에서부터 기혈이 끓어올라 말할 수 없을 정도로 고통스러웠다.

그는 짚단 속에서 한 사람을 끌어내 멀리 던지려 했고, 당연히 거기에 상응하는 힘을 썼다. 앞서 정극상을 던졌을 때, 그 무게가 느낌상 120~130근은 족히 나가는 것 같았다. 이번에도 손을 잡는 순간, 무게가 비슷할 거라고 짐작했다. 그러니 자신은 200근의 힘을 썼다고 해도 과언이 아니다. 더구나 이번에는 발목이 아니라 손이었다. 잘못하면 오히려 상대방에게 끌려갈 수도 있다고 생각해 더욱 힘을 줄 수밖에 없었다.

그런데 그 엄청난 힘으로 그냥 잘려진 손 하나를 끌어당겼으니 그 힘이 다 자신에게 되돌아온 격이었다. 200근이나 되는 장력에 맞은 것과 진배없었다.

위소보는 그가 땅바닥에 폭삭 주저앉은 것을 보고 '옳거니' 하며 지푸라기를 집어 얼굴에다 뿌렸다. 라마승이 반사적으로 손을 휘저어 그 짚더미를 헤치는 순간, 갑자기 가슴에 따끔한 통증이 느껴졌다. 그는 몸을 몇 번 꿈틀거리더니 더 이상 움직이지 않았다. 위소보가 그의 얼굴에 지푸라기를 던지는 동시에, 시야가 가려진 그 틈을 타서 몸을 앞으로 솟구쳐 비수로 가슴을 찌른 것이다.

위소보는 그 라마승을 죽이고 초지에 몸을 숙였는데 앞쪽에서 라마승들의 왁자지껄한 고함 소리가 들려왔다. 위소보는 비수를 숨기고 천천히 몸을 일으켰다. 상결과 나머지 네 명의 라마승은 밭 한가운데 서 있었는데, 짚단과의 거리는 3장가량이었다.

죽은 라마승의 시신에는 지푸라기가 덮여 있어서 어떻게 죽었는지 상결 등은 자세히 보지 못했다. 그저 백의 여승이 또 무슨 신공을 전개해 죽인 거라고 생각했다. 그래서인지 멀찌감치 서서 더 이상 가까이 접근해오지 못했다.

상결이 소리쳤다.

"나의 사형제를 여덟 명이나 죽였으니, 이 피맺힌 원한을 반드시 갚고야 말겠다! 어서 나와라! 왜 비겁하게 짚단 속에 숨어 있느냐?"

위소보는 속으로 생각했다.

'왜 여덟 명을 죽였다는 거지?'

가만히 생각해보니 여덟 명이 맞았다. 단지 그중 한 명만이 백의 여승에게 죽었을 뿐 나머지는 다 자기가 죽인 거였다.

상결은 소리를 지르고 나서 다시 뒤로 두 걸음 물러났다. 두려움이

가시지 않는 모양이었다.

위소보는 짚단 속에서 나온 김에 당당하게 외쳤다.

"나의 사부님은 무공이 출신입화의 경지에 이르러, 이 세상에서 그 누구도 당해낼 수 없다! 그러나 자비를 베풀어 더 이상의 살생을 원치 않으니 여기서 얼쩡대지 말고 다들 냉큼 꺼져라!"

상결이 그의 말을 받았다.

"우리가 그렇게 호락호락 물러날 것 같으냐? 잔말 말고 어서 그《사십이장경》을 내놔라! 그럼 목숨만은 살려주마! 그러지 않으면 하늘 끝이라도 따라가서 그 경전을 빼앗아올 것이다!"

위소보가 말했다.

"《사십이장경》을 원한다고? 그 경전은 어느 사찰에나 다 있는데 왜 여기 와서 그걸 달라는 거지?"

상결이 말했다.

"우리가 원하는 건 여승이 갖고 있는 경전이다."

위소보는 이 기회에 정극상을 골탕 먹이고 싶었다. 그래서 그를 가리키며 말했다.

"사부님은 그 경전을 저 사람한테 줬다. 원하면 그에게 달라고 해!"

이때 정극상은 간신히 기어일어나 아직 몸도 제대로 가누지 못하는 상태인데, 라마승 한 명이 달려들어 팔을 뒤로 꺾었다. 그리고 또 한 명이 달려와 그의 옷을 발기발기 찢었다. 겉옷은 물론이고 속옷까지 다 찢자 금은보화가 쏟아져나왔다. 그러나 경전은 보이지 않았다. 위소보가 얼른 소리쳤다.

"정 공자, 그 경전을 어디다 숨겨놨어요? 뭐 별로 귀중한 경전 같지도 않은데, 저들이 달라고 하니 그냥 내줘요!"

정극상은 화가 머리끝까지 치밀어 소리쳤다.

"난 경전이 없어!"

라마승 한 명이 그를 기절할 정도로 마구 두들겨패고는 다그쳤다.

"어서 말하지 못하겠느냐?"

다시 뺨을 호되게 갈겼다.

위소보는 그의 얼굴이 팅팅 부어오른 것을 보고 속으로는 너무나 통쾌했다.

"정 공자, 라마승들을 모시고 가서 경전을 내줘요. 객잔에서 구덩이 파는 걸 봤는데 혹시 거기다 숨겨놓은 거 아닌가요?"

그 말에 상결은 몹시 기뻐했다.

"맞아! 어린애는 거짓말을 못하지. 그를 객잔으로 데려가서 경전을 찾아와라!"

라마승이 즉시 대답했다.

"네!"

그러면서 다시 정극상의 뺨을 후려갈겼다.

아가는 더 이상 참을 수 없어 짚단 속에서 나와 소리쳤다.

"저 애는 거짓말쟁이예요! 그의 말을 믿으면 안 돼요! 정 공자는 경전을 본 적도 없어요."

위소보가 고개를 돌려 나직이 말했다.

"난 사태와 널 구하기 위해서 정 공자를 이용해 저들을 딴 곳으로 유인하려는 거야."

아가가 말했다.

26. 여심을 향한 소영웅의 맹활약

"날 구해주지 않아도 좋아! 대신 정 공자를 모함하면 넌 목숨을 잃게 될 거야!"

위소보가 다시 말했다.

"그럼 정 공자의 목숨이 사태와 네 목숨보다 더 소중하다는 거야?"

그때 상결이 정극상을 잡고 있는 라마승에게 소리쳤다.

"그를 죽이면 안 돼!"

이어 고개를 돌려 소리쳤다.

"거기 있는 세 사람도 어서 나와라! 경전을 찾으러 우리랑 함께 객잔으로 가자!"

아가가 화를 내며 말했다.

"사부님 핑계를 대지 마! 죽을까 봐 겁나서 그러는 거잖아! 자신이 있으면 나가서 라마승들과 직접 겨뤄봐!"

그 말에 위소보는 뜨거운 피가 끓어올랐다.

'나를 깔보고 무시해도 유분수지! 그래, 한 번 죽지 두 번 죽겠냐?'

오기가 생겨 결연한 표정으로 말했다.

"좋아! 정정당당하게 라마승들과 맞서겠다! 내가 죽는 건 상관없지만 너랑 사태를 구할 수 없으니 그게 한이 될 뿐이야! 하지만 만약 내가 이기면 어떡할래?"

아가는 코웃음을 날렸다.

"흥! 너 같은 조무래기는 죽었다가 깨어나도 절대 이길 수 없어! 라마승들과 싸워 단 한 사람이라도 이긴다면 난 죽을 때까지 너한테 승복할게!"

위소보가 말했다.

"단 한 사람이라도 이기면 어쩐다고? 난 이미 라마승을 일곱 명이나 죽였는데!"

아가가 성난 음성으로 쏘아붙였다.

"그건 실력으로 죽인 게 아니라 간계를 쓴 거니까 이겼다고 할 수 없지!"

위소보가 다시 말했다.

"여러 말 할 것 없어! 내가 라마승을 한 사람이라도 이기면 넌 내 마누라가 된다고 약속해!"

아가는 여전히 화난 목소리로 말했다.

"무슨 헛소리야! 넌 사미승이고 또 내신데 어떻게… 어떻게…?"

위소보가 그녀의 말을 받았다.

"승려는 환속할 수 있고, 내관도 때려치우면 돼! 아무튼 난 반드시 널 마누라로 삼을 거야!"

아가는 다급해졌다.

"사부님도 다 들으셨죠? 이 상황에서도 불결한 말만 골라서 하고 있어요!"

백의 여승은 한숨을 내쉬었다. 그녀는 상황이 막바지에 이르면 라마승들에게 능욕을 당하느니 스스로 경맥을 끊어 죽을 생각이었다. 그래서 나직이 말했다.

"소보야, 짚단 속으로 손을 집어넣어봐라."

위소보가 대답했다.

"네!"

그러고는 왼손을 짚더미 속으로 밀어넣자, 손바닥에 뭔가 작은 종

26. 여심을 향한 소영웅의 맹활약

이뭉치가 잡혔다. 그리고 백의 여승의 나직한 음성이 들렸다.

"그건 경전에 숨겨져 있던 지도다. 내 걱정 말고 무슨 수를 써서라도 여기서 달아나라. 나중에 다른 일곱 부의 경전을 찾아낸다면 우리 한인들의 강산을 다시 수복할 수 있을지도 모른다. 그게 나 한 사람의 목숨보다 훨씬 더 중요하다는 걸 명심해라."

위소보는 백의 여승이 이 중요한 것을 제자에게 주지 않고 자기한테 맡기자, 황송하면서도 힘이 불끈 솟았다. 그는 바로 좋은 생각이 떠올라 더 이상 주저하지 않고 큰 소리로 외쳤다.

"나의 사부님은 당세 고인이라 너희들 같은 조무래기들과 겨루는 걸 원치 않는다. 너희들 중에서 한 사람이 나와 나랑 겨뤄, 만에 하나 이긴다면 그땐 나의 사저가 나설 것이다. 흥! 하지만 내가 보기엔 감히 나설 사람이 없을 것 같으니, 좋게 말할 때 어서 꼬리를 내리고 썩 물러가라!"

그의 말을 들은 라마승 다섯 명은 어이가 없어 껄껄 웃었다. 그들은 백의 여승을 두려워할 뿐이지, 이 젖비린내 나는 어린것을 겁낼 이유가 전혀 없었다. 라마승 한 명이 웃으며 나섰다.

"내가 단 일장이면 널 데굴데굴 10리 밖으로 날려보낼 텐데, 건방지게 겨루긴 뭘 겨루자는 것이냐?"

위소보는 앞으로 한 걸음 나서며 낭랑하게 말했다.

"좋다, 그럼 너랑 한판 겨뤄보지!"

그러고는 고개를 돌려 아가한테 말했다.

"내가 이기면 넌 내 마누라가 되는 거야. 절대 약속을 어기면 안 돼! 알았지?"

아가는 단호했다.

"넌 이길 수 없어. 절대 이길 수 없어!"

위소보가 다시 말했다.

"죽기살기로 덤비면 당해낼 자가 없다고 했어! 널 마누라로 삼기 위해서 목숨을 걸 수밖에!"

그 라마승은 앞으로 몇 걸음 더 걸어와 웃으며 말했다.

"정말 나랑 겨뤄보겠다는 거냐?"

위소보가 음성을 높였다.

"그럼 장난인 줄 알았냐? 이건 공정하게 일대일의 대결이다. 사부님은 절대 날 돕지 않을 것이니 염려 마라. 너의 사형제들도 당연히 널 돕지 않겠지?"

그 라마승이 대꾸하기 전에 뒤쪽에 서 있는 상결이 하하 웃으며 말했다.

"우린 당연히 나서지 않지!"

위소보가 다시 외쳤다.

"내가 만약 주먹으로 너를 죽이면 설마 복수하겠다고 우르르 다 함께 덤벼들진 않겠지? 미리 말해두는데, 만약 그런 비겁한 짓을 한다면 나의 사부님도 어쩔 수 없이 나서실 테니 각오해라!"

상결은 백의 여승을 두려워하고 있는 게 사실이었다. 몇몇 사제가 의문의 죽음을 당했는데, 이 여승이 무슨 무공을 사용했는지 도무지 감을 잡을 수 없었다. 일단 사제로 하여금 여승의 어린 제자와 겨루게 해서, 여승의 무공을 파악해볼 심산이었다. 그는 당당하게 말했다.

"쌍방이 절대 나서서 돕지 않는 조건에서, 단둘이 승부를 내봐라!"

26. 여심을 향한 소영웅의 맹활약

위소보가 입방아를 찧었다.

"만약 나서서 도와주면 그는 후레자식의 아들이다!"

상결이 그의 말을 받았다.

"그래! 누가 도와주면 그는 후레자식의 딸이다!"

상결은 무공이 지극히 고강할 뿐 아니라 임기응변에 능하고 머리가 영리했다. 그는 백의 여승과 아가가 여자라 '후레자식의 아들'을 바로 '후레자식의 딸'로 바꿔 말한 것이다. 상대는 후레자식의 '아들'이 아니니, 혹시 나서서 도울지도 모른다는 노파심 때문이었다.

위소보는 웃으며 말했다.

"좋아요! 아주 영리하구먼, 영리해!"

상결이 말했다.

"앞으로 몇 걸음만 더 나서라!"

그는 위소보가 짚단 가까이 있어 행여 백의 여승이 뒤에서 암암리에 공력을 전개해 도와줄까 봐, 미리 그 가능성을 차단한 것이다.

위소보는 당당하게 말했다.

"이기면 당당하게 이기고, 져도 떳떳하게 져야지! 꼼수를 써서야 되겠나!"

백의 여승이 나직이 말했다.

"소보야, 넌 이길 수 없어. 겨루는 척하면서 말을 빼앗아 타고 빨리 여기서 벗어나야 해."

위소보가 짤막하게 대답했다.

"네!"

그는 앞으로 세 걸음을 더 내디뎠다. 짚단과는 1장 남짓 떨어졌다.

상결은 이 정도 거리면 백의 여승이 뒤에서 도와주지 못할 거라고 생각해 고개를 끄덕였다.

그 라마승도 앞으로 몇 걸음 더 나와 마주 서서 웃으며 물었다.

"어떻게 겨룰 거냐?"

위소보가 말했다.

"문결文決도 좋고, 무결武決도 좋다!"

라마승이 다시 웃으며 물었다.

"문결은 뭐고, 무결은 뭐냐?"

위소보가 설명했다.

"문결은 문인처럼 신사적으로 겨루는 거다. 그러니까 내가 널 한 방 때리고, 그다음에 네가 날 한 방 때리는 거지. 서로 막지 않고 번갈아가며 한 대씩 맞는 거다. 계속 상대방에게 주먹질을 하다가 먼저 쓰러지는 쪽이 지는 거지. 내가 공격할 차례면 넌 피하지 않고 반격해서도 안 된다. 물론 네가 날 공격할 때도 마찬가지로 나 역시 피하거나 반격하지 않는다. 그냥 내공을 끌어올려 상대방의 주먹을 고스란히 맞는 거야. 그리고 무결은 병기로 싸워도 좋고, 발로 차든 주먹질을 하든 맘대로 피하고 반격하고, 심지어 도망쳐도 된다."

상결은 속으로 생각했다.

'저 어린것은 틀림없이 몸놀림이 민첩해서 무결을 하면 이리저리 피해 사제를 골탕 먹일 거야. 워낙 잔꾀가 많은 녀석이라 짚단 가까이 도망쳐 다른 꼼수를 쓸 수도 있어. 여승이 짚더미 속에서 암수를 전개할 수도 있고! 하지만 문결로 겨루면, 그깟 작은 주먹으로 사제를 수십 번 가격해봤자, 간지럼을 태우는 정도겠지!'

그는 곧 서장어로 사제에게 소리쳤다.

"문결로 해라! 대신 금방 쓰러뜨리지 말고 오래 끌면서 상대의 무공 수법을 파악해야 한다!"

위소보는 서장어를 모르지만 무슨 뜻인지 대충 감을 잡고 일부러 상대를 약올렸다.

"날 당해내지 못할까 봐 사형이 겁을 먹은 모양이군. 그냥 항복하라 고 했나?"

라마승은 껄껄 웃었다.

"무슨 헛소릴 지껄이는 것이냐? 사형은 널 불쌍히 여겨 한주먹에 때려죽이진 말라고 했다. 넌 아직 나이가 어려서 무기는 잘 쓰지 못할 것 같으니, 우리 문결로 승패를 가르자!"

위소보는 그의 말을 흔쾌히 받아들였다.

"좋다!"

그러고는 당당하게 가슴을 펴고 뒷짐을 지며 말했다.

"네가 먼저 주먹으로 날 쳐라. 내가 만약 피하거나 막는다면 후레자 식이다!"

라마승은 하하 웃었다.

"넌 어린애니 네가 먼저 공격해야지!"

그 또한 위소보처럼 뒷짐을 지고 가슴을 폈다. 그는 위소보보다 키 가 훨씬 크고 체구도 우람했다. 히죽히죽 웃으며 애송이 따위는 전혀 안중에 없는 듯 굴었다.

위소보는 왼쪽 주먹을 내밀어 겨냥해보았다. 주먹이 마침 상대의 아랫배 정도에 닿았다. 다섯 명의 라마승들은 그의 풋사과만 한 작은 주먹을 보고는 모두 깔깔대며 웃음을 터뜨렸다.

위소보가 말했다.

"좋아! 그럼 내가 먼저 공격한다!"

상대 라마승은 큰소리를 쳤지만 무조건 마음을 놓을 순 없었다. 상대는 비록 어리지만 기인奇人에게 독특한 무공을 전수받았을 수도 있어, 내공을 끌어올려 아랫배에 집중시켰다.

위소보는 대뜸 오른 소매를 떨쳐 손을 소매 속에다 감추기 무섭게 라마승의 왼쪽 가슴을 향해 일격을 가했다. 상결 등은 그가 전개한 일격이 아무런 위력도 없어 보여 다시 웃음을 터뜨렸다. 그런데 그들의 웃음이 끝나기도 전에 일격을 맞은 라마승의 몸이 휘청거렸다.

위소보가 태연하게 소리쳤다.

"자, 이번엔 당신이 날 때릴 차례야!"

그 라마승은 갑자기 썩은 나무토막처럼 앞으로 쿵 자빠져 움직이지 않았다. 상결 등은 깜짝 놀라 일제히 앞으로 뛰쳐나갔다. 그러자 위소보가 짚단 가까이 물러나며 소리쳤다.

"꼼짝 마라! 누구든 더 앞으로 오면 후레자식의 아들이다!"

네 명의 라마승은 즉시 걸음을 멈췄다. 쓰러진 라마승은 여전히 움직이지 않았다. 기혈이 막히는 중상을 입었는지, 아니면 숨이 끊어졌는지 알 수 없었다. 네 사람은 너무 놀라 눈이 황소만 해지고 입이 딱 벌어진 채 아무 말도 하지 못했다.

위소보는 양쪽 주먹을 머리 위로 들어올리고 말했다.

"이건 사부님한테 배운 무공인데 격산타우신권隔山打牛神拳이다! 한 주먹에 황소도 때려죽일 수 있는데, 하물며 사람이 견뎌낼 수 있겠어?

또 누가 내 주먹맛을 보고 싶으냐?"

이어 나직이 아가에게 말했다.

"아가 마누라, 약속을 지킬 거지?"

아가는 그가 아주 가볍게 주먹을 뻗어 체구가 우람하고 무공이 고강한 라마승을 쓰러뜨린 것을 보고, 역시 놀란 나머지 입이 딱 벌어져, 경박한 말을 듣고서도 반박할 말을 찾지 못했다.

위소보가 웃으며 말했다.

"하하, 승낙을 한 거야, 착한 마누라!"

그제야 번쩍 정신이 들어 소리쳤다.

"아니야!"

위소보는 여유만만했다.

"생떼를 쓰면 안 되지."

아가는 악을 썼다.

"아니야, 절대 아니야!"

백의 여승은 라마승을 마주 보고 있어서, 그가 위소보의 일격을 맞은 후 가슴에 피가 약간 스며나온 것을 보았다. 짐작컨대 위소보가 주먹으로 그를 죽인 게 아니라 소매 속에 숨긴 예리한 비수로 심장을 찌른 것이 분명했다. 사실 그 비수는 날카롭기 짝이 없어 사람의 몸은 물론이고 설령 무쇠를 찔렀어도 파고들었을 것이었다.

위소보는 먼저 왼쪽 주먹을 뻗어내면서 상대를 겨냥해, 주먹을 쓴다는 것을 암시했다. 그리고 비수를 쓴 즉시 다시 소매 속에 숨기고 두 빈주먹을 머리 위로 번쩍 들어올렸다. 그러니 아무도 그를 의심하지 않았다.

상결은 죽은 라마승의 이름을 몇 번 불러봤지만 전혀 반응이 없자, 놀라고 당황해 일순 어떡해야 좋을지 몰라 했다. 그러자 깡마른 라마승 한 사람이 계도를 뽑아들고 소리쳤다.

"이런 생쥐 같은 놈! 독특한 권법을 익힌 모양인데, 이번엔 내가 도법刀法으로 상대해주마!"

그는 이 어린것이 고인의 가르침을 받아 심후한 내공을 쌓았기 때문에 권법은 걸출하지만 무기로 공격하면 그 내공이 별 소용이 없을 거라고 생각했다.

위소보는 이미 생각해둔 바가 있어 당황하지 않았다.

"도법도 상관없으니 가까이 와봐라!"

위소보가 큰소리를 치는 바람에 그 라마승은 선뜻 앞으로 다가오지 못하고 제자리에서 소리쳤다.

"자신 있으면 네가 이리 와라!"

위소보가 맞받아쳤다.

"사내답게 어서 이리 와라!"

라마승이 말했다.

"하나, 둘, 셋 하면 같이 앞으로 세 걸음씩 옮기자!"

위소보는 흔쾌히 동의했다.

"좋아! 하나, 둘, 셋!"

정말 앞으로 세 걸음 나섰다. 그 라마승도 어쩔 수 없이 세 걸음 나서서 계도를 휘둘러 흰 광막光幕을 만들어 상반신을 호위했다. 행여 상대방이 느닷없이 그 무슨 격산타우신공을 또 전개할까 봐 잔뜩 긴장하고 있는 것 같았다.

위소보가 웃으며 말했다.

"그렇게 겁먹을 필요 없어. 너한테는 신권神拳을 쓰지 않겠다!"

라마승은 그의 말을 믿으려 하지 않았다. 계속 계도를 휘둘러 예리한 바람소리와 함께 광막을 펼쳐냈다.

"어서 칼을 뽑아라!"

위소보는 여전히 웃으며 말했다.

"난 이미 금정문金頂門의 호두신공護頭神功을 익혔다. 그러니 칼로 내 머리를 내리쳐봐라. 그럼 칼이 바로 튕겨가서 네 머리를 베어버릴 것이다! 나중에 영문을 모른 채 죽어서 날 원망할까 봐 미리 말해두는 것이다."

그 라마승은 반신반의했다. 어쨌든 위소보가 맨주먹으로 사형을 때려죽인 것은 자기가 직접 목격한 사실이었다. 무공이 어느 정도인지 짐작이 가지 않아 선뜻 앞으로 나서지 못했다. 물론 그의 머리를 공격할 엄두도 나지 않았다.

위소보가 다시 말했다.

"넌 무공이 너무 약한 것 같으니 절대 반격하지 않겠다. 대신 내 머리를 내리쳐야지, 가슴을 공격해선 안 돼. 난 아직 어려서 호체신공護體神功까지는 연마하지 못했어. 가슴을 맞으면 죽을지도 몰라!"

라마승은 그를 째려보며 말했다.

"정말 머리를 내리쳐도 겁내지 않는단 말이냐?"

위소보는 모자를 벗었다.

"보라고! 호두신공을 연마하느라 변발이 다 잘려나갔고, 머리카락도 얼마 남지 않았어. 덕분에 호두신공을 완성할 수 있었지! 머리카락이 하나도 남지 않으면 그땐 가슴을 공격해도 끄떡없을 거야."

소림사와 청량사에서 출가했을 때 머리카락을 다 잘라버려 지금 머리카락은 새로 자라난 지 얼마 되지 않았다. 당시 화상과 타고난 대머리가 아닌 남자라면 누구나 변발을 길렀다. 위소보처럼 머리카락이 짧은 남자는 거의 없었다. 그가 호두신공을 깊이 연마할수록 머리카락이 없어진다고 말한 것은, 지난날 들었던 그 금정문 고수의 이야기가 떠올랐기 때문이었다.

라마승은 위소보가 허풍친 소리를 듣고 좀 더 믿게 됐다. 게다가 무림에 금정문의 '철두신공'이란 무서운 무공이 있다는 이야기를 들어본 기억도 있었다. 그는 고개를 갸웃하며 말했다.

"칼을 맞고도 머리가 무사할 거라곤 도저히 믿기지 않는데?"

위소보가 말했다.

"미리 말하지만, 시도하지 않는 게 좋아. 칼이 튕겨나가면 네 몸은 머리통과 영원히 이별하게 될 거야."

라마승은 오기가 생겼다.

"난 도저히 믿을 수 없어! 거기서 꼼짝도 하지 마. 바로 머리통을 박살내버릴 테니까!"

그러면서 계도를 들어올렸다.

위소보는 도광이 번뜩이는 것을 보자, 내심 말할 수 없이 두려웠다. 상대방이 정말 칼로 내리치면 머리통이 두 쪽으로 갈라지는 것은 물론이고, 몸뚱어리도 반으로 쪼개질 터였다. 그런데 실력으로는 도저히 저들의 적수가 못 되고, 다른 속임수를 쓰기에도 이미 때가 늦었다.

위소보는 워낙 도박을 좋아하고, 그 승부기질이 이미 몸에 배었다.

이번에는 상대가 겁을 먹고 감히 자신의 머리를 내리치지 못하는 쪽에다 패를 걸었다. 자신의 목숨을 걸고 승부수를 던진 것이다.

지금 자신의 생사는 라마승의 일념에 달려 있었다. 어쨌든, 지든 이기든 주사위는 이미 던져졌다. 이것은 결코 피할 수 없는 일생일대의 큰 도박이었다. 그로서는 승부수를 던지지 않을 수 없었다. 만약 승부수를 던지지 않으면 상결을 비롯한 라마승들은 자기와 백의 여승, 그리고 아가를 가만히 놔둘 리가 없었다. 어차피 죽는 것은 마찬가지였다.

더욱 중요한 것은, 사랑하는 미인이 지금 눈을 똑바로 뜨고 자기를 쳐다보고 있지 않은가. 절대 약한 모습을 보여선 안 된다. 생각이 여기에 미치자 한쪽에 쓰러져 있는 정극상을 힐끗 쳐다보며 속으로 씨부렁거렸다.

'넌 왕부의 공자랍시고 우쭐대는데, 이 기녀의 아들과 비교해 누가 더 영웅호한답냐? 빌어먹을! 너 같으면 감히 여기 서서 머리통에 칼을 맞을 배짱이 있겠냐?'

그렇게 마음을 굳히자 위소보는 오히려 홀가분하고 태연해졌다.

상결이 얼른 서장어로 소리쳤다.

"저 녀석은 아무래도 요상한 데가 있으니 머리를 내리치면 안 돼!"

위소보는 또 감을 잡고 코웃음을 쳤다.

"무슨 말을 한 거야? 대사형이 내 머리통을 치지 말라고 했지? 정말 이렇게 비겁하게 나오면 전부 없었던 일로 할 거야!"

라마승이 바로 그의 말을 받았다.

"아니야, 아니라고! 사형은 네 허풍을 믿지 말고 단칼에 머리통을 반 토막 내라고 했다!"

그러고는 바로 허공을 가르며 칼을 떨쳐냈다.

위소보는 너무 놀라 혼비백산, 그 오기며 배짱이 다 어디로 날아가고 황급히 머리를 움츠리며 속으로 외쳤다.

'아! 나 죽는다!'

영락없이 머리통이 박살날 순간이었다. 그런데 날아오던 칼이 머리에서 석 자쯤 떨어진 거리에서 갑자기 반원을 그리며 회중포월懷中抱月의 초식으로 바뀌어, 바깥에서 안쪽을 향해 푹 하고 위소보의 등을 내리쳤다.

그 힘은 실로 엄청났다. 위소보는 등에 극심한 통증을 느끼며 몸의 중심을 잃고 라마승의 품으로 고꾸라지듯 파고들었다. 바로 그 순간, 오른손의 비수로 상대의 가슴을 연거푸 세 번 찔렀다. 그리고 고개를 숙여 날다람쥐처럼 그의 가랑이 사이로 빠져나오면서 소리쳤다.

"어이구… 이건 반칙이야!"

라마승은 숨을 헉헉거렸다. 위소보의 등을 내리쳤던 계도는 잔력殘力에 의해 칼날이 뒤집어져 공교롭게도 자신의 얼굴을 찍었다. 그 즉시 몸이 오므라들고 뒤틀리더니 곧 움직이지 않았다.

위소보는 그가 자신의 가슴을 쳐주기를 바랐다. 보의寶衣를 입고 있어서 가슴에 칼을 맞아도 죽을 염려가 없었다. 그러면 나머지 라마승들은 지레 겁을 먹고 달아날 거라고 생각했다. 그런데 예상외로 등을 내리치는 바람에 가슴으로 고꾸라져들어가 비수를 사용할 절호의 기회를 포착한 것이다. 물론 가랑이 밑으로 기어나오는 것은 영웅답지 못하고, 가히 보기 좋은 장면은 아니었지만, 우선 살고 봐야 했기 때문에 영웅이고 나발이고 따질 계제가 아니었다. 그래도 체면을 만회하고 싶어 큰 소리로 외쳤다.

"사부님! 이젠 등의 신공도 다 터득한 것 같아요. 보세요, 콜록콜록… 칼이 튕겨져나가 그를 죽였어요. 멋져요, 멋져!"

사실 계도가 원심력에 의해 튕겨져 라마승의 얼굴에 낸 상처는 아주 경미했다. 비수로 가슴을 찌른 것이 치명상이었다. 그러나 상결 등은 그 내막을 알 리가 없어 정말 호체신공의 반탄지력反彈之力에 의해 동료가 죽은 것으로 생각했으니, 그 놀라움이 이만저만 아니었다. 그들은 반사적으로 뒤로 몇 장 물러나 죽은 라마승의 이름을 불렀다.

백의 여승은 위소보가 창칼을 막아낼 수 있는 보의를 입고 있다는 사실을 알고 있었다. 전에 아가가 그를 두 번이나 찔렀는데도 상처를 입지 않았기 때문이다. 그래서 이번에 위소보가 무사한 것에 대해서는 별로 이상하게 생각하지 않았다. 하지만 자신의 머리를 걸고 상대방과 승부를 벌인 그 배짱과 용기에 대해서는 감탄하지 않을 수 없었다.

그러나 사실 당사자인 위소보는, 솔직히 말해 너무 놀란 나머지 오줌을 찔끔 쌌다. 바짓가랑이가 오줌으로 축축했지만 그 자신을 제외하고는 아무도 몰랐다. 그리고 그 라마승이 내리친 힘이 워낙 강해 등줄기 늑골이 거의 부러질 뻔했다. 지금 짚더미에 등을 기대고 헉헉 가쁜 숨을 내뱉었다.

백의 여승이 아가에게 말했다.

"아가야, 어서 그에게 설삼옥섬환을 먹여라."

아가가 위소보에게 물었다.

"약은 어딨지?"

위소보가 말했다.

"내 품속에 있어. 난 아무래도 죽을 것 같아…."

아가는 그의 품속을 뒤져 작은 옥병을 꺼내서 마개를 열고 환약 한 알을 꺼낸 후, 다시 병마개를 닫고 옥병을 그의 품속에 집어넣었다. 그리고 위소보에게 말했다.

"빨리 약을 먹어."

위소보는 약을 받으려고 손을 내밀었지만, 기운이 없는 양 일부러 손을 다시 떨궜다. 아가는 어쩔 수 없이 약을 그의 입에다 갖다 대주었다. 위소보는 백설처럼 하얀 손을 보자, 환약이 입에 들어오는 순간 손에다 입을 맞췄다. 아가가 황급히 손을 움츠렸지만 위소보는 다시 그녀의 손등에다 입맞춤을 했다.

"아!"

아가는 놀란 외침을 토했다.

위소보는 그녀가 고자질을 할까 봐 먼저 큰 소리로 외쳤다.

"사부님! 저 라마승들은 약속을 개똥처럼 생각하나 봐요! 내 머리를 친다고 해놓고 등을 쳤어요. 아직 세 명이 남았는데, 아무래도 제가 아예 격산타우신권으로 다 죽여버려야 될 것 같아요!"

그 말에 상결 등은 다시 몇 걸음 뒤로 물러났다. 그러고는 뭔가 상의하는 것 같더니 화섭자를 꺼내 마른 짚단에 불을 붙여 힘껏 던졌다. 불이 붙은 짚단은 멀리 날아오지 못하고 중간에 떨어졌다. 그러자 상결이 다시 짚단에 불을 붙여 앞으로 뛰쳐나오더니 내공을 실어서 던졌다. 그는 짚단을 던지자마자 행여 위소보가 또 '신권'을 전개해 기습을 할까 봐 쌍장을 휘둘러 몸을 호위한 채 뒤로 물러났다.

짚더미에 불씨가 붙자 바로 타올랐다. 위소보는 백의 여승을 짚더미 속에서 끌어냈다. 주위를 두리번거리며 살펴보니, 서쪽으로 바위가 난립해 있는 사이에 작은 동굴 같은 게 눈에 들어왔다. 그는 자세히 생각할 겨를도 없이 말했다.

"아가! 빨리 사부님을 모시고 저 동굴 속으로 피해! 내가 여기서 저들을 막고 있을게."

이어 상결을 향해 두어 걸음 내디디며 소리쳤다.

"정말 겁대가리가 없구먼! 이 어르신의 격산타우신권과 호신금정신공이 겁나지 않는단 말이지? 상결! 주먹맛을 보여줄 테니 어서 머리통을 내밀어라!"

상결은 워낙 신중한 사람이라 선뜻 앞으로 나서지 못했다. 무슨 수를 써서라도 경전을 반드시 손에 넣어야만 했다. 벌써 사제 열 명이 희생됐는데, 이대로 물러나면 여태껏 쌓아올린 위명威名이 물거품이 될게 아닌가? 백의 여승은 걸음이 느리고 어린 계집의 부축을 받고 있는 것으로 미루어 부상을 입었거나 병을 앓고 있는 게 분명했다. 경전을 빼앗으려면 지금이 바로 절호의 기회였다. 문제는 무공이 괴이한 저꼬마 녀석인데, 일단 맞붙으면 바로 죽으니 망설여질 수밖에 없었다.

위소보는 백의 여승과 아가가 동굴 가까이 다가간 것을 확인하고 소리쳤다.

"이리 와서 나랑 맞붙을 자신이 없다면 내가 가서 다 죽여버리겠다! 어서 달아나지 않고 뭘 꾸물대느냐?"

상대를 겁줄 속셈이었는데, 그 말 속에 허점이 드러나고 말았다.

상결은 그 말을 듣고 생각했다.

'네가 정말 날 죽일 자신이 있다면 당장 달려와서 죽이면 되잖아?

왜 달아나라고 하는 거지? 뭔가 두려워하고 있는 게 분명해!'

그는 징그럽게 웃으며 양손을 뻗어 깍지를 꼈다. 그러자 전신의 뼈마디에서 우두둑 소리가 났다. 천천히 앞으로 두어 걸음 내디뎠다.

위소보는 내심 아뿔싸 했다.

'큰일 났네! 이번엔 또 무슨 수로 저놈을 죽이지?'

앞서 몸을 숨겼던 짚더미는 이미 활활 타고 있었다. 자칫 몸에 불이 붙을 수도 있었다.

'빌어먹을! 일단 동굴 속으로 들어가 방법을 강구해봐야겠다!'

동굴 속으로 들어갈 생각을 하니 왠지 기분이 좋았다. 동굴 안은 캄캄해서 사물이 잘 보이지 않을 테니 아가한테 수작을 부리기 안성맞춤일 것이었다. 그는 허리를 살짝 숙여 호파음의 잘린 손을 집어 품속에 넣었다. 상결이 다시 앞으로 몇 걸음 옮겨오는 것을 보고, 바로 큰소리로 외쳤다.

"여긴 너무 뜨거워서 신공을 전개할 수 없다. 자신이 있으면 저쪽에 가서 겨루자!"

그러면서 몸을 돌려 달려가 동굴 속으로 쏙 들어갔다.

백의 여승과 아가가 그곳에 앉아 있었다. 자세히 보니 동굴이 아니라 산기슭에 움푹 파인 부분이라 몸을 숨기기에 좋은 장소가 아니었다. 게다가 캄캄하지도 않았다. 아가는 백의 여승과 바싹 붙어앉아 있기 때문에 손으로 더듬기도 불가능했다. 그는 다소 실망스러웠다.

상결과 두 명의 라마승은 천천히 동굴 쪽으로 걸어와 약 3장의 거리를 두고 멈춰섰다. 상결이 소리쳤다.

"너희들은 벼랑 끝에 몰렸어. 더 이상 달아날 곳이 없다. 자, 불을 이리 줘라!"

라마승 하나가 불이 붙은 짚단을 그에게 건네주었다.

위소보가 말했다.

"좋아! 우릴 태워죽여라! 그럼 그《사십이장경》도 함께 탈 거야!"

상결은 불이 붙은 짚단을 높이 들어올려 동굴 안으로 던지려다가 그의 말을 듣고는 주춤했다. 위소보의 말이 맞았다. 세 사람을 다 불태워죽이면 그 경전도 불타 없어질 것이다. 그는 불씨를 옆으로 팽개치며 소리를 질렀다.

"어서 경전을 내놔라! 그럼 자비를 베풀어 목숨은 살려주겠다!"

순순히 당할 위소보가 아니었다. 그 또한 목청을 높였다.

"네가 먼저 나의 사부님한테 무릎 꿇고 큰절을 열여덟 번 올려라! 그럼 사부님이 자비를 베풀어 너희 목숨만은 살려주실 것이다."

상결은 화가 치밀어 불씨를 다시 집어 동굴 앞에다 던졌다. 이내 짙은 연기가 바람을 따라 스며들어왔다. 위소보와 아가는 매운 연기에 눈물을 흘리며 콜록거렸다. 백의 여승은 호흡을 천천히 하면서 기침은 하지 않았다.

다른 두 라마승도 불이 붙은 짚단을 던졌다. 위소보가 견디다못해 백의 여승에게 말했다.

"이제 경전은 소용이 없으니 그들에게 내주고 우린 완… 완장지계緩將之計를 쓰는 게 어때요?"

병법의 완병지계緩兵之計는 시간을 끌면서 상대의 공격을 늦추는 계책이다. 그런데 위소보는 무식해서 '완장지계'라고 말한 것이다. 아가가 바로 쏘아붙였다.

"완병지계겠지!"

위소보도 지지 않고 맞받아쳤다.

"그들은 병兵이 아니잖아!"

아가는 기침이 계속 나와 더 이상 그와 입씨름을 하지 않았다.

백의 여승이 말했다.

"좋아."

그녀는 경전을 위소보에게 내주었다.

위소보가 밖을 향해 큰 소리로 외쳤다.

"경전이 한 권 있긴 있는데… 밖으로 던질게! 불이 옮겨붙어서 다 타버리면 난 책임을 못 져!"

상결은 경전을 내준다는 말에 매우 좋아하며, 행여 경전이 불에 탈까 봐 얼른 큰 돌을 주워 불타고 있는 짚단에다 던졌다. 두 라마승도 따라 했다. 상결은 힘이 센 데다 던지는 것도 정확해 불씨가 곧 꺼졌다.

위소보는 그가 돌을 던지는 힘이 엄청난 것을 보고는 가슴이 철렁했다.

'저놈이 큰 돌을 동굴 안으로 던지면 우리 세 사람은 바로 즉사할 거야. 대신 경전은 멀쩡하겠지. 놈이 이 수를 생각해내도록 하면 안 돼!'

그는 빨리 말했다.

"좋다, 좋아! 나의 사부님께서는 너희들이 경전을 원하는 것을 보고, 분명히 불심이 깊을 거라면서, 절대 해치면 안 된다고 말씀하셨다. 그리고…."

그러면서 비수를 꺼내 호파음의 손을 여러 토막으로 잘랐다. 그것을 경전 위에 놓고 품속에서 그 화시분化屍粉을 꺼내, 피가 묻어 있는 잘린 손에 조금씩 뿌렸다. 그는 이 일을 백의 여승과 아가가 보지 못하게 몸으로 가린 채 은밀하게 진행하면서 다시 큰 소리로 외쳤다.

"그리고 사부님께선 이 《사십이장경》은 북경 황궁에서 가져온 거라 아주 진귀한 경전이라고 말씀하셨다. 소문에 의하면 경전 안에 어떤 중대한 비밀이 숨겨져 있는데, 그것을 풀면 불교를 널리 선양할 수 있고, 모든 사람이 부처님을 섬기게 될 거라고 하셨다. 남자들은 다 화상이 되고, 여자들은 모두 여승이 될 것이며, 어린아이들은 사미승이 되겠지! 그리고 노인들은….”

위소보가 계속 시부렁거리는 사이에 토막 난 손가락은 누런 액체로 변해가며 경전에 스며들었다.

상결은 경전을 황궁에서 가져왔고, 또한 중대한 비밀이 숨겨져 있다는 말에 가슴이 벌렁거렸다. '불교를 선양한다'는 말은 사실과 달랐지만 행여 위소보가 경전을 내주지 않을까 봐 덩달아 맞장구를 치며 얼버무렸다.

"그래, 불심이 널리 퍼져 불교를 선양하리라! 당연히 그래야지!”

위소보가 말을 이었다.

"나의 사부님께서는 다 읽어보셨는데, 그 속에 숨겨져 있는 비밀을 알아내지 못했다. 이젠 너한테 줄 테니 사형제들과 잘 연구해봐라. 만약 그 비밀을 찾아내면 사심을 품고 라마교만 창성시키지 말고 천하에 있는 모든 사찰과 암자에도 널리 알려야 한다. 사부님의 이 요구를 들어줄 것이냐?”

상결이 얼른 대답했다.

"약속하겠다! 너의 사부님한테 걱정 말라고 전해라!”

위소보는 시간을 끌었다.

"만약 비밀을 알아내지 못하면 소림사에 넘겨라. 소림사의 화상들도 생각해내지 못하면 오대산 청량사에 넘기라 해라. 청량사의 화상들도 알아내지 못하면 바로 양주揚州 선지사禪智寺로 갖다줘라. 아무튼 계속 돌리고 돌리면 언젠가는 그 비밀이 밝혀지겠지."

상결이 다시 대답했다.

"그래, 알았다. 네가 시키는 대로 하마!"

그렇게 대충 얼버무리면서 속으로 생각했다.

'저 여승은 경전의 비밀이 불법과 관련이 있다고 생각하는 모양이군. 진상을 몰라서 다행이야. 아니면 이렇게 쉽사리 경전을 내주겠어? 흥! 일단 경전을 손에 넣고 너희들을 천천히 처치해주겠다.'

위소보가 다시 말했다.

"나의 사부님께선 그《사십이장경》을 읽고 나서 불법을 더 깊이 알고자 하면 언제든지 찾아오라고 하셨다. 우린 그《사십이장경》 말고도 많은 경전을 갖고 있다.《금강경》,《법화경》,《심경心經》,《대반야경》,《소반야경》, 긴《아함경阿含經》, 짧은《아함경》, 길지도 짧지도 않은《아함경》, 늙은《아함경》, 어린《아함경》…."

그는 연달아 10여 종류의 불경을 줄줄이 외웠다. 다 소림사와 청량사에서 주워들은 것이었다. 그중에 틀리게 말한 것도 없지 않았다.

상결은 계속 듣고 있자니 짜증이 났다. 그렇다고 억지로 빼앗아올 수도 없는 노릇이었다. 백의 여승의 신권이 두렵기도 했지만, 경전을 파손할까 봐 걱정이 됐다. 그저 위소보의 비위를 맞춰가며 얼버무릴밖에!

"알았어, 알았어! 그 경전을 다 읽고 나면 다시 네 사부님한테 다른 경전을 빌리러 갈게."

위소보는 토막 낸 손가락이 거의 다 액체로 변해 경전에 스며든 것을 확인한 다음 신발을 벗어 손에 끼운 채 그 경전을 들어 밖으로 던지며 소리쳤다.

"자,《사십이장경》이 간다!"

상결은 뛸 듯이 기뻐하며 앞으로 달려가 막 받으려다가 주춤했다.

'아주 귀중한 경전인데, 이렇게 쉽사리 내주는 건 혹시 무슨 속임수가 있는 게 아닐까? 경전을 집는 순간 암기를 발사할 수도 있지!'

머뭇거리는 사이에 두 라마승이 달려나가 냉큼 경전을 집어들었다.

"사형! 이 경전이 맞습니까?"

상결이 조심스럽게 말했다.

"저쪽으로 가져가서 자세히 살펴보자. 혹시 가짜를 줬을 수도 있으니까!"

두 라마승이 대답했다.

"네! 역시 사형은 신중하군요. 놈한테 속으면 안 되죠!"

세 사람은 몇 장 밖으로 물러나 서둘러 경전을 넘기며 유심히 살폈다. 상결이 말했다.

"경전이 젖어 있으니 찢어지지 않게 살살 넘겨라. 보아하니 가짜는 아닌 것 같다. 그 사람이 말한 것과 똑같아."

다른 한 라마승이 대꾸했다.

"네, 맞아요! 대사형, 바로 이 경전입니다!"

위소보는 그들이 자기가 모르는 서장어로 얘기를 주고받고 있지만, 말투에 기쁨이 배어 있다는 것을 알아차릴 수 있었다. 그는 이때다 싶어 갑자기 소리쳤다.

"이봐! 얼굴에 왜 지네가 붙었지?"

두 라마승은 깜짝 놀라 손으로 얼굴을 만져보았다. 그러나 아무것도 없자 욕을 했다.

"제기랄! 무슨 헛소리야?"

상결은 침착해서 위소보가 소리를 쳐도 못 들은 척하고 계속 조심스럽게 경전을 넘기며 살펴보았다.

위소보가 다시 소리쳤다.

"어이구! 열댓 마리의 전갈이 옷깃 속으로 기어들어간다!"

두 라마승도 이번엔 속지 않았다. 한 명이 코웃음을 치며 말했다.

"경전을 빼앗겨 속이 쓰린 모양이지? 왜 자꾸 헛소릴 하는 거야? 너는 우리 사형제들을 죽였으니 결코 살려두지 않겠어!"

다른 한 라마승은 목이 간질간질해 손으로 몇 번 긁었다. 그러자 이번엔 손가락이 간지러워 팔뚝에 몇 번 문질렀다. 이때, 상결과 또 다른 라마승도 손가락이 간지러웠지만 별로 개의치 않았다.

잠시 후 참을 수 없을 정도로 간지러워서 손을 살펴보니, 열 손가락 끝에서 누런 물이 배어나왔다. 세 사람은 놀라 소리쳤다.

"이게 뭐지?"

두 라마승은 얼굴까지 간지럽기 시작했다. 본능적으로 막 긁적였다. 긁으면 긁을수록 더 간지러웠다. 삽시간에 얼굴에서도 누런 물이 배어나왔다. 상결은 뭔가 알아차리고 소리쳤다.

"아, 속았다! 경전에 독이 묻어 있어!"

그는 경전을 냅다 땅에 팽개쳤다. 자신의 손가락 끝에도 누런 물이

방울방울 맺히는 것이 아닌가! 화들짝 놀라 얼른 손가락을 땅바닥 흙에다 문질렀다. 사제 둘은 연신 얼굴을 긁적이고 있는데, 얼굴에서 피가 줄줄 흘러내렸다.

이 화시분은 지난날 해대부가 갖고 있던 극약 중 극약이었다. 멀쩡한 피부에 뿌리면 절대 아무런 피해도 없지만 일단 피와 결합하면, 누런 액체로 변해 바로 썩어들어간다. 부식성이 워낙 강해 살점이 빠른 속도로 녹고, 그 누런 액체는 독수毒水로 바뀐다. 이처럼 피와 만나면 바로 독으로 변하니, 가히 천하제일의 기독奇毒이라 할 수 있다.

그 시초는 서역西域에서 비롯됐다고 한다. 일설에 의하면, 송나라 때 무림의 괴걸怪傑인 서독西毒 구양봉歐陽鋒이 10여 종의 독사와 독충의 독액을 혼합해 본격적으로 이 독을 만들었다고 한다. 일단 종자독이 되는 원독原毒이 만들어지면 그다음에는 다시 조제할 필요가 없다. 피와 살이 녹아서 변한 누런 독수를 말려서 가루로 만들면 다시 화시분이 되는 것이다.

두 명의 라마승은 얼굴이 완전히 피로 뒤범벅이 될 정도로 계속 긁적이며 연신 비명을 질러댔다. 아프기도 하고 견디기 어려울 정도로 가려워 땅에 쓰러져서 계속 뒹굴었다. 상결은 그나마 다행이랄까, 손으로 얼굴을 긁지는 않았다. 그러나 손가락이 너무 간지러워 황급히 겉옷을 벗어 경전을 싸들고 삼십육계 줄행랑을 쳤다. 물을 찾아 손가락에 묻은 독을 씻어내는 게 급선무였다.

두 라마승은 너무 괴로워 차츰 정신이 혼미해지면서 가까이 있는 바위에다 자신의 머리를 마구 찧었다. 그리고 곧 정신을 잃고 말았다.

백의 여승과 아가는 이 광경을 지켜보면서 경악을 금치 못했다.

위소보는 화시분으로 인해 시신이 녹는 것은 보았지만 과연 산 사람한테도 효용이 있을지는 알 수 없었다. 그래도 상황이 워낙 다급해 한번 시도를 해본 거였다. 어쨌든 호파음의 잘린 손이 있어서 가능한 일이었다. 만약 화시분을 그냥 경전에 뿌렸다면 아무 소용이 없었을 것이다. 그는 잘린 손으로 아가를 골려줄 심산이었는데, 그게 목숨을 살려준 셈이었다.

그는 상결이 멀리 달아나고 두 라마승이 정신을 잃은 것을 보고는 얼른 동굴 밖으로 뛰쳐나왔다. 그리고 비수를 이용해 두 라마승의 숨통을 끊으려 했다. 그런데 가까이 가보니 두 라마승의 얼굴은 이미 뼈가 드러나 썩어들어가고 있었다. 굳이 자기가 손쓸 필요가 없었다. 얼마 후면 누런 독수로 변할 것이었다.

위소보는 정극상에게 다가가 웃으며 말했다.

"정 공자, 내가 라마승들에게 전개한 수법은 아주 요상하면서도 효험이 확실한데, 한번 시험해볼 생각 없소?"

정극상은 두 라마승이 죽어가는 공포스러운 모습을 지켜보았던지라, 위소보의 말을 듣고는 기겁을 하며 뒤로 물러나 연신 손사래를 쳤다.

"아… 안 돼! 가까이 오지 마!"

아가가 동굴에서 나와 위소보에게 성난 음성으로 소리쳤다.

"이런… 뭐 하는 짓이야?"

위소보는 헤벌쭉 웃으며 말했다.

"그냥 겁을 주려는 것뿐인데, 왜 그리 긴장하지?"

아가가 다시 소리쳤다.

"겁도 주지 마!"

위소보가 말했다.

"정 공자가 놀랄까 봐 그러나?"

아가가 말했다.

"왜 이유도 없이 남한테 겁을 주고 그래?"

위소보가 그녀에게 손짓을 하며 말했다.

"이리 가까이 와봐."

아가가 쏘아붙였다.

"싫어, 난 안 봐!"

그렇게 말하면서도 호기심이 일어 천천히 앞으로 다가갔다. 두 라마승의 모습을 가까이서 살펴본 그녀는 기겁을 하며 비명을 질렀다.

"으악!"

두 라마승은 얼굴 근육과 코, 입은 이미 썩어서 없어지고 구멍 네 개가 뻥 뚫린 백골만 남았다. 그러나 머리카락과 귀, 목 아래 근육은 아직 썩지 않았다. 아가는 지금까지, 아니 앞으로도 이런 가공할 얼굴은 절대 보지 못할 것 같았다. 그녀는 현기증이 나 뒤로 자빠질 듯 비틀거렸다. 위소보가 얼른 그녀를 부축했다.

"괜찮아, 겁내지 마."

아가는 다시 비명을 지르며 동굴로 달아나 숨을 몰아쉬었다.

"사부님! 사부님, 그가… 그가 두 라마승을… 괴물… 괴물로 만들었어요."

백의 여승은 천천히 일어났다. 아가가 그를 부축해 두 라마승이 있는 곳으로 갔다. 아가 자신은 눈을 감고 보지 않았다. 여승은 두 구의 해골을 보고는 몸을 한 차례 오싹 떨었다. 그리고 멀리 쓰러져 있는 세 라마승의 시신을 보며 길게 한숨을 내쉬었다.

  잠시 침묵을 지키던 그녀는 하늘을 바라보았다. 어느덧 해가 서산 마루로 뉘엿뉘엿 기울고 있었다. 하늘은 온통 붉은 노을로 물들었다. 그녀는 절로 깊은 상념에 사로잡혔다. 붉은 노을이 비치는 천산만수 千山萬水는 이제 오랑캐의 차지가 되었다. 잃은 나라를 되찾으려면 또 얼마나 많은 사람들이 피를 흘리며 죽어가야 할 것인가! 그 많은 백골 이 산을 이룰 텐데… 과연 어떡해야 할지, 그저 망막할 따름이었다.

광대로 변신한 강호 호걸들

풍제중이 왼손으로 그의 오른손을 움켜잡고, 오른손으로 그의 왼손을 낚아채,
그의 몸을 힘껏 허공으로 던졌다. 그러면서 소리쳤다.

"받아라!"

정극상의 몸은 7~8장 밖으로 날아갔다.

현정 도인이 경공을 전개해 쫓아가며 고개를 위로 쳐든 채 소리쳤다.

"다음 차례는 고 형제!"

백의 여승은 위소보가 히죽거리며 가까이 오는 것을 보고는 경전에다 독을 묻힌 것을 알아차렸다. 그녀는 한숨을 쉬며 말했다.

"오늘 네가 기지를 발휘한 덕분에 우리 모두 목숨을 부지할 수 있었다. 무엇보다도 능욕을 당하지 않은 게 얼마나 다행인지 모른다. 워낙 급박한 상황이라 살인을 한 것은 물론 부득이했지만, 그렇다고 좋아할 일은 아니다."

위소보는 얼른 웃음을 거뒀다.

"네…."

여승이 다시 말했다.

"그런 독랄한 수법은 명문 정파의 제자가 할 짓이 못 된다. 상대가 워낙 사악한 무리라서 그랬겠지만, 앞으로는 함부로 그런 독을 사용하지 마라."

위소보는 다시 대답을 하고 조심스럽게 말했다.

"그 방법은 저도 오늘 처음 써본 겁니다. 아시다시피 저는 무공이 너무 약해 정정당당하게 싸울 수가 없었습니다. 그렇지 않으면 사내대장부답게 멋지게 이기지, 왜 그런 엉터리 수법을 썼겠습니까?"

여승은 그를 잠시 응시하다가 물었다.

"넌 소림사와 청량사에 꽤 오래 머문 것 같은데, 고승들이 무공을 전수해주지 않았느냐?"

위소보가 대답했다.

"무공은 조금 배웠지만 깊이 파고들지 못해 초식만 좀 흉내 낼 뿐, 내공은 연마하지 못했습니다."

백의 여승은 아가를 힐끗 쳐다보고 나서 다시 물었다.

"그 이유가 무엇이냐?"

위소보가 다시 대답했다.

"미처 연마할 새가 없었습니다."

여승이 또 물었다.

"그건 또 무슨 뜻이지?"

위소보는 잠시 머뭇거리다가 대답했다.

"아가 낭자는 저한테 희롱을 당했다고 생각해 계속해서 저를 죽이려 했습니다. 그래서 저는 그녀에게 죽지 않기 위해, 그냥 목숨만 부지할 수 있는 몇 가지 초식을 대충 익혔을 뿐입니다."

여승이 고개를 끄덕이며 물었다.

"좀 전에 라마승들과 얘기하면서 계속 날 사부라 칭했는데, 그건 또 무슨 뜻이지?"

위소보는 멋쩍게 머리를 긁적였다. 그러자 아가가 앞을 다투듯이 입을 열었다.

"사부님! 그는 사부님의 제자가 되려는 못된 속셈을 품고 있어요!"

여승은 빙긋이 웃었다.

"날 사부로 모시겠다는 게 왜 못된 속셈이라는 것이냐?"

아가는 다급해졌다.

"그 속셈은⋯."

그녀는 위소보의 속셈을 잘 알고 있었다. 그는 사부의 제자가 되어 계속 날마다 자기랑 붙어 있으려고 하는 게 뻔했다. 그걸 알면서도 입으론 말할 수가 없었다.

백의 여승이 위소보에게 말했다.

"날 사부라고 불렀으니, 그걸 헛되게 할 순 없지."

위소보는 날 듯이 기뻐하며 얼른 무릎을 꿇고 공손하게 큰절을 여덟 번 올렸다. 그리고 목청을 높여 외쳤다.

"사부님!"

여승은 미소를 지었다.

"나의 문하로 들어오면 규칙을 엄히 지켜야 하며 함부로 행동해서는 아니 되느니라."

위소보는 시원하게 대답했다.

"네, 명심하겠습니다! 저는 나쁜 사람한테는 함부로 굴고, 좋은 사람한테는 규칙을 잘 지킵니다."

아가는 그에게 매섭게 눈을 흘겼다. 속이 부글부글 끓어올랐다.

'저 녀석이 사부님의 제자가 됐으니 이젠 죽일 수가 없잖아! 거머리처럼 달라붙어서 계속 귀찮게 굴 텐데, 쫓아도 안 가고 발로 걸어차도 소용이 없으니 이젠 정말 골치가 아프겠어!'

백의 여승의 생각은 깊었다. 처음 라마승 여섯 명의 협공을 받았을 때 위소보의 도움이 아니었다면 요행을 바랄 수도 없었을 것이다. 그 후에 다시 상결 등 일곱 명이 추격해왔는데, 부상을 입은 상태에서 속수무책이라 최악의 상황이었다. 그녀는 비록 나이 마흔이 넘었지만 여전히 빼어난 미모였다. 만약 고약한 라마승들 손에 들어갔다면 말 못할 수모를 당할 게 뻔했다.

라마교는 본디 대승大乘불교에 속하며 불법을 널리 선양해온 게 사실이었다. 서장, 청해, 몽골의 라마승들은 대부분 대덕大德을 갖춘 고승이다. 그런데 만청이 중원으로 들어온 이후 라마교를 신봉하면서 교내敎內에 사악한 무리들이 적지 않게 혼입混入했다. 그들은 불교의 정의를 어기고 온갖 비행을 일삼았는데, 사실 밀종의 정통 라마교와는 무관하다는 것을 백의 여승도 잘 알고 있었다.

그런데 사악한 라마승들을 만나게 된 상황에서, 다행히 영악하고 임기응변에 능한 위소보 덕분에 위기를 잘 넘겼다. 그는 강적을 일일이 다 제거하고 자신의 순결을 지켜주었으니 내심 말할 수 없을 정도로 고마웠다. 그런 그가 자신을 사부로 모시겠다고 하니 흔쾌히 받아들인 것이다. 어린 위소보가 비록 천덕꾸러기 기질이 있고 천방지축 제멋대로긴 하지만 크게 걱정하지 않았다. 자신이 잘 가르치고 계도하면, 나중에 강호에서 당당히 명성을 날리게 될 거라고 믿었다.

강호의 규칙대로라면, 위소보는 이미 진근남의 제자가 되었기 때문에 그 사부의 허락 없이는 다른 사람을 스승으로 모실 수 없었다. 그러나 위소보는 그런 규칙을 전혀 알지 못했다. 설령 안다고 해도 지금은 그냥 무시해버릴 터였다. 백의 여승이 자기를 제자로 받아주겠다고 했으니, 앞으로 언제든지 아가를 만날 수 있다는 게 무엇보다 중요했다. 설령 강희가 황제 자리랑 바꾸자고 해도 바로 거절할 것이었다.

위소보는 원래 게을러서 백의 여승에게 무공을 배우려면 각고의 피나는 노력을 하지 않으면 안 될 터였다. 그건 정말이지 몹시 골치 아픈

일이다. 그래도 아가와 함께 있을 수만 있다면 그보다 더한 고통과 시련이 닥친다 해도 기꺼이 감수할 각오가 돼 있었다. 그는 백의 여승에게 큰절을 여덟 번 올린 후 기뻐서 어찌할 바를 몰라 했다. 마치 하늘에서 주먹만 한 보석이 떨어진 듯한 기분이었다.

여승은 그가 몹시 좋아하는 것을 보고, 훌륭한 스승을 만나 앞으로 무공을 열심히 연마하고 싶어서 기뻐하는 거라고 생각했다. 만약 그의 진짜 속셈을 알았다면 아마 화가 나서 발로 걷어차 데굴데굴 열댓 번은 굴러가게 만들고, 문하로 받아들이자마자 바로 제명시켰을 것이다.

아가는 입을 삐쭉 내밀고 투덜댔다.

"사부님, 저 좋아하는 꼴 좀 보세요. 얼마나 고약한지 몰라요!"

위소보는 시치미를 떼고 말했다.

"당금 무공의 제일고수께서 날 제자로 받아주셨으니 기뻐하는 게 당연하잖아?"

여승은 미소를 지었다.

"난 당세의 제일고수가 아니니 말을 함부로 하지 마라. 이제 내 문하에 들어왔으니 스승의 법명을 알아야겠지. 우리 문파는 철검문鐵劍門이고, 나의 법명은 구난九難이다. 나의 사조님은 도인인데 도호道號가 목木 자, 상桑 자이며 이미 별세하셨다. 난 비록 여승이지만 무공의 본류는 도교道教에 속한다."

위소보가 고개를 숙였다.

"네, 명심하겠습니다!"

백의 여승 구난이 아가에게 물었다.

"아가야, 소보랑 누가 나이가 더 많으냐?"

아가가 대답했다.

"당연히 제가 더 위죠!"

위소보가 바로 말했다.

"제가 더 커요!"

구난이 나섰다.

"됐다, 그만해라! 먼저 입문한 순서에 따르면 된다. 앞으로 두 사람은 '아가 낭자'니 '나쁜 사람'이니 함부로 부르지 말고, 한쪽은 진 사저, 한쪽은 위 사제다."

위소보는 바로 큰 소리로 외쳤다.

"진 사저!"

아가는 사부 때문에 감히 욕을 하진 못했지만, 대신 위소보를 아주 매섭게 째려봤다.

구난이 말했다.

"아가야, 지난 사소한 일들은 마음에 담아두지 마라. 이번에 소보는 우리 두 사람의 목숨을 구해준 공이 있다. 설령 전에 너한테 잘못한 일이 있다고 해도 다 상쇄하고도 남는다."

그러고는 가볍게 한숨을 내쉬며 속으로 생각했다.

'아이는 참 영리하고 붙임성도 좋은데, 어려서 불행을 당해 내시가 된 게 참으로 안타깝구나.'

그러면서 아가에게 말했다.

"아가야, 소보는 전에 많은 수모를 겪고 본의 아니게 내관이 되었다. 너는 사저로서 그의 안타까운 처지를 헤아려 앞으로 잘 보살펴줘야 한다. 남녀유별을 엄히 따지지 않아도 되니, 그 점은 어쩌면 잘된 일인지도 모른다. 앞으로 서로 스스럼없이 지내도 되니 훨씬 편할 것이다. 그래도 이런 일은 다른 사람들에게 얘기해선 안 된다."

아가는 정중히 대답했다. 이 고약한 녀석이 내관이라는 것을 생각하면, 전에 무례하게 굴었던 것도 다소 용서가 됐다. 화도 좀 누그러졌다. 그녀는 곧 정극상에게 고개를 돌렸다.

"정 공자, 다친 것 같은데 괜찮아요?"

정극상은 절뚝거리며 가까이 걸어와 말했다.

"다리 근육이 약간 틀어진 것 같은데… 괜찮아요."

앞서 라마승 몇쯤은 거뜬히 상대해낼 수 있다고 큰소리를 뻥뻥 쳤는데, 결과는 형편없이 깨지고 말았다. 오히려 자신이 얕봤던 어린것이 강적을 다 물리쳤으니 창피해서 무척 겸연쩍어했다.

아가가 사부에게 물었다.

"사부님, 이젠 어떡하죠? 하간부로 가야 하나요?"

구난은 생각을 하며 말했다.

"하간부로 가보는 것도 좋겠지. 다만 그 상결 라마가 언제 또다시 추격해올지 모르는데, 난 거동이 불편하니…."

위소보가 얼른 그녀의 말을 받았다.

"사부님, 걱정 말고 여기서 잠시만 쉬십시오. 제가 가서 마차를 빌려오겠습니다."

그러나 마차는 끝내 구하지 못하고 농가에서 소가 끄는 달구지를 사왔다. 그는 구난 등을 달구지에 태우고 천천히 몰았다. 다행히 상결은 다시 나타나지 않았다. 가장 가까운 고을로 접어들자 달구지를 버리고 마차 두 대를 빌려 탔다.

길을 가는 도중에 위소보는 구난에게 설삼옥섬환을 몇 알 더 복용하도록 권했다. 구난은 내공이 심후한 데다가 영약의 도움을 받아 내상이 빨리 회복되어갔다.

이틀 후 정오 무렵, 일행은 하간부에 도착했다. 객잔에 투숙한 후 정극상은 소식을 알아보러 나갔다가, 한 시진이 더 지나서야 풀이 죽어 돌아왔다. 성안 이곳저곳을 돌아다니며 '살계대회'에 관해 알아봤는데, 그 일을 아는 사람이 아무도 없다는 거였다.

구난이 물었다.

"정 공자는 하간부에서 그 '살계대회'가 열린다는 소식을 어디서 들었나?"

정극상이 대답했다.

"양하대협兩河大俠 풍불파馮不破, 풍불최馮不摧 형제가 천지회에 부탁해 대만으로 서신을 보내왔습니다. 저의 부왕더러 사람을 보내 '살계대회'를 주최해달라는 내용이었지요. 이달 15일 하간부에서 대회를 개최할 거라고 했는데, 오늘이 11일이니 나흘이 남은 셈입니다."

구난은 고개를 끄덕이며 천천히 말했다.

"풍씨 형제라고? 그들은 화산파華山派 제자인데…?"

그녀는 창밖을 바라보며 생각에 잠겼다.

정극상이 말을 이었다.

"그래서 부왕께서는 대회를 주최하라고 저를 보냈는데… 풍씨 형제가 직접 나서든 아니면 사람들을 시켜서 우릴 맞이할 거라고 생각했는데… 흥! 이건…."

매우 화가 난 표정이었다.

구난이 말했다.

"어쩌면 오랑캐가 낌새를 알아차리고 이상한 움직임을 보였기 때문에 풍씨 형제가 날짜와 장소를 바꿨을 수도 있지."

정극상은 여전히 못마땅한 표정이었다.

"설령 그래도 우리한텐 알려줬어야죠!"

이야기를 나누는 사이에 점원이 문밖에 이르러 알렸다.

"손님, 밖에 누가 찾아왔습니다."

정극상은 이내 얼굴이 환해져서 밖으로 뛰쳐나갔다. 그리고 한참 후에 성큼성큼 들어왔다.

"풍씨 형제가 직접 찾아와서 사과를 했습니다. 제가 20명 넘게 거느리고 온다는 소식을 전해듣고, 요 며칠 동안 계속 성 밖에서 기다렸다고 하더군요. 한데 우린 마차를 타고 왔으니 못 알아본 모양입니다. 지금 주연을 마련했으니 다 함께 오시랍니다."

구난은 고개를 내둘렀다.

"정 공자 혼자서 다녀오게. 그리고 우리에 관해서는 언급을 하지 않았으면 좋겠네."

정극상은 다소 실망한 것 같았다.

"사태께서 소란스러운 걸 좋아하지 않는다면, 진 낭자와 위 형제를 보내시죠."

구난이 단호하게 말했다.

"그들도 갈 필요가 없네. 대회 당일 다 함께 가보겠네."

이날 밤, 정극상은 얼큰하게 취해서 돌아왔다. 밤이 깊어지자 그의 시종들도 객잔에 당도했다. 그들은 거의 다 팔다리를 붕대로 감고 있어 보기에도 흉했다.

다음 날 아침, 정극상은 구난과 아가, 위소보에게 연회에서 있었던 일을 떠벌려댔다. 풍씨 형제가 자신을 아주 공대하며 상석에 앉혔고, 특히 부왕이 대만에서 반청복명의 기치를 드높이고 있는 것에 대해 칭송을 아끼지 않았다고 강조했다.

구난은 어떤 사람들이 대회에 참가할 것인지 물었다. 정극상이 대답했다.

"아마 엄청 많은 것으로 알고 있습니다. 요 며칠 동안에도 계속 모여들고 있는 모양입니다. 15일 보름날 야밤에 서성西城 밖 10여 리가량 떨어진 괴수평槐樹坪에서 대회를 열 거라고 했습니다. 한밤중에 대회를 하는 건 조정의 이목을 피하기 위해서죠. 사실 풍씨 형제는 너무 소심한 것 같습니다. 많은 영웅호걸들이 운집할 테니, 그깟 청군이 몰려와도 모조리 쓸어버릴 수 있을 텐데 말입니다!"

구난은 대회에 참석할 영웅호걸들의 이름을 물어봤지만 정극상은 제대로 대답하지 못했다. 그저 대충 얼버무렸다.

"함께 술을 마신 사람이 수백 명이었고, 그들 중 인솔자 10여 명은 일일이 저한테 술을 올리며 부왕의 근황을 묻고 자신들의 문파와 이름을 밝혔는데, 워낙 사람이 많아 다 기억할 수가 없습니다."

구난은 아무 말도 하지 않았지만 속으로 못마땅해했다.

'이 정 공자는 겉모습은 번드르르한데 별로 재간이 없는 것 같아.'

객잔에 며칠 머무는 동안 구난의 내상은 거의 다 완쾌되었다. 그녀는 아가와 위소보가 밖에 나가지 못하도록 엄히 단속했다. 나가서 무림의 인물들과 마주치면 본의 아니게 공연히 일을 벌일 수도 있기 때문이었다.

정극상은 매일 아침 일찍 나갔다가 밤늦게 돌아오곤 했다. 강호의 호걸들이 매일 주연을 베풀어 모셔가는 모양이었다.

보름날 저녁 무렵이 되자 구난은 위소보가 사온 옷으로 갈아입어 중년 부인으로 가장했다. 머리에 검은 두건을 두르고, 얼굴에는 누리끼리한 황분을 좀 찍어발랐다. 그리고 눈썹을 삐딱하게 내려그려 원래의 모습과는 판이하게 달라졌다. 위소보와 아가는 평범한 소년소녀 차림이었다.

반면 정극상은 비단장포로 갈아입었다. 그리고 가짜 변발을 버리고 명나라 왕공王公의 관대冠帶를 갖췄다. 보기에도 늠름하고 멋있었다. 구난은 고국의 의관을 오랫동안 보지 못했기 때문에, 정극상의 복식을 보자 기쁘고도 감개무량했다. 아가도 그의 영준하고 빼어난 풍모에 절로 마음이 끌리는 것 같았다. 단지 위소보만이 열등감을 느끼며 속으로 수도 없이 욕을 해댔다.

'돼지가 비단옷만 입으면 뭐 해? 눈꼴시어 못 봐주겠군, 빌어먹을!'

일경 무렵이 되자, 연평왕부의 시종이 마차를 몰고 와서 네 사람을 태워 대회가 열리는 괴수평으로 향했다.

괴수평은 산으로 빙 둘러싸인 넓은 평지로, 원래는 인근 시골 사람들의 장터로 이용되는 곳이었다. 마을 집회가 열리거나 경극을 공연할 때도 사람들이 이곳에 모인다. 지금 이 평지에 많은 사람들이 빼곡하게 자리를 메우고 있었다.

정극상이 당도하자 주위에서 우레 같은 함성이 터지며 수십 명이 우르르 몰려와 그를 에워쌌다. 구난과 위소보, 아가는 멀찌감치 떨어진 아름드리나무 아래 자리를 잡고 앉았다. 동서남북에서 계속 사람들이 몰려들었고, 갈수록 인산인해를 이뤘다.

위소보는 속으로 생각했다.

'오삼계와 원한을 맺은 사람이 정말 많군. 우리 천지회와 목왕부는 누가 먼저 오삼계를 죽이느냐 내기를 했는데, 빌어먹을 원수들이 이렇게 많으니 이중에 누가 먼저 선수를 치면 천지회와 목왕부는 닭 쫓던 개 신세가 되겠구먼!'

둥근 달이 천천히 머리 위로 떠올랐다. 군호들 중 몸집이 우람하고 백발이 성성한 노인이 일어나 포권의 예를 취했다.

"영웅호걸 여러분, 풍난적馮難敵이 인사를 올리겠습니다."

군호들은 일제히 답례를 했다.

"안녕하십니까, 풍 노영웅!"

구난이 나직하게 말했다.

"그는 풍씨 형제의 부친이다."

지난날 구난은 화산華山 꼭대기에서 그와 한 번 만난 적이 있다. 당시 구난은 '아구阿九'라는 이름으로 강호 호걸들과 대면했는데, 그때만 해도 열몇 살의 소녀였다. 풍난적 또한 기력이 왕성한 장년이었는데 이젠 호호백발의 노인이 되어 있었다. 그의 사조 목인청穆人清, 사부 '동필철산반銅筆鐵算盤' 황진黃眞은 모름지기 이미 세상을 떠났을 것이다.

그리고 또 한 사람, 원승지袁承志는 어떻게 되었을까? 당시 그녀가 뼈에 사무칠 정도로 사모했던 사람인데, 어언 20여 년의 세월이 흐르는 동안 전혀 그의 소식을 접하지 못했다. 그 긴긴 세월 동안 구난은 마른 우물처럼 마음의 감정을 접으면서 살아왔다. 그런데 오늘 뜻하지 않게 옛사람을 만나게 되자, 온갖 상념이 실타래처럼 얽히며 뜨거운 감정이 북받쳤다.

위소보는 그녀가 눈물을 글썽이는 것을 보고 속으로 지레짐작했다.

'사부님은 풍 영감을 보더니 왜 갑자기 울려고 하지? 혹시 저 영감 탱이가 옛 정인인가? 그렇다면 내가 중간에서 다리를 놓아, 옛 정인들을 다시 결합시켜줘야지! 한데 사부님은 아직 젊잖아. 저런 영감탱이를 사랑할 리가 없어!'

이때 풍난적의 카랑카랑한 음성이 들려왔다.

"여러분도 주지하다시피 오늘은 한 가지 중대한 일을 상의하고자 이 자리에 모였습니다. 우리 대명 강산이 오랑캐 손에 넘어가도록 만든 가장 큰 원흉은 바로 그 사악무도하고 백번 쳐죽여도 시원찮을…."

주위에 모여 있는 군호들이 일제히 소리쳤다.

"오삼계!"

군호들이 소리를 모아 함성을 지르자 천둥이 치듯 쩌렁쩌렁 산야에 울려퍼졌다. 이어 여기저기서 욕설이 터져나왔다.

"매국노!"

어떤 사람은 악을 썼다.

"후레자식이야!"

질세라 다른 사람도 소리를 쳤다.

"짐승만도 못한 놈!"

또 어떤 사람은 조상까지 들먹였다.

"그의 18대 조상까지 모조리 욕보이겠다!"

이 사람 저 사람 나서서 왁자지껄 욕을 해대더니 차츰 조용해졌다. 그런데 난데없이 어린아이가 악을 쓰는 소리가 터져나왔다.

"난 그놈의 19대 조상 할미를 욕보이겠다!"

군호들은 욕을 하면서도 울분이 가라앉지 않던 터에, 갑자기 어린아이의 이 욕을 듣자 절로 웃음이 터졌다. 그 마지막 욕을 한 주인공이 바로 위소보였다. 아가가 당장 눈을 흘겼다.

"어떻게 그런 듣기 거북한 쌍욕을 할 수가 있어?"

위소보는 태연했다.

"다들 욕하는데 나라고 하지 말라는 법은 없잖아?"

아가가 쏘아붙였다.

"다른 사람들은 그렇게 무식한 욕은 하지 않았잖아!"

위소보는 빙긋이 웃고는 사부님을 생각해 더 이상 말대꾸를 하지 않았다. 대신 속으로 구시렁댔다.

'그보다 열 배 더 지독한 욕도 얼마든지 할 수 있어!'

풍난적이 말을 이었다.

"그 매국노가 저지른 죄가 워낙 극악무도해서, 그 원한이 뼈에 사무쳐 이를 갈지 않는 사람이 없소! 저 소형제는 비록 나이는 어리지만 역시 그의 살을 발기발기 찢어죽이고 싶을 정도로 증오하고 있을 거요. 여러분! 우린 바로 그 희대의 매국노를 처단할 방법을 상의하기 위해 오늘 밤 이곳에 모인 겁니다!"

군호들은 곧 앞을 다퉈 계책을 내놓았다. 다 함께 운남 평서왕부로 쳐들어가 오삼계의 일가족은 물론이고 키우는 가축까지도 몰살시켜 씨를 말려버리자고 했다. 어떤 사람은 오삼계 휘하에 병마가 워낙 많아 대놓고 쳐들어가면 성공하기가 어려우니 암살을 도모해야 한다고 주장했다.

또 어떤 이는 만약 단칼에 그를 죽이면 고통을 느끼지 못할 테니, 눈을 후벼내고 사지를 잘라 온갖 고초를 겪게 만들자고 울부짖었다. 독을 써서 온몸이 야금야금 썩어들어가게 만들자는 사람도 있었다.

검은 옷을 입은 중년 여인은 좀 다른 의견을 내놨다. 오삼계만 남겨놓고 그의 가족 남녀노소를 다 죽여 의지할 곳 없는 외톨이가 된 고통을 안겨주자는 것이었다. 또 다른 중년 남자는 그가 청나라에 투항한 것은 이자성이 빼앗아간 애첩 진원원陳圓圓을 되찾아오기 위해서였으니, 진원원을 도로 잡아와 그가 속이 터져 죽게 만들자고, 엉뚱한 제안을 하기도 했다.[1]

그리고 또 다른 제안도 있었다.

"오삼계 그놈은 물론 여색도 좋아하지만 가장 밝히는 것은 부귀영화와 권세요! 그러니 그의 공명과 부귀를 전부 박탈하고 처자식도 다 잃게 만들어 홀로 세상을 떠돌면서 온갖 지탄을 다 받으며 죽고 싶어도 죽지 못하게 만듭시다!"

그의 제안에 많은 사람들이 찬동했다.

"옳소! 그보다 더 가혹한 벌을 내려야 하오!"

한 사나이가 나서서 심각하게 말했다.

"청나라 오랑캐 조정에선 그를 높이 평가해 평서왕에 봉해서 그 권세가 하늘을 찌를 정도니 처자식을 죽이는 건 결코 쉬운 일이 아닐 거요. 그리고 그가 지금 누리고 있는 부귀영화와 권세를 박탈하는 것은 더더욱 어려운 일이오!"

이번에는 운남에서 왔다는 사람이 나섰다. 그는 오삼계가 운남에서 백성들을 핍박하고 있으며, 살인약탈과 온갖 악행을 자행하고 있다고 목청을 높였다. 군호들은 그의 말에 다시 뜨거운 피가 끓어올라 저마다 울분을 토했다.

오삼계가 운남에서 권력을 움켜쥐고 국정을 농단하고 있는 한, 날이 갈수록 더 많은 무고한 백성들이 죽어갈 것이라는 사실을 다들 잘 알고 있었다. 그러나 그 암적인 존재를 어떻게 제거할 것인지에 대해서는, 그 누구도 명확하고 현실성 있는 계책을 내놓지 못했다.

이때, 풍난적 부자가 준비한 요리와 술이 계속해서 제공되었다. 군호들은 환호하며 주거니받거니 먹고 마셨다. 일부 술이 거나해진 사람들은 차츰 말도 거칠어지고 엉뚱한 얘기들도 마구 쏟아냈다. 한 사람이 떠들어댔다.

"젠장! 진원원을 잡아오면 아예 기루를 하나 차립시다! 그럼 오삼계 그놈은 똥 마려운 강아지처럼 문지방이 닳도록 찾아올 거요!"

위소보는 그 말을 듣자 '얼씨구나' 찬성했다.

"그 기루를 양주에다 차립시다!"

가까이 있는 한 사내가 웃으며 말했다.

"그거 좋은 생각인데! 그땐 소형제도 한번 들러볼 텐가?"

위소보는 '당연히 가야죠!' 하고 외치려다 아가가 잔뜩 화난 표정으로 자기를 째려보고 있어 감히 그 말을 입 밖에 내지 못했다.

구난이 한마디 했다.

"소보야, 시정잡배들이 쓰는 말투는 삼가도록 해라."

위소보가 대답했다.

27. 광대로 변신한 강호 호걸들

"네!"

그러고는 속으로 중얼거렸다.

'여기 수천 명이 와 있지만, 다른 건 몰라도 기루라면 나보다 더 잘 아는 사람이 없을걸!'

군호들이 술을 마시고 떠드는 가운데 풍난적이 다시 자리에서 일어났다.

"여러분, 우린 다 거친 무인들이라 창칼을 들고 적과 싸우라면 기꺼이 목숨도 걸 수 있지만, 천하 대사에 대해선 아무래도 견식이 좀 부족하지 않습니까. 하여 도움이 될 고견高見을 듣기 위해 고정림顧亭林 선생을 모셨습니다! 고 선생은 당세의 대유학자로서, 나라를 잃은 후 천하 각지를 돌아다니며 현능賢能한 지사들과 연계해 강산 수복을 도모해왔고, 모든 사람들로부터 존경을 받고 있는 분입니다."

군호들 중 고정림의 명성을 아는 사람이 많았다. 이내 사방에서 우레 같은 박수갈채가 터져나왔다.

사람들 틈에서 청수한 외모의 노인이 일어섰다. 그가 바로 고정림이었다. 그는 공수의 예를 취한 후 입을 열었다.

"풍 대협께서 불초를 그렇게 치켜세우니 정말 몸 둘 바를 모르겠습니다. 여러분의 의견을 잘 들었습니다. 한결같은 충의지심으로 매국노를 제거하려는 그 열의에 진심으로 경의를 표하는 바입니다. 옛말에 중지성성衆志成城, 중지가 모이면 성을 이룬다고 했고, 또한 '정성소지精誠所至, 금석위개金石爲開'라 하여, 정성이 닿으면 금석도 깨진다고 했습니다. 모두들 한마음 한뜻으로 일치단결해 그 사악한 매국노를 처단하겠다고 한다면, 그가 제아무리 날고뛰는 재주가 있다고 해도 우린 반드시 목적한 바를 이루고야 말 겁니다!"

군호들은 일제히 함성을 질렀다.

"옳소! 반드시 뜻을 이룰 겁니다!"

고정림이 말을 이었다.

"여러분이 제시한 계책은 모두 훌륭한 고견입니다. 한데 오삼계는 워낙 간교해서 어느 한 가지 계책을 정해서 공략하기보다는 그때그때 상황에 따라서 대처 방법을 바꾸는 것이 좋을 것 같습니다. 그러니 각자의 위치에서 꾸준하게 반청복명의 대업을 이어나가도록 합시다. 대신 몇 가지 명심해야 될 점이 있습니다. 첫째, 그 매국노가 눈치채지 못하도록 극비리에 일을 진행해야 하며, 절대 기밀이 누설되어서는 안 됩니다. 둘째, 시기가 성숙되기 전에 섣불리 행동을 취하면 헛된 희생이 따를 수 있으니 다들 신중을 기해야 합니다. 셋째, 우린 모두 한 형제와 다름없습니다. 그런데 공을 세우려는 욕심이 앞서 서로 경쟁하고 견제하다 보면 의리가 손상되는 경우가 생길 겁니다. 그런 일이 없도록 서로 긴밀한 유대를 유지해주길 바랍니다."

군호들은 일제히 입을 모았다.

"옳소! 고 선생님의 말이 맞습니다!"

고정림이 다시 말했다.

"오늘 이 대회에 각 문파와 각 방회의 영웅호한들이 거의 다 참석했습니다. 앞으로 헤어져서 제각기 대업을 추진해나가면 힘이 분산될 수 있습니다. 그렇다고 하나의 큰 방파를 조직하면 인원이 너무 많아 오랑캐 조정과 오삼계가 쉽게 알아차릴 겁니다. 그럼 그들의 표적이 될 수도 있으니… 무슨 좋은 대책이 있을지 여러분의 의견을 들어보고 싶습니다."

군호들은 선뜻 의견을 제시하지 못했다. 잠시 침묵이 이어지다가 한 사람이 나서서 말했다.

"그럼 고 선생님 생각에는 어떻게 하면 좋겠습니까?"

고정림이 대답했다.

"제 의견으로는… 지금 이곳에 천하 18개 성省의 영웅들이 다 모였으니 각 성마다 일맹一盟을 결성합시다. 그럼 18개의 '살계맹殺鷄盟'이 생깁니다. 참, '살계맹'은 듣기가 좋지 않으니, 매국노를 제거하자는 뜻에서 '서간맹鋤奸盟'으로 바꾸는 것이 어떻겠습니까?"

군호들은 모두 박수를 치며 찬성했다.

"역시 학식이 높은 선비라서 우리 같은 무지렁이들과는 생각이 다르군."

고정림은 이번 하간부 '살계대회'에 참석하기 전에 이미 심사숙고를 했다. 군호들이 일치단결해 모든 힘을 결집하면 매국노 오삼계를 죽일 수도 있을 것이다.

하지만 진짜 추구해야 할 대업은 오삼계를 제거하는 것보다도 오랑캐를 이 땅에서 몰아내고 대명 강산을 수복하는 것이었다. 만약 오삼계 한 사람을 죽이는 데만 모든 것을 다 바친다면 많은 희생이 따를 테니 원기元氣가 크게 손상돼 반청복명 대업에 오히려 해가 될 수도 있었다.

무공을 연마해온 무인들은 자신들의 문파에 대한 자부심이 유난히 강하다. 이 수천 명의 영걸들 중에서 한 사람을 영도자로 뽑아 그의 명령에 따르게 한다는 것은 결코 쉬운 일이 아니다. 그 '맹주' 자리를 차지하기 위해 분쟁암투紛爭暗鬪가 벌어질 것은 명약관화, 불을 보듯 뻔한 일이었다. 그 와중에 밀려난 사람은 서운한 마음을 가질 수도 있다. 그 중에 만약 속이 좁아터진 소인배가 있으면, 오랑캐 조정이나 오삼계한테 밀고를 할지도 모른다.

그러나 열여덟 성으로 나눠 각기 맹주를 뽑으면, 중구난방 혼란에 빠지지 않으면서도 지휘계통을 구축할 수 있다. 또한 각 성마다 맹주 한 사람을 뽑는 게 훨씬 용이하다. 그 18개의 성에서 결성된 '서간맹'이 차츰 세력을 확장하면 결국 반청복명의 근간이 될 수 있을 것이다.

고정림이 이런 의견을 내놓자 군호들은 바로 찬동하며 모두 뿌듯하게 생각했다.

풍난적이 다시 나섰다.

"고 선생님의 제안이 아주 훌륭합니다. 다들 이의가 없다면 우린 18개의 성으로 나누어 각 성의 '서간맹'에서 맹주 한 사람을 뽑도록 합시다. 성은 본인이 태어난 성, 즉 고향과는 상관없이 자신이 속한 문 파나 방회가 위치한 곳을 기준으로 하는 게 좋겠습니다. 예를 들어서, 소림의 제자와 속가 제자는 요동 출신이든 운남이 고향이든 다 소림 사가 위치해 있는 하남성에 속합니다. 그리고 화산파 제자는 모두 섬 서성에 속하는 것이지요. 여러분의 의견은 어떻습니까?"

군호들은 다 찬성했다.

"당연합니다! 각 문파나 방회에 여러 성의 사람들이 섞여 있는데, 태어난 성을 기준으로 나눈다면 너무 복잡하고 엉망진창이 될 거요."

이때 한 사람이 자리에서 일어났다.

"우리 천지회는 여러 성에 분당이 설치돼 있고 총타는 장소가 일정

27. 광대로 변신한 강호 호걸들

치 않습니다. 그럼 어디에 귀속돼야 하죠?"

위소보는 발언한 사람이 전노본이라는 걸 금방 알 수 있었다.

'전노본도 왔군. 그럼 우리 청목당에서 몇 명이 온 거지?'

풍난적은 잠시 고정림과 귀엣말을 나누더니 낭랑하게 말했다.

"고 선생님의 의견으로는 천지회 광동 분당의 형제들은 광동성에 속합니다. 그 외의 분당도 각 분당이 있는 성에 귀속하십시오. 우린 대업을 도모하기 위해 결맹을 하는 것이지, 원래 소속돼 있는 문파나 방회를 갈라놓으려는 게 아닙니다. 각 성의 '서간맹' 맹주 직책은 그 성에 속한 영웅호걸들이 뜻을 모아 천거하면 됩니다. 그러니 각 문파와 각 방회의 업무는 종전과 전혀 변동이 없으며, 거기에 대해 서간맹의 맹주는 일절 간섭할 수 없습니다. 분명히 밝혀두는데, 각 성의 서간맹 맹주라고 해서 그 지위가 각 문파의 장문인이나 각 방회의 방주를 능가하는 것은 아닙니다."

군호들 중에는 우려하는 사람이 없지 않았다. 행여 각 성의 '서간맹' 맹주가 그 직권을 이용해 자기네들에게 압력을 행사하는 것은 아닐까 염려했다. 그런데 풍난적의 설명을 듣고는 그런 걱정이 말끔히 사라졌다. 곧 성별로 자리를 함께해 맹주 추천에 대해 상의하기 시작했다.

위소보가 구난에게 물었다.

"사부님, 우린 어느 성에 속해야 하죠?"

구난이 대답했다.

"그 어느 성에도 속하지 않는다. 난 늘 독자적으로 행동해왔으니 서간맹에 들어갈 필요가 없다."

위소보가 그녀의 말을 받았다.

"사부님의 신분과 실력이라면 당연히 천하의 총맹주에 올라야죠."

구난은 쓴웃음을 지었다.

"그런 말을 다시는 입 밖에 내지 마라. 남이 들으면 다들 가소롭다고 할 것이다."

사실 구난은 군호들 중 자기보다 명망이 더 높은 사람은 없을 거라 생각하고 있었다. 대명 강산의 주인은 원래 자기들 주씨 가문이었다. 무학의 경지로 봐도 그녀는 목상木桑 도인에게서 철검문의 무공을 배웠을 뿐 아니라, 10여 년 전에 큰 기우奇遇가 있어 더욱 높은 경지를 이룰 수 있었다. 지난날의 목상 도인과 비교해도 청출어람일 뿐 아니라, 소식을 알 수 없는 원숭지를 제외하고는 이 세상에서 그녀를 능가할 사람은 아마 없을 것이었다.

괴수평에 모인 군호들은 열여덟 군데로 나눠 협의를 계속했다. 그 외에 70~80명은 따로따로 흩어져 있었다. 그들은 구난과 입장이 비슷한 기인이사奇人異士들로, 서간맹의 맹주가 되고 싶은 생각도 없고, 또한 누구의 명령에 따르고 싶지도 않았다. 고정림과 풍난적은 그런 무림 고인들의 성격을 잘 아는 터라 그 어떤 강요도 하지 않았다. 이번 대회에 참석한 이상 나중에라도 반청에 관한 일이 생기면 암암리에 도와줄 거라고 믿어 의심치 않았다.

시간이 어느 정도 흐르자 여러 성에서 맹주가 선출되었다. 하남성은 소림사의 방장 회총 선사, 호북성은 무당파의 장문인 운안雲雁 도인, 섬서성은 화산파의 장문인 '팔면위풍八面威風' 풍난적, 운남성은 목왕부의 공자 목검성, 복건성은 연평군왕의 둘째아들 정극상이었다. 이들은 명실공히 이름이 잘 알려진 인물들이라 거의 만장일치로 맹주에

추대됐다.

그 외의 다른 성은 의견이 분분해 쉽게 결정이 나지 않자 고정림에게 조정을 부탁했다. 그 결과 별탈 없이 맹주가 선정됐다. 나머지 세 성은 천지회의 분당 향주가 맹주를 맡기로 했다. 천지회의 영향력이 그만큼 컸다.

곧이어 각 성의 맹주들이 자리를 함께했다. 그들은 모두 열세 명이었다. 회총 선사와 운안 도인 등은 직접 대회에 참석하지 않고 제자들을 대신 보냈던 것이다.

풍난적이 낭랑한 음성으로 말했다.

"이제 18개 성의 맹주가 다 결정됐습니다. 혹여 기밀이 누설될 우려가 있어 이 자리에선 그들의 존성대명을 밝히지 않겠습니다."

각 맹주들은 다시 상의에 들어갔고, 잠시 후 풍난적이 그들의 총합된 의사를 밝혔다.

"우린 고정림 선생과 천지회의 진근남 총타주를 18개 성 '서간맹'의 총군사總軍師에 초빙하기로 결정했습니다!"

군호들의 우레 같은 박수갈채가 터졌다. 위소보는 사부님이 군호들의 추천으로 '서간맹' 총군사가 된 것을 내심 자랑스럽게 생각했다.

군호들은 이어서 개별적으로 자리를 갖고, 오삼계를 처치할 방법에 대해 서로 의견을 나눴다. 그 열기가 실로 대단했다.

구난은 더 이상 괴수평에 머물고 싶지 않아 위소보와 아가를 데리고 객잔으로 돌아왔다. 다음 날 구난은 위소보를 시켜 마차를 빌려서 동쪽으로 향했다. 그녀는 군호들이 헤어져 각지로 돌아가게 되면 도중에 아는 사람을 만나게 될지도 몰라, 여전히 일반 아낙으로 가장했다.

위소보는 정극상이 따라오지 않자 내심 싱글벙글 기뻐하며 어젯밤에 있었던 '살계대회'에 관해 떠벌려댔다.

아가는 잠시 그의 말을 듣다가 눈을 흘기며 쏘아붙였다.

"왜 그렇게 좋아하는지 알겠어!"

위소보가 말했다.

"내가 왜 좋아하는지 금방 알아맞히는 걸 보니 제법 똑똑하네. 그 많은 사람들이 오삼계를 노리고 있으니 그놈이 머지않아 죽을 게 뻔하잖아? 내 어찌 기뻐하지 않을 수가 있겠어?"

아가는 코웃음을 쳤다.

"흥! 그것 때문에 기뻐하는 게 아니겠지! 네 속마음을 내가 모를 것 같아?"

위소보는 어깨를 으쓱하며 반문했다.

"거참 이상하네. 그럼 내가 왜 기뻐하는데?"

아가가 말했다.

"그거야 당연히 정 공자가… 정 공자가…."

위소보는 그녀가 말을 잇지 못하자 일부러 약을 올려줄 심산으로 빙긋이 웃으며 말했다.

"아, 맞아! 정 공자는 정말 좋은 사람이더라고! 아까 마차를 구하러 갔을 때 그가 아리따운 여자 넷과 시시덕거리고 있다가 날 보더니 사부님과 사저한테 안부를 전해달라고 하더군."

그 말을 듣자 아가는 가슴이 두근거렸다.

"그럼… 왜 진작 말하지 않았어? 그가 뭐라고 했는데?"

위소보가 대답했다.

"그는 미녀 네 사람을 대만으로 데려가 구경시켜주겠다고 했어. 그 녀들을 대만으로 데려가는 것이 뭐… 대만에 사는 사람으로서의 도리라면서 그 무슨 지주지… 뭐라고 했는데….'

아가가 입술을 깨물며 말했다.

"지주지의地主之誼?"

위소보가 너스레를 떨었다.

"아! 맞아, 맞아! 지주지의라고 했어. 이제 보니 사저는 내 뒤를 따라와서 다 들었군!"

아가는 성난 음성으로 쏘아붙였다.

"난 아무 소리도 못 들었어!"

이렇게 말하는 그녀의 목소리가 왠지 좀 울먹이는 것 같았다.

다시 10여 리 길을 가자 뒤쪽에서 요란한 말발굽 소리가 들리며 수십 필의 준마가 달려왔다. 그 소리에 아가는 얼굴이 환해졌다. 그러나 그 준마들은 마차를 지나쳐 쉬지 않고 동쪽으로 내달렸다. 아가의 안색이 다시 시무룩해졌다.

위소보는 그것을 보고 끌끌 혀를 찼다.

"애석하다, 애석해! 아니었군!"

아가가 다시 쏘아붙였다.

"뭐가 애석하다는 거야?"

위소보가 말했다.

"정 공자가 뒤쫓아오지 않아서 애석하다는 거지.'

아가는 기가 막혔다.

"그가… 그가 왜 뒤쫓아와?"

위소보가 퉁명스레 말했다.

"혹시 알아? 사저도 대만으로 데려가서 좋은 구경을 시켜줄지?"

그 말에 아가는 왈칵 울음을 터뜨리고 말았다.

구난은 어린 아가의 마음을 헤아릴 수 있었다. 그래서 위소보를 나무랐다.

"소보야, 자꾸 그렇게 사저를 골리면 못 써!"

위소보는 내심 룰루랄라 좋아하면서 겉으론 건성으로 대답했다.

"네! 네!"

그러고는 다시 말했다.

"세상에 왕손 공자들은 삼처사첩三妻四妾, 아니 팔처구첩을 거느리기 일쑤니 정말 양심불량이야! 그 아리따운 미녀 넷이 대만으로 가면 아마 다시 돌아오긴 힘들겠지. 그 정 공자는 산동, 절강, 복건… 가는 데마다 다시 미녀들을 데리고 가면…."

구난이 호통을 쳤다.

"소보야!"

위소보는 머리를 조아렸다.

"아, 네! 네…."

정오 무렵이 되자 세 사람은 어느 작은 국숫집을 찾아들어갔다.

그때 말발굽 소리가 요란하게 들리는가 싶더니 수십 필의 말이 서쪽에서 달려왔다. 그들 일행은 국숫집 앞에서 멈춰 말에서 내리더니 가게 안으로 들어왔다. 그리고 한 사람이 소리쳤다.

"닭을 잡고, 고기도 썰어주시오! 국수를 빨리 줘요! 자, 빨리! 빨리!"

요란을 떨며 각자 자리를 잡고 앉았다.

위소보가 힐끗 보니 다들 아는 사람이었다. 서천천, 전노본, 관안기, 이역세, 풍제중, 고안초, 현정 도인, 번강 등 천지회 청목당의 고수들이 다 모여 있었다. 위소보는 속으로 생각했다.

'어젯밤 내가 살계대회에서 쌍욕을 했는데, 사람들이 워낙 많아 시끌벅적하고 또 어두운 데다가 멀리 떨어져 있어 날 알아보지 못했군. 그렇지 않고서야 달려와 아는 척을 안 했을 리가 없지. 지금 내가 나서서 아는 척을 하면 미주알고주알 할 얘기가 끝이 없을 거야. 게다가 내가 다른 사람을 사부로 모셨다는 것을 알면 기분 나빠 하겠지. 일단 모른 척하자.'

그러고는 곧 고개를 돌려 그들과 눈을 마주치지 않았다.

잠시 후 서천천 등이 시킨 음식이 계속해서 나왔다. 다들 정신없이 먹고 있는데 다시 요란한 말발굽 소리가 들리며 또 한 패거리가 가게 안으로 들어왔다. 그중 한 사람이 소리쳤다.

"닭을 잡고 고기도 줘요! 국수를 가져와! 빨리, 빨리!"

아가의 표정이 갑자기 환해지며 소리쳤다.

"아, 정… 정 공자가 왔어!"

그들은 바로 정극상과 그의 시종들이었다. 정극상은 아가의 외침을 듣고 바로 고개를 돌려 그녀를 발견하고는 반색을 하며 성큼성큼 다가왔다.

"진 낭자, 사태! 여기 있었군요. 아무리 찾아도 보이지 않더니….'

이 국숫집은 좀 협소한 편이었다. 천지회의 군호들이 식탁 여섯 개를 차지했고, 위소보 등 셋이 한 상을 차지해 빈자리가 없었다. 정극상의 시종 중 한 사람이 서천천에게 삿대질을 하며 말했다.

"이봐, 영감! 보아하니 일행 같은데 좀 끼어서 앉고 자리를 비워주시지!"

어젯밤 살계대회에서 정극상은 명나라 관리 복장을 해서 많은 사람들의 이목을 끌었다. 그래서 서천천 등도 그를 알아보았다. 천지회는 연평군왕의 직속이라 그렇지 않아도 자리를 양보할 생각을 하고 있었는데, 시종의 말투가 너무 무례해 다들 은근히 화가 났다.

성격 급한 현정 도인이 대뜸 욕을 했다.

"이런 빌어먹을! 네가 뭔데 이래라저래라 하는 거야?"

이역세가 그에게 눈짓을 하며 나직하게 말했다.

"다들 알 만한 사람들이니 자리를 양보해주자고."

곧이어 서천천과 관안기, 고언초, 번강 네 사람이 자리에서 일어나 풍제중과 합석해 식탁 하나를 비워주었다.

이때 정극상은 이미 구난 옆에 앉았다. 아가는 위소보를 노려보며 말했다.

"또 거짓말을 했군! 정 공자가 여자 네 명을 데리고 뭐…?"

위소보가 말했다.

"정 공자가 오니까 내가 동석하는 게 기분 나쁜 모양이군! 또 밥맛이 없다고 하겠네! 뭐, 어쩔 수 없지!"

그는 자리에서 일어나 서천천 옆으로 가서 앉았다. 그리고 나직이 말했다.

"날 아는 척하지 말아요."

서천천 등은 그를 보자 놀라면서도 무척 반가워했다. 그들은 모두

산전수전을 다 겪은 능구렁이들이라 눈치가 빨랐다. 그래서 위소보의 말을 듣자 이내 감을 잡고 아무도 아는 척을 하지 않았다.

위소보가 다시 나직하게 말했다.

"우린 전에 만난 적이 없는 걸로 해요. 서 삼형이 가서 모두에게 말을 전해줘요."

서천천은 몸을 일으켜 이역세의 식탁으로 가서 나직이 말했다.

"본당 향주가 지금 와 있는데 다들 그를 모르는 척하시오."

삽시간에 모든 식탁에 일일이 다 알렸다. 이역세 등은 고개도 돌리지 않고 계속 마시고 먹으며 떠들어댔다. 속으로는 모두 좋아했다.

한쪽 식탁에선 정극상이 신이 나서 목청을 높이고 있었다.

"사태, 어젯밤 대회에서 모든 영웅들이 저를 복건성의 맹주로 추대했습니다. 대업을 상의하느라 밤을 거의 꼬박 새웠어요. 나중에 객잔에 가서 찾아보니 떠나셨다고 하더라고요. 그래서 바로 뒤를 쫓아왔는데, 이렇게 다시 만나게 돼서 정말 다행입니다."

구난이 말했다.

"축하하네, 정 공자. 그러나 이번 일은 극비에 속하니 가능한 한 대중 앞에선 거론하지 않는 게 좋을 걸세."

정극상이 대답했다.

"네, 여긴 뭐 별다른 사람들이 없습니다. 저 무지렁이 촌사람들은 들어도 무슨 얘긴지 모를 겁니다."

그러고 보니 천지회 사람들은 모두 맨발에다 곡괭이, 삽, 낫 따위를 든 농부 차림이었다. 게다가 어젯밤 대회에 워낙 많은 사람들이 참석해 정극상은 그들을 알아보지 못했다.

위소보는 고개를 숙인 채 국수를 먹으며 나직이 말했다.

"저놈은 아주 시건방져요. 요 며칠 동안 하간부 여기저기를 돌며 뻥을 까고 다녔어요. 뭐… 우리 천지회가 자기네 대만 연평왕부의 졸때기라서, 총타주께서도 자기를 보면 겁을 먹고 감히 숨도 크게 쉬지 못한대요. 그리고 우리 그 무슨 당의 채蔡 향주는 전에 자기 할아버지의 마부였고, 그 무슨 당의 이李 향주는 자기 할아버지의 요강을 비워주는 잔심부름꾼이었다고…."

관안기가 그의 말을 받았다.

"그건 말도 안 되는 소리야! 채 향주와 이 향주는 비록 국성야國姓爺의 부하였지만 모두 전투를 지휘하던 군관이었는데…."

서천천이 나직이 말했다.

"목소리를 좀 낮춰요."

관안기가 고개를 끄덕였다.

위소보가 다시 말했다.

"그리고 우리 청목당 윤尹 향주에 대해서도 음해를 했어요. 다른 사람이 윤 향주가 일찍 귀천한 게 애석하다고 말하자, 윤 향주가 원래 무공이 미약하고 생김새도 단명할 상이라 일찍 죽은 거라고…."

관안기는 화가 치밀어 손을 번쩍 들어올려 탁자를 내리치려고 했다. 서천천의 손이 빨라 얼른 그의 손목을 잡았다.

위소보는 천지회 군호들이 연평왕부 사람들과 대립하지 않으려 하는 걸 잘 알고 있었다. 더구나 정극상은 왕야의 아들이 아닌가! 웬만큼 이간질을 해서는 분노를 유발할 수 없다고 생각해 가능한 한 허풍을 세게 쳤다. 지금 다들 화가 난 것을 보고 내심 쾌재를 불렀다. 그러면서도 겉으론 심각한 표정을 지으며 덧붙였다.

"저 녀석은 원래 뻥이 심해서 자화자찬을 하는 건 어쩔 수 없지만, 가는 곳마다 우리 천지회의 중대한 기밀을 누설하는 건 정말 큰 문제예요. 만나는 사람마다 우리의 암호인 '지진고강地振高岡, 일파계산천고수一派溪山千古秀(땅은 높은 산을 일깨우고, 맥을 이어온 산수는 천고에 변함없이 아름답도다)'를 마구 떠들어대며, 홍화정紅花亭 꼭대기에 앉아 있는 사람이 바로 자신이래요! 총타주께서 향을 여섯 자루 올리지만 자기는 일곱 자루를 올린다나요. 듣는 사람이 이해를 못하자 상세하게 설명까지 해주고…."

군호들은 일제히 고개를 절레절레 내둘렀다. 천지회의 그런 중대한 기밀까지 누설해서, 그게 만약 조정 앞잡이의 귀에 들어간다면, 천지회 형제들은 모두 목숨을 잃게 될 수도 있었다. 게다가 지금 정극상이 두 여인을 상대로 경박한 언동을 늘어놓고 있고, 그가 데려온 시종들도 건방지기 짝이 없는 걸 직접 보았기 때문에 위소보의 말을 곧이곧대로 믿었다. 마주 앉아 있는 아낙에게 어젯밤 '살계대회'에서 있었던 일을 거침없이 얘기하며, 의기양양해서 자기가 복건성 맹주가 되었다고 자랑하는 것을 다들 들은 것이다.

위소보가 말했다.

"나중에 일이 더 커지기 전에, 녀석의 거만한 광기를 좀 꺾어놓을 필요가 있어요."

군호들은 천천히 고개를 끄덕였다.

위소보가 다시 말했다.

"풍 대형이 가서 혼을 좀 내주세요. 너무 지나치게 후려패지 말고 그냥 따끔하게 버릇만 고쳐줘요. 그리고 내가 나서 중재를 하면 일부러 나한테 져주는 척해주세요."

풍제중이 고개를 끄덕이자, 이번에는 전노본에게 눈길을 돌렸다.

"전 대형은 간밤에 대회에서 발언을 했기 때문에 녀석이 알아볼 수도 있어요."

전노본이 나직이 말했다.

"알았어요, 먼저 자리를 뜰게요."

정극상의 시종들은 자리가 없어 서 있는 사람도 꽤 있었다. 그중 한 명이 천지회 군호들 식탁에 빈자리가 난 걸 보고 서천천의 등을 살짝 밀며 말했다.

"이봐, 저쪽에 빈자리가 있으니 가서 함께 앉고 이 자리는 좀 양보해주시지!"

서천천은 벌떡 일어나며 욕을 했다.

"식탁을 하나 양보했으면 됐지, 왜 자꾸 이러는 거야? 돈이 많다고 우리 같은 촌사람을 깔보는 거야? 정말 눈꼴사나워 못 보겠네!"

기침을 하더니 정극상을 향해 '퉤!' 하고 가래침을 뱉었다.

정극상은 아가와 신나게 얘기를 나누느라 전혀 경계를 하지 않고 있었다. 바람소리를 듣고 아차 하는 순간 목덜미에 가래침이 달라붙었다. 그 끈적끈적한 느낌에 구역질이 났다. 그는 황급히 손수건을 꺼내 가래를 닦으며 노발대발 욕을 했다.

"이런 더러운 촌뜨기들이 눈에 보이는 게 없는 모양이군! 당장 혼을 내줘라!"

가까이 있는 시종 한 명이 대뜸 서천천에게 주먹을 날렸다.

서천천은 비명을 질렀다.

"어이구…!"

그는 주먹이 얼굴에 닿기도 전에 뒤로 벌렁 나자빠졌다. 앉아 있던 의자가 부서질 정도로 아주 우스꽝스러운 장면을 연출하고는 빽빽 소리를 질렀다.

"어이구, 나 죽는다! 나 죽어…!"

정극상과 아가는 깔깔 웃었다.

풍제중이 자리에서 일어나 정극상에게 삿대질을 하며 호통을 쳤다.

"뭐가 그리 우습냐?"

정극상은 성난 음성으로 맞받아쳤다.

"웃고 싶어서 웃는다! 어쩔래?"

풍제중은 냅다 손을 뻗어 찰싹 하는 소리와 함께 그의 뺨을 호되게 갈겼다.

정극상은 너무 뜻밖이라 놀라기도 했고, 울화가 치밀었다. 그는 대뜸 풍제중에게 덮쳐가며 연거푸 주먹을 날렸다. 풍제중은 이리저리 피하면서 몸을 돌려 문밖으로 달아났다. 정극상은 그를 뒤따라가 주먹을 날렸다. 풍제중은 살짝 옆으로 피했다. 그는 위소보의 속셈을 잘 알고 있었다. 가능한 한 정극상에게 많은 창피를 안겨주어 콧대를 꺾어놓는 게 목적이었다. 그래서 아슬아슬하게 이리 피하고 저리 피하며 그를 데리고 놀았다.

노련한 서천천이 맞장구를 치며 큰 소리로 외쳤다.

"우리 하남 복우산伏牛山 사나이들의 위풍을 보여주자! 젖비린내 나는 애송이한테 당할 순 없지!"

군호들도 덩달아 고함을 지르고 호통을 쳤다. 이 젊은이를 골려주는 것은 좋지만 자신들의 신분을 노출시켜서는 안 된다는 것을 다들 잘 알고 있었다. 그래서 욕을 하면서도 상대방 가문을 모독하는 말은 일절 하지 않고 적당한 선에서 그쳤다.

이역세도 거들고 나섰다.

"우리 복우산 호걸들이 이번에 한 건 하러 나왔는데, 운이 좋아 초장에 금이고 은이고 주렁주렁 걸친 돈 많은 녀석을 만나게 됐군. 일단 녀석을 납치해가서 아비한테 몸값으로 100만 냥을 요구하자!"

정극상의 시종들은 공자가 이 시골 촌로 하나를 좀처럼 제압하지 못하자, 나서서 도와주지도 못하고 그저 안타까워했다. 그러던 차에 상대방의 말을 듣고 복우산의 비적들이라는 걸 알았다. 더 이상 망설일 필요도 없이 다들 무기를 뽑아들고 공격을 개시했다.

그러자 서천천, 변강, 현정 도인, 고언초, 관안기, 이역세 등도 일제히 출수했다. 이내 무기가 부딪치는 금속성과 고함 소리, 기합 소리가 뒤섞여 요란하게 울리며 혼전이 벌어졌다. 시종들은 비록 연평왕부에서 정선된 무사들이지만 천지회 군호들의 적수가 될 순 없었다. 게다가 며칠 전 라마승들에게 얻어터져 팔다리가 부러지거나 부상을 입은 터라 혼전이 벌어진 지 얼마 안 돼 다들 제압당했다.

천지회의 영걸들은 사정을 많이 봐주었다. 단지 그들의 무기를 빼앗고 한군데로 몰아 칼로 위협하며 감시할 뿐, 몸에 손상을 입히진 않았다.

한편 정극상은 계속해서 풍제중과 접전을 벌였다. 풍제중은 손발을 부자연스럽게 움직이며 이리 비틀, 저리 비칠거리면서 곧 쓰러질 것만 같았다. 정극상은 그것을 보자 심기일전, 지금껏 닦은 절예를 전부 전개했다. 아가가 지켜보고 있으니 자신의 실력을 과시하려는 마음도 없지 않았다. 미인의 환심을 사기 위해서라도 주먹을 날리고 발을 걸어차는 데 있는 힘을 다 쏟아냈다.

일방적으로 피하기만 하는 풍제중의 꼬락서니는 보기에도 안타깝고 실로 불쌍했다. 거센 공격을 받으면서도 용케 버티며 아주 아슬아슬하게 피하는 경우도 많았다.

그것을 지켜보며 아가는 마음을 졸이면서 나직이 외쳤다.

"아, 애석하군! 조금만 더….."

위소보는 그녀 쪽으로 다가갔다.

"사부님, 몸도 성치 않으신데 괜히 나서지 마세요. 저 비적들은 아주 사나운 것 같아요. 정 공자가 패하면 그때 나서서 도와주세요."

아가가 바로 성난 음성으로 쏘아붙였다.

"정 공자가 계속 우위를 점하고 있는데 왜 패해? 헛소리하고 있네!"

구난이 미소를 지으며 말했다.

"저들은 정 공자를 해칠 생각이 없는 것 같구나. 그냥 놀려주려는 것뿐이지. 그의 상대는 무공이 훨씬 고강해."

아가는 그녀의 말이 믿기지 않았다.

"사부님, 저 강도의 무공이 정 공자보다 더 뛰어나다고요?"

구난은 빙긋이 웃으며 말했다.

"당연하지. 보기 드문 무공 고수야. 그리고 그 무슨 복우산의 비적이라는 말도 사실이 아닌 것 같구나. 정말 비적이라면 그렇게 떠들어대면서 공공연히 정 공자를 납치하겠다고 말할 리가 없지."

위소보는 내심 감탄했다.

'역시 사부님은 보는 눈이 다르군.'

그는 시치미를 떼고 말했다.

"그럼 제가 가서 싸우지 말라고 할까요?"

아가가 그를 흘겨보았다.

"네가 뭘 믿고 나서는 거야? 무슨 수로 싸움을 말리겠다는 거지?"

위소보는 자신 있게 말했다.

"저 비적들은 비록 무공이 고강하지만 초식에 많은 허점이 있어. 정 공자는 그를 당해내지 못하지만 난 10초식 이내에 저들을 다 묵사발로 만들어 달아나게 할 수 있지!"

구난은 위소보의 무공이 미약하다는 것을 잘 알고 있었다. 그러나 어쩌면 상대방을 꺾을 수 있는 기발한 방법이 있을지도 모른다는 생각이 들었다.

"저들은 그리 나쁜 사람들이 아닌 것 같으니, 함부로 목숨을 해쳐서는 안 된다."

그러고는 약간 멈칫하더니 말을 이었다.

"그 무슨 몽한약이나 독을 사용하는 비열한 수법은 절체절명의 순간이 아니면 절대 사용해선 안 된다. 넌 이제 철검문의 제자가 되었으니, 본문의 명성을 더럽히는 일이 없도록 해라."

위소보는 시원하게 대답했다.

"네, 네! 염려 마십시오. 사부님께서 분부하신 대로 절대 그들에게 손상을 입히지 않겠습니다."

구난은 지난날 화산에서 있었던 일이 문득 생각나 절로 한숨이 나왔다. 철검문의 장문인 옥진자玉眞子가 목상 도인에게 시비를 걸어온 일이 떠오른 것이다. 옥진자는 사악하고 음탕해 많은 악행을 저질렀다. 철검문은 원래 제자가 별로 없어 강호에 이름이 널리 알려지지 않았다. 게다가 옥진자 때문에 떳떳하게 문파를 내세울 만한 입장도 아니었다. 그런데 지금 만약 위소보가 자꾸 경박스러운 짓을 하고 나쁜 길로 빠진다면 제2의 옥진자가 될 수도 있었다. 구난은 그게 가장 염려스러웠다.

위소보는 그녀의 표정이 갑자기 울적해지는 것을 놓치지 않고 지켜봤다. 하지만 당연히 그녀의 마음을 알 리가 없고, 그냥 천지회 군호들의 무공이 너무 강해, 공력을 완전히 회복하지 못한 상태에서 행여 수모를 당할까 봐 걱정하는 거라고 생각했다. 그래서 힘주어 말했다.

"사부님, 걱정 마세요. 제가 정 공자를 구해올게요."

아가가 다시 쏘아붙였다.

"흥! 정 공자는 곧 이길 건데 뭘 구해준다는 거야?"

그녀의 말이 떨어지기 무섭게 찍 하는 소리가 들리더니 정극상의 장포자락 한 귀퉁이가 찢겨나갔다. 정극상은 울화가 치밀어 공격이 더욱 빨라졌다. 그러자 찍, 찌직 소리가 연이어 들리는 가운데 풍제중이 열 손가락을 독수리 발톱처럼 구부려 정극상의 장포, 내의, 바지를 조각조각 찢어냈다. 그런데 힘을 적당히 안배해 몸에는 전혀 상처를 입히지 않았다.

정극상은 너무나 놀랍고 당황스러웠다. 이대로 가다가는 곧 알몸이 되고 말 터였다. 그가 얼른 몸을 돌려 도망치려 하자, 풍제중은 양팔을 구부려 팔꿈치를 그의 가슴에 붙였다. 정극상은 황급히 뒤로 물러나며 두 주먹을 뻗어냈다. 순간, 손목이 조여오는 것이 느껴졌다. 풍제중이 왼손으로 그의 오른손을 움켜잡고, 오른손으로 그의 왼손을 낚아채, 그의 몸을 힘껏 허공으로 던졌다. 그러면서 소리쳤다.

"받아라!"

정극상의 몸은 7~8장 밖으로 날아갔다. 현정 도인이 경공을 전개해 쫓아가며 고개를 위로 쳐든 채 소리쳤다.

"다음 차례는 고 형제!"

그러자 고언초가 즉시 몸을 솟구쳤다.

번강, 서천천, 관안기 등도 재미있어하며 앞다퉈 소리를 지르면서 뛰쳐나갔다. 현정 도인이 먼저 정극상을 받아서 던지자, 정극상의 몸이 땅에 떨어지기 전에 고언초가 달려와 받아서 몇 장 밖에 있는 서천천에게 던졌다. 이 사람들의 팔힘은 제각기 달라 강약이 있고, 경공도 빠르고 늦고 고하高下가 있어 정극상의 몸을 멀리 던지거나 가까이 던졌다. 어쨌든 던지면서 다음 사람 실력에 맞춰 적절하게 힘을 조절했다. 그래서 정극상은 허공을 가로질러 수십 장 밖으로 날아갔는데도 시종 땅바닥에 떨어지지 않았다.

천지회 군호들은 자기 나름대로의 장기를 발휘하며 비로소 진짜 실력을 보였다. 관안기는 팔힘이 유난히 세서, 일단 정극상을 4~5장 높이로 던졌다가 땅에 떨어지려는 순간, 쌍장을 그의 등에 붙여 살짝 밀어올렸다. 그러자 두 갈래의 힘이 합쳐져 정극상은 마치 구름을 타고 하늘을 나는 듯 더욱 멀리 날아갔다.

위소보는 그것을 지켜보며 너무 신이 나서 박장대소를 했다. 그러자 뒤통수에서 팍 하는 소리가 들렸다. 아가가 아주 세게 꿀밤을 먹인 것이다. 그가 깜짝 놀라 고개를 돌려보니, 아가는 놀라움과 분노가 교집된 표정으로 발을 동동 굴렀다.

"정 공자를 납치해가고 있어! 어서… 어서 가서 구해줘야지!"

위소보는 느긋했다.

"저 사람들은 정 공자와 아무 원한도 없어. 사부님 말씀대로 그냥 놀려주려는 것뿐이야. 왜 그렇게 애가 타서 난리야?"

아가가 소리쳤다.

"아니야, 아니라고! 몸값 100만 냥을 노리고 납치해가는 거잖아!"

위소보는 어깨를 으쓱해 보였다.

"정 공자는 집에 돈이 많아. 300만 냥, 400만 냥도 까딱없는데 그깟 100만 냥쯤이야 새 발의 피지, 아무것도 아니야!"

아가는 다시 발을 굴렀다.

"저… 저것 좀 보라고! 지금… 저 비적들에게 당해서 숨이 넘어가고 있잖아!"

위소보는 구난 모르게 그녀의 귓전에 대고 속삭이듯 말했다.

"정 공자를 구하는 건 어렵지 않은데, 대신 내 마누라가 되겠다고 약속해."

아가는 버럭 화를 냈다.

"헛소리하지 마!"

멀리 바라보니 군호들은 정극상을 받아내고는 더 이상 던지지 않았다. 그리고 한 사람이 소리쳤다.

"이봐! 몸값을 갖고 복우산으로 와서 인질을 찾아가! 우린 이 녀석의 목숨은 해치지 않을 거야. 그냥 매일 곤장만 300대씩 칠게! 몸값을 빨리 가져올수록 곤장 300대를 덜 맞는 거야. 열흘 늦으면 3천 대를 맞겠지!"

아가는 다급한 나머지 위소보의 손을 잡았다.

"들었지, 들었지? 매일 곤장 300대를 친대! 대만이 여기서 얼마나 먼데… 가서 한 달 안으로도 돌아오지 못할 거야!"

위소보는 일부러 약을 올렸다.

"하루에 300대니 두 달로 계산하면 60일이고, 삼육은 십팔, 기껴해 봤자 1,800대니까…."

아가는 애가 탔다.

"아니, 아니야! 1만 8천 대야! 정말 한심하게…."

위소보는 헤벌쭉 웃었다.

"난 산수는 잘 못해. 1만 8천 대를 맞으면 엉덩이에 굳은살이 박여서 둔철공臀鐵功을 최고 경지로 터득하겠네!"

아가는 화가 나고 기가 차서 그의 손을 휙 뿌리쳤다.

"다신 널 보지 않을 거야!"

다급한 나머지 울음을 터뜨리자 위소보가 달랬다.

"알았어, 알았어. 울지 마, 내가 가서 구해줄게."

그러고는 다시 귀엣말로 속삭였다.

"대신 아까 내가 제시한 조건을 꼭 지켜야 돼."

아가가 말했다.

"일단 그를 구하고 봐!"

위소보는 그녀가 지금 건성으로 얼버무리고 있다는 걸 누구보다도 잘 알았다. 진짜 자기한테 시집오겠다는 약속을 받아내는 건 도저히 불가능했다. 그래서 슬쩍 말을 돌렸다.

"널 위해서라면 물불을 가리지 않을 거야. 대신 앞으로 다시는 날 못 살게 굴면 안 돼!"

아가가 대답했다.

"그래, 알았어! 빨리 가봐, 어서!"

그러면서도 눈은 멀리 있는 정극상만 바라볼 뿐, 위소보에겐 아예 눈길도 주지 않았다. 정극상은 이미 두 손이 뒤로 묶인 채 말안장에 태워져 있었다. 상대방은 바로 그를 데려갈 기세였다. 아가는 더욱 속이 타서 위소보의 등을 떠밀었다.

위소보는 속으로 욕을 했다.

'제기랄! 이 어르신은 왜 미인만 만나면 자기 정인을 구해달라고 애걸복걸하는 거지? 내가 무슨 사랑의 가교인 줄 아나! 이러다간 정말 전문가가 되겠는걸!'

그는 얼른 뛰어나가며 소리쳤다.

"이봐요, 이봐! 복우산의 왕초 노형! 내 말을 좀 들어봐요!"

군호들은 벌써부터 그가 나서기를 기다리고 있었다. 그래서 다들 바로 몸을 돌렸다. 고언초가 응답했다.

"소형제, 무슨 할 말이 있는 거요?"

위소보가 따졌다.

"왜 그를 잡아가려는 거죠?"

고언초가 말했다.

"우리 산채에는 식솔들이 많은데 먹을 게 부족해서, 오늘 이 친구를 인질로 잡아가 몸값으로 100만 냥을 요구할 거요!"

위소보가 말했다.

"100만 냥은 별거 아니니 내가 대신 빌려주겠소!"

고언초는 껄껄 웃었다.

"소형제의 존성대명이 어떻게 되시는데? 대체 뭘 믿고 그렇게 큰소리를 치는 거요?"

위소보가 간단하게 대답했다.

"난 위소보라 하오!"

고언초는 무척 놀란 척했다.

"어이구머니나!"

그는 얼른 포권의 예를 취하며 몸을 숙였다.

"이제 보니 소백룡 위 영웅이시군요. 만주 제일용사 오배를 죽였다고, 천하에 명성이 드높아서 일찍이 흠모해왔습니다. 오늘 이렇게 직접 뵙게 되어, 정말이지 무한한 영광입니다."

번강 등도 몸을 숙여 인사했다.

위소보도 포권의 예로 답례하며 점잖게 말했다.

"별말씀을…."

고언초가 다시 말했다.

"위 영웅의 체면을 봐서라도 이 녀석을 그냥 놔주겠습니다. 그 100만 냥도 당연히 받지 않을 겁니다."

서천천은 제법 큰 원보元寶 두 개를 꺼내 위소보에게 두 손으로 공손히 바치며 말했다.

"위 영웅, 혹시 나중에 필요할지도 모르니, 이 은자 100냥을 저희들의 성의라 생각하고 받아주십시오."

위소보는 주저 없이 받았다.

"고맙소."

그리고 아가를 가까이 불러 원보를 건네주었다.

아가는 도저히 믿기지 않았다. 이 고약한 녀석의 명성이 이렇듯 쟁쟁하다니, 흉악무도한 떼강도들이 그의 이름을 듣자 마치 상전을 대하듯 아주 깍듯하게 대하지 않는가! 명실공히 이 '고약한 녀석'이 정말이 '떼강도들'의 '직속 상전'인 줄은 꿈에도 생각하지 못한 것이다. 이 '떼강도들'은 상황을 보다 극적으로 만들기 위해 지금 그럴싸하게 연극을 하고 있는 것이었다.

아가는 놀라면서도 한편으론 정 공자가 위기에서 벗어나 다행이라고 생각했다.

이때 풍제중이 앞으로 한 걸음 나섰다.

"잠깐! 위 영웅, 오배를 죽여서 우리 모두 존경해 마지않지만, 따지고 보면 우린 지금 초면이잖소. 진짜 위 영웅인지, 아니면 그분의 이름을 도용해 우릴 속이고 있는지 어떻게 증명할 수 있겠소?"

위소보가 말했다.

"그 말도 일리가 있군요. 그럼 어떡하면 믿겠소?"

풍제중이 말했다.

"외람된 말이지만 위 영웅에게 3초식만 가르침을 받고 싶소이다. 만주 제일용사를 죽였다면 무공이 예사롭지 않을 터이니, 한번 겨뤄보면 진위가 바로 증명될 거요."

위소보가 고개를 끄덕였다.

"좋소이다. 그럼 다칠 우려가 있으니 그냥 초식만으로 겨룹시다."

풍제중이 웅했다.

"그게 좋겠군요. 잘못하면 제가 중상을 입을 우려가 있으니 위 영웅께서 많이 좀 봐주십시오."

위소보는 내심 웃음을 금치 못했다.

'풍 대형은 평상시 농담이라곤 전혀 안 하는데, 연극을 하니 그 누구보다도 그럴싸하구먼!'

그러고는 점잖게 말했다.

"걱정 마십시오. 어쩌면 제가 한 수 아래일지도 모릅니다."

그는 곧 왼손 손가락 하나를 뻗어내는 동시에 오른손을 살짝 떨쳐내 반 자 정도에서 원을 그려 비스듬히 후려치면서 안으로 거둬들였다. 바로 징관 선사와 시연해보았던 그 반야장의 한 초식 무색무상無色無相이었다.

풍제중은 견식이 넓어 이내 그 초식을 간파하고 소리쳤다.

"절묘하군요. 이건 반야장의 고초高招인 무색… 뭐라고 하던데!"

그러면서 손을 뻗어 초식을 받는 즉시 뒤로 몸이 기울면서 하마터면 나자빠질 뻔했다.

위소보가 전개한 초식에는 전혀 내공이 들어 있지 않았다. 그는 웃으며 말했다.

"귀하의 말이 맞소. 이 초식은 무색무상이오!"

이어 왼손을 비스듬히 들어올려 오른쪽 위에서 왼쪽 아래로 휘두르는가 싶더니, 갑자기 다섯 손가락을 갈퀴처럼 구부려 몇 번 떨쳤다.

풍제중이 소리 높여 외쳤다.

"대단하군요! 이것도 반야장의 신공 영취청경靈鷲聽經인데!"

그러고는 기마자세를 취하면서 쌍장을 천천히 앞으로 뻗어냈다. 손바닥이 위소보의 손가락 끝에 닿자마자 그는 바로 비명을 질렀다.

"으악!"

뒤로 연거푸 세 번이나 곤두박질을 했다. 그러면서 일부러 내공을 끌어올려, 몸을 일으켰을 때는 마치 술을 열댓 사발 마신 것처럼 얼굴이 벌겋게 달아올라 있었다. 그리고 몇 번 비칠거리더니 땅바닥에 주저앉아 손사래를 쳤다.

"아… 안 돼… 그만… 승복하겠습니다. 위 영웅, 목숨을 살려줘서 감사합니다."

위소보는 시치미를 뚝 떼고 공수의 예를 취했다.

"양보해줘서 감사합니다."

그러면서 연신 그에게 눈을 깜박거렸다. 풍제중의 연극 솜씨는 가히 수준급이었다. 얼굴 표정이 다양했다. 자괴감과 감격, 그리고 경외감도 섞여 있었다.

이번엔 서천천이 앞으로 걸어나왔다.

"위 영웅의 무공은 실로 경이롭군요. 역시 명불허전입니다. 이번엔 제가 몇 수 가르침을 받고 싶습니다."

위소보는 가볍게 고개를 끄덕였다.

"좋습니다."

그러고는 바로 앞으로 나서면서 양손을 교차시켜 한 손으론 상대의 왼쪽 가슴을 노리고 다른 한 손으론 오른쪽 옆구리를 공격했다. 바로 소림파의 상승 무공 염화금나수의 한 초식이었다.

서천천은 위소보의 이 초식이 아주 고명한 것을 보고, 내심 감탄을 금치 못했다.

'위 향주는 역시 총명해서 무공을 배우자마자 그 성취가 괄목할 만하군.'

그는 위소보가 전개한 초식이 그저 흉내만 냈을 뿐, 전혀 내공이 들어 있지 않다는 사실을 몰랐다. 그러니 설령 그에게 잡혀도 아무런 손상도 입지 않을 것이다. 서천천은 여러 가지 무공에 능하지만 그중 가장 잘하는 것이 바로 금나수였다. 바로 그 특기를 발휘해 위소보와 주거니받거니 공방전을 펼쳤다.

몇 초식을 교환하자 쌍방은 서로 손을 맞잡게 되었는데, 서천천은 즉시 놀란 외침을 토했다.

"앗!"

그러더니 오른손이 탈골된 듯 축 늘어뜨렸다.

"정말 탄복했습니다."

뒤로 물러나 왼손으로 오른손을 잡고 위아래로 움직이며, 마치 관절을 맞추는 듯한 동작을 취했다. 상대의 손을 잡으면서 관절을 탈골시키는 것은 금나수법 중에서도 상승 무공에 속한다. 그는 감쪽같이 그런 상황을 연출하며 깔끔하게 자신의 역할을 완수했다.

이어 번강과 현정 도인, 이역세도 앞으로 나와 도전을 했다. 위소보는 그들을 상대로도 역시 징관 선사로부터 배운 상승 초식을 전개했다. 그러자 세 사람은 각자 서너 초식 혹은 예닐곱 초식을 교환하고는 바로 패배를 인정하고 물러났다.

고언초가 낭랑한 음성으로 말했다.

"오늘 위 영웅의 고명한 초식을 경험하게 된 것을 평생 영광으로 생각하겠습니다. 진심으로 존경합니다. 훗날 복우산 부근을 지나게 되면 반드시 들러주십시오. 모든 정성을 모아 잘 대접하겠습니다."

위소보는 의젓하게 대꾸했다.

"기회가 있다면 들러서 신세를 지겠습니다."

군호들은 몸을 숙여 인사를 올리고 나서 말을 끌고 떠나갔다. 그들은 마을 끝자락까지 가서야 비로소 말에 올라탔다. 위소보가 보는 앞에서 말을 타지 않은 것은 최고의 경의를 표한 것이다.

아가는 결국 그에게 탄복하고 말았다.

'저 고약한 녀석은 이제 보니 무공이 어마어마하게 고강하군. 매번 나한테 당한 것도 일부러 양보를 했던 거야.'

일이 이렇게 되자 정극상도 앞으로 다가와 위소보에게 정중히 고맙다는 인사를 했다.

위소보는 빙긋이 웃었다.

"정 공자, 그럴 필요 없어요. 오늘은 제가 운이 좋아서 어쩌다 보니 그들을 꺾은 것뿐입니다. 진짜 실력으로 따진다면 정 공자에게 훨씬 못 미칠 겁니다."

그의 이 말은 가감 없는 사실이었다. 그러나 정극상이 듣기에는 신랄하게 비꼬는 것과 다름이 없었으니, 그저 얼굴이 빨개질 수밖에 없었다.

이날 밤, 일행은 남쪽으로 향해 헌현獻縣에 당도하자 객잔에 투숙했다. 구난은 아가를 따돌리고 나서 위소보에게 물었다.

"낮에 너랑 연극을 한 사람들은 네 친구들이지?"

구난의 눈은 예리했다. 풍제중, 서천천 등이 아무리 그럴싸하게 연극을 해 정극상과 아가의 눈을 속였어도, 어찌 이 무공 고인의 눈까지 속일 수 있겠는가?

위소보는 이미 모든 게 들통난 것을 알고 멋쩍게 웃으면서 말했다.

"뭐, 꼭 친구라고 할 수는 없습니다."

하기야 친구가 아닌 부하들이니까! 구난이 다시 말했다.

"그 사람들의 무공은 대단하더구나. 강호에 꽤나 명성이 알려진 인물들일 텐데, 왜 너를 도와 그런 장난을 친 거지?"

위소보는 여전히 웃으며 말했다.

"아마 정 공자의 안하무인격인 거만한 태도가 눈에 거슬려 버릇을 고쳐주려고 그런 것 같습니다."

구난은 그 말도 일리가 있다고 생각하면서 넌지시 물었다.

"네가 전개한 반야장과 염화금나수는 제법 괜찮은 것 같던데?"

위소보는 다시 멋쩍게 웃었다.

"그냥 흉내만 낸 것이지, 별로 쓸모가 없습니다."

두 사람이 얘기를 나누고 있는 사이에 말발굽 소리와 사람들이 왁자지껄 떠드는 소리가 들려왔다. 곧이어 한 무리가 객잔 앞에 다다랐다. 그중 한 사람이 큰 소리로 외쳤다.

"우선 제일 좋은 상방上房을 하나 내주고, 나머지는 그냥 알아서 하시오!"

위소보는 그 목소리를 듣자 내심 반가웠다. 바로 목왕부의 '요두사자搖頭獅子' 오입신이라는 걸 금방 알아차릴 수 있었다. 그는 구난에게 조심스럽게 물었다.

"사부님, 우리도 가서 오삼계를 죽이는 일에 동참해야 되나요?"

구난이 대답했다.

"이번에 내가 입은 내상은 가볍지가 않아. 비록 상처는 거의 다 나았지만 내력內力은 아직 회복되지 않았어. 어디 조용한 데로 가서 얼마 동안 요양을 한 후에 다음 일정을 잡아야 할 것 같다. 그러지 않고 또 강적을 만나면 직접 나설 수도 없고⋯ 또다시 너의 그 엉터리 도움을 받게 된다면, 우리 철검문의 체면이 뭐가 되겠느냐?"

말을 하면서 그녀도 웃고 말았다.

위소보가 말했다.

"네, 네! 사부님의 몸 상태가 가장 중요하죠."

그는 행낭에서 최상품의 용정차를 꺼내 차를 끓여서 구난에게 대접하면서 말했다.

"사부님, 앞으로 사부님의 무공을 열심히 배워 적을 만나면 진짜 실력으로 정정당당하게 싸우겠습니다. 지금은 밖에 나가서 무슨 신선한 찬거리가 있는지 구경을 좀 하고 올게요."

그가 방에서 나오면서 보니 아가와 정극상이 어깨를 나란히 하고 객잔 밖으로 나가고 있었다. 두 사람의 모습이 너무 다정해 보여 질투심이 끓어올랐다. 그래서 그들의 뒤를 따라갔다.

아가는 고개를 돌려 그를 노려보았다.

"왜 따라오는 거야?"

위소보가 응수했다.

"내가 언제 따라갔어? 난 사부님의 찬거리를 사러 가는 중이야!"

아가는 코웃음을 쳤다.

"흥! 정 공자, 우린 저쪽으로 가요!"

그러면서 서쪽에 보이는 작은 산을 가리켰다.

위소보는 끓어오르는 질투심을 억누르기 힘들었다.

"그래, 조심해! 또 산적들을 만나면 난 구해줄 수 없어!"

아가가 눈을 흘기며 쏘아붙였다.

"누가 구해달랬어? 별꼴이야 정말!"

정극상은 위소보가 또 자기를 비꼬고 있다는 것을 눈치채고 화가 치밀었다. 그는 콧방귀를 뀌며 아가와 함께 성큼성큼 걸어나갔다.

위소보는 두 사람의 모습이 멀어질 때까지 지켜봤다. 갑자기 아가의 깔깔거리는 웃음소리가 들려왔다. 위소보는 이성을 잃을 것만 같았다. 당장 비수를 뽑아들고 달려가서 정극상을 찔러죽이고 싶었다. 그러나 두 걸음을 내디뎠다가 생각을 달리했다.

'제기랄, 진짜 붙는다면 난 저 두 사람의 적수가 못 되잖아!'

끓어오르는 분노를 억누르고 저잣거리로 가서 동고버섯, 목이버섯, 당면 등 찬거리를 사서 객잔으로 돌아왔다. 아가와 정극상은 아직 돌아오지 않았다. 두 사람이 외진 곳에서 다정하게 밀어를 속삭이는 모습을 상상하자 속이 더욱 부글부글 끓어올랐다. 절로 쌍욕이 막 터져나왔다.

한참 욕을 하고 있는데, 누가 어깨를 가볍게 툭툭 치더니 왈칵 끌어안았다. 동시에 웃음 섞인 음성이 들려왔다.

"위 형제, 여기 있었구면!"

고개를 돌려보니 바로 어전 시위 총관 다륭이었다. 너무 반가워 활짝 웃으며 물었다.

"여긴 웬일이에요?"

그의 뒤를 보니 10여 명이 따르고 있었다. 모두 어전 시위들인데 그냥 일반적인 병사의 복장을 하고 있었다. 시위들은 그를 보자 모두 반색을 하며 앞을 다퉈 인사를 올리는 등 살갑게 굴었다.

다륭이 나직이 말했다.

"여긴 다른 사람들의 이목이 있으니 우리 방으로 들어가 얘기하세."

알고 보니 이들은 같은 객잔에 묵고 있었다. 방 안에 들어가자 시위들은 다시 정식으로 정중히 인사를 올렸다. 위소보는 웃으며 손을 내둘렀다.

"됐어요, 됐어."

그러고는 1천 냥짜리 은표를 꺼냈다.

"가서 술이나 한잔 마셔요."

시위들은 이 부총관의 씀씀이가 크다는 것을 잘 알고 있었다. 일단 그를 만나면 언제나 횡재를 하기 마련이었다. 다들 고맙다는 인사를 하고 은표를 받았다.

다륭이 다시 나직이 말했다.

"위 형제, 오대산에서 정말 많은 공을 세웠네. 황상께선 자네의 안위가 걱정돼 우리더러 찾아보라고 하셨어."

위소보는 얼른 자리에서 일어나 황은에 감사를 드렸다.

"그런데 어떻게 다 대형까지 출동했죠?"

다륭이 웃으며 말했다.

"황상께선 원래 나 말고 시위 열다섯 명만 보내려 했는데, 나도 가겠다고 자청했네. 우선은 형의 입장에서 위 형제가 걱정됐고, 또한 이번 기회에 경성을 벗어나 신나게 놀아보고 싶기도 했어. 이게 다 자네

덕분 아니겠나?"

함께 깔깔거리며 즐겁게 웃었다. 다륭이 다시 말했다.

"어쨌든 우린 이번에 공을 세운 셈이네. 우리가 궁으로 돌아가, 황상께서 자네가 위태로운 지경에서 벗어난 것을 알면 몹시 기뻐하실 거야. 여기까지 오는 도중에 줄곧 자네의 행방을 수소문했는데 별로 알아낸 것이 없고, 역적 무리들이 하간부에서 역모를 꾸민다는 정보를 입수해 결국 이곳까지 오게 된 걸세."

위소보는 시치미를 떼고 말했다.

"나도 그 일 때문에 온 겁니다. 듣자하니 무슨 '살계대회'를 개최했다고 하더군요."

다륭이 엄지를 치켜세웠다.

"역시 대단하군, 대단해. 자넨 정말 모르는 게 없구먼!"

위소보가 슬쩍 떠봤다.

"그래서 뭘 좀 알아냈나요?"

다륭이 말했다.

"우리 형제 두 사람이 그 대회에 잠입해 그들이 오삼계를 노리고 있다는 걸 알아냈네. 그리고 각 성마다 맹주를 추대했더군. 그 맹주들 중 여러 명의 이름을 알아냈어."

위소보는 속으로 생각을 굴리며 물었다.

"누구누구죠?"

다륭이 대답했다.

"우선 운남의 목검성이 있고, 복건성은 대만에 있는 역적 정경의 둘째아들이 맹주가 됐는데 이름이 정극상이라더군."

이어 여러 사람의 이름을 거론했다. 위소보가 다시 물었다.

"목검성과 정극상의 생김새를 압니까?"

다륭이 다시 대답했다.

"어두운 밤중이라 두 형제는 그들의 얼굴을 자세히 보지 못한 모양이네. 그렇다고 가까이 가볼 수도 없는 노릇이었고….'

위소보가 말했다.

"다 대형, 경성으로 돌아가면 황상께 아뢰세요. 이 위소보가 그 건에 대해 이미 윤곽을 파악했으니, 돌아가자마자 보고를 올리겠다고요."

다륭은 고개를 끄덕였다.

"알았네, 알았어! 위 형제는 이번에 또 큰 공을 세웠군. 황상께서 틀림없이 상을 내릴 걸세."

위소보가 능청을 떨었다.

"공은 무슨 공… 설령 공이 있다고 해도 그게 다 어전 시위들 덕분 아니겠어요? 참, 그전에 여러분이 수고를 해줘야 될 일이 있는데….'

시위들은 입을 모아 대답했다.

"위 부총관의 명이라면 당연히 최선을 다해야죠!"

위소보가 자못 진지하게 말했다.

"사실 화딱지가 나서 말하기도 싫은데… 내가 좋아하는 낭자가 지금 어떤 뺀질뺀질한 녀석의 꼬임에 넘어가 놀아나고 있으니….'

여기까지 듣고서도 시위들은 이미 화가 머리끝까지 뻗쳐 앞을 다퉈 욕을 해댔다.

"이런 빌어먹을 새끼가 있나! 어떤 녀석이 그렇게 겁도 없이 감히 우리 위 부총관의 비위를 건드린단 말입니까? 당장 가서 모가지를 비틀어버리겠습니다!"

위소보가 손사래를 치며 말했다.

"아, 죽일 필요는 없고… 그냥 내 속이 풀리게 혼을 좀 내줘요! 어쨌든 그 녀석은 내 친구니 너무 심하게 다루진 말아요. 특히 그 낭자는 건드리지 말고요."

시위들은 웃었다.

"그거야 당연하죠. 위 부총관이 좋아하는 낭자를 누가 감히 건드리겠습니까?"

위소보가 다시 말했다.

"그 두 사람은 지금 성문 서쪽으로 갔는데, 일단 시비가 붙으면 내가 나서서 그들을 도와 형제들을 물리치는 걸로 할게요. 나한테 진짜막 덤비지 말고 양보를 좀 해줘야 해요. 그 낭자 앞에서 폼을 좀 잡아야 하니까요, 히히…."

시위들도 따라서 깔깔 웃었다.

"알았어요, 부총관이 시키는 이번 일은 정말 흥미진진하겠네요."

다들이 웃으며 말했다.

"그럼 다들 힘을 내라고! 아참, 대신 조심해야 해. 만약 들통이 나면위 부총관께서 너희들의 볼기짝을 때릴 거야!"

시위들은 다시 유쾌하게 껄껄 웃었다.

"위 부총관을 위하는 일인데 당연히 목숨을 걸고라도 임무를 완수해야죠. 절대 눈치채지 못할 겁니다."

또 한 명의 시위가 나섰다.

"제기랄! 그 녀석이 감히 우리 위 부총관의 정인을 건드리다니! 내

친모를 희롱하는 거나 다름없어! 내 아비가 되겠다는 거잖아! 용서할
수가 없지!"

시위들은 다시 배꼽을 잡고 웃었다.

위소보도 함께 웃으며 나직이 말했다.

"좀 조용히 해요, 누가 들으면 어쩌려고!"

시위들은 재밌는 임무를 맡게 되어 신이 나는지 주먹을 비벼대고
소매를 걷어붙이는 등, 시시덕거리며 밖으로 뛰어나갔다.

위소보는 찬거리를 주방에 맡기며 특별히 소찬을 부탁하고 은자 닷
냥을 주었다. 그러고 나서 천천히 성문 서쪽으로 향했다.

한 1리쯤 갔을까, 앞쪽에서 고함 소리와 기합 소리, 욕도 섞여서 들
려왔다. 멀리서 봐도 수십 명이 무기를 휘두르며 패싸움이 붙은 것 같
았다. 모름지기 싸움이 꽤나 치열한 듯했다.

위소보는 고개를 갸웃거렸다.

'녀석이 제법인데! 혼자서 그 많은 시위들을 상대해 계속 버티고 있
는 거야?'

가까이 가보고는 깜짝 놀랐다. 시위들이 정말 예닐곱 명을 상대로
패싸움을 벌이고 있었는데, 상대는 성벽 쪽에 등을 붙인 상태에서 수
세에 몰려 있는 것 같았다. 그들은 뜻밖에도 목검성과 오입신 등이었
다. 목검성 옆에 젊은 낭자가 있는데, 손에 쌍도를 들고 격전을 벌이느
라 머리카락이 다 헝클어져 있었다. 그리고 성벽 위에서 두 사람이 싸
움을 구경하고 있었는데, 바로 아가와 정극상이었다.

위소보는 기가 차서 속으로 웃음이 나왔다.

'빌어먹을! 상대를 잘못 골랐잖아! 시위들이 아마 목검성을 먼저 발견한 모양이군. 그의 곁에 젊은 여자가 있으니까 앞뒤를 가리지 않고 바로 붙은 게 분명해!'

다륭은 손에 귀두도鬼頭刀를 쥐고 뒤에 떨어져서 싸움을 독려하고 있었다. 위소보는 얼른 그에게 다가가 나직이 말했다.

"상대를 잘못 골랐어요. 성벽 위에 있는 저 두 사람이라고요!"

그러고는 바로 비켜섰다.

다륭은 그가 멀어지자 큰 소리로 외쳤다.

"아니야! 뭔가 잘못됐어! 가만히 보니 빚을 진 사람은 이들이 아니야. 다들 뒤로 물러나! 이들은 그냥 보내줘!"

시위들은 그의 외침을 듣고는 분분히 뒤로 물러났다.

목검성과 오입신 등은 수적으로 적어 수세에 몰려 있었다. 자기들의 정체가 드러나 청병들이 다시 잡으러 온 줄 알았다. 지금 그들이 물러나자 비로소 숨을 돌릴 수 있었다. 오입신은 위소보를 대번에 알아보고는 속으로 한숨을 내쉬었다.

'이번에도 은공의 도움을 받는군. 내가 죽는 건 상관없지만 공자가 청병에 붙잡히면 난 백번 죽어도 그 죄를 다 씻지 못할 거야.'

그는 위소보를 아는 척할 수 없는 상황이라 목검성 등과 함께 서둘러 북쪽을 향해 달아났다.

위소보는 그제야 성벽 위로 올라가 아가에게 물었다.

"사저, 저들은 왜 싸우는 거지? 혹시 아는 사람들이야?"

아가가 입을 삐쭉거렸다.

"알긴 내가 어떻게 알아? 관병들이 빚을 받으러 온 모양인데!"

위소보는 시치미를 떼고 말했다.

"어서 객잔으로 돌아가. 사부님께서 걱정할 거야."

아가는 그의 말을 무시했다.

"너나 먼저 돌아가. 난 나중에 갈게."

여기까지 말했을 때 시위 한 사람이 성벽 위로 올라와 정극상을 가리키며 소리쳤다.

"저놈이야! 내 돈을 떼어먹은 놈이 바로 저놈이야!"

위소보가 나직이 말했다.

"정 공자, 사저, 빨리 가자고! 못된 관병들한테 걸리면 골치 아파!"

아가도 약간 겁을 먹은 모양이었다.

"그래, 가자!"

그 시위가 앞으로 달려와 정극상한테 삿대질을 하며 말했다.

"야! 그저께 밤에 하간부 기루에서 나한테 1만 냥을 빚졌잖아! 어서 갚아줘야지!"

정극상은 화를 냈다.

"무슨 헛소리야? 내가 언제 기루에 갔으며 무슨 빚을 졌다는 거야?"

그 시위는 막무가내였다.

"정말 귀신이 곡할 노릇이네! 잡아떼겠다는 거야? 그저께 밤에 넌 기루에서 무릎에다 기녀를 둘씩이나 앉혔잖아! 이름이 뭐였더라…?"

다른 한 시위가 얼른 그의 말을 받았다.

"나이가 좀 많은 기녀는 아취阿翠라 하고, 그 어린 계집은 홍보紅寶였잖아! 왼쪽 계집한테 입맞춤을 하고 술을 한 잔 마시고, 오른쪽 계집을 주무르고 나서 다시 한 잔 마시고… 아주 신바람이 났더군! 이래도 계속 아니라고 잡아뗄 거야?"

정극상이 뭐라고 반박하기도 전에 다른 시위가 나섰다.

"넌 기녀를 끌어안고 우리랑 주사위노름을 하다가 2천 냥을 잃어 본전을 찾겠다면서 나한테 3천 냥을 빌리고, 이 친구한테 2천 냥을 빌렸잖아! 나중에 저기 저 친구한테 다시 1,500냥을 꿨고, 또다시 2천 냥을 빌렸으니…."

또 다른 시위가 나섰다.

"나한테도 1,500냥을 꿨어! 다 합치면 딱 1만 냥이야!"

다섯 명이 일제히 손을 내밀었다.

"살인을 했으면 목숨을 내놓고, 돈을 빌렸으면 갚아야지! 어서 돈을 내놔!"

아가는 지난날 위소보가 기루에서 기녀들과 놀아나던 광경이 떠올랐다. 그리고 일전에 보릿짚단 속에서 정 공자가 그 큰 손으로 자기 몸을 마구 더듬던 기억도 생생했다. 그러고 보니 시위들의 말이 거짓이 아닌 것 같았다.

그저께 밤이라면 바로 '살계대회' 전날 밤이다. 아가는 그날 밤 정 공자가 돌아오는 것을 보지 못했다. 다음 날 아침에야 취기가 남아 있는 얼굴로 그 무슨 영웅호걸들이 자기한테 주연을 베풀어 밤새도록 술을 마셨다고 자랑하는 모습을 본 기억이 났다. 이제 보니, 술을 마신 건 사실인데, 영웅호걸들과 마신 게 아니라 기루에서 기녀들과 놀아난 것이었다. 생각이 여기에 미치자 절로 눈물이 맺혔다.

시위들은 정극상의 퇴로를 완전히 차단하고 사방에서 포위했다. 뒤에 있는 시위가 대뜸 손을 뻗어 그의 뒷덜미를 잡으려 했다. 정극상은

27. 광대로 변신한 강호 호걸들

잽싸게 팔꿈치로 그의 가슴을 강타했다. 그 시위는 비명을 지르며 아픔을 견디지 못해 쪼그리고 주저앉았다. 그러자 나머지 시위들이 일제히 정극상한테 덤벼들었다. 그들이 일대일로 싸운다면 정극상의 적수가 될 수 없지만, 일고여덟 명이 무더기로 덤비자 바로 그를 제압해 땅바닥에 자빠뜨렸다.

아가가 다급하게 소리쳤다.

"때리지 마세요! 말로 해요!"

그러면서 앞으로 달려나가 도와주려 했다.

다륭이 막아서며 소리쳤다.

"이봐, 아가씨! 상관없는 일에 괜히 나서지 마시오!"

아가가 그의 말을 들을 리가 있겠는가.

"비켜요!"

손을 뻗어 다륭의 어깨를 밀쳤다.

다륭은 궁전 고수라 무공이 대단했다. 왼손을 살짝 휘두르자 아가는 거센 장풍에 밀려 뒤로 몇 걸음 물러났다. 한쪽에선 시위들이 정극상에게 주먹질과 발길질을 했다. 찰싹찰싹 뺨도 마구 후려쳤다.

아가는 다급해졌다. 있는 실력을 다해 공격을 전개했지만 다륭은 히죽히죽 웃으며 피하는 듯 마는 듯 그녀를 자꾸 정극상에게서 멀리 밀어냈다. 다륭은 여유 있게 웃으며 말했다.

"아가씨, 저 바람둥이는 먹고 마시고 계집질에다 노름까지 하고, 주색잡기에 온갖 나쁜 짓을 다 하는 개망나니요! 오늘 아침에도 나한테 5천 냥을 빌리려 했소. 기녀 둘을 데려가 첩으로 삼겠다나! 그런 녀석을 왜 감싸주는 거요?"

아가가 악을 썼다.

"그럴 리가 없어요! 거짓말 말아요!"

그렇게 말했지만 반신반의하며 몇 걸음 물러나 다급하게 외쳤다.

"그만 때려요! 그냥… 말로 하세요!"

시위 한 명이 웃으며 말했다.

"우리한테 꿔간 은자를 갚아주면 당연히 때리지 않지!"

그러면서 다시 정극상의 얼굴에 주먹을 날렸다. 정극상은 코피가 터지고 입에서 피가 흘러내렸다.

또 다른 시위가 칼을 뽑아들고 소리쳤다.

"우선 양쪽 귀부터 잘라버리자고!"

그러면서 단도를 허공에 이리저리 휘둘렀다.

아가는 다급한 나머지 눈물이 쏟아질 것 같은 눈빛으로 위소보의 손을 잡고 말했다.

"어떡하지? 어떡해?"

위소보가 말했다.

"은자 1만 냥 정도야 내가 갖고 있지. 한데 주색잡기로 탕진한 돈을 갚아주자니, 썩 내키지 않는데!"

아가가 사정하듯 말했다.

"귀를 자른다고 하잖아! 그럼… 그 은자를 나한테 빌려줘!"

위소보가 느긋하게 말했다.

"사저가 빌리겠다면 1만 냥이 아니라 10만 냥도 문제없지! 한데 나중에 내 마누라가 되면 받을 수 없잖아. 그러니 정 공자더러 나한테 빌리라고 하는 게 좋겠어."

아가는 발을 굴렀다.

"나 원… 정말이지!"

그러고는 다시 소리쳤다.

"이봐요, 그만 때려요! 돈을 갚아주면 되잖아요!"

시위들은 이미 실컷 때렸기 때문에 그 말을 듣자마자 손을 거뒀다. 그러나 여전히 정극상을 꽉 누르고 있었다.

아가가 소리쳤다.

"정 공자! 나의 사제가 돈을 갖고 있어요. 그에게 빌렸다가 나중에 갚아줘요!"

정극상은 너무 화가 치밀어 까무러칠 것만 같았다. 그러나 칼이 눈앞에서 왔다 갔다 하니 행여 정말 귀를 벨까 봐 겁이 났다. 그래서 위소보를 향해 애원하는 눈길을 던졌다.

아가는 위소보의 소맷자락을 잡고 나직이 말했다.

"어서 빌려줘."

그러자 시위 한 명이 코웃음을 쳤다.

"흥! 1만 냥은 적은 돈이 아닌데 담보도 없이 어떻게 쉽사리 빌려주겠어? 이 바람둥이 녀석은 워낙 떼를 잘 쓰니까 다들 속아선 안 돼!"

다른 시위가 그의 말을 받았다.

"저 낭자가 보증을 선다면 가능하지. 만약 녀석이 돈을 갚지 않으면 저 낭자한테 받으면 되잖아."

그 칼을 들고 있는 시위가 목청을 높였다.

"저 낭자가 망나니 녀석하고 피를 섞은 관계도 아닌데 왜 보증을 서겠어? 만약 1만 냥을 갚지 못하면 몸으로 때울 수밖에 없어. 저기 돈 많은 공자가 있으니 그에게 시집가는 것 외엔 별다른 방법이 없잖아!"

그 말에 시위들은 모두 깔깔대며 웃었다.

"옳거니! 그거 아주 좋은 생각이군!"

위소보가 능청을 떨었다.

"사저, 그건 안 되지. 저들의 말대로 하면 사저의 입장만 난처하게 되잖아?"

그때 찰싹 하는 소리가 들리며 시위 하나가 또 정극상의 뺨을 호되게 때렸다. 정극상은 손발을 다 제압당해 전혀 반항할 수가 없었다.

또 한 명의 시위가 소리쳤다.

"무조건 두들겨패! 차라리 1만 냥을 강물 속에다 던진 셈치고, 녀석을 때려죽이자고! 아예 눈앞에서 사라지면 속이 덜 쓰리겠지!"

찰싹찰싹 다시 때리기 시작했다.

아가는 눈물이 맺히고 목이 메었다.

"어서… 빌려줘!"

시위 한 명이 그 말을 듣고 웃으며 맞장구를 쳤다.

"낭자가 보증을 섰으니 나중에 저 돈 많은 공자한테 시집가면, 이 바람둥이가 바로 중매쟁이가 되는 셈이네!"

위소보는 품속에서 은표더미를 꺼내더니 1만 냥을 추려 정극상에게 건네주려다가 생각을 바꿔 아가에게 내주었다. 아가는 그 은표를 받아들고 말했다.

"은자를 구했으니 이젠 그를 놔줘요!"

시위들은 망설였다. 앞서 위 부총관은 자기가 직접 나서 폼을 잡으며 그를 구해주겠다고 했다. 그런데 지금은 은자를 내놓았다. 이게 진짜 그의 본의인지 알 수 없어, 정극상을 잡은 채 놔주지 않았다.

위소보가 느긋하게 말했다.

"이 은자 1만 냥을 몫대로 나눠가지세요. 빌어먹을! 어쨌든 다들 고생을 했으니 그 대가는 있어야겠죠. 이런 불한당 같은 것들! 어서 사람을 놓아주시오!"

시위들은 그의 말을 듣자 뛸 듯이 기뻐했다. 위소보의 말은, 그 1만 냥을 다 나눠가지라는 뜻이었다. 고생했으니 포상으로 주겠다는 것이다. 시위들은 바로 정극상을 놓아주었다.

아가는 그를 부축해 일으키고 은표를 건네줬다. 정극상은 끓어오르는 분노로 은표는 보지도 않은 채 바로 옆에 있는 시위에게 내주었다.

위소보는 갑자기 핏대를 올리며 욕을 했다.

"이런 빌어먹을! 관군이랍시고 내 친구를 이 지경으로 두들겨패도 되는 거요? 돈을 갚아줬으니 나도 이대로 물러날 수는 없지!"

아가는 그가 또 행여 말썽을 일으킬까 봐 얼른 말렸다.

"됐어! 빨리 돌아가자고!"

위소보는 코웃음을 쳤다.

"흥! 가만히 생각하니까 뿔따구가 나잖아! 빚을 갚으라고 해서 다 갚아줬어! 결국 정 공자만 억울하게 얻어터진 셈인데 이대로 당하고만 있으란 말이야?"

바로 옆에 있는 다륭이 깔깔 웃었다.

"친구는 저렇게 의리가 있는데, 이 바람둥이 녀석은 개 버릇 남 못 준다고, 죽을 고비를 넘기자마자 남의 여자 옆에 바싹 붙어 있구먼!"

그러면서 아가 옆에 있는 정극상의 뒷덜미를 잽싸게 낚아채 번쩍 들어올렸다. 그러고는 허공에 두 바퀴를 돌리며 소리쳤다.

"네놈을 성벽 아래로 던질 테니 죽는지 안 죽는지 어디 한번 보자!"

"으앗!"

"아!"

정극상과 아가가 동시에 비명을 질렀다. 다륭은 정극상을 그냥 땅바닥에 내동댕이치고 계속 생트집을 잡았다.

"앞으로 이 낭자 곁에서 멀리 떨어져 있어! 내가 보니까 착한 아가씨 같은데 너처럼 주색잡기에 빠져 있는 개망나니랑 어울리면 지조만 더럽히게 돼! 분명히 말하는데, 나중에라도 만약 이 낭자 곁에서 얼씬거리는 것을 보면 대가리를 박살내버리고 말 거야!"

그러면서 왼손으로 그의 변발 뿌리 쪽을 잡고, 오른손으로 변발을 두 번 휘감았다. 그리고 숨을 길게 들이켜자 가슴이 빵빵하게 융기되고 팔뚝에 굵은 심줄이 솟았다.

"이얍!"

우렁차게 기합을 지르며 양팔을 좌우로 가르자 팍 하는 소리와 함께 변발이 잘렸다. 시위들은 그가 엄청난 팔힘을 과시하자 일제히 우레 같은 박수갈채를 보냈다.

다륭은 원래 팔힘이 세고, 외가外家 무공을 연마했기 때문에 힘이 대단했다. 그나마 왼손으로 변발의 뿌리 쪽을 잡은 게 다행이었다. 아니면 정극상은 가짜 변발을 붙이고 있었기 때문에 살짝 잡아당기기만 해도 그 변발이 통째로 뽑혔을 것이다. 변발을 기르지 않는 것은 조정의 칙령을 거역하는 대죄에 속하니, 그 이유로 조사를 받다 보면 명조의 왕손이라는 진짜 신분이 바로 들통이 났을 것이다.

다륭은 잘라진 반 토막의 변발을 내버리고 쇠갈퀴 같은 좌우 열 손가락으로 정극상의 목과 뒷덜미를 조였다. 정극상은 목이 졸리자 얼굴이 빨갛게 상기되며 혀가 입 밖으로 삐져나왔다. 숨이 막혀 죽을 것만 같았다. 10여 명의 시위들은 칼을 들고 아가와 위소보를 에워싸 정극상을 도와주지 못하게 했다.

위소보가 소리쳤다.

"돈을 다 갚았는데도 사람을 죽일 작정이냐?"

소리를 치면서 무조건 앞으로 달려나가 주먹을 뻗어내 펑 하고 시위 한 사람의 아랫배를 강타했다.

"으악!"

그 시위는 비명을 지르며 뒤로 나동그라졌다. 그리고 고래고래 소리를 지르면서 손발을 마구 버둥거렸지만 결코 일어나지 못했다.

위소보는 바로 이어서 쌍룡창주雙龍搶珠 초식을 전개해 다륭을 공격해갔다. 다륭은 두 손으로 정극상의 목을 조르고 있어 위소보의 공격을 막지 못하고 주먹을 맞았다.

이 쌍룡창주 초식은 원래 상대의 양쪽 관자놀이 태양혈을 노리는 공격 수법이다. 그런데 다륭은 몸집이 우람하고 위소보는 왜소해 두 주먹이 그의 양쪽 옆구리를 강타했다.

다륭은 일부러 버럭 화를 내며 욕을 해댔다.

"이런 죽일 놈을 봤나! 한번 붙어보자는 거지!"

그는 정극상을 놔주고 위소보와 맞붙었다.

위소보는 해대부와 징관 선사한테서 배운 무공을 전개했다. 원래 동작이 민첩해 일초일식을 펼쳐나가자 그런대로 멋이 있어 보였다.

다륭은 주먹을 뻗어낼 때마다 횡횡 거센 바람이 일었다. 그러나 위소보의 몸 주위에서만 맴돌았다. 한창 공방전을 펼치다가 냅다 발을 걷어차냈다. 그러자 위소보 가까이 있는 아름드리나무가 우지끈 부러졌다. 시위들은 일제히 박수갈채를 보냈다.

아가는 다륭의 힘이 어마어마한 것을 보고, 행여 위소보가 맞아죽을까 봐 소리쳤다.

"사제! 그만하고 어서 돌아가자!"

위소보는 내심 신이 났다.

'우아! 드디어 날 걱정하기 시작했군. 깜찍한 계집! 그래도 양심은 쪼금 남아 있군!'

다륭은 다시 커다란 바윗덩어리를 발로 걷어차 성벽 아래로 떨어뜨렸다. 한편 위소보는 갈수록 초식이 빨라지더니 팍 하는 소리와 함께 떨쳐낸 일장이 상대의 아랫배를 강타했다.

다륭은 즉시 비명을 질렀다.

"으악!"

그러더니 두 무릎이 꺾이며 그 자리에 주저앉아 소리쳤다.

"이대로 승복할 수 없어! 다시 붙어보자!"

그러고는 벌떡 일어나 양팔을 높이 들어올려 아래로 내리치면서 위소보에게 달려들었다. 위소보는 잽싸게 피했다. 다륭의 주먹은 성벽을 내리쳤다. 그 즉시 성벽의 커다란 청벽돌 세 개가 박살나며 돌가루와 흙먼지가 사방으로 튀고 흩날렸다.

위소보는 대뜸 오른발을 날렸다. 그 발끝이 몸에 닿기도 전에 다륭은 비명을 지르며 성벽 아래로 굴러떨어져서는 움직이지 않았다.

27. 광대로 변신한 강호 호걸들

위소보는 소스라치게 놀랐다. 행여 다륭이 아래로 떨어져 죽었을까 봐 얼른 성벽 아래를 살펴보았다. 그러자 다륭은 아래에서 고개를 들고 웃으며 눈을 깜박해 보였다. 그리고 손을 살짝 흔들어 괜찮다는 뜻을 전하고는 바로 또 쓰러졌다. 위소보는 비로소 마음이 놓였다.

시위들도 놀라 앞을 다퉈 성벽 아래로 달려갔다.

위소보는 아가의 손을 잡고 나직이 외쳤다.

"빨리 가자, 어서!"

세 사람은 바로 줄행랑을 쳤다.

객잔으로 돌아오자, 구난은 아가가 숨을 몰아쉬며 표정이 심상치 않은 것을 눈치채고 물었다.

"밖에서 무슨 일이 있었느냐?"

아가가 대답했다.

"열댓 명의 오랑캐 관병들이 괜히 정 공자한테 생트집을 잡았는데, 다행히… 다행히 사제가 관병의 우두머리를 때려눕혔어요."

구난이 꾸짖었다.

"또 말썽을 부릴지 모르니, 쏘다니지 말고 얌전히 객잔에 있어라."

아가는 고개를 숙인 채 대답했다.

"네."

잠시 뒤, 아가는 정극상의 상처가 걱정돼 살그머니 그의 방으로 가보았다. 시종들이 약을 발라주었고, 이미 잠들어 있었다. 위소보는 그녀가 정극상의 방에서 나오는 것을 보자 화가 치밀고 짜증도 났다.

'아까 정말 귀를 잘라버리게 그냥 놔둘 걸 그랬나?'

생각이 이어졌다.

'저 계집애는 왜 일편단심 저 새끼만 생각하는 거지? 내가 설령 녀석의 귀를 자르고 눈을 후벼파도 여전히 사랑타령을 할 것 같은데!'

위소보가 제아무리 영악하고 잔꾀가 많아도, 이런 남녀지간의 미묘한 감정 문제에 대해서는 어찌해볼 도리가 없었다.

28

억지 혼례

결국 목왕부 사람들은 오입신을 제외하고 전부 쓰러졌다.

정극상은 원래 상처를 많이 입어 움직이자마자 바로 제압당했다.

야만인들은 쇠심줄로 엮은 밧줄을 가져와 모두 묶어버렸다.

야만인 우두머리는 길길이 날뛰며 알아들을 수 없는 말로 쉬지 않고 씨부렁댔다.

오입신은 내심 난감했다.

혼자 도망가자니 위소보와 제자들이 걱정돼 안간힘을 다해 싸웠다.

위소보는 이날 밤 너무 피곤해서 곯아떨어졌는데, 한밤중에 누군가
창문을 두드리는 소리에 몽롱한 상태에서 깨어나보니 창밖에서 나직
한 음성이 들려왔다.

"위 은공, 나요!"

정신을 가다듬고 자세히 들어보니 오입신의 음성이었다. 그래서 얼
른 창문 가까이 다가가 나직이 물었다.

"오 어르신인가요?"

오입신이 대답했다.

"어르신은 무슨… 그래, 나요!"

위소보가 살그머니 창문을 열자 오입신이 뛰어들어왔다. 그는 위소
보를 끌어안고 매우 반가워했다.

"은공, 얼마나 보고 싶었는지 모릅니다. 한데 여기서 이렇게 만나게
될 줄이야…"

창문을 닫은 후 두 사람은 손을 잡고 침상 맡에 나란히 앉았다.

"하간부 대회에서 천지회 친구들에게 은공의 소식을 물어보니 다들
모른다면서 말을 해주지 않더군요."

위소보가 웃으며 말했다.

"그들이 일부러 숨기려고 말을 안 한 게 아니에요. 난 '살계대회'에

참가했지만 변장을 했기 때문에 그들도 몰랐습니다."

오입신은 그제야 납득이 간다는 듯 고개를 끄덕였다.

"그랬군요. 오늘 오랑캐 관군을 만나 궁지에 몰렸는데 또 은공의 도움으로 벗어났습니다. 그렇지 않고 우리 소공야께서 무슨 변이라도 당했다면 정말 큰일 날 뻔했습니다. 소공야도 나더러 은공께 감사하다는 말을 전하라고 했습니다."

위소보가 말했다.

"다들 친한 친구 사인데 상부상조하는 게 당연하죠. 그리고 자꾸 저한테 은공, 은공 하시는데 듣기 거북합니다. 정말 저를 친구로 생각한다면 앞으로는 '은공'이라고 부르지 마십시오."

오입신이 말했다.

"좋아요, '은공'이라고 부르지 않을 테니 날 '어르신'이라고 부르지 말아요. 앞으로 그냥 호형호제, 형제처럼 지내자고. 내가 아무래도 나이가 위이니 형이 되는 셈이지."

그가 말을 놓자 위소보도 웃으며 말했다.

"좋아요! 그럼 그 유일주는 형님의 사질이니 나를 '사숙'이라고 불러야 되겠군요?"

그 말에 오입신은 좀 겸연쩍어했다.

"그 못돼먹은 녀석 이야긴 하지 말자고. 위 형제, 지금 어디로 가는 중인가?"

위소보는 머리를 긁적였다.

"자세한 얘기를 하자면 길어집니다. 형님, 저는 이번에 짝을 맺게 됐습니다."

오입신은 반색을 했다.

"그거 잘됐군, 축하하네! 한데 어느 집 규수인가?"

그는 나름대로 생각했다.

'혹시 방이인가? 방이 낭자와 소군주를 찾은 게 아닌가?'

그렇게 기대에 찬 환한 표정으로 위소보를 쳐다보았다.

위소보가 대답했다.

"내 마누라가 될 사람은 성이 진가입니다. 한데 좀 남세스러운 일이 있습니다."

오입신이 기대를 거두고 얼른 물었다.

"그게 뭐지?"

위소보가 말했다.

"내 마누라가 될 여자는 전에 좋아하는 사람이 있었던 모양이에요. 정가인데, 아주 인품이 좋지 않은 녀석입니다. 아직까지도 제 마누라를 꼬드기려 하는 건 둘째 치고, 오랑캐들의 앞잡이가 돼서 밀고를 일삼고 있어요. 오늘 그 관군들이 소공야에게 생트집을 잡은 것도 바로 그 녀석 때문입니다."

오입신은 버럭 화를 냈다.

"어떤 놈인데, 죽고 싶어 환장했나? 왜 그 지랄을 하는 건데?"

위소보가 자못 진지하게 말했다.

"그놈이 누군지 아세요? 바로 대만 연평군왕의 둘째아들입니다. 그의 말로는 목왕부는 이미 몰락해 아무런 존재가치가 없고, 명나라의 명맥을 잇고 대군을 통솔하는 건 자기네 연평군왕부라는 겁니다."

오입신은 더욱 화가 치밀었다.

"우리 목왕야는 대명의 개국공신이고 세세대대로 운남에 좌진座鎭해왔는데, 어떻게 대만의 그런 신진세력과 비교를 할 수 있나?"

위소보가 맞장구를 쳤다.

"글쎄 말이에요! 그 녀석도 누군가 먼저 오삼계를 죽이면 천하 영웅들을 통솔할 수 있다는 데는 이의가 없는 것 같아요. 그런데 목왕부는 본거지가 원래 운남이라 대만에 근거한 자기네보다 백배는 더 용이할 거라면서, 나한테 우선 목왕부부터 제거하자고 했어요. 그래서 난 우리 천지회는 이미 목왕부와 묵계가 돼 있다고 말해줬죠. 목왕부와 천지회, 어느 쪽이 먼저 오삼계를 제거할지 내기를 했다고 말이에요. 당연히 떳떳하게 이겨야 하고 지더라도 당당하게 져야지, 비겁하게 암수를 쓰면 안 된다고 했어요. 그 녀석은 내 말을 아니꼽게 생각했는지, 결국 따로 비열한 수를 쓴 거예요. 다행히 관병들은 소공야를 몰라보더군요. 그래서 내가 사람을 잘못 봤다고 속였어요. 그 바람에 관병들이 순순히 물러난 겁니다."

오입신은 펄쩍 뛰었다.

"그랬었군! 어쩐지… 이런 빌어먹을! 그 녀석은 정말 나쁜 놈이네!"

위소보가 말했다.

"형님, 그런 녀석은 반드시 혼을 내줘야 해요. 그래도 연평군왕의 체면을 봐서 죽일 수는 없죠. 형님이 놈을 호되게 두들겨패면 내가 나서서 말리는 척할 테니, 형님은 일부러 저한테 져주고 달아나세요. 그렇게 해줄 수 있죠?"

오입신이 말했다.

"따지고 보면 위 형제도 우릴 위해서 나서는 건데 마다할 이유가 없지! 아주 좋은 생각이네. 그럼 대만 정씨 문중과 정면충돌도 피할 수 있고 뒤탈도 없겠지."

위소보가 다시 말했다.

"얼굴에 상처가 있고 저와 함께 있는 남자가 바로 그놈입니다."

오입신이 고개를 끄덕였다.

"알았네. 정가가 무슨 대수야? 목왕부는 비록 강호를 떠돌고 있지만 그것들한테 멸시당할 존재가 아니야!"

위소보는 또 맞장구를 쳤다.

"그거야 당연하죠!"

이어 그날 귀곡산장鬼哭山莊에서 있었던 일에 대해 물었다. 낮에 서천천을 만나긴 했지만 물어볼 처지가 못 되었다. 그래서 줄곧 궁금해하고 있던 차였다.

오입신은 멋쩍은 표정으로 연신 고개를 흔들어댔다.

"위 형제, 이제 우린 호형호제하는 사이가 됐으니 솔직히 말하는데, 형이 된 입장에서 그날 일만 생각하면 실로 부끄럽다네. 당시 우린 그 도깨비 같은 녀석들이 요상한 사술邪術을 쓰는 바람에 힘을 못 쓰고 제압당했는데, 누가 그놈들을 불러내더니 몇몇 여자가 들어와 우릴 모두 풀어줬네. 그런데 또다시 귀신 같은 놈들이 들이닥쳐서 장삼 등을 구해갔어."

위소보는 고개를 끄덕이면서 속으로 생각했다.

'신룡교가 와서 구해갔군. 셋째 마님도 그들을 막지 못한 거지.'

오입신은 고개를 내두르며 말을 이었다.

"당시 나랑 서 어른은 혈도가 갓 풀려 손발을 민첩하게 움직일 수 없는 상황이라, 어둠 속에서 마구잡이로 싸우다가 서로 흩어지게 됐네. 그리고 다음 날 아침이 돼서야 서로 만났는데 자네와 방 낭자, 소군주는 보이지 않더군. 주위를 아무리 찾아봐도 없기에 다시 그 귀옥으로 가봤더니, 집 안에 할망구 한 사람만 남아 있었네. 정말 귀가 멀었는지 아니면 못 듣는 척을 하는 건지, 아무리 물어봐도 제대로 대답을 하지 않는 거야. 결국 나랑 서 어른은 계속해서 수소문을 했고, 이럭저럭 시간이 흘러갔는데….”

여기까지 말한 그는 길게 한숨을 내쉬었다.

“아무런 단서도 찾아내지 못하다가 이제야 겨우 자네를 만나게 된 걸세. 정말 얼마나 기쁜지 모르네. 소군주와 방 낭자는 어디 있는지 혹시 알고 있나? 아니면 들은 소식이라도 있는지… 소왕야는 누이동생 걱정에 하루도 편할 날이 없다네.”

위소보는 적당히 얼버무렸다.

“저도 그녀들을 늘 걱정하고 있었어요. 방 낭자는 아주 총명하고 지혜로우니까 위기를 잘 넘겼겠죠. 그리고 소군주는 워낙 착하니까 하늘이 보살펴 조만간 오라버니와 만나게 될 겁니다.”

그러면서 속으로 생각을 굴렸다.

‘이제 보니 너희들은 신룡교에 잡혀가지 않았군. 그럼 독을 복용하지 않았으니 첩자가 돼서 나한테 접근했을 리는 없겠지.’

그는 오입신의 호쾌한 성품을 잘 알고 있었다. 절대 거짓말을 할 리 없었다. 만약 그 유일주라면 말을 그대로 믿을 수 없겠지만 말이다.

오입신이 말했다.

“위 형제, 몸조심하게. 이 형은 이만 가봐야겠네.”

그러면서 몸을 일으켰다. 헤어지는 게 못내 아쉬운지 위소보의 손을 잡고 고개를 흔들어댔다.

"위 형제, 세상엔 좋은 낭자들이 많네. 그 여자가 썩 내키지 않으면 너무 미련을 갖지 말게."

위소보는 아무 대꾸도 하지 않고 길게 한숨을 내쉬었다. 이 한숨은 진짜 마음에서 우러난 것이었다. 오입신은 창문을 열고 뛰쳐나가 어둠 속으로 사라졌다.

다음 날 위소보는 구난을 따라 아가와 함께 성을 벗어나 북쪽으로 향했다. 정극상은 시종들을 이끌고 여전히 동행했다.

구난이 정극상에게 물었다.

"정 공자, 어디로 갈 생각인가?"

정극상이 대답했다.

"대만으로 돌아갈 겁니다. 사태를 좀 바래다드린 다음 작별을 고할까 합니다."

그렇게 20여 리쯤 갔을까, 갑자기 요란한 말발굽 소리가 들리더니 한 무리가 뒤를 쫓아왔다. 그들이 가까이 이르러 자세히 보니 모두 곡괭이를 메거나 삽과 낫을 든 농부들이었다. 그런데 앞장을 선 농부가 고개를 흔들어대며 소리를 질렀다.

"맞아, 바로 저 녀석이야!"

위소보는 그가 오입신이라는 걸 대번에 알아차렸다.

농부 일행은 마차를 지나 앞을 가로막았다. 오입신이 정극상에게 삿대질을 하며 욕을 했다.

"이런 죽일 놈! 간밤에 장가장張家莊에서 도둑고양이처럼 생선을 훔쳐먹고 그냥 뺑소니를 치겠다는 거냐?"

영문을 모르는 정극상은 화가 날밖에.

"무슨 장가장, 이가장이라는 거지? 눈이 삐뚤어졌나? 지금 누구한테 무슨 헛소릴 하는 거야?"

오입신이 생떼를 썼다.

"어쭈, 이것 봐라! 그럼 이가장 낭자도 네가 능욕했다는 거군! 이런 빌어먹을 날강도를 봤나! 하룻밤 사이에 이가장, 장가장 두 군데에서 다 양갓집 규수를 겁탈했다는 거냐? 뭐 이런 파렴치한 놈이 다 있어?"

정극상의 시종들이 나서서 호통을 쳤다.

"이분은 우리 공자님이시다. 사람을 똑똑히 봐야지, 어디서 그런 허무맹랑한 헛소릴 지껄이는 거냐?"

오입신은 씩씩거리며 촌티가 물씬 풍기는 시골 낭자를 데려오더니 정극상을 가리키며 물었다.

"저놈이 맞지? 자세히 봐라!"

위소보가 자세히 보니, 그 촌색시는 짙은 눈썹에 눈은 금붕어처럼 튀어나왔고, 광대뼈가 솟은 데다가 뻐드렁니가 누리끼리했다. 게다가 울긋불긋한 옷을 입고 꽃이 수놓인 보자기를 머리에 쓰고 있었다. 아마 오입신이 돈을 주고 어디서 데려온 여자 같았다. 위소보는 웃음이 나오는 걸 억지로 참았다.

그 촌색시가 거친 음성으로 말했다.

"맞아요, 저 사람이에요! 틀림없어요! 어젯밤에 내 방으로 들어와 억지로 치마를 벗기고 훌쩍훌쩍… 정말 부끄러워 죽겠어요! 엄마…

나 이제 어떡해… 이제 무슨 낯으로…?"

그러면서 대성통곡을 했다.

그러자 다른 한 농부가 악을 쓰듯 호통을 쳤다.

"네놈이 내 누이동생을 욕보이는 바람에 난 팔자에도 없는 네 처남이 됐어! 오늘 너 죽고 나 죽자!"

바로 오입신의 제자 오표였다. 위소보가 자세히 살펴보니 목왕부 사람들 중 대여섯 명은 전에 본 적이 있었다. 그러나 유일주는 없었다. 오입신이 나중에라도 탄로가 나지 않도록 하기 위해서 자기와 갈등이 있는 사람은 일부러 제외시킨 것 같았다.

아가는 촌색시가 너무 못생겨서 정극상이 그녀를 추행했다고는 믿기지 않았다. 그러나 당사자인 그녀가 겁탈을 당했다고 울면서 직접 억울함을 하소연하고 있지 않은가! 게다가 이 촌사람들은 정극상과 아무런 원한도 없을 텐데 일부러 모함을 할 리가 없었다. 믿기도 어렵지만 믿지 않을 수도 없어, 긴가민가 반신반의했다.

위소보는 눈살을 찌푸렸다.

"아무리 풍류를 즐기는 정 공자라 해도 이건 좀 너무한 것 같아요. 기루에 가서 기녀들을 끌어안고 노는 건 그렇다손 치더라도, 어떻게… 어떻게 농촌에 가서… 어휴! 저런 못생긴 낭자를… 사저, 아무래도 저들이 사람을 잘못 본 것 같아."

아가가 고개를 끄덕여 동조했다.

"그래, 사람을 잘못 본 걸 거야."

그때 오입신이 그 촌색시를 다그쳤다.

"빨리 말해봐, 어서! 이왕 이렇게 된 거 더 이상 숨길 게 뭐가 있어?

저놈이… 너한테 뭘 줬지?"

촌색시가 품속에서 100냥쯤 돼 보이는 원보를 하나 꺼냈다.

"이걸 나한테 주면서 무조건 시키는 대로 하라고 했어요. 자기는 대만에서 왔고, 아버지가 그 무슨 왕이라고요. 집에 가면 금산은산이 있고, 또 무슨…."

여기까지 들은 아가는 자신도 모르게 비명을 지르고 말았다.

"아!"

순박하고 무식하게 생긴 촌색시가 절대 이런 말을 날조해냈을 리가 없었다. 정극상이 한 말이 틀림없어 보였다. 아가는 가슴이 철렁 내려앉았다. 심지어 정극상의 시종들도 믿는 것 같았다. 가난한 농촌에서 사는 낭자가 그만한 원보를 갖고 있을 리 만무했던 것이다.

시종 한 사람이 나서서 소리쳤다.

"다들 어서 꺼져! 가라고! 원보를 받았으면 됐지, 왜 몰려와서 따지는 거야? 우린 빨리 떠나야 하니 어서 길을 비키라고!"

그러자 촌색시의 오빠라는 그 농부, 오표가 고함을 질렀다.

"안 돼! 누이동생이 겁탈을 당했는데 앞으로 어떻게 시집을 가라는 거야? 저놈이 데리고 살아야지! 어서 우리랑 함께 가서 정식으로 혼례식을 올리자. 그리고 대만으로 데려가서 시부모님께 인사도 드려야지. 내 누이동생은 양갓집 규수야! 아무렇게나 몸을 놀리는 쌍것이 아니라고! 은자 몇 푼을 주고 매춘을 하겠다는 거냐? 100냥은 도대체 왜 준 거야?"

마지막 한마디는 그 촌색시한테 한 것으로, 그녀가 바로 대답했다.

"그의 말로는… 혼례 예물이라고 했어요. 정식으로 중매인도 내세워 저를 아내로 삼겠다고 약속했어요. 대만으로 데려가서 그 무슨…
일품부인으로 만들어주겠다고요."

오표가 나섰다.

"당연히 그래야지! 매부, 내 누이동생과 정식으로 혼례를 올리지 않
고 그냥 토낄 생각이었다면, 그건 큰 오산이야! 어서 이 처남과 함께
마을로 가자고!"

정극상으로서는 기가 막힐 노릇이었다. 이번에 중원으로 들어와 왜
이런 얼토당토않은 일들을 계속 겪게 되는지, 정말 어이가 없었다. 오
늘은 촌사람들까지 몰려와 생떼를 쓰고 있으니, 화가 머리끝까지 치밀
었다. 그는 채찍을 날려 철썩 하고 오표의 머리를 내리쳤다.

오표는 피하지 않고 그 채찍을 맞았다.

"으악!"

비명을 지르면서 두 손으로 머리를 감싸고 말에서 떨어져 데굴데굴
구르더니 움직이지 않았다. 촌사람들이 일제히 소릴 질러댔다.

"사람을 죽였다! 죽였어…."

"처남을 때려죽였다! 살인이야…."

촌색시도 말에서 내려 오표의 몸을 얼싸안고 통곡했다.

"오라버니! 매부한테 맞아죽다니… 이 일을 어쩌면 좋지…?"

정극상은 놀라지 않을 수 없었다. 자신은 지금 타향 객지에 와 있고,
청나라 조정에서 노리고 있는 인물이다. 살인사건이 벌어져 관아가 출
동하면 일이 커진다. 그래서 바로 소리쳤다.

"모두들 뚫고 나가자!"

즉시 채찍을 휘두르며 말을 몰려고 했다.

그 순간, 난데없이 한 촌사람이 휙 하고 몸을 솟구치더니 허공을 가로질러 그에게 덮쳐왔다. 정극상은 얼른 왼쪽 주먹을 날려 상대의 가슴을 강타했다. 그러자 그 사람은 정극상의 손목을 낚아채 비틀었다. 뚝 하는 소리와 함께 팔의 관절이 빠지고 말았다.

그 사람은 정극상이 타고 앉은 말 안장 뒤에 사뿐히 내려앉으며 오른손으로 정극상의 겨드랑이를 끌어안고 왼손으로 뒷덜미를 조였다. 바로 금나수법 중 사비역린斜批逆鱗이라는 초식인데, 수법이 빠르고도 깔끔했다. 그 와중에 그는 고래고래 소리를 질러댔다.

"돌쇠야! 개똥아! 빨리 와서 도와줘! 난… 난… 얻어터져서 죽을 것 같아! 어이구… 이놈이 또 사람을 죽인다! 아, 나 죽는다…."

죽을 지경인 것은 사실 정극상이었다. 그는 온몸이 마비돼 꼼짝도 할 수 없었다.

정극상의 시종들이 우르르 달려들어 공격을 전개했다. 이번에 목왕부에서 농부로 가장해 나온 사람들은 그리 많지 않지만 모두 실력이 대단했다. 게다가 곡괭이랑 삽을 들고 마구잡이로 휘둘렀다. 이미 부상을 입은 시종들은 뒤로 밀릴 수밖에 없었다.

그 촌사람은 정극상을 끌어안고 말에서 떨어졌는데 연신 소리를 질러댔다.

"손실아! 어서어서 네 낭군을 붙잡아! 달아나지 못하게 해!"

그 촌색시가 앞으로 달려왔다.

"도망가지 못해요!"

그녀는 다짜고짜 정극상을 끌어안았다. 위소보는 그제야 이 촌색시가 여장 남자라는 사실을 알아차렸다. 어쩐지 여자치고는 너무 못생겼다고 생각했는데, 그럴밖에! 당연히 목왕부 사람일 것이었다.

어쨌든 '그녀'가 정극상을 끌어안은 신법도 예사롭지 않았다. 역시 금나수법을 쓴 것이다.

아가가 다급하게 소리쳤다.

"사부님, 사부님! 저들이 정 공자를 붙잡았어요. 어떡하죠?"

구난은 마차 안에서 고개를 절레절레 흔들었다.

"정 공자는 못된 짓을 많이 했으니 혼이 좀 나야 앞으로 버릇을 고치지. 저 시골 사람들은 그를 죽이진 않을 거야."

그녀는 마차 안에 누워서 내상을 요양하고 있었다. 그래서 왁자지껄한 소리만 들었을 뿐 목왕부 사람들의 움직임을 보지는 못했다. 그렇지 않고 만약 모든 상황을 직접 지켜봤다면 그들의 솜씨를 보고 바로 허점을 알아차렸을 것이다.

아가가 말했다.

"저 시골 사람들은 무공을 할 줄 아는 것 같아요."

위소보가 얼른 얼버무렸다.

"무공은 모르지만 기운은 제법 센 것 같은데!"

그때 오표가 땅에서 몸을 일으키며 욕을 했다.

"제기랄! 하마터면 이 후레자식한테 맞아죽을 뻔했네!"

촌사람 하나가 웃으며 말했다.

"후레자식이 아니라 매부지!"

오표가 말했다.

"좋아! 후레자식이든 매부든 이 처남을 죽이지 않았으니 그자도 목숨을 내놓을 필요는 없지! 어차피 엎어진 물이니 끌고 가서 누이동생이랑 정식으로 화촉동방을 밝히게 하자!"

촌사람들은 일제히 환호성을 질렀다.

"우아, 잔치가 벌어지겠네! 혼례주를 실컷 마시겠군!"

그들은 시종들의 말을 모두 끌고 와서 정극상을 안은 채 말에 올랐다. 그리고 일행과 함께 왔던 길로 다시 돌아갔다. 정극상의 시종들은 다급해져서 소리를 고래고래 질러댔지만 촌사람들이 말을 다 끌고 갔으니 뒤쫓아갈 엄두가 나지 않았다. 그들이 흙먼지를 날리며 차츰 멀어져가는 것을 그냥 지켜볼밖에!

위소보가 낄낄 웃었다.

"정 공자가 이곳에서 혼례를 올리게 되다니, 정말 묘한 일이네. 이곳 지명이 바로 '고노장高老莊'인가 봐."

아가는 너무 황당한 일을 당해 놀라고 화가 치밀어 제정신이 아니었다. 위소보의 엉뚱한 말을 듣자 아무 생각 없이 물었다.

"이곳이 '고노장'이라고?"

위소보가 대답했다.

"《서유기》에 저팔계가 고노장에서 색시를 얻는 대목이 있잖아?"

아가는 어이가 없어 바로 쏘아붙였다.

"너야말로 그 저팔계야!"

그러더니 길 옆 나무에 기대 훌쩍훌쩍 울기 시작했다.

위소보가 은근히 약을 올렸다.

"사저, 정 공자가 색시를 맞이하는 건 축하해줘야 할 경사인데 왜 우는 거야?"

아가는 눈을 흘기며 욕을 해주려다가 이내 생각을 바꿨다.

'이 생쥐 같은 녀석은 어쨌든 재주가 비상해. 정 공자를 구해내려면 그에게 도움을 청할 수밖에 없어.'

그래서 울면서 말했다.

"사제, 그를 구해올 방법을 좀 생각해봐. 가서 구해와야 되잖아!"

위소보는 일부러 놀란 척하며 눈을 동그랗게 떴다.

"그를 구해오라고? 정 공자가 사람을 죽인 것도 아닌데, 그들이 설마 죽이기야 하겠어?"

아가가 말했다.

"사제도 들었잖아. 그 사람들은 정 공자를 그 시골 색시랑 강제로 혼례를 올리게 할 거라잖아!"

위소보는 웃었다.

"혼례를 올리고 화촉동방을 밝히는 건 좋은 일이잖아."

그러고는 목소리를 낮췄다.

"난 너랑 화촉동방을 밝히고 싶은데… 네가 응해주지 않으니 정말 애석해."

아가는 눈을 흘겼다.

"지금 한시가 급해 죽겠는데 그런 쓸데없는 말을 하다니! 다신 상대하나 봐라!"

위소보가 말했다.

"사부님께서도 정 공자가 못된 짓을 많이 했으니 혼이 좀 나야 된다고 했잖아. 더구나 화촉을 밝히는 건 혼이 나는 것도 아니야. 정 공자는 아마 신이 나서 입이 째질걸! 아니면 어젯밤에 왜 그 색시를 찾아가서 꿍짝꿍짝, 으쌰으쌰를 했겠어?"

아가는 발을 구르며 화를 냈다.

"너나 가서 꿍짝꿍짝을 해라!"

위소보는 혀를 내밀고 '메롱' 했다.

이날 길을 가면서 아가는 이 핑계 저 핑계 대면서 시간을 끌었다. 그리고 쉬는 시간에 몰래 칼로 노새의 뒷다리에 상처를 냈다. 노새가 다리를 저는 바람에 10여 리밖에 못 가서 날이 저물었고, 결국 인근 고을에서 유숙하게 됐다.

위소보는 아가가 야음을 틈타 정극상을 구하러 갈 것 같았다. 그래서 저녁을 먹고 객잔 사람들이 다 잠자리에 들자 마구간으로 가서 잔디밭에 누워 잠을 청했다. 아니나 다를까, 초경 무렵 가벼운 발걸음 소리가 들리는가 싶더니, 검은 그림자가 나타나 말을 끌어냈다.

위소보가 나직이 소리쳤다.

"말도둑이다!"

검은 그림자는 바로 아가였다. 그녀는 깜짝 놀라 도망치려다가 위소보임을 알아차리고 물었다.

"소보구나, 그렇지?"

위소보가 웃으며 말했다.

"당연하지. 그래, 나야!"

아가가 물었다.

"여기서 뭐 하는 거야?"

위소보가 대답했다.

"이 신통방통 도사님께서 점을 쳐보니, 오늘 밤에 누가 말을 훔치러

올 것 같아서, 그 말도둑을 잡으려고 여기서 죽치고 있었지!"

아가는 흥, 콧방귀를 날리더니 사정을 했다.

"소보야, 나랑 함께 가자. 가서… 그를 좀 구해줘."

위소보는 그녀가 부드러운 말투로 부탁하는 것을 듣자 온몸의 뼈마디가 스르르 녹아내리는 것 같았다. 그는 웃으며 말했다.

"내가 만약 그를 구해내면 어떻게 해줄 건데?"

아가는 바로 대답했다.

"그럼 뭐든지…."

그녀는 뭐든 원하는 대로 다 해준다고 말하려다가 이내 '아차' 했다.

'요 녀석은 틀림없이 자기한테 시집오라고 요구할 거야. 그건 들어줄 수 없지!'

그래서 바로 말을 바꿨다.

"아무튼… 왜 자꾸 날 골려주려고 하지? 진심으로 날 도와준 적이 없잖아!"

그러면서 훌쩍훌쩍 흐느끼기 시작했다. 이 눈물은 가짜가 아니었다. 물론 딴생각을 하면서 우는 거였지만! 정극상의 경박한 행동들이 뇌리에 떠올랐다. 비록 얄밉기는 해도 그는 지금 위태로운 지경에 처해 있었다. 게다가 정말 혼례를 올리고 화촉동방을 밝혔는지, 오만가지 생각이 어우러져 눈물을 흘린 것이다.

위소보는 그녀가 울자 마음이 약해졌다. 절로 한숨이 나왔다.

"그래, 알았어. 함께 가면 되잖아!"

아가는 표정이 환해져서는 훌쩍거리며 말했다.

"정말… 고마워."

위소보가 퉁명스럽게 말했다.

"고마워할 건 없고… 고노장이 어디 있는지 모르니, 그게 문제야."

아가는 잠시 멍해 있다가 이내 위소보의 말뜻을 알아차렸다. '고노장'이라고 말한 것은 에둘러 정극상을 욕한 것이었다. 그녀는 나직이 말했다.

"수소문해서 찾아보면 되잖아."

두 사람은 말을 끌고 몰래 객잔 뒷문으로 빠져나왔다. 그리고 나란히 말을 타고 왔던 길을 되돌아갔다. 가면서 위소보가 넌지시 물었다.

"정 공자가 대체 뭐가 잘났다고 그렇게 좋아하지?"

아가가 말했다.

"누가 좋아한다고 했어? 어쨌든… 서로 다 아는 사이잖아. 위험에 처하면 도와주는 게 당연하지."

위소보가 단도직입적으로 물었다.

"그럼 만약 내가 누구한테 붙잡혀가서 혼례를 올리게 되면, 와서 날 구해줄 거야?"

아가가 피식 웃었다.

"어머, 기가 막혀! 누가 널 잡아가서 혼례를 올리려 하겠어?"

위소보는 한숨을 내쉬었다.

"넌 내가 눈에 거슬릴지 몰라도, 어쩌면 날 멋쟁이로 생각하고 좋아서 죽겠다는 낭자가 나타날 수도 있지!"

아가가 다시 웃으며 말했다.

"정말 그렇다면 천지신명께 감사를 드려야겠지. 그럼 물귀신처럼 계속 날 따라다니며 치근대지 않을 테니까 말이야!"

위소보는 삐쳤다.

"좋아, 정말 양심도 없군! 만약 누가 널 붙잡아가서 억지로 혼례를 올리려 해도 나 역시 구하러 가지 않을 거야!"

그 말에 아가는 흠칫했다. 정말로 만에 하나 그런 일이 생긴다면 위소보가 와서 구해줄 수밖에 없을 것이었다. 그녀는 머뭇거리며 기어들어가는 목소리로 말했다.

"넌 틀림없이 날 구하러 올 거야."

위소보가 따졌다.

"아니, 내가 왜?"

아가가 말했다.

"사람들이 날 괴롭히면 절대 수수방관하지 않을 거야. 그러니까 내 사제지!"

솜사탕같이 달콤한 그 말에 위소보는 구름 위를 나는 듯 기분이 좋아졌다.

이야기를 나누는 사이에 어느덧 낮에 목왕부 사람들과 맞닥뜨렸던 곳까지 오게 됐다. 한밤중인데도 10여 명이 손에 등롱을 든 채 길옆에 앉아 있었다. 바로 정극상의 시종들이었다.

아가가 급히 말을 멈추고 물었다.

"정 공자는 어디 있죠?"

시종들은 모두 일어났다. 한 사람이 울상이 되어 대답했다.

"저쪽 사당에 있어요."

그러면서 서북쪽을 가리켰다.

아가가 다시 물었다.

"사당이라뇨? 거기서 뭘 하는데요?"

그 시종이 대답했다.

"그 시골 사람들이 공자를 끌고 가 억지로 혼례를 치르려고 해서 공자가 거부하니까 주먹질을 하고 발로 걷어차고 마구 때렸어요."

아가가 화를 냈다.

"아니… 흥! 다들 무공 고수잖아요. 그 시골 사람 몇 명을 당해내지 못한단 말이에요?"

시종들은 체면이 안 서는지 모두 고개를 푹 숙였다. 한 시종이 들릴락말락 작은 목소리로 말했다.

"그 시골 사람들은 무공이 더 고강해요."

아가는 기가 찼다.

"그들의 무공이 고강하다고 공자를 그냥 내버려둘 건가요? 빨리 가서 구해와야죠! 어서 앞장서세요!"

나이가 좀 많은 시종이 나섰다.

"만약 우리가 가서 다시 귀찮게 굴면 모조리 죽이겠다고 했어요."

아가는 언성을 높였다.

"죽이려면 죽이라고 해요! 뭐가 겁나요? 왕야께서 공자를 잘 호위하라고 했는데, 죽는 게 겁나서 이렇게 가만있으면 되겠어요?"

그 시종이 대답했다.

"아, 네! 네… 그럼… 낭자는 말을 타지 않는 게 좋겠어요. 소리가 나면 그들이 눈치를 챌 테니까요."

아가는 코웃음을 치더니 위소보와 함께 말에서 내려 말을 길옆 나무에 묶었다. 시종 하나가 등롱을 내려놓고 두 사람을 데리고 서북쪽으로 향했다.

1리쯤 갔을까, 숲을 가로질러 공동묘지를 지나자 예닐곱 칸짜리 큰 저택이 나타났다. 사당인 듯싶었다. 집 안에서 징소리와 북소리가 요란하게 들려왔다. 아가는 내심 다급해졌다.

"정말 혼례를 올리고 있나 봐."

그녀는 위소보의 소맷자락을 잡고 안으로 뛰어들어갔다. 기다란 담장을 끼고 돌자 문이 하나 열려 있는 게 보였다. 그 안쪽은 캄캄한 게 아무것도 보이지 않았다. 안으로 들어가 징소리와 북소리를 따라가보니 대청이 나왔다. 살그머니 몸을 숙이고 창문 틈을 통해 대청 안을 살펴보았다.

대청 안 광경을 확인하자, 아가는 애가 탔고, 위소보는 기분이 몹시 좋았다. 머리에 빨간 꽃을 한 송이 꽂고 붉은 면사포를 쓴 여자와 정극상이 마주 서 있었다. 대청 안에는 촛불이 많이 밝혀져 있고, 몇몇 사람이 징과 북을 치며 흥을 돋웠다.

오입신이 목청을 높였다.

"재배! 재배! 어서 절을 올려!"

정극상이 목멘 소리로 말했다.

"신부한테 절을 다 올렸는데, 무슨 절을 또 올리라는 거요?"

그 말에 아가는 화가 치밀어 기절할 뻔했다.

오입신이 고개를 흔들어대며 말했다.

"우리 마을 풍습은 신랑이 신부한테 절을 연거푸 100번 올려야 돼! 겨우 30번밖에 안 올렸잖아. 아직 70번 남았어!"

오표가 냅다 엉덩이를 걷어차자 정극상은 그 자리에 무릎을 꿇었다. 오표가 그의 머리를 누르며 소리쳤다.

"오늘 화촉동방을 밝히는 신랑인데 절을 몇 번 더 한들 무슨 상관이 있겠어?"

위소보는 그들이 자기를 기다리기 위해 지금 시간을 끌고 있다는 것을 잘 알고 있었다. 이런 흥미진진한 구경을 다시는 하지 못할 테니, 굳이 서둘러 들어가지 않고 느긋하게 더 구경을 하기로 했다.

그러나 아가는 더 이상 참을 수 없었다. 그녀는 칼을 뽑아들고 창문을 박차며 안으로 뛰쳐들어가 소리쳤다.

"어서 그 사람을 풀어줘! 아니면 모조리 다 죽여버릴 거야!"

오입신은 기다렸다는 듯이 태연하게 웃으며 그녀를 맞았다.

"낭자, 혼례 희주囍酒를 마시러 왔나? 한데 경삿날에 왜 칼부림을 하려고 하지?"

아가는 앞으로 한 걸음 내디디며 오표에게 칼을 휘둘렀다. 분노가 치민 상태에서 칼을 전개하자 제법 위력이 있었다. 오표는 황급히 뒤로 물러나 가까이 있는 긴 걸상을 집어들어 막았다. 아가는 비록 내공을 연마하지 않았지만 무공 초식이 정교해 오표가 걸상으로 막기엔 역부족이었다. 그는 연신 뒤로 밀려났다.

그것을 본 오입신이 웃으며 말했다.

"허허… 제법인데!"

그가 대신 나서서 아가를 상대했다. 그의 무공은 오표보다 훨씬 높았다. 그냥 맨손으로도 칼날 사이를 이리저리 종횡하며 여유 있게 응수했다.

정극상은 몸을 솟구쳐 아가를 도우려 했으나 누군가 등을 내리치는 바람에 바닥에 고꾸라졌다.

아가는 점점 더 궁지에 몰리게 되자 소리쳤다.

"사제! 빨리 들어와!"

그러자 창 밖에서 위소보의 고함 소리가 들렸다.

"대단하구면! 좋아, 내가 상대해주마!"

창문을 걷어차자 와장창 소리가 났다. 위소보가 누구랑 한바탕 붙은 모양이었다.

오입신은 기다리던 위소보가 오자 얼른 다른 사람한테 눈짓을 보내며 소리쳤다.

"누구냐?"

두 명의 제자가 무기를 들고 뛰쳐나와 아가를 상대했다.

오입신이 창문 밖으로 나가보니, 위소보 혼자 여기저기를 걷어차면서 빽빽 소리를 질러대고 있었다. 상대는 아무도 없었다. 그것을 본 오입신은 하마터면 웃음이 터질 뻔했다. 그도 덩달아 소리를 질렀다.

"다들 공격을 멈춰라! 한데 어린것이 여긴 왜 왔지?"

위소보가 소리쳤다.

"나의 사저가 사람을 구하라고 해서 왔다. 잡아온 사람을 어서 풀어줘라! 어이구… 아! 촌뜨기가 실력이 제법인데!"

소리를 질러대며 문밖으로 달아났다. 오입신도 고함을 질러대며 그의 뒤를 따랐다.

사당 밖에 이르자 위소보는 비로소 걸음을 멈추고 웃으며 말했다.

"형님, 고마워요. 이번 일은 아주 흥미진진하게 잘 꾸몄네요."

오입신도 웃었다.

"그 낭자가 바로 형제가 좋아하는 사람인가? 무공이 대단하더군. 그리고 인물이… 흐흐, 역시 좋더군."

그는 원래 성격이 솔직하고 거침이 없었다. 아가의 용모에 대해선 별로 대수롭지 않게 생각했지만 정묘精妙한 무공 초식에 대해서는 탄복을 금치 못했다.

위소보는 한숨을 내쉬었다.

"한데 그 빌어먹을 녀석만 좋아하지 나한테 시집오려고 하질 않아요. 그 녀석이 정말 시골 색시랑 혼례를 치르게 만들고, 만약 나랑 그 낭자가…."

여기까지 말하자 퍼뜩 뇌리를 스치는 생각이 있었다.

"형님, 이왕 도와줄 바에 끝까지 좀 도와주십시오. 제가 일부러 붙잡힌 척할 테니 그 낭자도 제압해서 나랑 혼례를 올리게 만들어주세요. 어때요, 제 생각이?"

오입신은 깔깔 웃었다. 그러고는 절로 고개를 흔들다가 말했다.

"좋아, 좋아! 위 형제, 내가 고개를 흔드는 건 습관이니 달리 생각하지 말게. 한데… 한데…."

그는 말을 잇지 못하고 주춤했다. 위소보가 얼른 물었다.

"한데 뭡니까?"

오입신이 대답했다.

"우린 다 의협을 중시하는 사람들이라… 장난을 좀 치는 건 괜찮지만… 솔직히 말할 테니 서운하게 생각지 말게. 여색을 탐하지 말라는 음계婬戒는 절대 범해서는 안 되네."

위소보가 말했다.

"그야 당연하죠! 그녀는 저의 사저예요. 정식으로 혼례를 올리면 명실공히 저의 아내가 되는 겁니다. 형님이 중매인이니 격식을 다 갖춘 혼례가 아니겠어요? 기루에 가서 오입질을 하는 것도 아닌데, 여색을 탐한다는 것은 말도 안 됩니다."

당시는 지금 주례자가 있듯이 중매인이 있어야만 정식으로 혼례가 성립되었다. 오입신은 고개를 끄덕였다.

"그럼, 그렇지! 나한테 약속을 했으니 절대 그 낭자한테 협의俠義에 어긋나는 일을 해서는 안 되네."

위소보는 확답을 했다.

"백번천번 약속하니 걱정 안 하셔도 됩니다. 대장부가 한번 입 밖에 내뱉은 말은 그 어느 말도 쫓아가지 못합니다!"

오입신은 좋아하며 활짝 웃었다.

"자네가 당당하고 떳떳한 영웅호한이라는 것을 내 일찍이 알고 있었네. 그 낭자가 자네한테 시집을 온다면 그야말로 하늘이 내려준 복이지!"

위소보는 빙긋이 웃었다.

"형님은 중매인이니 술 한잔 거하게 대접하겠습니다."

오입신 역시 웃으며 말했다.

"좋았어! 그럼 슬슬 시작해볼까?"

위소보는 몸을 돌려 두 손을 뒤로 내밀었다.

"자, 어서 잡아가십시오."

오입신은 그를 끌고 대청 쪽으로 가서 언성을 높였다.

"감히 어디로 달아나려고? 어림도 없지!"

그를 떠밀며 대청 안으로 들어갔다.

아가는 이미 제압당해 칼을 놓치고, 세 가지 병기가 앞뒤로 가슴과 등을 겨냥하고 있었다. 오표 등은 비록 그녀를 제압했으나 위소보가 좋아하는 낭자라는 걸 알고 전혀 무례한 짓을 하지 않았다.

오입신은 허리띠를 풀어 위소보의 두 손을 뒤로 묶어 의자에 앉혔다. 그리고 아가도 묶었다. 위소보가 연신 욕을 해대자 오입신이 호통을 쳤다.

"이런 생쥐 같은 녀석! 또 욕을 하면 눈깔을 파버릴 거다!"

위소보는 더욱 악을 썼다.

"맘대로 해라, 이 개뼈다귀야!"

옆에 있는 아가가 나직이 말했다.

"사제, 그만 욕해. 정말 당하면 어쩌려고?"

위소보는 그제야 입을 다물었다.

오입신이 말했다.

"역시 이 낭자가 사리에 밝군. 인물도 아주 빼어나고. 좋아, 좋아! 나한테 아직 장가 안 간 아우가 있는데 오늘 너를 제수씨로 삼겠다."

아가는 기겁을 하며 소리쳤다.

"안 돼, 안 돼!"

오입신은 화를 냈다.

"뭐가 안 된다는 거야? 여자는 나이가 차면 당연히 시집을 가야지. 내 아우는 잘생긴 영웅호한이니 너한테 짝지어주기가 좀 아까워. 그런데 안 된다니? 복에 겨운 소리 하지 마! 자, 풍악을 울려라!"

오표 등이 징과 북을 치며 떠들썩한 분위기를 조성했다.

아가는 지금까지 놀랄 일을 많이 당해왔지만 이번만큼 겁을 먹은 일은 아마 없었을 것이다. 오입신은 지금 지저분한 농군 차림인데, 그의 아우라고 해봤자 더 나을 것도 없을 거라고 생각했다. 만약 이 두메산골에서 촌부와 강제로 혼례를 치러 정조를 잃게 된다면, 그 자리에서 자결을 해도 이미 늦고 말 것이었다. 그녀는 입술을 깨물었다. 너무 놀라 말도 제대로 나오지 않았다.

오입신이 웃으며 말했다.

"좋아! 승낙한 걸로 간주하겠어."

오른손을 한 번 휘두르자 풍악이 멎었다.

아가는 겨우 정신을 차려 소리를 질렀다.

"아니야, 난 승낙하지 않았어! 차라리 어서 날 죽여라!"

오입신이 다시 말했다.

"좋아, 그렇게 원한다면 죽여주마! 너의 사제까지 다 죽이겠다!"

그러면서 강도鋼刀를 높이 들어올렸다. 아가는 울음을 터뜨렸다.

"어서 죽여라! 날 죽이지 않으면 사람이 아니다! 어서… 사제도 죽여! 저… 사제부터 죽여!"

오입신은 위소보를 힐끗 쳐다보며 속으로 구시렁댔다.

'저렇게 정의情義가 없는 낭자를 왜 한사코 아내로 맞이하려고 하는 거지?'

위소보도 속으로 욕을 했다.

'이런 썩을 계집애가 있나! 왜 나부터 죽이라는 거야, 쌍!'

오입신이 성난 음성으로 외쳤다.

"네 사제는 죽이지 않겠다! 개똥아, 우선 그 녀석부터 끌어내서 목을 쳐버려!"

그러면서 정극상을 가리키자, 오표가 대답했다.

"네!"

그러면서 대뜸 정극상의 뒷덜미를 낚아챘다.

아가는 기겁을 해 소리쳤다.

"안 돼! 그를 해치지 마! 그를… 죽이면 안 돼. 그의 아버지는… 아버지는….'

오입신이 그녀의 말을 받았다.

"좋아! 그럼 넌 내 아우랑 혼례를 올릴 거냐?"

아가는 울면서 말했다.

"아니야… 싫어! 어서… 날 죽여라."

오입신은 칼을 내려놓고 말을 몰 때 쓰는 채찍을 집어들었다. 그리고 호통을 쳤다.

"죽이진 않고 우선 채찍질을 100번 하겠다!"

그는 정말 화가 치밀었다. 그 분노를 도저히 주체할 수 없어 채찍을 허공에 떨쳤다. 철썩 소리와 함께 정말 아가를 후려치려 했다.

그 순간 위소보가 소리쳤다.

"잠깐!"

오입신은 채찍을 허공에다 멈추고 물었다.

"왜 그래?"

위소보가 말했다.

"우린 영웅호한이라 의리에 살고 의리에 죽는다. 나랑 사저는 갈라놓을 수 없는 한 몸이나 다름없다. 채찍 100대를 때릴 거면 차라리 날 때려라!"

아가는 오입신이 허공에 채찍을 날리는 것을 보고 혼비백산했는데 위소보의 말을 듣고는 내심 좋아했다.

"사제, 사제는 정말 좋은 사람이야."

위소보가 오입신에게 말했다.

"이봐요, 노형! 뭐든지 다 내가 짊어질게요. 이게 바로 그 어떤 고난에도 굴하지 않는 진짜 사나이의 기백 아니겠소? 나의 사저를 노형 아우한테 강제로 시집보내려고 하지 마시오. 대신 노형의 누나나 누이 중 시집 안 간 사람이 있으면 나랑 혼례를 올리게 해주시오. 정 공자가 색시를 하나 얻었으니 나도 질 수는 없잖아요? 이미 차려놓은 혼례상이니… 떡 본 김에 제사를 지내고, 친구 따라 강남을 간다는 게 바로 이런 것 아니겠소? 시집 못 간 다른 처녀들이 있으면 이번 기회에 몽땅 나한테 넘기시오. 메주덩어리든 일그러진 호박이든 내가 무조건 받아들이겠소."

여기까지 말하자 오입신 등은 다들 깔깔 웃었다. 아가도 웃음을 참기 어려웠다. 그러나 바로 자신이 지금 처해 있는 상황이 떠올라 다시 눈물을 흘렸다.

오입신이 계속 웃으며 말했다.

"나이도 어린 게 제법 사내다운 기백과 의리가 있구먼! 난 원래 너희들을 그냥 놔주려고 했는데, 네 말을 듣고 생각이 달라졌어. 나도 오기가 있지! 혼례는 반드시 치르고 말 거야! 한데 대체 누가 혼례를 올릴 거야? 너냐, 아니면 저 계집?"

아가는 이 위기에서 벗어나기 위해 소리쳤다.

"난 아니고 쟤예요!"

오입신은 눈을 부라리고 그녀를 똑바로 쳐다보며 다그쳤다.

"넌 시집가기 싫고 사제더러만 혼례를 올리라는 거냐?"

아가는 약간 가책을 느끼며 고개를 숙였다.

"네…"

오입신이 턱을 끄덕였다.

"좋아!"

이번에는 위소보를 가리키며 언성을 높였다.

"저 계집은 너더러 혼례를 올리러는데?"

위소보는 아가를 쳐다보며 말을 떠듬거렸다.

"난… 난…"

아가가 나직이 말했다.

"사제, 오늘 날 이 위기에서 벗어나게 해주면 평생 은혜를 잊지 않을게. 어서 혼례를 올리겠다고 해."

위소보는 인상을 찌푸렸다.

"나더러 지금 혼례를 올리라고? 휴… 알다시피 이건 참으로 난감한 일이야."

아가가 다시 나직이 말했다.

"나도 알아. 오늘 날 도와주지 않으면 혀를 깨물고 죽을 수밖에 없어. 난… 정말 어쩔 수 없어서 너한테 부탁하는 거야. 저들은… 흉악해서 무슨 짓이든 다 할 거야."

위소보가 말했다.

"혀를 깨물고 죽으면 안 되지. 사저, 방금 나한테 부탁한다고 했는데, 뭘 부탁한다는 거지?"

아가가 말했다.

"오늘 혼례를 올리라고 부탁하는 거야."

위소보가 갑자기 음성을 높였다.

"사저, 오늘 직접 나한테 부탁을 했으니 난 하기 싫어도 부탁을 들어줄 수밖에 없어. 이건 분명히 사저가 나더러 혼례를 올리라고 부탁한 거지, 내가 원한 것이 아니야. 그렇지?"

아가가 대답했다.

"그래, 내가 부탁한 거야. 사제는 영웅호한이고 진짜 사나이라 남이 어려움에 처하면 늘 도와주고, 또… 내 말을 아주 잘 듣잖아."

위소보는 길게 한숨을 내쉬었다.

"사저, 서저가 날 생각하는 마음을 이제야 알았어. 그래! 사저가 원하는 일이라면 난 무조건 들어줄 거야. 목에 칼이 들어와도 눈 하나 깜박 안 해! 사저가 나더러 혼례를 올리라면 그렇게 하는 수밖에!"

아가가 말했다.

"날 위해주는 사제의 마음을 잘 알고 있어. 나도… 앞으로는 사제한테 잘할게."

잠자코 듣고만 있던 오입신이 나섰다.

"알았어! 그럼 원하는 대로 해야지. 난 시집 안 간 누이가 없어. 딸은 이제 겨우 세 살이니 안 될 거고… 이봐! 너희 중에 시집 안 간 누나나 누이동생이 있으면 어서 다 데리고 나와! 이 소년영웅과 혼례를 올려줄게!"

오표가 웃으며 말했다.

"난 없어요."

다른 한 사람이 그의 말을 받았다.

"저 소년영웅은 정말 의리가 있고 사나이다워서 혼사를 맺으면 참 좋겠는데, 애석하게도 난 형제들뿐이고 자매는 없어요."

또 한 사람이 나섰다.

"내 누나는 이미 시집가서 애가 여덟이나 돼요. 소영웅, 만약 내 자형이 죽으면 누나더러 자네한테 개가하라고 권할게. 그때까지 기다려줄 수 있겠나?"

오입신이 말했다.

"그때까진 못 기다리지! 중요한 건 현물現物이야. 시집 안 간 누나나 누이동생 없어?"

다들 고개를 내둘렀다.

"없는데요."

다들 좋은 기회를 놓쳤다며 아쉬워했다.

위소보가 좋아하며 말했다.

"여러분, 이건 내가 거절한 게 아니라, 다들 누나나 누이동생이 없다고 하니 어쩔 수 없는 일이잖소. 이젠 우릴 그냥 놓아주시죠!"

오입신은 고개를 흔들어대며 말했다.

"그건 안 되지! 대장부일언중천금이라고, 한번 입 밖에 내뱉은 말은 사마난추駟馬難追야. 어떤 일이 있어도 기필코 혼례를 치러야만 해! 그렇지 않고 일구이언을 해서 살신태세煞神太歲의 노여움을 사게 되면, 우리 마을 사람들은 모두 비명횡사하게 될 거야. 이건 장난칠 일이 아니잖아? 좋아, 이젠 어쩔 수 없어! 넌 저 낭자랑 혼례를 올려라!"

그러면서 아가를 가리키자, 아가는 바로 소리를 질렀다.

"아! 안 돼, 안 돼요!"

오입신이 대뜸 화를 냈다.

"뭐가 안 된다는 거야? 그럼 묻겠는데… 내 아우와 결혼할 거야, 저 소영웅이랑 혼례를 올릴 거야? 네 맘대로 선택해!"

아가는 얼굴이 홍당무처럼 빨개져서는 연신 고개를 내둘렀다.

"다 싫어요."

오입신은 더 화난 얼굴로 물었다.

"이 마당에 이것도 싫고, 저것도 싫다면 어떡해? 좀 있으면 흉살신 凶煞神이 바로 강림하실 거야. 그럼 아무도 살아남을 사람이 없어. 이 봐! 돌쇠, 개똥이! 혼례를 올리지 않겠다고 버티면 둘 다 코를 베어버 릴 수밖에 없어!"

오표와 다른 한 사람이 한목소리로 대답했다.

"네, 알았습니다!"

두 사람은 칼등으로 아가의 코를 슬쩍 문질렀다. 아가는 죽는 건 겁 나지 않는데 코가 없는 모습을 상상하니 너무 보기 흉할 것 같아 안색 이 창백하게 변했다.

위소보가 말했다.

"사저의 코를 베지 말고 내 코를 베시오!"

오입신이 말했다.

"흉살신에게 제를 올리려면 코가 두 개 필요해. 넌 하나밖에 없잖 아. 이봐, 정가야! 낭자 대신 네 코를 베는 건 어떠냐?"

아가는 정극상을 쳐다봤는데, 간절히 바라는 눈빛이었다. 그러나 정극상은 감히 그녀의 눈빛을 마주하지 못하고, 얼굴을 돌려 고개를 흔들었다.

오입신이 코웃음을 날렸다.

"흥! 봐라, 저 녀석은 싫다는데 너의 사제는 기꺼이 널 위해 코를 내놓겠다고 하잖아. 흐흐… 널 진심으로 위해주는 사람은 역시 저 사제밖에 없는 것 같은데! 이런 훌륭한 사람한테 시집을 안 가면 누구한테 가겠다는 거냐? 자, 혼례식을 거행하겠다. 풍악을 울려라!"

징소리와 북소리가 울려퍼지는 가운데 가짜 신부의 붉은 면사포를 벗겨 아가 머리에 씌우고, 결박을 풀어주었다. 아가는 그 즉시 주먹을 뻗어냈다. 퍽! 주먹이 오표의 가슴을 강타했다. 다행히 내력이 실리지 않은 주먹이라, 비록 가슴을 직격으로 맞았지만 심하게 아프진 않았다. 오표는 바로 칼로 그녀의 뒷덜미를 겨냥해 꼼짝 못하게 만들었다.

오입신이 혼인 예식을 진행했다.

"신랑신부는 우선 하늘을 향한 배천拜天의 예를 올리시오!"

아가는 뒷덜미에 써늘한 느낌이 전해져오며 통증까지 있어, 어쩔 수 없이 위소보와 어깨를 나란히 하고 바깥쪽을 향해 절을 올렸다.

오입신이 다시 외쳤다.

"다음은 신랑신부가 땅에 대한 배지拜地의 예를 올리겠습니다!"

오표가 아가의 몸을 안쪽으로 돌려 무릎 꿇고 절을 올리게 했다.

이어서 "부부교배夫婦交拜!"라는 외침과 함께 두 사람은 서로 마주 보고 무릎을 꿇은 채 절을 올렸다.

그다음은 중매인에게 절을 올리는 차례였다. 오입신은 하하 웃으며 소리쳤다.

"신랑신부는 중매인께 인사를 올리시오!"

그 순간, 아가는 끓어오르는 분노를 참을 수 없어 냅다 오입신의 아랫배를 걷어찼다. 사력을 다한 발길질이었다.

오입신은 비명을 질렀다.

"으악!"

뒤로 몇 걸음 물러나 콜록콜록 기침을 연발하더니 고개를 흔들어대며 웃었다.

"어이구… 중매인을 걷어차다니, 신부가 아주 사납구먼!"

바로 이때였다. 사당 밖에서 별안간 호각 소리가 들리는가 싶더니 동서남북 사방에서 사람들이 달려오는 소리가 요란하게 들려왔다. 어림잡아도 40~50명은 되는 것 같았다.

오입신은 이내 웃음을 거두고 나직이 소리쳤다.

"촛불을 꺼라!"

사당 안은 금세 어둠에 잠겼다.

위소보는 아가 곁으로 바싹 다가가 손을 잡으며 나직이 말했다.

"밖에 적이 쳐들어온 모양이야."

아가는 괴로워하며 흐느꼈다.

"난… 난 사제랑 혼례를 올렸어…."

위소보는 다시 나직이 말했다.

"그건 내가 바라던 바야. 한데 혼례가 너무 초라했던 것 같아."

아가는 화를 냈다.

"이건 무효야. 혹시 진짜로 생각하는 거야?"

위소보가 말했다.

"이미 혼례 예식까지 다 올렸는데 가짜일 리가 있겠어? 생쌀이 이미 익은 밥이 됐는데 어떻게 되돌릴 수 있겠어? 이미 기생사실이니 어쩔 수 없잖아!"

아가는 흐느끼면서 말했다.

"기생사실이 아니라 기정사실이겠지!"

위소보가 얼른 고개를 끄덕였다.

"그래, 맞아. 기정사실이야! 우리 각시는 학문이 뛰어나니 앞으로 이 낭군님을 잘 좀 가르쳐줘."

아가는 그가 계속 뻔뻔하게 '각시'니 '낭군'이니 운운하자 화가 끓어올라 울기 시작했다.

사당 밖에서는 와자지껄 수십 명이 떠들어대는 소리가 들려왔다. 마치 야수들의 울부짖음 같기도 하고, 황소 울음소리 같기도 했다. 쌀라쌀라, 유왈라유왈라… 알 수 없는 말을 계속 지껄여댔다.

아가는 겁을 잔뜩 먹고 위소보에게 바싹 붙었다. 그러자 위소보는 자연스럽게 왼팔을 뻗어 그녀를 끌어안고 나직하게 말했다.

"겁낼 것 없어. 또 라마승들이 몰려온 모양이야."

아가는 어찌할 바를 몰라 했다.

"그럼 어쩌지?"

위소보는 그녀의 팔을 잡고 슬그머니 병풍 뒤로 몸을 숨겼다.

그때 대청 안에 갑자기 불빛이 환해지며 눈이 부셨다. 동시에 수십 명이 사당 안으로 뛰쳐들어왔다. 모두 손에 횃불과 무기를 들고 있었다. 위소보와 아가는 그들의 모습을 보고 깜짝 놀랐다. 얼굴에 울긋불긋 색칠을 하고 머리에 깃털을 꽂았는데, 다들 웃통을 벗고 있었다. 허리에는 짐승 가죽을 둘렀으며, 가슴과 팔에 꽃무늬가 그려져 있었다. 뜻밖에도 한 무리의 생번生蕃, 야만인들이었다.

이들은 사람 같지도 않고, 귀신 같지도 않고, 하나같이 아주 징그럽게 생겼다. 아가는 이 야만인들을 보자 더욱 겁을 먹고 위소보의 품으로 파고들며 부들부들 떨었다.

야만인들은 발광을 하듯 괴성을 질러대더니, 앞장선 자가 소리쳤다.

"한인, 나빠! 다 죽여! 생번, 좋아! 사람 다 죽여! 쏼라쏼라, 유왈라유왈라!"

그러자 야만인들이 일제히 환호성을 지르며 알아들을 수 없는 말로 막 씨부렁댔다.

오입신은 운남 사람이라 오랑캐말을 좀 아는데, 이 야만인들이 하는 말은 한 마디도 알아들을 수 없었다. 그는 오랑캐말로 말했다.

"우리 한인은 좋은 사람이야, 죽이지 마."

그 야만인 우두머리는 여전히 똑같은 말을 반복했다.

"한인, 나빠! 다 죽여! 생번, 좋아! 사람 다 죽여! 쏼라쏼라, 유왈라유왈라!"

그러자 다른 야만인들이 일제히 소리쳤다.

"와땅카! 쏼라쏼라, 유왈라유왈라!"

그러고는 다짜고짜 큼지막한 칼과 삼지창을 들고 공격해왔다. 오입신 등은 어쩔 수 없이 그들과 맞서싸워야 했다.

몇 회합을 주고받은 후 오입신 등은 내심 놀랐다. 이 야만인들은 무예에 능통했다. 일진일퇴를 거듭하며 초식을 전개하는 것이 절도가 있고, 그냥 마구잡이로 창칼을 휘두르는 게 아니었다. 다시 몇 수를 교환하자 위소보와 아가도 눈치를 챘다.

오입신은 적과 맞서싸우면서 소리쳤다.

"다들 조심해라! 이 오랑캐들은 우리 한인의 무공을 배운 것 같다. 절대 얕보면 안 된다!"

야만인 우두머리도 덩달아 소리쳤다.

"한인 무공, 다 안다! 하나도 무섭지 않아! 와땅카! 쏼라쏼라, 유왈라유왈라!"

야만인들은 수가 많고 무공도 뛰어났다. 목왕부 사람들은 혼자서 셋이나 넷을 상대해야만 했다. 그러니 시간이 갈수록 수세에 몰릴 수밖에 없었다. 오입신은 야만인 우두머리를 상대로 공방전을 펼쳤는데, 전혀 우위를 차지하지 못했다. 갈수록 상황이 아슬아슬해지는가 싶더니 갑자기 비명이 들렸다.

"으악!"

"악!"

오입신의 제자 두 명이 부상을 입고 쓰러졌다. 다시 얼마 후에 오표도 다리에 창을 맞고 고꾸라지자 야만인 셋이 그에게 덤벼들어 제압했다.

결국 목왕부 사람들은 오입신을 제외하고 전부 쓰러졌다. 정극상은 원래 상처를 많이 입어 움직이자마자 바로 제압당했다. 야만인들은 쇠심줄로 엮은 밧줄을 가져와 모두 묶어버렸다. 야만인 우두머리는 길길이 날뛰며 알아들을 수 없는 말로 쉬지 않고 씨부렁댔다.

오입신은 내심 난감했다. 혼자 도망가자니 위소보와 제자들이 걱정돼 안간힘을 다해 싸웠다. 일단 상대방 우두머리만 꺾으면 그래도 한 가닥 활로가 생길 것 같았다. 그러나 그게 뜻대로 되지 않았다.

홀연 그 우두머리가 그의 머리를 향해 냅다 칼을 내리쳤다. 오입신은 본능적으로 칼을 들어 막았다. 챙! 요란한 금속성이 들리며 오입신은 손목이 저려오는 것을 느꼈다. 그와 동시에 등 뒤에서 누군가 곤봉을 휘둘러왔다. 황급히 몸을 피하려는데, 그 우두머리가 칼을 뒤집으며 칼등을 그의 목에 갖다 대고 소리쳤다.

"한인, 졌다! 생번, 안 졌다!"

오입신은 한숨을 뱉어내며 칼을 버리고 순순히 결박을 받았다.

위소보는 속으로 생각했다.

'저 야만인은 좀 멍청한가 봐. 이겼다는 말을 못하고, 그냥 안 졌다고 하는군.'

야만인들은 횃불을 들고 여기저기 구석구석을 뒤지기 시작했다. 위소보는 결국 들킬 것 같아 아가의 손을 잡고 밖으로 뛰어나가며 소리쳤다.

"생번, 좋은 사람! 우리도 생번! 쌀라쌀라, 와땅카!"

그 우두머리가 대뜸 손을 뻗어 아가의 뒷덜미를 낚아챘다. 또 다른세 사람이 달려들어 위소보를 끌어안았다. 위소보는 다시 소리쳤다.

"쌀라…."

더 이상은 소리가 나오지 않았다.

야만인 우두머리는 위소보를 보자 갑자기 안색이 변하는 것 같더니 끌어안고 괴성을 질러댔다.

"쉰씨리쓰이빠, 와땅카, 쪼까까이늉!"

그러고는 위소보를 안고 사당 밖으로 나갔다.

위소보는 기겁을 하며 고개를 돌려 아가에게 소리쳤다.

"각시야! 야만인이 날 죽이려나 봐! 딴 놈한테 다시 시집가면 안…"

말이 끝나기도 전에 시야에서 아가가 사라져버렸다. 야만인 우두머리는 그를 안은 채 10여 장 밖까지 달려가더니 비로소 내려놓았다.

"계 공공, 여긴 웬일이오?"

놀라면서도 반가워하는 음성이었다.

위소보 역시 놀랍고도 기뻤다.

"아니… 야만인이 날 어떻게 알지?"

상대방이 껄껄 웃으며 말했다.

"소인은 양일지요! 평서왕부의 양일지! 날 몰라보겠소? 하하…"

위소보는 너무 반가워 하하 웃으며 막 무슨 말을 하려는데, 양일지가 그의 손을 잡고 나직이 말했다.

"다른 사람들이 들을지 모르니 우리 좀 더 멀리 가서 얘기합시다."

두 사람은 다시 20여 장 밖으로 나가서야 걸음을 멈췄다.

양일지가 먼저 입을 열었다.

"이런 데서 계 공공을 만나다니, 정말 반갑습니다."

위소보가 물었다.

"그런데 양 대형은 왜 여기까지 왔죠? 그리고 어쩌다 쌀라쌀라가 됐어요?"

양일지가 웃으며 대답했다.

"우리 왕야께서는 역도들이 하간부에 운집해서 우리 왕부를 중상모략한다는 소문을 듣고, 소인을 보내 진상을 파악해보라고 하셨어요."

그 말에 위소보는 내심 경악을 금치 못하며 잽싸게 생각을 굴려 둘러댔다.

"지난번 목왕부 놈들이 황궁에 잠입해 평서왕을 모함하더니…"

양일지가 바로 그의 말을 받았다.

"당시 공공께서 의롭게도 황상께 진상을 밝혀주셨기 때문에, 우리 왕야께서 비로소 누명을 벗을 수 있었습니다. 우리 왕야께선 공공의 은혜를 잊지 않고 있습니다. 기회가 닿으면 직접 고맙다는 인사를 전하겠다고 늘 말씀하셨어요."

위소보가 말했다.

"새삼스럽게 인사는 무슨… 왕야께서 저를 그렇게 생각해주시니 오히려 제가 고마울 따름이죠. 저야 뭐 늘 황상 곁에 있으니, 왕야께 도움이 될 수 있는 일이라면 발 벗고 나서는 게 당연합니다. 이번에도 황상께선 역도들이 하간부에 모여 또 평서왕을 모함하려는 것을 알았습니다. 그래서 제가 진상을 알아보겠다고 자청해 이곳까지 오게 된 겁니다."

양일지는 몹시 좋아했다.

"황상께서도 이미 알고 계셨군요. 그럼 역도들의 음모는 수포로 돌아갈 테니, 정말 잘됐습니다. 소인은 왕야의 명을 받고 그 무슨 빌어먹을 개똥대회에 잠입했습니다. 놈들이 우리 왕야를 노리기 위해 각 성마다 맹주를 뽑은 것도 알아냈고요. 솔직히 말해 우리로선 신중을 기하지 않을 수가 없습니다. '명창이타明槍易躲, 암전난방暗箭難防'이란 말이 있듯이, 대놓고 덤벼들면 피하기가 쉽지만 몰래 암수를 쓰면 막기가 어렵습니다. 놈들이 만약 감히 운남으로 쳐들어온다면, 빈말이 아니라 천 명이 오면 천 명을 때려잡고, 만 명이 오면 만 명을 모조리 처단할 자신이 있습니다. 문제는 지난번 목가 놈들처럼 암수를 써서 우리 왕야를 모함하면 정말 골치가 아프고, 예기치 않은 후환이 따를 수도 있습니다."

위소보는 가슴팍을 치며 격앙된 어조로 말했다.

"그 점에 대해선 전혀 염려 말라고 왕야께 전하십시오. 제가 환궁하자마자 그 개똥대회의 진상을 세세하게, 자초지종을 아주 상세하게 황상께 다 아뢸 겁니다. 놈들이 평서왕을 적대하는 것은 황상을 적대하는 것과 다름이 없습니다. 놈들이 평서왕을 증오할수록 황상께 대한 왕야의 충심이 더 돋보일 뿐이죠. 안 그래요? 황상께서는 틀림없이 흐뭇해할 거예요. 평서왕은 물론이고, 어쩌면 양 대형한테도 후한 상을 내릴 수도 있어요. 당연히 승진과 재물도 따라오겠죠."

그 말에 양일지는 입이 귀에 걸렸다.

"우린 계 공공만 믿을 뿐입니다. 소인은 승진이고 재물은 별로 관심이 없습니다. 솔직히 말해 왕야는 저의 선친에게 큰 은혜를 베풀었고, 소인의 가족들을 죽음에서 구해줬습니다. 선친은 임종 전에 어떤 일이 있어도 목숨 걸고 왕야께 충성을 다하라고 유언을 남겼습니다."

이어 위소보에게 넌지시 물었다.

"공공께선 목왕부 놈들의 음모를 파악하려고 이곳에 온 겁니까?"

위소보는 다리를 탁 쳤다.

"양 대형은 무공이 출중할 뿐 아니라, 귀신처럼 모르는 일이 없군요! 정말 감탄을 안 할 수가 없습니다. 난 사저와 함께 변장을 하고 그들이 무슨 수작을 부리는지 염탐하러 왔는데 들키고 말았어요. 그래서 적당히 얼버무리고 둘러댔는데, 그들은 내 말을 곧이곧대로 믿고 사저와 당장 혼례를 올리라고 강요를 하는 거예요. 하하… 그거야말로 전화위복이 아니고 뭐겠어요?"

양일지는 그의 말을 듣고 나름대로 생각을 굴렸다.

'내시인데 무슨 혼례를 올리겠다는 거지? 아, 맞아! 그 낭자와 정인 사이라고 그들을 속였나 보군!'

그는 내색을 하지 않고 말했다.

"그 요두사자는 무공은 꽤 쓸 만한데 지혜가 좀 부족한 것 같아요."

위소보가 물었다.

"그럼 그들을 잡기 위해 야만인으로 변장한 겁니까?"

양일지가 대답했다.

"알다시피 목왕부는 우리랑 깊은 원한이 있습니다. 지난번 그들에게 당한 것을 아직 앙갚음해주지 못했어요. 그런데 이번에 그 무슨 개똥대회에서 그들을 보게 됐습니다. 그래서 혼내줄 생각을 했죠. 만약 경성 부근에서 대놓고 그들을 처단하다가 황상께서 알게 되면, 우리 왕야가 왕법을 어기고 임의로 살생을 저질렀다고 나무랄지도 모르지 않습니까."

위소보는 엄지를 척 내밀었다.

"양 대형의 이번 계획은 정말 치밀하고도 고단수네요. 야만인으로 분장해서 쏼라쏼라 쓰쓰빠빠 하니까, 설령 목왕부 사람들을 다 죽인다고 해도 다른 사람들은 야만인들이 한 짓이라 여기고 평서왕부를 의심하지 않겠죠."

양일지는 빙긋이 웃었다.

"맞아요. 한데 우리가 이렇게 해괴망측한 모습으로 가장했다고 너무 나무라지는 마십시오."

위소보가 말했다.

"왜 나무라겠어요? 난 오히려 부러운데요. 나도 당장 웃통을 벗어
던지고 얼굴에 울긋불긋 색칠을 하고 어울려서 한바탕 신명나게 놀고
싶은걸요."

양일지는 여전히 웃으며 말했다.

"공공께서 원하면 지금 바로 분장을 하고 한판 놀아볼까요?"

위소보는 한숨을 내쉬었다.

"이번엔 곤란해요. 각시가 내 꼬락서니를 보면 틀림없이 삐쳐서 화
를 낼 거예요."

양일지가 진지하게 말했다.

"자꾸 각시 운운하는데… 정말 부인을 맞이한 겁니까? 그 목왕부
녀석들 때문에 어쩔 수 없이 혼례를 올린 게 아니고요?"

위소보는 지금 몇 마디 말로 설명할 수 없는 일이라고 생각해 화제
를 돌렸다.

"양 대형, 우린 서로 마음이 맞는 것 같은데… 나를 시답잖게 생각
하지 않는다면 결의형제를 맺읍시다. 자꾸 공공이니 소인이니 하니까
듣기가 거북하네요."

양일지는 좋아했다. 평서왕은 위소보 같은 사람을 필요로 한다. 황
상과 가장 가까운 측근이니 앞으로 그에게 부탁할 일이 많을 것이었
다. 그리고 이 소공공은 사람됨이 호방하고 의리가 있으니 친구로서
나무랄 데가 없었다. 지난날 강친왕부에서도 자기에게 많은 것을 베풀
어줬다. 그래서 망설이지 않고 응했다.

"제 입장에선 분에 넘치는 일이고, 그야말로 바라던 바죠."

위소보가 말했다.

"분에 넘치다뇨? 말도 안 되는 소립니다. 키를 재도 저보다 훨씬 크고 무공으로 따져도 저보다 높은걸요!"

양일지는 껄껄 웃었다. 두 사람은 곧 무릎을 꿇고 흙을 조금 쌓아 향을 대신하고 큰절을 여덟 번 올렸다. 이로써 정식으로 결의형제가 되어 앞으로는 형과 아우로 지내기로 했다.

양일지가 말했다.

"위 형제, 그럼 우린 앞으로 친형제나 다름없이 지내세. 하지만 다른 사람들 앞에서는 오해를 살 소지가 있으니, 이전처럼 그냥 공공이라고 부르겠네."

위소보는 고개를 끄덕였다.

"그렇게 하죠. 그런데 형님, 목왕부 사람들은 어떡할 생각입니까?"

양일지가 대답했다.

"일단 운남으로 끌고 가서 천천히 고문을 해봐야지. 그리고 우리 왕야를 모함했다는 확실한 자백을 받아내서 황궁으로 압송할 생각이네. 그럼 위 형제가 전에 우리 왕야를 위해 변명을 해준 것이 틀림없다는 게 다시 입증되겠지."

위소보는 고개를 끄덕였다.

"아주 좋은 생각이에요. 형님, 한데 그 요두사자가 과연 모든 것을 순순히 실토할까요?"

양일지는 눈살을 살짝 찌푸렸다.

"그 요두사자 오입신은 강호에서 나름대로 명성이 좀 있지. 워낙 깐

간한 친구라 아마 쉽게 털어놓지 않을 걸세. 강호인의 입장에서 보면 진정한 사내대장부임에 틀림없으니 지나치게 강요할 수는 없겠지. 하지만 나머지 사람들은 고문을 하면 진실을 실토할지도 몰라."

위소보가 말했다.

"그래요. 뭐, 그렇게 해도 되겠죠."

양일지는 그의 말투가 좀 석연치 않다는 것을 느끼고 넌지시 말했다.

"위 형제, 우린 이젠 남이 아니니 만약 내 생각이 적절치 않다면 솔직히 말해주게."

위소보가 다시 말했다.

"적절치 않은 건 없어요. 듣자니 목왕부에 그 무슨 목검성이란 작자랑 또 무슨 쇠등청룡 유아무개가 있다고 하던데…."

양일지가 그의 말을 받았다.

"그래, 그 '철배창룡鐵背蒼龍' 유대홍은 목검성의 사부지."

위소보가 고개를 끄덕이며 말했다.

"맞아요, 형님은 정말 기억력이 좋네요. 황상께서 그 두 사람의 동태를 조사해서 보고하라고 했어요. 형님은 혹시 그들도 붙잡았나요?"

양일지가 말했다.

"목검성도 하간부에 와서 우리가 계속 뒤를 추적했는데, 헌현에서 어디론가 달아나버렸어."

위소보는 머리를 굴렸다.

"그럼 일이 좀 꼬이네요. 난 좀 전에 그럴싸하게 거짓말을 꾸며내 그 고개를 흔드는 요두사자를 고개를 끄덕이는 점두사자點頭獅子로 만들었어요. 날 자기네 소공야한테 데려가겠다고 고개를 끄덕였단 말이죠. 난 원래 그들이 어떻게 평서왕을 모함했는지 확실하게 알아내서 황상께 아뢸 생각이었는데, 형님이 따로 계획한 게 있다면 틀림없이 그들의 음모를 밝혀낼 겁니다. 굳이 내가 위험을 무릅쓰고 나설 필요가 없겠네요."

양일지도 생각을 굴리며 말했다.

"내가 몇몇 변변치 않은 목왕부 나부랭이들을 고문해봤자 그들은 진짜 내막을 모를 수도 있네. 설령 안다고 해도 워낙 고집이 세서 실토를 안 할 수도 있지. 그리고 우리 왕야께서 직접 황상께 변명을 하느니 황상께서 보낸 사람이 진상을 밝혀 아뢰는 게 훨씬 믿음을 줄 수 있겠지. 그러니 위 형제가 직접 황상께 진상을 보고드리는 게 가장 바람직할 것 같네."

그러고는 바로 위소보의 손을 잡고 간곡하게 말했다.

"위 형제의 방법이 훨씬 고명하니 난 무조건 따르겠네. 한데 어떻게 해야 목왕부 녀석들의 의심을 사지 않고 그냥 풀어줄 수 있을까?"

위소보가 말했다.

"형님이 한번 방법을 생각해봐요."

양일지는 잠시 생각을 하더니 입을 열었다.

"이렇게 하지. 자네가 사저를 구한다고 용감하게 사당 안으로 뛰어 들어가면 내가 바로 뒤를 쫓아서 들어갈게. 그리고 서로 야만인의 말로 마구 지껄여대다가 결국은 내가 자네한테 설복당해 순순히 물러나는 걸로 하세. 그럼 다들 눈치를 못 챌 거야."

위소보는 재미가 있어 웃었다.

"정말 절묘한 방법이군요. 이 계 공공은 원래 야만족 말에 능통합니다. 옛날 당나라 명황明皇 휘하에 학문이 높은 이아무개라는 사람이 있었는데, 술이 거나하게 취해 문장을 휘갈겨썼더니 야만족들이 기겁을 하고 오줌을 질질 쌌다는 얘기를 들은 적이 있어요."

양일지가 웃으며 그의 말을 받았다.

"그게 바로 '이태백李太白 취초혁만서醉草嚇蠻書', 이태백이 술에 취해 글을 써서 야만족을 놀라게 했다는 고사지."

위소보가 손뼉을 쳤다.

"맞아요, 맞아! 이번에는 '계 공공 취화話혁만족'이 되겠네요. 형님, 연극을 그럴싸하게 해야 해요. 나한테 일부러 주먹질과 발길질을 막하세요. 그래도 난 다치지 않을 겁니다. 아, 그래요. 난 몸을 보호하는 보의를 입고 있어 창칼을 맞아도 끄떡없어요. 지금 칼로 한번 시험해보세요. 내공을 써서 오장육부를 손상시키지 않는 한, 아무렇지도 않으니까요."

양일지는 눈을 둥그렇게 떴다.

"보의를 입고 있다고? 그거 잘됐군!"

위소보가 허풍을 쳤다.

"황상께서 역적들의 역모를 파헤치라고 칙령을 내렸지만, 행여 내가 다칠까 봐 자신이 입고 있던 보의를 벗어줬어요. 서양에 그 무슨 홍모국紅毛國('붉은 머리털이 난 사람들이 사는 나라'라는 뜻으로, 영국 또는 네덜란드를 가리킨다)인가 하는 나라에서 진상한 보의인데, 나한테 하사했어요. 형님, 그러니 염려 말고 우선 칼로 시험해봐요."

양일지가 정말 칼을 뽑아 등을 살짝 그어보니 겉옷만 찢길 뿐 내의를 뚫고 들어가진 못했다. 다시 힘을 좀 더 줘서 시험해봤는데, 역시 손상이 없었다. 그는 감탄했다.

"대단하군! 정말 좋은 보의네."

위소보가 말했다.

"형님, 사당 안에 정가라는 녀석이 있어요. 호화롭게 차려입은 빤지르르한 놈인데, 자꾸 나의 사저한테 수작을 부려요. 보기만 해도 화가 치미는 놈이니, 형님이 잡아갔으면 좋겠어요."

양일지가 말했다.

"그럼 바로 죽이면 되지!"

위소보가 다시 말했다.

"안 돼요. 놈은 황상이 원하는 사람이라 죽이면 안 돼요. 나중에 그놈을 통해 뭔가 큰 사건을 밝혀내려는 모양이에요. 그러니 그냥 잡아가서 잘 가둬놓으세요. 뭘 캐묻지도 말고, 괴롭힐 필요도 없어요. 10년 또는 20~30년 뒤에 내가 원하면 그때 북경으로 호송해주면 돼요."

양일지는 고개를 끄덕였다.

"알았네, 걱정 말게. 실수 없이 잘 처리할 테니까!"

이어 위소보에게 눈짓을 보내더니 큰 소리로 외쳤다.

"쏼라쏼라, 끼쭝끼쭝, 우와빵우와빵…."

그러고는 웃으며 나직이 말했다.

"우리가 그냥 가만히 있으면 의심을 할지도 몰라."

위소보도 목청을 높여 연신 지껄여댔다.

"쏼라쏼라, 쉰씨리쏼라 쓰이빠쏼라, 와땅카, 쪼까까이늉…!"

양일지가 웃었다.

"자네는 나보다도 야만인의 말을 훨씬 더 잘하는 것 같아."

위소보도 웃었다.

"그야 당연하죠. 난 소싯적에 야만국에 표류돼 족장의 딸 야만 공주랑 사귀었기 때문에 그들의 말이 몸에 배었어요, 히히…."

두 사람은 서로 마주 보며 낄낄 웃었다.

위소보가 다시 말했다.

"형님, 말하기 좀 거북한데… 한 가지 부탁이 있어요. 형님이 좀 도와줘야겠어요."

양일지는 가슴을 펴며 목에 힘을 주었다.

"무슨 일인지는 몰라도, 이 형님이 목숨을 걸고라도 도와줄 테니 걱정 말게. 뭐든지 분부만 내리라고, 무조건 따를 테니까!"

위소보는 한숨을 내쉬었다.

"고마워요. 뭐… 그렇게 어려운 일은 아닌데, 그렇다고 아주 쉬운 일도 아네요."

양일지는 대체 무슨 일인지 궁금했다.

"일단 말해보게. 내가 방법을 생각해볼 테니까. 만약 내 힘으로 도울 수 없는 일이라면 가서 왕야께 부탁하겠네. 군사를 수만 명 동원한다든가, 은자 몇만 냥이 필요해도 문제없이 도와줄 수 있을 걸세."

위소보는 빙긋이 웃었다.

"천군만마, 금산은산은 다 필요 없어요. 그냥… 사저에 관한 문제예요. 그녀는 본의 아니게 나랑 혼례를 올린 게 못마땅한가 봐요. 그러니 무슨 묘법을 써서라도 이번 혼례를 되돌릴 수 없게 대못을 확 박아줬으면 좋겠어요."

양일지는 절로 웃음이 나왔다.

'난 또 무슨 큰일이라고… 고작 그깟 어린 계집 때문이군. 한데 내관이 어떻게 아내를 데리고 살지? 그래! 명나라 내관들도 마누라를 여럿 거느리고 살았어. 위 형제도 아마 예쁜 여자를 곁에 두고 재미를 좀 보려는 모양이군.'

위소보가 어린 나이에 거세를 당해 내관이 된 것을 생각하니, 한편으론 마음이 아프기도 했다. 그는 위소보의 손을 잡고 위로했다.

"위 형제, 세상사라는 게 뭐든지 다 뜻대로 되는 건 아니라네. 자고로 많은 영웅호걸들이 결함을 갖고도 역경을 이겨내 대성한 경우가 많네. 전혀 개의치 말게."

이어 힘주어 말했다.

"자, 그럼 안으로 들어가볼까?"

위소보가 고개를 끄덕였다.

"좋아요!"

그는 바로 떠들어댔다.

"쏼라쏼라, 쉰씨리쏼라 쓰이빠쏼라, 와땅카, 쪼까까이능…!"

그러고는 냅다 사당 안으로 뛰어들어갔다.

양일지도 뒤를 바싹 쫓아가면서 소리쳤다.

"쏼라쏼라, 끼쭝끼쭝, 우와빵우와빵… 쭉쭉까이쌕쌕끼…!"

그는 사당 안으로 들어가자마자 위소보를 붙잡았다. 두 사람은 서로 '쏼라쏼라', '우와빵우와빵' 하고 계속 씨부렁대면서 오입신과 아가를 가리키며 삿대질을 해댔다.

오입신과 아가는 놀라면서도 내심 기뻤다. 서로 얘기를 나누는 것으로 보아 한 가닥 희망이 엿보였다. 두 사람의 생각은 비슷했다.

'위소보가 야만족의 말을 잘 아는 모양이니 야만족들을 좀 설득해 줬으면 좋겠는데….'

양일지가 갑자기 칼을 빼들고 아가의 머리를 겨냥했다.

"끼쭝끼쭝, 여자, 나빠, 죽어! 쌀라쌀라."

위소보가 얼른 그의 말을 받았다.

"쉰씨리쌀라, 마누라, 쓰이빠쌀라, 내 것, 죽이지 마!"

양일지가 말했다.

"우와뺑우와뺑, 마누라, 네 것, 안 죽여?"

위소보가 연신 고개를 끄덕였다.

"마누라, 내 것, 안 죽여!"

양일지가 화를 냈다.

"마누라, 네 것, 안 죽여. 넌 죽여!"

위소보가 언성을 높였다.

"좋아, 마누라, 내 것, 안 죽여. 나 죽여!"

양일지는 다짜고짜 칼로 위소보의 가슴을 내리쳤다. 그가 칼을 휘두르자 바람이 거세게 일었다. 얼핏 보기에도 그 위력이 대단했다. 그러나 칼이 위소보의 몸에 닿는 순간, 바로 힘을 거뒀다. 동시에 손목을 떨치며 마치 칼이 튕기듯 뒤로 돌렸다. 그리고 일부러 깜짝 놀란 척하며 펄쩍 뛰더니, 칼로 위소보의 가슴을 연거푸 세 번 더 내리쳤다. 위소보의 옷이 세 군데나 찢겨나갔다.

양일지가 괴성을 질렀다.

"너, 보살, 안 죽어?"

위소보는 고개를 내둘렀다.

"나, 보살, 아냐, 안 죽어."

양일지는 엄지를 세웠다.

"너, 보살, 아냐, 대영웅, 맞아!"

이어 오입신 등을 가리키며 물었다.

"한인, 죽여?"

위소보는 손을 흔들었다.

"내 친구, 안 죽여!"

양일지는 고개를 끄덕이더니 이번엔 아가에게 물었다.

"너, 대영웅, 마누라?"

아가는 부인하려고 했지만, 그가 칼을 살살 휘두르고 있어 감히 말을 하지 못했다. 양일지는 대뜸 칼을 매섭게 떨쳤다. 그러자 팍 하는 소리와 함께 옆에 있는 탁자가 두 쪽으로 쫙 쪼개졌다. 그는 아가에게 다시 물었다.

"낭군, 너의 것?"

그러면서 손으로 위소보를 가리켰다.

아가는 어쩔 수 없이 고개를 끄덕였다.

"낭군, 나의 것."

양일지는 깔깔 웃으며 아가를 번쩍 들어올려 위소보 앞으로 데려다줬다. 그러고는 생뚱맞은 소리를 했다.

"마누라, 네 것, 안아봐!"

위소보는 양팔을 벌려 아가를 꼭 끌어안고 말했다.

"마누라, 내 것, 안았다!"

양일지가 이번엔 정극상을 가리켰다.

"아들, 네 것?"

위소보는 고개를 내둘렀다.

"아들, 내 것, 아냐!"

양일지는 냅다 화를 내며 씨부렁댔다.

"쏼라쏼라, 끼쭝끼쭝, 우와삥우와삥… 쭉쭉까이쌕쌕끼…!"

그러고는 정극상을 낚아채더니 계속 괴성을 질러대면서 밖으로 뛰쳐나갔다. 그를 따라온 야만인들도 우르르 몰려나갔다. 곧이어 요란한 말발굽 소리가 들리며 다들 어디론가 떠나버렸다.

아가는 놀란 가슴을 간신히 진정시켰다. 그녀는 위소보가 아직도 자기를 끌어안고 있는 것을 의식하고는 쏘아붙였다.

"어서 놔!"

위소보는 천연덕스럽게 말했다.

"마누라, 내 것, 안았다!"

아가는 화가 나고 부끄러워 힘껏 그의 손을 뿌리쳤다.

위소보는 바닥에 떨어져 있는 칼을 집어 오입신 등의 결박을 다 끊어주었다.

오입신이 말했다.

"그 야만인들의 무공은 정말 대단하더군. 다행히 오늘의 새신랑께서 야만족의 말을 잘하고 창칼도 겁내지 않는 금종조金鐘罩, 철포삼鐵布衫 같은 신공을 연마해 우리 모두를 구해준 거야."

위소보가 점잖게 말했다.

"그 야만인들은 무공은 비록 고강하지만 머리는 좀 둔한 것 같소.

내가 대충 지껄여대니까 바로 꼬리를 내리더군요."

아가는 정극상이 걱정됐다.

"정 공자가 그들에게 잡혀갔는데, 구해와야 되잖아!"

그 가짜 신부가 별안간 소리를 질렀다.

"야만인들이 내 낭군을 잡아갔으니 틀림없이 삶아먹을 거야!"

그러더니 발을 구르며 방성통곡을 했다.

오입신이 위소보에게 공수의 예를 취했다.

"대단한 분 같은데, 영웅의 존성대명을 밝혀주겠소?"

위소보가 의젓하게 말했다.

"별말씀을… 난 위가입니다."

오입신은 시치미를 뗐다.

"오늘은 위 공자가 아내를 맞이했으니, 축하하는 뜻에서 작은 성의나마 표할까 합니다."

그러면서 품속에서 작은 원보 두 개를 꺼내 건네주었다.

"고맙소이다."

위소보는 주저 없이 받아 챙겼다.

아가는 얼굴이 빨개져서 발을 굴렀다.

"아녜요, 무효예요!"

오입신이 웃으며 말했다.

"천지신명께 절을 다 올렸고, 좀 전에 야만인한테도 '낭군, 나의 것'이라고 말했잖아! 이제 와서 아니라고 하면 어떡해? 신랑신부가 화촉동방을 밝혀야 하니 우린 방해하지 않을게! 자, 다들 가자고!"

그의 손짓에 따라 오표 등은 일제히 사당 밖으로 나갔다.

이제 너른 사당 안에 두 사람밖에 남지 않았고 주위는 쥐 죽은 듯 조용했다. 아가는 무섭기도 하고 수치스럽기도 했다. 좀 전에 자기는 분명히 '나의 낭군'이라고 말했다. 그녀는 살그머니 위소보를 쳐다보다가 조금 전에 자기가 한 그 말이 다시 생각나 그만 탁자에 엎드려 울기 시작했다.

"아니야! 이건 다 너 때문이야! 네가 나빴어!"

위소보가 부드럽게 말했다.

"그래, 그래. 다 내 잘못이야. 날 원망해도 어쩔 수 없지. 하지만 나중에 정 공자를 구해주면 그땐 날 원망하지 않을걸!"

그 말에 아가는 고개를 들었다.

"정말… 정말 그를 구해낼 수 있어?"

붉은 촛불이 흔들리는 가운데 그녀의 얼굴이 화사하게 비쳤다. 양 볼에 진주알 같은 눈물이 맺혀 있는데, 너무나 아름답고 요염해 보였다. 활짝 피기 시작한 매괴화玫瑰花도 이보다 더 예쁘진 못할 것이다. 그녀를 쳐다보면서 위소보는 그만 넋을 잃고 대답하는 것도 잊었다.

아가는 일어나 그의 소매를 끌어당기며 다시 물었다.

"내가 묻잖아! 정 공자를 어떻게 구해낼 건데?"

위소보는 나갔던 넋이 그제야 돌아와 겨우 정신을 차리고 한숨을 내쉬었다.

"그 야만인 두목이 그러는데, 한번 나오면 그냥 빈손으로 돌아갈 수 없대. 누구라도 한 사람을 잡아가 삶아서 부족들과 함께 나눠먹어야 한다더군."

아가는 놀라 비명을 질렀다.

"뭐? 삶아서 나눠먹는다고?"

위소보는 이 '신부'의 울부짖음을 보고 있자니 더욱 가슴이 뛰었다. 애써 진정하고 입을 열었다.

"그래, 원래는 사저의 살이 뽀얗고 야들야들해 맛이 좋을 것 같다면서, 잡아가 삶아먹으려 했는데…."

아가는 몸을 오싹 떨며 본능적으로 사당 밖을 살폈다. 행여 그 야만인들이 다시 돌아올까 봐 잔뜩 겁을 먹은 표정이었다.

위소보가 말을 이었다.

"내 마누라라고 하니까 그냥 놓아준 거야."

아가는 다급해졌다.

"그럼 정 공자를 잡아갔으니, 그들은 정 공자를 삶아…."

위소보가 말했다.

"그래! 내가 스스로 그들을 찾아가서 '날 삶아잡수셔' 하면 정 공자를 놓아줄지도 모르지."

아가는 생각도 않고 얼른 말했다.

"그럼 빨리 가서 정 공자랑 바꿔!"

그녀는 이내 말을 잘못했다는 것을 깨닫고, 얼굴이 빨개지며 고개를 숙였다.

위소보는 화가 나서 속으로 씨부렁댔다.

'이런 빌어먹을 계집을 봤나! 지아비를 거지발싸개만도 못하게 생각하나 보지! 그 후레자식 간부姦夫를 살리기 위해 날 야만인들의 밥상에 올리겠다는 거야?'

그는 차갑게 말했다.

"야만인들을 찾아가 날 대신 '냠냠 쩝쩝' 하라고 하고 그를 구해내도 소용없어."

아가가 다급하게 반문했다.

"아니… 왜 소용이 없다는 거야?"

위소보가 대답했다.

"정 공자가 이미 그 촌색시랑 정식으로 혼례를 올린 걸 너도 봤잖아. 생쌀이 이미 익은 밥이 돼버렸어. 넌 정 공자한테 시집갈 수 없어."

아가는 발을 굴렀다.

"아니야! 그건 가짜야!"

위소보는 화가 나서 씩씩거렸다.

"좋아! 가서 나랑 바꿀게. 한데 그 야만인들이 어느 동굴에 사는지 모르잖아. 흥! 아무튼 가자고!"

아가는 묵묵히 그의 뒤를 따라 사당 밖으로 나왔다. 행여 위소보가 삐쳐서 정 공자를 구하러 가지 않겠다고 할까 봐, 말을 함부로 꺼내지 못했다.

두 사람이 큰길로 나와 정극상의 시종들이 있던 곳으로 가보니, 시종들은 등롱을 들고 둘러서서 서로 떠들며 이야기를 나누고 있었다. 두 사람이 가까이 오자 한 시종이 얼른 물었다.

"진 낭자, 우리 공자는 어떻게 됐죠? 지금 어디 있어요?"

그러면서 성큼 앞으로 다가왔다. 그리고 시종들 중에서 몸집이 깡마른 사람이 갑자기 몸을 번뜩이는가 싶더니 어느새 날아왔다. 그 신법이 어찌나 빠른지, 위소보는 그저 눈앞에 사람 그림자가 어른거리는 것을 느끼는 순간, 상대방은 이미 코앞에 와 있었다.

그가 날카로운 음성으로 다그쳤다.

"정 공자는 어디 있느냐?"

그가 등롱빛을 등지고 있어 위소보는 얼굴을 자세히 볼 수 없었다. 그저 깜짝 놀라 뒤로 두 걸음 물러났다. 그런데 두 걸음 물러났는데도 상대방은 여전히 그의 코앞에서 한 자 정도 떨어진 곳에 있었다.

그가 다시 다그쳤다.

"정 공자는 어디 있느냐?"

아가가 대답했다.

"그는… 그는 야만인들에게 잡혀갔어요. 그들은 정 공자를… 삶아 먹는대요."

그 사람은 코웃음을 쳤다.

"중원 땅에 무슨 야만인이 있어?"

아가는 떨리는 음성으로 말했다.

"정말 야만인들이에요. 어서… 어서 정 공자를 구해주세요."

그 사람이 물었다.

"간 지 얼마나 됐느냐?"

아가가 대답했다.

"얼마 되지 않았어요."

그 사람은 갑자기 몸을 솟구치는가 싶더니 뒤로 날아가 정확히 말 안장 위에 내려앉았다. 그가 두 다리로 말을 박차자, 말은 쏜살같이 앞을 향해 달려나갔다. 그리고 순식간에 어둠 속으로 사라졌다.

위소보와 아가는 서로 마주 보며, 한 사람은 놀라고 한 사람은 좋아했다. 난데없이 나타난 이 사람은 무공이 엄청 고강하고 특히 신법이 전광석화처럼 빨랐다. 절로 감탄을 금치 못하며 아가가 혼잣말처럼 중얼거렸다.

"이 고인은 대체 누구지?"

그러자 나이가 좀 많은 시종이 대답했다.

"공자의 사부이신 '일검무혈' 풍석범입니다. 그의 무공을 말하자면, 가히 천하무적이라 할 수 있죠. 지금 공자를 구하러 갔으니 틀림없이 구해올 겁니다."

위소보와 아가는 동시에 고개를 끄덕였다.

"그분이군."

아가가 물었다.

"풍 사부님이 오셨는데 왜 즉시 정 공자를 구하러 사당으로 오지 않았죠?"

시종이 대답했다.

"풍 사부님은 방금 오셨습니다. 우리가 띄운 비합전서飛鴿傳書를 받아보고 밤을 새워 달려온 겁니다."

위소보가 물었다.

"그럼 풍 사부가 하간부까지 와 있었다는 얘긴데, 우린 왜 여태 보지 못했죠?"

시종들은 서로 쳐다보며 선뜻 말을 하지 못했다. 방금 대답을 한 시종은 자신이 실언한 것을 깨닫고 고개를 떨궜다.

위소보는 속으로 생각했다.

'이제 보니, 대만 정왕부에선 이번 살계대회에 많은 고수들을 보냈는데, 신분을 감추고 모습을 드러내지 않았던 거야. 그 빌어먹을 새끼

가 잡혀갔다는 얘기를 듣고 바로 구하러 온 거군.'

위소보는 자신의 볼을 살짝 꼬집으며 중얼거렸다.

"살아, 살아, 대단한 고수가 정 공자를 구하러 갔어. 정 공자가 잡아먹힐까 봐 애간장이 타는 사람을 위해 대신 야만인들에게 먹이려 했는데, 이젠 안 그래도 될 것 같아."

그 말을 듣자 아가는 얼굴이 빨개지며 뭐라고 변명을 하고 싶었는데, 말이 나오지 않았다. 그녀는 오로지 정극상을 걱정할 뿐이었다.

'풍 사부가 단신으로 갔는데 과연 그 많은 야만인들을 당해낼 수 있을까?'

위소보는 그녀가 무슨 말을 하려다 그만두는 것을 보고 내심 짐작이 갔다. 그래서 퉁명스레 말했다.

"걱정하지 마. 풍 사부가 만약 정 공자를 구해오지 못하면 내가 가서 대신 잡아먹힐 테니 속을 태울 필요 없어. 남아일언중천금, 한번 내뱉은 말은 그 어떤 말도 따라잡을 수 없어."

아가는 두 손을 모으고 말했다.

"풍 사부님이 그를 꼭 구해왔으면 좋겠어."

위소보는 화가 나서 바로 몸을 휙 돌려 떠나려 했다. 그러나 그녀의 아리따운 얼굴이 생각나 마음이 약해져서 다시 몸을 돌려 길옆에 앉았다.

아가는 그가 떠나려는 것을 보고 마음이 다급해졌다. 풍 사부가 정극상을 구해오지 못하고 그마저 떠나버리면 누가 정 공자를 구해온단 말인가? 그런데 위소보가 다시 돌아온 것을 보고 마음이 놓였다. 그리고 위소보의 비위를 건드리면 안 될 것 같아 가까이 가서 앉았다.

위소보는 내심 생각했다.

'지금 나한테 목을 매고 있는데 이 기회에 수작을 안 부리면 언제 부리겠어?'

그는 자연스럽게 왼손으로 그녀의 허리를 끌어안고, 오른손으론 그녀의 손을 잡았다. 아가는 뿌리치려다가 그냥 가만히 있었다.

위소보는 속으로 쾌재를 부르며 기도했다.

'양 대형 등이 그 풍가와 정가를 다 죽여줬으면 좋겠다. 그럼 영원히 돌아오지 않을 테니, 나도 이렇게 아가를 끌어안고 영원한 행복을 누릴 수 있을 텐데…'

그는 아가가 자기를 눈곱만치도 좋아하지 않는다는 걸 잘 알고 있었다. 그래서 큰 바람은 없었다. 그저 이렇게 그녀를 안고 평생을 지낼 수 있다면 그걸로 만족할 수 있었다. 다른 욕심은 없었다.

그러나 세상사는 뜻대로 되지 않는 법. 달콤한 시간을 얼마 즐기지도 못했는데, 멀리서 말발굽 소리가 어렴풋이 들려왔다.

아가가 벌떡 일어나 소리쳤다.

"정 공자가 돌아온다!"

말발굽 소리는 갈수록 가까워졌다. 곧 두 필의 말이 달려오고 있다는 걸 알 수 있었다.

위소보는 일부러 소리쳤다.

"잘됐다! 이젠 내 살을 야만인들한테 먹이지 않아도 되니, 살았다!"

그 소리는 환호성이 아니라 목멘 소리였다. 그가 아무리 투덜대봤자 아가는 거들떠볼 리 없었다. 그녀는 다짜고짜 앞으로 달려나갔다.

두 필의 준마가 앞뒤로 서서 가까이 달려왔다. 시종들은 등롱을 높이 들고 환호성을 질렀다. 앞장선 말에 바로 정극상이 타고 있었다. 그는 아가를 보자 바로 말에서 뛰어내렸고, 두 사람은 서로 끌어안고 무한한 기쁨을 나눴다.

아가는 그의 품에 얼굴을 묻고 흐느꼈다.

"두려웠어요. 그들이 공자를… 공자를…."

위소보는 원래 일어서려 했다. 그런데 이 광경을 보자 쇠뭉치로 가슴을 호되게 얻어맞은 듯 충격을 느끼며 다시 주저앉고 말았다. 순간적으로 눈앞이 캄캄해졌다. 그는 이를 악물었다.

'빌어먹을! 내가 만약 네년을 마누라로 삼지 못한다면, 정가 녀석의 18대 개뼈다귀 손자가 돼도 상관없다! 후레자식이 아니라 후레자식의 후레자식이 될 거다!'

보통 사람들은 이런 경우를 당하면 극도의 좌절감을 느껴 눈물을 삼키며 포기할 것이다. 아니면 오기가 생겨 더 나은 다른 사람을 찾든가. 그러나 위소보는 달랐다. 끝까지 물고 늘어지는 망나니 근성이 있는 데다 낯가죽도 두껍고 오기도 남달랐다. 그는 속으로 이를 갈았다.

'아무튼 난 죽을 때까지 널 물고 늘어질 거야! 아니, 죽어서 귀신이 되더라도 널 절대 놓지 않을 거다! 네가 시집을 열여덟 번 간다고 해도, 열아홉 번째는 나한테 와야 할 거야!'

그는 기루에서 자랐기 때문에 기녀들이 이 남자, 저 남자에게 안기는 것을 늘 봐왔다. 그래서 여러 사람한테 마음을 주는 것을 별로 대수롭지 않게 생각했다. 그 무슨 일부종사, 일편단심 따위는 보지도 못했거니와 들어본 적도 없었다.

그는 곧 히죽히죽 웃으며 앞으로 다가가 말했다.

"정 공자, 돌아왔군요. 그 야만인들이 혹시 어디를 물어뜯거나 하지
는 않았죠?"

정극상은 멍해하며 반문했다.

"뭘 물어뜯는다는 거지?"

아가도 깜짝 놀라 정극상의 위아래를 유심히 살폈다. 오관과 손가
락이 다 그대로인 것을 확인하고야 비로소 마음이 놓였다.

풍석범이 안장에 앉은 채로 물었다.

"저 애는 누구지?"

정극상이 대답했다.

"진 낭자의 사제입니다."

풍석범은 그저 고개를 가볍게 끄덕였다.

이번에는 위소보도 그를 자세히 볼 수 있었다. 얼굴은 살점을 찾아
보기 힘들 정도로 핼쑥하고 누리끼리했다. 제비꼬리 같은 콧수염을 길
렀고, 눈은 떴는지 감았는지 분간하기 어려울 정도로 가늘게 쫙 찢어
졌다. 언뜻 보면 병색이 완연한 환자 같았다.

위소보는 양일지가 걱정돼 에둘러 물었다.

"풍 사부님은 정말 실력이 대단하십니다. 가서 바로 정 공자를 구해
왔군요. 그 야만족 두목을 죽였나요?"

풍석범이 말했다.

"야만족은 무슨… 다 위장한 거야!"

위소보는 가슴이 철렁했다.

"위장했다고요? 한데 왜 야만족 말을 쓴 거죠?"

풍석범은 한마디로 잘라 말했다.

"가짜야!"

그는 위소보를 아예 상대할 생각도 않고 정극상에게 말했다.

"몹시 피곤할 텐데 저기 사당에 가서 잠시 쉬도록 하자."

아가는 이제야 구난이 걱정돼 위소보에게 말했다.

"사부님도 깨어나서 우리가 보이지 않으면 걱정하실 거야."

위소보가 말했다.

"그래, 빨리 돌아가야지!"

아가는 정극상을 쳐다보았다. 함께 가주길 원하는 눈치였다.

정극상이 말했다.

"사부님, 객잔으로 가서 일단 요기를 하고 잠을 좀 청하시죠."

결국 아가가 바라던 대로 다들 객잔으로 가기로 했다.

가는 도중에 위소보는 정극상에게 위험에서 벗어난 경위를 자연스럽게 물었다. 그러자 정극상은 사부의 실력에 대해서 침을 튀겨가며 떠벌려댔다. 삽시간에 야만인들을 모조리 쫓아버리고 자기를 구해냈다는 거였다. 위소보는 '야만인 두목'이 무사하다는 것을 알아내고 안도했다.

객잔으로 돌아오자 날이 훤하게 밝았다. 구난도 벌써 일어나 있었다. 그녀는 두 사람이 보이지 않자, 틀림없이 아가가 위소보를 끌고 정극상을 구하러 갔을 거라고 생각해 그냥 기다렸다.

정극상은 그녀에게 풍석범을 소개했다. 구난은 그가 맥이 없어 보이면서도 간혹 눈을 크게 뜰 때 신광神光이 번뜩이는 것을 보고, 내심 생각했다.

'일검무혈이라더니 역시 명불허전, 무공이 대단한 것 같군.'

아침식사를 마치자 구난이 말했다.

"정 공자, 우린 처리해야 될 일이 있으니 이젠 헤어져야겠네."

정극상은 몹시 실망하는 눈치였다.

"모처럼 사태를 뵙게 되어 많은 가르침을 받으려 했는데… 어디로 가실 건지요? 저는 딱히 할 일이 없으니 동행하고 싶습니다."

구난은 고개를 내둘렀다.

"난 출가한 몸이라 여러모로 불편한 점이 많네."

그녀는 아가와 위소보를 데리고 마차에 올라 길을 떠났다. 정극상은 아쉬워했지만 달리 뭐라고 더 말할 수가 없었다. 아가는 눈시울이 뜨거워지며 눈물을 흘릴 뻔했다.

반면 위소보는 내심 뛸 듯이 좋으면서도 전혀 내색하지 않고 진지한 표정으로 빌었다.

'사부님은 백세장수를 누리셔야 합니다. 아미타불, 보살님의 가호가 있길 빕니다.'

그는 구난에게 무척 고마워하며 물었다.

"사부님, 우린 이제 어디로 갑니까?"

구난이 간단하게 대꾸했다.

"북경으로 갈 것이다."

잠시 침묵을 지키다가 차갑게 말했다.

"그 정가가 만약 뒤를 쫓아오면 아무도 상대하지 마라. 내 말을 듣지 않으면 내가 그 정가를 죽일 수도 있다!"

아가가 놀라 물었다.

"왜 그러시는데요, 사부님?"

구난이 담담하게 말했다.

"별 이유는 없고… 그저 조용히 있고 싶을 뿐이다. 누가 옆에서 소란스럽게 구는 것을 원치 않아!"

아가는 감히 더 이상 묻지 못했다. 잠시 후 문득 생각나는 것이 있어 조심스레 물었다.

"그럼 사제가 그 사람이랑 이야기를 하면 어떡하실 건데요?"

구난의 대답은 단호했다.

"그래도 그 정가를 죽일 거야!"

위소보는 더 이상 참을 수 없어 낄낄 웃고 말았다.

아가는 토라졌다.

"사부님, 그건 불공평해요. 사제가 일부러 그에게 말을 걸 수도 있잖아요."

구난은 눈을 부라렸다.

"그 정가가 뒤를 쫓아오지 않으면 소보가 어떻게 그에게 말을 걸겠느냐? 계속 날 귀찮게 굴면 죽어 마땅하지!"

위소보는 내심 쾌재를 부르고 또 불렀다. 이 세상에서 사부님보다 더 좋은 사람은 없다고 생각했다. 그는 갑자기 구난의 손을 잡아끌더니 손바닥에다 쪽 하고 입을 맞췄다.

구난은 손을 뿌리치며 호통을 쳤다.

"무슨 짓이냐?"

20여 년 동안 아무도 자기를 이렇듯 정겹게 대해준 사람이 없었다. 이 제자는 비록 좀 버르장머리가 없지만 다정하고 살가웠다. 그래서 겉으론 호통을 쳤지만 입가엔 미소가 피어올랐다.

아가는 사부님이 위소보만 편애하고, 정 공자와는 언제 또 만날 수 있을지 기약이 없는지라, 생각할수록 서러워 눈물이 주르르 흘렀다.

며칠 뒤에 세 사람은 북경으로 돌아와 성 동쪽의 작고 조용한 객잔에 들었다.

구난은 위소보의 방으로 가서 문을 닫고는 나직이 물었다.

"소보야, 우리가 무슨 일로 북경에 돌아왔는지 아느냐?"

위소보가 대답했다.

"제 생각엔… 도陶 고모가 아니면 그 몇 부의 경전 때문이겠죠."

구난이 고개를 끄덕였다.

"그래, 바로 그 경전 때문이다."

약간 멈칫하더니 말을 이었다.

"이번에 중상을 입고 느낀 바가 많다. 사람은 제아무리 무공이 고강해도 능력은 제한돼 있어. 독불장군이 있을 수 없듯이, 천하의 대사는 중지衆志를 모아 군호들이 서로 힘을 합쳐야만 이뤄낼 수가 있지. 군웅들이 하간부에서 '살계대회'를 개최했지만, 가만히 생각해보니 설령 매국노 오삼계를 죽인다 해도 강산은 여전히 오랑캐 수중에 있을 텐데… 다들 쌓인 원한을 해소하는 한풀이는 될 수 있을망정, 큰 틀을 바꿔놓을 수야 있겠느냐?"

그녀는 힘주어 말을 이어갔다.

"하지만 경전을 수중에 넣어 오랑캐의 용맥을 끊어버리고 천하의 인인지사仁人志士들을 결집해 의거를 한다면, 대명 강산을 수복할 수도 있을 것이다."

위소보가 나직이 맞장구를 쳤다.

"아, 네! 네, 사부님의 말씀이 옳습니다."

구난은 자신의 계획을 말해주었다.

"앞으로 보름 정도만 더 치료를 하면 내력이 거의 다 회복될 것이다. 그럼 다시 궁으로 들어가 확실한 것을 알아봐야지. 무슨 수를 써서라도 그 일곱 부의 경전을 찾아내는 게 가장 시급한 일이다."

위소보가 바로 따리를 붙였다.

"제가 먼저 궁으로 잠입해서 귀를 쫑긋 세워 열심히 알아보겠습니다. 어쩌면 하늘이 도와 뭔가 결정적인 단서를 알아낼지도 모르죠."

구난은 흐뭇해하며 고개를 끄덕였다.

"넌 영리하고 기민하니까 이 큰 일을 해낼지도 모르지. 그 큰 공로는 정말…."

여기까지 말한 그녀는 한숨을 내쉬었다. 기대에 찬 격정이 눈에 역력했다.

위소보는 가슴이 먹먹해지며 모든 진상을 바로 다 털어놓고 싶었다.

'다섯 부는 제가 갖고 있어요!'

그러나 이내 생각을 달리했다.

'소현자는 나랑 생사지교나 다름없어. 한데 내가 사부님을 도와서 그의 강산을 무너뜨려 황제 자리에서 내려오게 만든다면, 그야말로 너무 의리가 없는 게 아니겠어?'

구난은 그가 엉거주춤하는 것을 보고, 과연 이번 임무를 성공할 수 있을지 걱정하는 것으로 착각해 넌지시 말했다.

"이번 일은 그리 쉬운 게 아니야. 다들 최선을 다할 뿐이지. '모사재인<ruby>謀事在人<rt>모사재인</rt></ruby>, 성사재천^{成事在天}'이란 말이 있듯이, 진인사대천명^{盡人事待天命}을 할 수밖에…."

그러고는 한숨을 내쉬었다.

"휴… 우리 주씨 천하는 이미 운이 다한 건지, 과연 다시 부흥할 희망이 있을까… 수십 년 동안 난 모든 미련을 버리고 불문에 귀의해 조용히 살아왔는데, 뜻밖에 너와 홍영을 만나게 된 거야. 국가 대사를 다 잊고 지냈는데, 그 국가 대사가 날 찾아올 줄이야…."

위소보가 얼른 말했다.

"사부님은 대명의 공주님이십니다. 이 강산은 원래 사부님 집안의 것인데 다른 사람들에게 빼앗겼으니 당연히 되찾아와야죠."

구난은 다시 한숨을 내쉬었다.

"어찌 우리 집안의 일뿐이겠느냐? 천하 만백성의 일이기도 하지. 우리 집안은 나 말고 거의 다 세상을 떠났어."

그녀는 위소보의 머리를 쓰다듬으며 말했다.

"소보야, 이 일은 너의 사저에게도 절대 말해선 안 된다. 알았지?"

위소보는 고개를 끄덕이며 대답했다.

"네, 명심하겠습니다."

그러고는 속으로 생각했다.

'사저는 그렇게 예쁘고 귀여운데 사부님은 무슨 이유로 사저를 별로 좋아하지 않지? 맞아, 나처럼 따리를 잘 못 붙여서 그럴 거야.'

다음 날 아침 일찍 위소보는 입궐해 황제를 배알하러 갔다.

강희는 무척 반가워하며 그의 손을 잡고 웃었다.

"빌어먹을! 왜 이제야 돌아온 거야? 날마다 널 기다렸어. 행여 그 고 약한 여승한테 잡혀가 일을 당했을까 봐 얼마나 걱정했는지 알아? 얼 마 전 다룡에게 네가 무사하다는 이야길 듣고 비로소 마음이 놓였어. 어떻게 위경에서 벗어난 거야?"

위소보는 대충 둘러댔다.

"황상께서 저를 그렇게 염려해주시고 어전 시위들을 시켜 저를 찾 아주셔서 정말 감사합니다. 그 여승은 처음엔 화를 내면서 저를 막 때 렸는데, 제가 황상은 '요순어탕'이고 아주 좋은 황제이니 죽이면 안 된 다고 했어요. 그러자 대역무도한 말을 많이 늘어놓았죠. 제가 황상을 칭송하는 말을 한 마디 할 때마다 뺨을 한 대씩 때렸어요. 나중에는 어 쩔 수 없이 그냥 입을 다물어버렸죠."

강희가 고개를 끄덕였다.

"잘했어. 괜히 맞아죽으면 헛된 죽음이 되잖아. 한데 그 고약한 여 승은 뭐지? 누구의 사주를 받아서 날 죽이려고 한 거야?"

위소보가 말했다.

"누구의 사주를 받았는지는 잘 모르겠더라고요. 날 잡아가서는 두 손을 꽁꽁 묶고 마치 원숭이를 다루듯이 저를 끌고 다녔어요. 황상, 그 때 저는 입으론 욕을 못했지만 속으로는 그 여승의 18대 조상들까지 끄집어내서 욕을 해줬어요."

강희는 빙긋이 웃었다.

"그야 당연하지. 네가 욕을 안 했을 리가 없잖아?"

위소보는 신이 나서 떠벌렸다.

"그는 계속 날 끌고 다니면서 몇 번이고 죽이려 했어요. 다행히 도중에 한 사람을 만났는데… 그는 저와 교분이 좀 있는 사이라 좋은 말을 많이 해줘서 겨우 목숨을 부지했죠. 그리고 그 여승도 더 이상 저를 때리지 않았어요."

강희는 고개를 갸웃하며 물었다.

"누구를 만났는데?"

위소보가 대답했다.

"양楊씨 성을 가진 사람인데, 평서왕 휘하에 있는 위사衛士 우두머리예요."

그 말에 강희는 흥미를 느꼈다.

"오삼계 그놈의 부하가 왜 너를 도와줬지?"

위소보가 다시 대답했다.

"따지고 보면 그것도 다 황상의 은전입니다. 전에 운남 목가의 집안 사람들이 궁에 잠입해 오삼계를 모함하려고 했을 때, 황상께서 영명하여 그 음모를 파헤쳤잖아요. 그리고 저를 오삼계의 아들한테 보내 자객들의 자백서 등을 보여주라고 했을 때, 그 양가를 알게 된 겁니다."

강희는 고개를 끄덕였다.

"그랬군."

위소보는 입궐하기 앞서 이미 둘러댈 거짓말을 잔뜩 생각해놨기 때문에 술술 말을 이어갔다.

"그 양가의 이름은 양일지라고 합니다. 그는 여승에게 지난날 목가의 일을 거론하면서 황상에 대해 칭송을 많이 하더군요. 비록 나이는 젊지만 요순어탕을 능가하리만큼 견식이 넓고, 또 총명하고 지혜롭다고요. 한마디로 말해 신선 보살께서 하범下凡한 거나 다름없다고 했어요. 그 여승은 반신반의하는 듯했지만, 이후로 저에 대한 감시가 좀 소홀해졌어요. 어느 날 밤에 양일지와 그 여승이 방 안에서 얘기 나누는 걸, 저는 자는 척하면서 엿들었어요. 그제야 황상을 노렸던 것이, 사실은 누구의 사주를 받은 건지 알게 됐죠."

강희가 얼른 물었다.

"오삼계 그놈이지?"

위소보는 일부러 놀란 표정을 지었다.

"황상께선 이미 알고 계셨군요! 다륭이 와서 아뢴 건가요?"

강희는 고개를 내둘렀다.

"아니야. 오삼계의 위사 우두머리가 그 여승을 잘 알고, 또 극비리에 얘기를 나눴다면… 뻔하잖아?"

위소보는 놀라고도 기뻐하며 얼른 무릎을 꿇었다.

"황상, 황상을 위해 일을 하면 속이 너무 후련합니다! 무슨 일이든 제가 애써 아뢸 필요도 없이 바로 알아맞히시니 얼마나 좋은지 몰라요. 우리 둘이 한 조가 되면 만사형통이고, 평생 누구한테 질 리가 없을 겁니다."

강희는 깔깔 웃었다.

"어서 일어나. 지난번 오대산에서는 정말 아슬아슬했어. 만약 네가 목숨을 걸고 날 지켜주지 않았다면, 정말…"

여기까지 말하고는 안색이 심각하게 변했다.

"그 역적의 음모대로 됐을지도 몰라."

그날 백의 여승의 전광석화 같았던 기습공격을 생각하면, 아직도 등골이 오싹해졌다.

위소보가 말했다.

"사실 그날 그 여승이 검으로 찔러올 때, 황상께선 워낙 민첩해서 고운출수孤雲出岫 초식을 전개하면 바로 피할 수 있었을 겁니다. 그리고 다시 손을 뒤집어 선학소령仙鶴梳翎으로 그 여승의 어깨를 후려치면 바로 '항복!' 하고 소리를 질렀겠죠. 한데 저는 행여 황상께서 다칠까 봐 분수도 모르고 앞을 가로막아 대신 그 일검을 맞으려 했던 겁니다. 그 바람에 황상은 소림 화상들 앞에서 실력을 발휘할 기회를 잃었으니… 돌이켜보면 정말 애석한 일이죠."

강희는 하하, 대소를 터뜨렸다. 그는 잘 알고 있었다. 당시 위소보가 나서 일검을 대신 맞지 않았다면 자신은 그 여승의 검에 맞아 죽었을 것이다. 그런데 이 위소보 녀석은 자신의 공을 내세우지 않고 이렇듯 겸손하니, 그 충정이 무척 가상했다.

강희는 다시 웃으며 말했다.

"넌 어린 나이에 비해 이미 상당한 벼슬에 올라 있어. 나중에 몇 살 더 먹거든 다시 승진을 시켜주마."

위소보는 고개를 내둘렀다.

"아닙니다. 저는 큰 벼슬을 하고 싶지 않습니다. 그저 황상을 가까이 모시고 시키는 일을 열심히 해서 황상의 노여움만 사지 않는다면 그것으로 만족합니다."

강희는 그의 어깨를 톡톡 치며 말했다.

"그래, 좋아, 좋아! 지금까지 날 위해 충심으로 일을 해왔는데, 내가 노여워할 이유가 어디 있겠느냐? 한데 그 양가와 여승은 또 무슨 말을 나눴지?"

위소보가 말했다.

"양일지는 계속해서 그 여승을 설득했어요. 황상의 좋은 점을 많이 얘기했죠. 그는 자기 부친이 오삼계한테 은혜를 많이 입어 아버지의 유언에 따라 오삼계에게 충성하고 있지만 그가 대역무도를 꾀하면 안 된다고 강조했어요. 나중에 역모가 발각되면 멸문을 당할 거라고 하더 군요. 그리고 그 여승은 온 식구가 다 오랑… 우리 만주 사람들에게 몰 살당했다면서, 오삼계가 늘 자기한테 잘해줬기 때문에, 오삼계에게 잘 보이고 또한 가족을 위해 복수를 하려고 황상을 노렸대요. 그는 가족 이 다 죽었기 때문에 자기는 멸문을 당해도 겁날 게 없다더군요."

강희가 고개를 끄덕이자 위소보가 말을 이었다.

"양일지는 여승한테 황상은 지금 백성들에게 잘해주고 있는데, 만 약 황상을 해치고 오삼계가 황제가 되면 자기는 물론 큰 벼슬을 얻고 대장군이 돼서 좋겠지만, 백성들이 고통을 받을 거라고 하더군요. 여 승은 마음이 약하고 불심이 깊은지, 무슨 '자비' 운운하면서 한참 생각 하더니, 양일지의 말이 맞으니 다시는 황상을 노리는 따위의 역모는 하지 않겠다고 했어요. 두 사람은 상의하고 또 상의하더니, 만약 오삼 계가 또 누구를 시켜 황상을 노린다면 자기들이 암암리에 그 자객을 죽이겠다고 하더라고요."

강희는 좋아했다.

"그 두 사람은 대의가 무엇보다 중하다는 것을 깨달았군."

위소보가 좀 심각한 표정으로 말했다.

"그런데… 그 양일지는 한 가지 곤란한 일이 있다고 했어요."

강희가 물었다.

"뭐가 곤란하다는 거냐?"

위소보가 다시 말했다.

"그 두 사람은 소리를 낮춰 많은 이야기를 나눴는데 잘 들리지 않았어요. 그냥 그 무슨 연평군왕이니, 대만의 정가니 하는 얘기만 들렸죠. 잘은 모르지만 오삼계가 나중에 그 정가랑 천하를 나눠가질 계획인가 봐요."

강희는 자리에서 벌떡 일어났다.

"이제 보니, 그놈이 대만에 있는 역도와 서로 결탁하고 있었군!"

위소보가 시치미를 떼고 물었다.

"대만의 그 빌어먹을 정가가 어떤 놈인데요?"

강희가 말했다.

"그 정가는 조정의 명을 거부하고 대만에서 따로 세력을 구축했어. 대만은 바다 건너 먼 곳이라 아직 우리의 힘이 미치지 않고 있지."

위소보는 비로소 깨달았다는 표정을 지었다.

"그렇군요. 당시 저는 그 말을 듣고 화가 치밀었어요. 이 강산은 황상의 것인데 그 오가니 정가란 놈이 대체 뭘 믿고 천하를 나눠갖겠다는 거죠? 양일지의 말로는 그 대만 정가가 둘째아들을 중원으로 보냈대요. 이름이 그 무슨 정극… 정극…."

강희가 그의 말을 받았다.

"정극상이다."

위소보는 반색을 했다.

"아, 네! 네, 황상은 정말 모르는 게 없군요."

강희는 미소를 지으며 아무 말도 하지 않았다. 그는 근래에 대만을 제도권 안으로 흡수할 계획을 구상하고 있었다. 그래서 정씨 부자와 대만의 군정, 군사력, 군함 등을 자세히 파악하는 중이었다.

위소보가 말했다.

"그 정극상이 최근 운남에 와서 오삼계와 보름 넘게 긴밀한 협의를 한 모양입니다."

강희는 이내 안색이 변했다.

"그런 일이 있었다고?"

그로서는 대만과 운남이 늘 꺼림칙하니 마음에 걸렸다. 그런데 오삼계와 정가가 서로 결탁을 했고, 정극상이 운남에 왔다는 것도 위소보를 통해 이제야 알았다.

위소보가 다시 말했다.

"대만에 무공이 아주 높은 놈이 있는데, 줄곧 정극상을 호위하고 있는 것 같아요. 그놈의 성은 풍가고, 별호가 무슨 '일검출혈'인가 뭔가라고 하던데…."

강희가 다시 그의 말을 받았다.

"일검출혈이 아니라 '일검무혈' 풍석범이야. 그와 유국헌, 진영화 세 사람을 가리켜 '대만삼호臺灣三虎'라고 하지!"

위소보는 황상이 사부의 이름을 거론하자 가슴이 철렁했다.

"아, 네! 바로 그 '일검무혈' 풍석범입니다. 양일지의 말로는 대만의 그 호랑이 세 마리 중 진영화는 좋은 사람이래요. 하지만 풍석범과 또 한 사람은 나쁘다고 하더군요. 진영화는 황상을 위해하는 역모를 꾀하지 않으려고 하는데, 나머지 두 호랑이를 당해내지 못하나 봐요."

그는 강희에게 구난과 양일지, 진근남에 대해 좋은 말을 많이 해두려고 노력했다. 나중에 만에 하나 그 세 사람이 조정에 체포된다면 구해줄 수 있는 복선을 미리 깔아놓은 것이다.

강희는 고개를 내둘렀다.

"꼭 그렇지는 않아. 그 진영화는 아마 나머지 두 사람보다 더 무서운 놈일 거야."

위소보는 얼른 화제를 돌렸다.

"양일지와 그 여승의 말을 들어보니, 강호의 많은 사람들이 오삼계에게 원한이 있어서, 하간부에 모여 '살계대회'를 열어 오삼계를 죽일 궁리를 했는데, 그 정극상과 풍석범이 대회에 잠입해서 소식을 알아내 오삼계한테 알려줬대요. 그들의 대화 소리가 갈수록 작아져 나중엔 무슨 말인지 잘 못 알아듣겠더라고요. 황상을 해치려는 얘기는 더 이상 하지 않는 것 같아 그만 잠들어버리고 말았어요. 황상, 제가 소임을 좀 소홀히 한 건 사실이지만 그때는 정말이지 너무 피곤했어요. 한밤중에 양일지가 저를 깨워 혈도를 풀어주고는, 그 여승이 운기조식 중이니 달아나라고 해서 얼른 도망을 나왔죠."

강희는 고개를 끄덕였다.

"그 양가는 그래도 양심이 좀 있구나."

위소보가 말했다.

"그렇다니까요! 나중에 황상께서 오삼계의 역모를 적발해 처형하게 되더라도, 그 양일지는 목숨을 좀 살려주십시오."

강희가 말했다.

"그가 공을 세운다면 목숨을 살려줄 뿐 아니라 포상도 할 것이다. 그래, 그 '살계대회'에서 더 들은 소식은 없느냐?"

위소보가 대답했다.

"그들은 각 성마다 맹주 한 사람을 뽑았어요. 정극상은 복건성의 맹주가 됐죠. 아마 복건과 광동, 절강, 섬서 등 여러 곳을 다 정가가 관할하기로 했나 봐요."

강희는 빙긋이 웃으며 속으로 생각했다.

'소계자가 뭘 착각하고 있군. 섬서가 아니라 강서겠지.'

그는 뒷짐을 지고 서재 안에서 이리저리 왔다 갔다 열댓 번을 서성거리더니 문득 입을 열었다.

"소계자, 운남에 갈 배짱이 있느냐?"

위소보는 깜짝 놀랐다. 너무 뜻밖의 말이었다. 그래서 조심스레 반문했다.

"오삼계의 본거지로 가서 정보를 수집하라는 겁니까?"

강희가 고개를 끄덕였다.

"그래, 위험이 따르는 일이지. 그러나 넌 나이가 어리니 오삼계가 별로 경계를 하지 않을 거야. 더구나 양일지가 너의 친구니 필요하다면 도움을 받을 수도 있겠지."

위소보가 말했다.

"네, 알았습니다. 운남에 가는 건 겁나지 않습니다. 단지 궁으로 돌아오자마자 바로 또 황상 곁을 떠나게 되니 너무 아쉽고 서운해요."

강희가 고개를 끄덕였다.

"그래, 그건 나도 마찬가지다. 황제의 몸이라 함부로 움직일 수도 없고… 정말 애석하구나. 그렇지 않으면 우리 둘이 함께 운남으로 가서, 내가 오삼계의 수염을 끌어당기면 넌 그의 손을 잡아 묶고 동시에

호통을 치면 좋을 텐데! '빌어먹을 오삼계! 항복할 거냐, 안 할 거냐?'
하고 말이야! 그럼 얼마나 재미있겠니?"

위소보가 웃으며 말했다.

"그거 아주 좋은 생각이네요! 황상은 직접 운남으로 가지 못할 테
니, 제가 가서 오삼계를 궁으로 잡아올게요. 그때 수염을 잡아끌면 되
잖아요?"

강희는 깔깔 웃었다.

"그렇게 할 수만 있다면 얼마나 좋겠느냐마는… 그놈은 워낙 교활
한 능구렁이라 쉽게 당하지 않을 거야. 참, 소계자! 그의 의심을 사지
않을 수 있는 좋은 수가 있어."

위소보가 반색을 하며 말했다.

"황상의 신기묘산神機妙算이야 틀림이 없겠죠!"

강희가 말했다.

"난 건녕 공주를 그의 아들에게 시집보낼 생각이야. 서로 사돈을 맺
으면 의심하거나 경계하지 않겠지!"

위소보는 멍해졌다.

"그 오응웅 녀석한테 시집보낸다고요? 그건 좀… 그놈만 횡재하는
꼴이잖아요!"

강희가 다시 말했다.

"건녕은 그 천박한 여자의 딸이야. 운남으로 시집보내 고초를 좀 겪
게 만들어야 돼. 나중에 오삼계를 멸문시킬 때 걔까지 다 죽일 거야!"

그렇게 말하는 그의 표정이 사뭇 분연했다. 그는 원래 건녕 공주를
좋아했다. 그러나 태후가 친모를 해치고 생부를 출가하도록 만든 사실

을 알게 된 후로 건녕까지 미워하게 된 것이다. 강희는 이를 갈며 말을 이었다.

"때가 되면 그 천박한 여자도 딸을 잘못 가르쳤다는 죄목을 씌워 자결하도록 만들 거다!"

위소보가 말했다.

"황상, 제가 엄청나게 좋은 소식을 알아냈습니다. 황상께서 들으면 틀림없이 아주 기뻐하실 겁니다."

강희는 귀가 솔깃해졌다.

"무슨 좋은 소식인데?"

위소보는 그의 귀에 대고 나직하게 말했다.

"그 천박한 여자는 가짜 태후입니다. 진짜 태후마마는 아직 자령궁에 살아 계십니다!"

위소보는 강희의 면전이라 감히 '늙은 화냥년'이라고는 말할 수 없었다. 강희는 자신의 귀를 의심할 정도로 소스라치게 놀랐다. 음성까지 떨렸다.

"뭐라고? 가짜 태후라니…?"

위소보는 곧 가짜 태후가 진짜 태후를 감금하고 자신이 태후 행세를 하며 온갖 악행을 저질러온 사실을 소상히 들려주었다.

강희는 그의 말을 듣고 눈이 휘둥그레지며 입이 딱 벌어져 한동안 아무 말도 하지 못했다. 숨을 돌리고 나서 간신히 입을 열었다.

"그게 정말 사실이라고? 어떻게 그런 일이…? 그걸 네가 어떻게 알아냈느냐?"

위소보는 미리 생각해놓은 대로 말했다.

"저는 그 천박한 여자가 워낙 독랄해서 행여 황상을 해칠까 봐 자령 궁의 궁녀를 매수해 암암리에 감시하도록 했습니다. 상황이 심상치 않으면 바로 황상께 아뢰어 선수를 쳐야 하니까요! 한데 오늘 입궐하자 마자 그 궁녀로부터 이 엄청난 비밀을 전해들었습니다."

강희는 충격이 너무 컸는지 이마에서 땀이 흘러내렸다. 그가 다시 떨리는 음성으로 물었다.

"그 궁녀는 어떻게 됐느냐?"

위소보는 거침없이 대답했다.

"이건 너무 엄청난 일이라… 만약 그녀가 비밀을 누설하면 큰일 날 것 같아서… 마음을 독하게 먹고 그녀를 우물에 빠뜨렸습니다. 다행히 아무도 보지 못했습니다."

그러고는 한숨을 내쉬었다.

"그 궁녀한테는 미안한 일이지만…."

강희는 고개를 끄덕이며 안도하는 표정이었다.

"그래, 잘했다. 내일 그녀의 시신을 건져서 안장하고 가족들을 알아내 후하게 보상해줘라."

위소보는 고개를 끄덕였다.

"네, 분부대로 따르겠습니다."

강희가 서둘렀다.

"한시도 지체할 수 없는 일이니 당장 자령궁으로 가보자!"

그러면서 몸을 일으켜 벽에 걸려 있는 보검 두 자루를 내리더니 한 자루를 위소보에게 건네주었다. 그러고는 나직이 말했다.

"이 일은 궁녀나 내관들이 모르게 우리 둘이서 처리하자."

위소보는 다시 고개를 끄덕였다.

"네, 황상. 그 천박한 여자는 무공이 고강하니 제가 방 안으로 들어가자마자 끌어안겠습니다. 그럼 황상께서는 우선 그녀의 한쪽 팔을 자르고 나서 자세히 심문하십시오."

강희가 동의했다.

"좋아!"

위소보가 덧붙였다.

"그래도 시위를 좀 데려가서 자령궁 밖에 대기시키십시오. 만약 상황이 여의치 않으면 그들을 불러야 하니까요. 그러지 않았다가… 만약 제가 그 가짜 태후를 끌어안다가 힘에 부쳐 황상께서 무슨 일이라도 당하면… 큰일 아닙니까."

강희는 그의 의견에 따랐다.

"좋아! 그런데 만약 시위들의 도움을 받는다면, 일을 다 처리한 후에는 입을 봉하기 위해서라도 그들을 처형할 수밖에 없어."

강희는 밖으로 나가 시위 여덟 명을 대동하고 자령궁으로 갔다. 시위들은 화원에서 대기하라고 명했다. 그리고 위소보와 단둘이 태후의 침전으로 들어갔다. 자령궁의 궁녀들은 황제를 보자 일제히 무릎을 꿇고 맞이했다.

강희가 말했다.

"너희들은 화원으로 물러가 있어라. 부르기 전엔 아무도 얼씬거리지 마라!"

궁녀들은 대답을 하고 물러갔다.

위소보는 가짜 태후가 사부인 구난에게 화골면장을 전개하다가 오히려 그 독을 전부 되돌려받은 사실을 알고 있었다. 구난은 비록 독을 풀 방법을 일러주었지만, 이후 내공을 조금만 사용해도 온몸의 뼈마디가 부러져 죽게 될 거라고 했다. 손을 꼽아 날짜를 계산해보니, 체내의 독이 아직 제거되지 않았다. 설령 독이 다 제거됐다고 해도 감히 무력을 행사하지는 못할 거라고 생각했다. 게다가 자기는 오룡령을 갖고 있으니 겁날 게 없었다.

강희는 이 가짜 태후의 무공이 고강하다는 것을 잘 알고 있었다. 자신의 무공은 전부 그녀에게 전수받은 것이니, 위소보와 힘을 합친다고 해도 실력 차이가 클 것이었다. 상대는 빈손이고 두 사람은 검을 갖고 있다는 장점을 살려 기습공격을 전개해야만 승산이 있었다. 전에 오배를 제압할 때도 둘이 연합작전을 펼치지 않았던가!

강희는 침전 안으로 들어서자마자 손에 식은땀이 배었다.

한편 위소보는 나름대로 생각을 굴렸다.

'오늘 또다시 큰 공을 세울 수 있는 기회가 왔어. 내가 무턱대고 그 늙은 화냥년을 덮치면 죽음을 불사하고 충성한다고 생각하겠지. 하지만 사실은 제대로 움직일 수 없는 죽은 개를 공격하는 거나 다름이 없어. 미친개를 보면 멀리 피하는 게 상수지만, 죽은 개한테 덤비는 건 내 장기 중 하나지!'

그러고는 나직이 말했다.

"황상, 저 천박한 여자는 무공이 대단하니 위험을 무릅쓰지는 마세요. 제가 먼저 덮칠게요!"

강희는 고개를 끄덕이며 검을 쥔 오른손에 힘을 주었다.

침전 안에는 아무도 보이지 않고, 침상에 휘장이 낮게 드리워 있었다. 그 휘장 안에서 태후의 음성이 들려왔다.

"황상, 자령궁에 안 온 지 오래됐는데, 몸은 괜찮으세요?"

강희는 전에 하루도 거르지 않고 자령궁에 들러 문안을 드렸는데, 내막을 알고부터는 증오심 때문에 좀처럼 걸음을 하지 않았다.

두 사람은 그녀가 대낮인데도 침상에 누워 있으리라곤 미처 생각하지 못했다. 그러니 미리 짜놓은 대로, 위소보가 먼저 덮쳐서 끌어안은 다음 강희가 팔을 자르는 방법은 쓸 수 없게 되었다.

강희가 말했다.

"어마마마께서 몸이 편찮다는 말을 듣고, 문안 여쭈러 왔습니다."

그러고는 위소보에게 눈짓을 하며 말했다.

"휘장을 걷어올려라."

위소보가 대답했다.

"예!"

그러면서 침상 앞으로 다가가자, 태후가 바로 말했다.

"바람이 싫으니 휘장을 걷지 마라."

강희는 속으로 생각했다.

'그의 말을 무시하고 휘장을 걷으면 분명 경계를 할 거야.'

그래서 넌지시 말했다.

"알겠습니다. 한데 어마마마, 어디가 편찮으신지요? 약은 복용하셨습니까?"

태후가 대답했다.

"약은 먹었어요. 어의의 말로는 가벼운 풍한이니 괜찮다더군요."

강희가 다시 말했다.

"소자가 안색을 한번 살펴보겠습니다. 혹시 열은 없으신지요?"

태후가 한숨을 내쉬며 말했다.

"안색 또한 나쁘지 않으니 볼 것 없어요. 황상은 어서 돌아가 쉬도록 하세요."

강희는 고개를 갸웃했다.

'지금 무슨 꿍꿍이속이지?'

위소보는 침실 안이 어두컴컴한 것을 보고 몸을 돌려 강희에게 손짓을 했다. 자기가 태후의 다리를 끌어안을 테니 검을 내리치라는 손짓이었다.

강희는 갑자기 불길한 생각이 들었다.

'만약 소계자의 말이 사실과 다르면 어떡하지? 물론 여장을 한 남자 궁녀가 있었던 것은 사실이지만, 태후는 그저 음란할 뿐이지 가짜는 아닐 수도 있어. 한데 무턱대고 검으로 그녀를 찌르면 난 천고의 죄인이 될 거고, 그보다 더한 불효는 없을 거야. 부득이할 경우에 차라리 시위들을 불러 제압해야지, 만에 하나 진짜 태후를 내가 직접 찌르는 불상사가 있어선 안 돼.'

그는 곧 고개를 흔들며 위소보더러 뒤로 물러나라는 손짓을 했다.

"어마마마, 그래도 소자는 마음이 놓이지 않습니다."

그러면서 성큼 침상으로 다가가 휘장을 젖혔다.

휘장이 갑자기 젖혀지자 태후는 황급히 침상 안쪽으로 몸을 돌려버렸다. 그러나 비록 그 짧은 순간이지만 강희는 태후의 얼굴이 핼쑥하니 이상하다는 것을 발견했다.

"어마마마, 왜 그리 수척해지셨습니까?"

자신도 모르게 음성이 떨려나왔다.

태후는 한숨을 내쉬었다.

"오대산에서 돌아온 후로 입맛을 잃어 식사를 제대로 하지 못했어요. 나 스스로 거울에 비춰봐도 몰라볼 정도로 많이 말랐어요."

강희는 잽싸게 생각을 굴렸다.

'소계자의 말이 맞는 것 같아. 이 천박한 여자는 내가 오리라곤 미처 생각하지 못해, 분장을 하지 않은 채 누워 있었겠지. 그래서 나한테 얼굴을 보이지 않으려고 하는 거야. 이제 내 눈으로 직접 확인했으니 틀림없어!'

그는 울화가 치밀어 대뜸 소리를 질렀다.

"앗! 커다란 쥐 한 마리가 벽걸이 양탄자 뒤로 들어갔어요! 여봐라, 어서 양탄자를 걷어 쥐를 잡아라!"

그러면서 행여 태후가 기습을 전개할까 봐 얼른 뒤로 두어 걸음 물러났다.

태후는 떨리는 음성으로 말했다.

"양탄자 뒤에 무슨 쥐가 있다는 거예요?"

위소보가 즉시 달려와 침상 뒤쪽에 길게 드리워진 양탄자를 말아올렸다. 그러자 벽장이 드러났다.

강희가 다시 소리쳤다.

"앗! 쥐가 벽장 속으로 들어갔나 봐!"

그러고는 재빨리 생각을 굴렸다.

'일이 이 지경이 됐으니 기습을 전개하기엔 이미 늦었어.'

그는 문 쪽으로 물러나 위소보에게 손짓을 했다.

"어서 시위들을 불러와라. 저 벽장 안에서 이상한 소리가 들려! 자객이 숨어 있을지도 모른다!"

위소보는 바로 대답했다.

"네!"

그러고는 밖을 향해 소리쳤다.

"어명이다!"

시위들은 즉시 달려왔다.

태후가 성난 음성으로 나무랐다.

"황상, 지금 무슨 짓을 하는 거예요?"

강희는 웃으며 말했다.

"아, 그래요! 건녕 공주가 벽장에 숨어 숨바꼭질을 하고 있나 봐요. 아무리 찾아도 없더니 저기 숨은 것 같아요."

그러면서 오른손을 휘둘렀다. 위소보는 바로 달려가 벽장의 문을 열려고 했다. 그러나 자물쇠가 걸려 있어 열 수가 없었다.

강희가 다시 웃으며 말했다.

"어마마마, 벽장 열쇠가 어딨죠?"

태후는 역정을 냈다.

"몸이 편찮다는데 왜 여기 와서 장난을 치는 거냐? 어서 나가지 못하겠느냐?"

시위들은 황제가 가끔 건녕 공주와 무공도 겨루고 장난치는 것을 보아왔기 때문에, 태후의 말을 듣고는 모두 얼굴에 웃음을 띠었다.

강희가 말했다.

"어마마마께서 편찮으시니 더 이상 귀찮게 굴지 말고 어서 벽장 문을 열어라!"

위소보가 대답했다.

"네!"

그러고는 비수를 꺼내 벽장의 자물쇠를 가볍게 잘라버렸다. 벽장 문이 열리자 그 안에 이불이 놓여 있었다. 그 외엔 아무것도 보이지 않았다. 위소보는 내심 흠칫했다.

'그날은 분명 진짜 태후마마가 안에 있었는데… 왜 안 보이지? 혹시 이 화냥년이 탄로날까 봐 진짜 태후를 죽인 게 아닐까?'

얼른 이불을 젖혀보니 책자가 한 권 있었다. 모름지기 《사십이장경》 같았다. 위소보는 얼른 이불을 다시 덮고 강희를 돌아보았다. 강희도 경황을 금치 못하는 표정이었다. 다시 침상을 살펴보니, 이불 안에 가짜 태후 말고 또 다른 사람이 숨어 있는 듯 불룩했다.

위소보가 소리쳤다.

"공주가 이불 안에 숨었나 봐요!"

그는 다른 한 사람이 진짜 태후일 거라고 생각했다.

강희도 위소보와 똑같이 생각하며 다급히 말했다.

"어서 끌어내!"

가짜 태후가 막바지에 몰려 진짜 태후를 죽일까 봐 걱정이 됐다.

위소보는 얼른 침상으로 바싹 다가가 태후의 발밑 쪽 이불 속으로 손을 집어넣어 진짜 태후를 끄집어내려고 했다. 그런데 그의 손에 닿은 것은 뜻밖에도 털이 부숭부숭한 다리였다. 그는 소스라치게 놀랐다. 바로 그때 이불 속에서 난데없이 커다란 발이 쭉 뻗어나와 그의 가슴을 걷어찼다.

"으악!"

위소보는 비명을 지르며 뒤로 나가떨어졌다.

그 순간, 이불이 젖혀지며 벌거숭이 고깃덩어리가 솟구쳐오르더니, 태후를 이불로 감싼 채 끌어안고 문 쪽으로 달려갔다. 여덟 명의 시위들은 대경실색해 얼른 앞을 가로막았는데, 그 벌거숭이 고깃덩어리와 맞부딪치자 시위 세 명이 뒤로 날아갔다. 고깃덩어리는 태후를 안은 채 곧장 밖으로 뛰쳐나갔다.

강희가 문 앞으로 달려갔을 때 고깃덩어리는 날 듯이 몇 번 솟구치는가 싶더니 어화원御花園의 담장을 훌쩍 뛰어넘었다. 믿기지 않을 정도로 빠른 신법이었다.

강희가 소리쳤다.

"추격해라!"

시위 세 명은 뒤로 나동그라져 일어나지 못했다. 나머지 다섯 명이 쫓아갔지만 상대방은 이미 온데간데없이 사라져 보이지 않았다.

위소보는 가슴이 빠개지는 듯한 통증을 느끼며 뭐가 뭔지 갈피를 잡지 못해 몹시 어지러웠다. 간신히 몸을 일으켜 벽장 앞으로 걸어가서, 이불 속에 있는 경전을 집어 일단 품속에 숨겼다.

바깥 어화원에서 강희가 소리를 질러댔다.

"다들 돌아와라!"

위소보는 비칠거리며 다시 쓰러졌다.

곧이어 발걸음 소리가 요란하게 들리며 시위들이 돌아왔다. 강희가 침궁 밖에서 시위들에게 분부했다.

"다들 아무 소리도 하지 말고 거기 서서 대기해라."

이어 침실 안으로 들어와 문을 닫고는 위소보에게 나직이 물었다.

"어떻게 된 일이지?"

위소보는 탁자를 짚고 일어났다.

"요… 요괴 같아요!"

그는 너무 놀란 듯 안색이 창백했다. 강희는 고개를 내둘렀다.

"요괴가 아니라 그 천박한 여자의 간부姦夫야!"

위소보는 일부러 어리둥절해하면서 물었다.

"간부라뇨?"

강희가 말했다.

"남자였어. 넌 자세히 못 봤니? 작달막하고 뚱뚱한 남자였어!"

위소보는 놀랍고도 우스웠다.

"이불 속에다 벌거벗은… 땅딸보 남자를 숨겨놨단 말인가요?"

강희는 심각한 표정으로 말했다.

"진짜 태후마마는 어떻게 됐지?"

위소보가 말했다.

"제발… 무사하셔야 할 텐데….'"

문득 뇌리에 떠오르는 게 있어 침상에 깔려 있는 요를 젖혔다.

"침상 밑에 비밀 공간이 있어요!"

요 밑에는 백금으로 만든 아미자蛾眉刺 한 자루가 있었다.

위소보가 다시 말했다.

"침상 밑판을 뜯어봐야겠어요!"

강희도 그를 도와 침상 밑판을 힘껏 젖혔다. 그 밑 공간에 한 여인이
얇은 이불을 덮고 누워 있었다. 침상의 밑판을 덮으면 그녀의 얼굴에

서 밑판까지의 공간은 아마 두 뼘밖에 되지 않을 것이었다.

침실 안은 어두컴컴해서 사물을 제대로 분간할 수 없었다. 강희가 소리쳤다.

"어서 촛불을 밝혀봐!"

위소보가 얼른 촛불을 밝혀들고 가까이 비쳤다. 누워 있는 여인은 갸름한 얼굴에 안색이 백지장처럼 창백했다. 위소보가 전에 벽장 안에서 보았던 그 진짜 태후가 틀림없었다.

강희가 전에 진짜 태후를 보았을 때는 나이가 너무 어렸고 또한 오래된 일이라 진위를 가려낼 수 없었다. 그러나 지금 이 여인의 얼굴은 평상시 보았던 가짜 태후와 너무나 닮았다. 그는 얼른 여인을 부축해 일으키며 물었다.

"저… 어마마마…."

여인은 촛불이 가까이 비치자 눈을 제대로 뜨지 못했다.

"누구…."

위소보가 말했다.

"이분은 당금 황상이십니다. 친히 태후마마를 구하러 왔습니다."

여인은 눈을 가늘게 뜨고 강희를 잠시 응시하더니 떨리는 음성으로 말했다.

"정말… 정말 황상이란 말인가요?"

갑자기 '왁' 하고 울음을 터뜨리며 두 팔로 강희를 꼭 끌어안았다.

위소보는 촛불을 들고 뒤로 물러나 사방을 살펴보았다. 또 무슨 간부나 자객, 가짜 궁녀가 없는 것을 확인하고 속으로 생각했다.

'황상이 진짜 태후를 만났으니 할 말이 많을 거야. 내가 한 마디라도

더 들으면 그만큼 모가지가 달아날 확률이 높아지겠지.'

그러고는 촛불을 탁자에 내려놓고 슬그머니 밖으로 나가 문을 꼭 닫았다.

문밖 뜰에는 여덟 명의 시위와 궁녀, 내관들이 빳빳하게 서 있었다. 하나같이 당황하고 두려워하는 표정이 역력했다. 그는 손짓으로 모두를 화원 안으로 불러들였다.

"아까 황상과 건녕 공주가 숨바꼭질 놀이를 했는데, 공주가 고깃덩어리처럼 이상야릇한 옷을 입고 뛰쳐나온 것을 다들 봤죠?"

눈치 빠른 한 시위가 바로 그의 말을 받았다.

"네, 네! 건녕 공주님은 정말 빠르더군요. 그리고 분장도 아주 재밌게 했어요."

위소보는 고개를 끄덕이며 빙긋이 웃었다.

"그건 어린애들이나 하는 놀이라 황상께서는 남들이 몰랐으면 하나 봐요. 누구든 입이 근질근질하면 모가지 위에 있는 밥통이 온전치 못할 거예요. 쓸데없는 소리를 지껄이고 싶은 사람이 있나요?"

시위와 궁녀, 내관들은 일제히 고개를 내둘렀다.

"없습니다!"

위소보는 다시 고개를 끄덕이며 부상당한 시위 셋에게 물었다.

"다친 것 같은데, 어쩌다가 갑자기 다쳤죠?"

그중 한 시위가 대답했다.

"네, 부총관님! 오늘 셋이서 무예를 연마하다가 서로 좀 심하게 치고받는 바람에 부상을 입었습니다."

위소보가 욕을 했다.

"빌어먹을! 식구끼리 적당히 해야지, 다쳐서야 되겠어요?"

세 명이 일제히 대답했다.

"네, 네! 다음부터는 조심하겠습니다!"

위소보가 말했다.

"부상자는 가서 약값으로 20냥씩 받아가세요!"

세 사람은 연신 고맙다는 인사를 올렸다.

위소보가 다시 말했다.

"제기랄! 부모님이 먹이고 재우고 애써 키워줬는데, 그 얼마나 소중한 목숨입니까? 그 목숨이 한순간에 달아나고 싶지 않으면 다들 입조심을 해야 할 겁니다! 잠꼬대를 하다가 엉뚱한 말을 시부렁댈 수도 있으니, 그럴 우려가 있는 사람은 미리 혀를 잘라버리는 게 좋을 거요! 자, 이제부터 순서대로 자신의 이름을 밝히시오!"

시위들과 궁녀, 내관들은 일일이 이름을 밝혔다. 그러자 위소보가 말했다.

"좋아요! 차후로 만약 오늘 숨바꼭질을 했다는 얘기가 들린다면, 누가 발설했든 간에 여기 있는 서른다섯 명은 다 책임이 있으니 한꺼번에 목을 칠 겁니다! 명심하시오!"

좀 전에 있었던 해괴망측한 일을 목격한 사람들은 사실 다들 전전긍긍했다. 황상이 비밀을 지키기 위해 살인멸구殺人滅口할 게 뻔했다. 그런데 지금 위소보의 말을 듣고 목숨을 건지게 됐다는 생각에 안도의 숨을 내쉬었다. 다들 일제히 무릎을 꿇고 감사를 올렸다.

"목숨을 구해주신 은혜에 감사드립니다!"

위소보는 가볍게 손을 흔들었다.

"이건 황은이니 나한테 감사할 필요 없어요."

위소보는 다시 침전 문 앞으로 돌아와 돌계단에 앉아 조용히 기다렸다.

반 시진쯤 기다렸을까, 비로소 강희의 외침이 들려왔다.

"소계자, 들어와라!"

위소보는 마치 좀 멀리 떨어져 있어 못 들은 것처럼, 금방 대답하지 않았다. 강희가 두 번째 불렀을 때에야 비로소 대답을 했다.

"네, 갑니다!"

침실 안으로 들어가보니, 태후와 강희는 어깨를 나란히 하고 침상에 앉아 있었다. 두 사람 다 얼굴에 눈물 자국이 남아 있었다.

위소보는 무릎을 꿇고 큰절을 올렸다.

"태후마마와 황상께 경하드리옵니다. 밖에 있는 서른다섯 명에게 오늘 황상과 건녕 공주가 숨바꼭질을 한 일을 일절 입 밖에 내지 말라고 했습니다. 만약 반 마디라도 누설되면 모두 처형할 거라고 했으니 감히 허튼소리를 하지 못할 겁니다!"

강희가 고개를 끄덕이자 위소보가 다시 말했다.

"후환을 없애기 위해 지금 처형하라고 하시면 당장 가서 이행하겠습니다!"

강희가 약간 망설이자 태후가 입을 열었다.

"오늘은 우리 모자가 재회한 기쁜 날이니만큼 살상은 삼가는 게 좋겠구나."

강희가 그녀의 말을 받았다.

"그래요, 하늘과 보살의 가호로 오늘 같은 기쁨을 맞이했으니, 대대적인 불사佛事를 해야 될 것 같습니다."

태후는 위소보를 응시하며 말했다.

"넌 어린 나이에 이렇듯 큰 공을 세웠으니 실로 대견하구나."

위소보가 얼른 머리를 조아렸다.

"아니옵니다. 이 모든 것이 태후마마와 황상의 홍복이옵니다. 소인이 무능하고 충심이 부족해 일찍 간모奸謀를 파헤치지 못했습니다. 태후마마께 오랫동안 고초를 겪게 하여 그저 황공할 뿐이옵니다."

태후는 다시 가슴이 아려오는지 눈물을 흘리며 강희에게 말했다.

"저 아이한테 후한 상을 내리도록 하세요."

강희가 말했다.

"네! 소계자, 넌 이미 높은 벼슬에 올랐으니 이번엔 작위를 내려주겠다. 우리 대청은 공후백자남公侯伯子男, 다섯 등급의 작위가 있는데, 너를 일등자작에 봉하마!"

위소보는 얼른 큰절을 올리며 황은에 감사했다.

"태후마마의 은전에 감사드립니다. 황상의 은전에 감사드립니다!"

말은 그렇게 하면서 속으로는 투덜거렸다.

'자작이 무슨 쓸모가 있지? 은자로 따지면 몇 푼이나 되는 건데?'

강희가 손을 내두르는 것을 보고, 그는 바로 밖으로 물러나왔다.

거처로 돌아온 위소보는 품속에서 책자를 꺼냈다. 생각했던 대로 역시 《사십이장경》이었는데, 이번 것은 겉장이 남색 비단에 붉은 테두리가 쳐져 있었다.

위소보는 나름대로 생각했다.

'이건 양람기鑲藍旗 기주가 갖고 있었던 경전이구먼. 음… 그래! 도홍

영 고모는 자신의 사부가 양람기 기주의 집에서 경전을 훔치려 했는데, 결국 뜻을 이루지 못하고 신룡교 고수에게 중상을 입어 목숨을 잃었다고 했어. 그렇다면 이 경전은 그 신룡교 고수 손에 들어갔을 텐데, 왜 아직도 홍 교주에게 전해주지 않았을까? 어쩌면 당시에는 경전을 찾아내지 못하다가 최근에야 손에 넣은 모양이야.'

모름지기 그 과정에는 틀림없이 많은 우여곡절이 있었을 거라고 짐작되었다.

위소보는 가슴에 통증을 느끼며 생각을 이어갔다.

'한데 그 벌거숭이 땅딸보는 무공이 대단했어. 어이구, 그놈이 바로 이 경전을 훔쳐낸 신룡교의 고수가 아닐까? 궁으로 잠입해서 그 화냥년과 침실에서 짝짜꿍을 하고… 화냥년은 그를 제법 좋아했나 봐. 그러니까 진짜 황후를 침상 밑으로 옮겨놓고 그놈한테 벽장을 내줬겠지. 황상과 때를 잘 맞춰 자령궁에 갔으니 망정이지, 하마터면 그놈을 잡아내지 못할 뻔했어. 그 땅딸보가 경전을 되찾으려고 자령궁에 다시 오지 않을까? 복수하러 날 찾아오지는 말아야 할 텐데….'

그는 바로 다륭을 찾아갔다. 주워들은 소식인데 조만간 자객이 궁으로 잠입할지 모르니 경계를 보강해 황상과 태후를 엄밀히 호위하라고 당부했다. 그러고는 속으로 생각했다.

'그 화냥년이 만약 신룡도로 돌아가 홍 교주에게 일일이 다 보고하면 일이 난처하게 될 거야. 내가 먼저 선수를 쳐서 경전 속에 있는 지도를 꺼낸 다음 한두 부 정도는 신룡도로 보내줘야지. 그러면 홍 교주가 나머지 경전을 얻기 위해서라도 나한테 해약을 내줄 수밖에 없을 거야. 그가 빈껍데기 경전에서 지도를 찾아내지 못하는 건 그의 일이지 나하곤 상관이 없어. 자기는 천수만세를 누린다고 했잖아! 급할 것 없이 천천히 찾아보라고 해! 9만 8천 년을 찾든, 10만 8천 년을 찾든, 찾다 보면 언젠가는 찾아낼 수도 있겠지! 빌어먹을….'

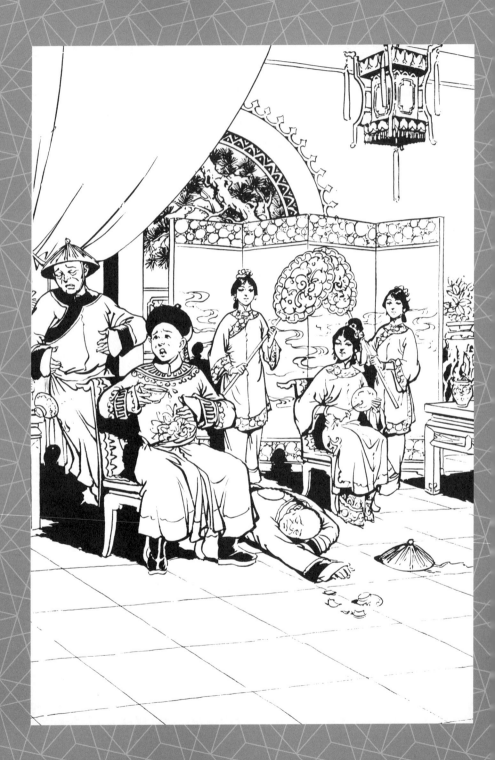

전노본과 고언초도 머리가 어지러워 산매탕을 받아들자마자 꿀꺽꿀꺽 다 마셨다.

그러더니 곧 비칠비칠 그 자리에 쓰러져버렸다.

위소보는 소스라치게 놀랐다.

눈앞에 불꽃이 빙글빙글 맴돌아 산매탕을 한 모금 마시고 나머지는 다 몸에다 쏟

아버렸다. 그러고는 정신을 잃었다

위소보는 궁을 나와 이역세, 관안기, 현정 도인, 전노본 등을 만났다. 천지회의 군호들은 그를 보자 모두 기뻐했다.

이역세가 말했다.

"방금 들은 소식인데, 총타주께서 이미 천진에 와 계시니 오늘 내로 상경할 거랍니다. 마침 위 향주도 경성으로 돌아왔으니 잘됐군요."

위소보는 웃으며 말했다.

"아, 네! 네… 정말 잘됐네요."

사부님을 만날 생각을 하니 왠지 좀 불안했다.

군호들은 위소보를 위해 맛있는 요리와 술을 대접했다.

저녁 무렵에 위소보는 고언초를 한쪽으로 불러 나직이 말했다.

"고 대형, 수고스럽겠지만 도끼 한 자루랑 철퇴鐵鎚 하나, 그리고 끌을 좀 구해줬으면 좋겠는데요."

고언초는 선선히 대답하고는 바로 그것들을 갖고 왔다. 위소보는 그를 앞세워 전에 관을 안치해두었던 마당 뒤켠 토담집으로 갔다.

"관을 열어 안에다 뭘 좀 넣어야겠어요."

고언초가 대답했다.

"네."

그는 심히 이상하게 생각했지만 향주가 더 이상 말을 안 하니 꼬치

꼬치 캐물을 수도 없었다.

잠시 후 위소보가 말했다.

"죽은 친구가 어젯밤 꿈에 나타나 뭘 좀 갖다달라고 부탁했어요. 친구의 의리라는 게 뭡니까, 부탁을 들어줄 수밖에요."

고언초는 더욱 이상하게 느껴졌으나 그저 고개만 끄덕였다.

위소보는 그에게 당부했다.

"밖에서 아무도 들어오지 못하게 좀 지켜주세요."

그러고는 토담집 안으로 들어가 문을 닫고 빗장을 걸었다.

안치해둔 그 관에는 먼지가 뿌옇게 쌓여 있었다. 오랫동안 아무도 건드리지 않은 게 분명했다. 위소보는 도끼와 끌로 관에 박혀 있는 못을 다 뽑고 뚜껑을 열었다. 그리고 기름종이에 싸서 그 속에 숨겨두었던 다섯 부의 경전을 꺼내 품속에 넣고, 막 관 뚜껑을 다시 닫으려는데 밖에서 고언초의 호통 소리가 들려왔다.

"누구냐?"

바로 이어 한 사람이 다그쳤다.

"진근남은 어디 있느냐?"

위소보는 깜짝 놀랐다.

'누가 사부님을 찾지?'

어디서 들어본 듯한 음성이었다.

고언초가 다시 호통을 쳤다.

"누구냐고 묻지 않았느냐?"

그러자 또 다른 사람의 목소리가 들려왔다.

"그가 어디에 숨어 있든 반드시 찾아낼 것이다!"

위소보는 이 음성을 듣자 바로 누군지 알아차렸다. 그는 정극상이 었으니, 더욱 놀랄 수밖에 없었다.

'저 녀석이 여긴 왜 왔지?'

앞서 들린 음성이 누군지도 생각났다. 바로 정극상의 사부인 '일검 무혈' 풍석범이었다.

곧이어 무기가 서로 부딪치는 소리가 들리더니, 고언초가 신음을 토하며 쿵 하고 쓰러졌다. 위소보는 더욱 대경실색해 생각을 굴릴 여 유도 없이 관 속으로 미끄러져 들어갔다.

정극상의 음성이 다시 들려왔다.

"그 역도는 틀림없이 안에 숨어 있을 겁니다!"

당황한 위소보는 재빨리 관 뚜껑을 닫았다. 바로 이어서 우지끈 하 는 소리가 들리며 토담집의 나무문이 박살났다. 정극상과 풍석범이 부 서진 문을 걷어차고 들어왔다.

위소보는 관 뚜껑 틈새로 밖을 살펴볼 수 있었다. 정신이 없이 뚜껑 을 제대로 닫지 못한 것이다. 내심 '아뿔싸' 시부렁댔다.

'이런 빌어먹을! 사부님을 찾다가 제자를 먼저 찾아낸 꼴이 됐군!'

별안간 밖에서 다른 사람의 음성이 들려왔다.

"공자, 날 찾았소? 한데 무슨 일이오?"

바로 진근남의 음성이었다. 위소보는 몹시 기뻤다.

'사부님이 오셨다! 이젠 살았다.'

그런데 진근남이 갑자기 비명을 질렀다.

"으악!"

모름지기 부상을 입은 것 같았다.

이어 무기가 서로 부딪치는 예리한 금속성이 계속 들리는 가운데 진근남의 성난 음성이 들려왔다.

"풍석범, 암수를 쓰다니! 어떻게 이럴 수가…?"

풍석범의 냉랭한 음성이 뒤따랐다.

"난 명령에 따랐을 뿐이다!"

이어 정극상의 음성이 들렸다.

"진영화! 내가 안중에 없는 거요?"

그의 말투에는 분노가 가득했다.

진근남이 따져물었다.

"이공자, 그게 무슨 말이오? 난 그저께 이공자가 북경에 온다는 소식을 듣고 바로 밤을 새워 달려왔는데… 공자가 먼저 당도하여 미처 마중을 못한 것은 사과드리겠소."

위소보는 사부님의 공순한 말투를 듣자 속으로 욕을 했다.

'저런 개똥 같은 정극상이 무슨 이공자며, 사부님은 왜 그를 저렇게 받드는 거지?'

정극상이 윽박질렀다.

"부왕께서 날 중원으로 보낸 사실을 알고 있었잖소?"

진근남이 말했다.

"난 급히 처리해야 할 일이 있어 좀 늦은 것이니 양해해주길 바라오. 그리고 풍 대형이 공자를 호위하고 있다는 것을 알고 안심했소. 풍 대형의 무공은 천하무적이라 그 어떤 상황에서도 공자를 지켜줄 거라 믿었소."

정극상은 냉소를 날렸다.

"내가 천지회에 갔는데 그 조무래기들이 날 얼마나 무시하고 무례하게 대했는지 아시오?"

진근남이 다시 말했다.

"그들은 아마 이공자를 몰라본 것 같소. 경성에서 우리 천지회는 오랑캐 조정이 노리고 있는 반청 조직이라 모두 신중을 기하는 바람에 결례를 범한 것 같소. 내가 대신 사과드리오."

위소보는 들을수록 화가 치밀었다.

'사부님이 왜 저 개똥 같은 녀석한테 쩔쩔매지?'

정극상이 따져물었다.

"대단한 일이 아닌 것처럼 말하는데, 그럼 내가 대단한 사람이 아니란 말이오?"

진근남이 고개를 저으며 말했다.

"그게 아니오."

이어 종이가 바스락거리는 소리가 들리더니 정극상이 말했다.

"이건 부왕의 친서요, 직접 읽어보시오!"

진근남이 대답하고 친서를 읽어 내려갔다.

"대명 연평군왕의 이름으로 명하노라. 정극상을 중원으로 보내 공무를 집행코자 하니, 나라에 이로운 일이라면 편의행사便宜行事토록 하라."

정극상이 물었다.

"그 '편의행사'가 무슨 뜻이오?"

위소보는 속으로 투덜댔다.

'빌어먹을, 무슨 뜻이긴 무슨 뜻이겠어? 편의를 봐서 일하라는 뜻이잖아! 그럼 내 편의도 좀 봐주고, 다른 사람의 편의도 봐줘야지!'

그런데 진근남의 대답은 위소보의 생각과 영 달랐다.

"왕야께서는 나라와 민족에 이바지할 수 있는 일이라면 왕야께 따로 보고하지 않고, 공자가 직접 알아서 결정하고 처리하라고 분부하신 거요!"

정극상이 다시 물었다.

"그럼 부왕의 분부에 따를 거요?"

진근남이 대답했다.

"부하로서 당연히 왕야의 분부에 따라야죠!"

정극상은 그 말을 듣자 거침없이 말했다.

"좋소이다! 그럼 지금 당장 자신의 오른팔을 자르시오!"

진근남이 놀라 물었다.

"아니… 그래야 할 이유가 뭐요?"

정극상이 차갑게 말했다.

"안중에 주상이 없고, 또 나를 존중하지 않는 것은 바로 부왕을 존경하지 않는 거요! 그동안의 행실로 미루어볼 때, 하극상을 하려는 불충지심이 역력하오! 흥, 중원에서 천지회를 확장해 자신만의 세력을 구축하면서 대만의 연평군왕을 아예 무시해오지 않았소! 스스로 왕이 되려는 속셈이 아니오?"

진근남의 음성이 떨렸다.

"맹세코 그런 마음을 품은 적이 없소이다!"

정극상은 계속 따지고 들었다.

"흥! 그런 마음을 품은 적이 없다고? 이번 하간부 대회에서 다들 나를 복건성 맹주로 추대한 사실을 알고 있소?"

진근남이 대답했다.

"물론 알고 있소. 그건 천하의 영웅호걸들이 왕야의 충심위국忠心爲國의 뜻을 잘 알기 때문이오!"

정극상이 물었다.

"그럼 천지회는 몇 성에서 맹주 자리를 차지했소?"

진근남은 선뜻 대답하지 못했다.

위소보는 비로소 짐작이 갔다.

'이런 빌어먹을! 이제 보니, 천지회를 질투해서 이렇게 성질을 부리는 거구먼!'

생각이 이어졌다.

'젠장! 내 마누라의 간부가 사부님의 상사니, 일이 원래 아주 복잡하게 꼬여 있었어. 한데 지금 두 사람이 맞붙었으니 오히려 잘된 거야. 이번에 아예 서로 갈라졌으면 좋겠어. 문제는 사부님이 암수를 당해 부상을 입었단 말이지. 놈들에게 더 이상 당하지 말아야 할 텐데!'

정극상이 언성을 높였다.

"천지회는 세 성에서 맹주가 됐는데, 난 고작 복건 한 성의 맹주일 뿐이오! 천지회가 우리 정왕부보다 더 위세가 높다는 거요? 난 겨우 복건성 맹주에 불과한데, 그대는 '서간맹'의 총군사가 됐으니, 그야말로 내 머리 꼭대기에 올라선 격이 아니겠소? 그러고도 안중에 부왕이 있다고 말할 수 있겠소?"

진근남이 진지하게 말했다.

"이공자, 오해가 없길 바라오. 천지회는 속하가 돌아가신 국성야의 명에 따라 창건한 것으로, 오랑캐를 몰아내고 반청복명을 하는 데 그 목적이 있소. 당연히 천지회는 왕야와 나눌 수 없는 한 본체요! 천지회에서 행하는 모든 일은 그저 왕야의 분부에 따르는 것일 뿐이오."

정극상은 냉소를 날렸다.

"흥! 내가 알기로 천지회에는 오로지 진근남만 있을 뿐인데, 대만의 정왕부가 존재하기나 한단 말이오? 훗날 오랑캐를 몰아내고 대업을 이룬다면 이 천하는 진근남의 것이 되겠지, 우리 대만 정가의 소유가 되겠소?"

진근남은 천천히 고개를 저었다.

"이공자의 그 말에는 찬동할 수가 없소. 오랑캐를 몰아내면 다 함께 대명 황실의 주씨 후예를 받들어야 할 것이오!"

정극상이 말했다.

"말은 그럴싸하구먼! 지금 우리 정왕부도 안중에 두지 않는데, 나중에 어찌 주씨가 안중에 있겠소? 당장 팔을 자르라는 명도 거역하지 않았소! 이번에 하간부에서 돌아오는 도중에 많은 위난을 겪었는데, 천지회에선 조무래기 하나도 날 보호해주지 않았소! 만약 풍 사부님이 나서서 구해주지 않았다면 벌써 목숨을 잃었을 거요! 물론 내가 소인배들 손에 죽길 바라고 있겠지! 그런 마음을 가졌다는 것만으로도 죽어 마땅하오. 흥! 나의 형한테만 빌붙어서 아첨을 해왔지, 그동안 난 전혀 안중에도 없지 않았소!"

진근남이 말했다.

"대공자와 이공자는 친형제요. 편향지심 없이 똑같이 받들어왔을 뿐이오."

정극상이 다시 말했다.

"형님은 나중에 왕야가 될 텐데, 우리 형제를 똑같이 생각할 리가 있겠소?"

위소보는 여기까지 듣자 대충 감이 잡혔다.

'제기랄, 이 녀석은 형이랑 왕야 자리를 놓고 다투면서 풍석범 늙은이의 이간질을 받아 사부님을 제거하려는 거군!'

정극상은 아예 생떼를 썼다.

"아무튼 천지회는 중원에서 엄청난 세력이 있으니 차라리 날 죽이시오!"

진근남이 다시 말했다.

"이공자가 자꾸 그렇게 강압을 하면 나로서는 대답할 말이 없소이다. 바로 대만으로 가서 왕야를 뵙고 분부에 따를 수밖에! 만약 왕야께서 날 죽이겠다면 어찌 감히 명을 거역하겠소?"

진근남이 강하게 나오자, 정극상은 연신 코웃음을 날릴 뿐 머뭇거렸다. 부왕의 면전에서 대질을 하게 될 것도 은근히 겁이 나, 뭐라고 반박할 말을 찾지 못했다. 그러자 풍석범이 나섰다.

"진 선생께서 이 자리를 뜨면 바로 대만으로 가는 게 아니라, 이공자를 배신하고 오랑캐에 투항하든가, 아니면 스스로 기치를 내세워 왕이 되려고 할지도 모르지!"

진근남은 화가 났다.

"좀 전에 날 몰래 기습한 것도 왕야의 명이오? 그렇다면 왕야의 친서를 제시해보시오!"

풍석범이 말했다.

"이공자더러 중원에서 '편의행사'하라고 한 왕야의 친서를 봤잖소?

이공자의 명에 따르지 않으면 그가 바로 반역자니 누구나 다 죽일 수가 있소이다!"

진근남은 더 이상 참을 수가 없었다.

"왜 이공자를 내세워 중간에서 이간질을 하는지 모르겠구려! 국성 야께서 어렵사리 이룩해놓은 기반이 당신 같은 간인奸人 손에 무너질까 봐 두렵소! 아무리 무공이 천하무적이라 해도 내가 겁낼 것 같소?"

풍석범의 음성에서 살기가 배어났다.

"그렇다면 공공연히 연평왕부를 배반하겠다는 거요?"

진근남은 낭랑하게 말했다.

"나 진영화는 오로지 왕야께 충성할 뿐이오. '반역'이란 말은 당치도 않소! 날 모함할 생각 마시오!"

정극상이 바로 외쳤다.

"진영화는 역모를 꾀하고 있으니 당장 처단하시오!"

풍석범이 대답했다.

"네!"

이어 무기가 서로 부딪치는 금속성이 연신 들렸다. 세 사람이 서로 붙은 모양이었다.

진근남이 소리쳤다.

"이공자와는 싸우고 싶지 않으니 어서 비켜서시오!"

정극상이 다그쳤다.

"나랑은 싸우지 않겠다고? 싸우지 않겠다고?"

연달아 두 번 다그치면서 금속성이 두 번 들렸다. 한 번 물을 때마다 진근남을 칼로 공격한 것 같았다.

29. 공주와 동침하다

위소보는 다급해졌다. 그는 관 뚜껑을 살짝 올려 밖을 살펴보았다. 정극상과 풍석범이 좌우에서 진근남을 협공하고 있었다. 진근남은 왼손으로 검을 쥔 채 그들과 맞서싸웠다. 오른팔은 축 늘어져 피가 뚝뚝 흘러내렸다. 앞서 풍석범의 기습을 받아 부상을 입은 게 분명했다.

풍석범은 검을 전광석화같이 빠르게 휘둘렀고, 진근남은 안간힘을 다해 방어하기에 급급했다. 그리고 정극상은 틈을 노려 칼을 이리저리 휘두르는데, 진근남은 감히 그와 맞서지 못하고 피하기만 했다. 이건 서로 맞서싸우는 게 아니라 일방적으로 막고 피하고 당하는 상황이었다. 게다가 왼손으로 검을 사용하니 불편할 수밖에 없었다. 오른팔의 부상이 심한 것 같았다.

위소보는 내심 안타까웠다.

'풍제중, 관부자, 전노본! 왜 달려와서 사부님을 도와주지 않는 거야? 이 상태가 지속되면 사부님은 결국 쓰러져 죽게 될 거야!'

토담집 안에서는 서로 요란하게 싸우고 있는데, 바깥쪽에선 전혀 들리지 않는 듯 아주 조용했다.

풍석범의 검은 갈수록 빨라졌고, 그 위력 역시 더 강해졌다. 진근남이 검을 들어 그의 공격을 막자 정극상이 측면에서 칼을 가로 쓸어왔다. 순간, 찍 하는 소리가 들리며 그의 칼이 진근남의 왼쪽 다리를 베고 지나갔다.

"으악!"

진근남이 비명을 지르며 장검을 떨쳐내자 그 틈을 타 풍석범이 검을 휘둘러 그의 오른쪽 어깨에 상처를 입혔다. 진근남은 그야말로 혈전고투 중이었다. 더 이상 버틸 수 없을 것 같았다. 그는 한 걸음씩 문

쪽으로 물러났다. 문밖으로 나가 일단 달아나려는 모양이었다. 풍석범은 그것을 눈치채고 잽싸게 몸을 날려 문을 가로막고 소리쳤다.

"달아나려고? 어림없다!"

위소보는 풍석범이 관 가까이 오기만 바랐다. 그럼 관 속에서 비수를 뺀어내 전에 라마승을 죽였듯이 그를 죽일 수 있을 거라고 생각했다. 그 '몰래 찌름'은 위소보가 자랑할 만한 특기 중 하나였다. 권법의 고수들이 구사하는 그 격산타우보다 훨씬 효과적이었다. 그런데 풍석범은 갈수록 관에서 멀어져가니 무슨 수로 그를 찌른단 말인가?

그때 정극상이 소리를 질렀다.

"역도! 어서 무릎을 꿇지 못하겠느냐?"

위소보는 더 이상 지켜만 볼 수 없었다. 오늘 목숨을 잃는 한이 있더라도 사부님을 구해야만 했다. 그는 목에 힘을 주어 찍, 찍, 찍, 이상한 소리를 세 번 냈다.

풍석범 등 세 사람은 난데없이 이상한 소리가 들려오자 모두 화들짝 놀랐다. 정극상이 먼저 소리쳤다.

"뭐냐?"

풍석범은 고개를 한 번 갸웃할 뿐, 공격을 늦추지 않았다. 그러자 위소보가 다시 찍, 찍, 찍, 괴성을 냈다. 정극상은 귀신을 무서워하는지 몸을 오싹 떨었다.

그 순간, 관 뚜껑이 벌어진 틈 사이로 한 움큼의 흰색 가루가 바람결에 실려 날아왔다. 세 사람은 전혀 예상치 못한 이 갑작스러운 일에 몸을 피할 새도 없이 눈이 따끔해지며 목이 메었다. 원래 시신을 입관할 때 관 속에 석회가루를 넣는다. 지난날 고언초도 역시 그랬다. 지금 위소보는 그 석회가루를 한 움큼 집어서 던진 것이다.

풍석범은 이게 귀신의 장난이 아니라는 걸 알고 대뜸 몸을 솟구쳤다. 그리고 눈을 감은 채 몸을 숙여 관 속에다 마구 검을 찔러댔다. 그 순간, 그는 오른쪽 가슴에 극심한 통증을 느꼈다. '아차!' 암수를 당했다는 것을 깨닫고 이내 뒤로 몸을 날렸다. 쿵 하고 담벼락에 등을 부딪혔다. 그는 왼손으로 가슴을 움켜쥔 채 반사적으로 검을 물샐틈없이 휘둘러 검막劍幕을 형성함으로써 기습에 대비했다.

위소보는 관 속에서 '몰래 찌름'을 구사해 성공을 거두자 비수를 쥔 채 바로 관 밖으로 뛰쳐나왔다. 풍석범과 정극상, 진근남 세 사람은 모두 눈을 꼭 감은 채 무기를 마구 휘둘러대고 있었다.

풍석범은 비록 비수를 맞았지만 치명상은 아니었다. 위소보는 그에게 가까이 다가가 비수로 다시 찌르려 했으나 풍석범과 정극상이 본능적으로 떨쳐낸 검막 때문에 감히 가까이 접근할 수 없었다.

상황이 아주 긴박했다. 풍석범과 정극상이 눈에 들어간 석회를 닦아내 다시 앞을 볼 수 있게 되면 만사가 끝이었다. 더 이상 지체할 겨를이 없었다. 그는 왼손으로 석회가루를 다시 한 움큼 움켜쥐고는 풍석범과 정극상을 겨냥해 힘껏 뿌려냈다. 이 '석회 날림' 또한 그의 특기 중 하나가 아니던가!

석회를 몇 번 집어던지자 풍석범은 석회가 날아오는 위치를 간파하고 갈마분천渴馬奔泉의 초식을 전개해 곧장 장검을 뻗어왔다. 위소보는 소스라치게 놀라 황급히 주저앉았다. 그러자 폭 하는 소리와 함께 풍석범의 장검이 관에 꽂혔다.

위소보는 뒹굴고 기면서 냅다 문밖으로 달아났다. 풍석범은 적이 아직도 관 속에 있는 줄 알고 검으로 계속 쑤셔댔다. 원래 풍석범의 무공 경지로는 위소보가 문밖으로 달아난 것을 즉시 눈치챌 수 있었다. 그러나 지금은 눈이 전혀 보이지 않는 데다 가슴에 상처를 입어 심신이 어지러워서 깨닫지 못한 것이다. 게다가 진근남의 무공은 그에 비해 결코 뒤지지 않았다. 그런 강적이 바로 가까이 있으니 위험천만한 상황이었다. 너무 당황한 나머지 진근남도 자기와 마찬가지로 눈이 보이지 않는다는 사실을 깜박했다.

그는 자기에게 암수를 펼친 자를 빨리 죽이고 정극상과 함께 일단 이곳에서 벗어날 생각이었다. 관 속을 향해 검을 마구 쑤셔봤지만 허탕이었다. 아무도 없다는 것을 깨닫고 즉시 몸을 돌려 천암경수千巖競秀의 초식으로 몸을 호위했다. 그리고 왼쪽에서 무기를 휘두르거나 장풍을 떨치는 소리가 들리지 않자, 그쪽을 향해 몸을 슬쩍 솟구쳤다. 어깨가 담벼락에 닿자 비로소 등을 담에 붙인 채 꼿꼿이 섰다.

한바탕 검을 휘두르며 전력을 다한 탓인지, 가슴의 상처 부위에서 피가 쏟아졌다. 눈을 살짝 떠보려 했는데, 석회가 다시 눈에 들어가 극심한 통증이 느껴졌다. 자칫 잘못하다가는 눈이 멀 우려가 있어 다시는 눈을 뜨지 못했다. 그는 등을 담에 붙인 채 한 걸음씩 옮겨갔다. 문이 나오면 밖으로 나가 넓은 공간에서 신법을 전개해 위험에서 벗어날 작정이었다.

위소보는 문밖에 바싹 붙어서 그의 움직임을 보고 속셈을 알아차렸다. 그가 문틀에 손을 대기만 하면 바로 비수로 기습적인 일격을 가할 생각이었다. 그러나 상대의 무공이 엄청 고강하기 때문에, 만약 자기가 실수를 하거나, 아니면 상대가 죽기 직전에 일검을 펼쳐도 자기는 영락없이 죽게 될 것이었다. 섣불리 행동을 할 수 없는 상황이었다.

위소보는 잽싸게 궁리를 해 비수를 문에 꽂아 두 치가량을 스윽 밀어넣었다. 비수의 끝이 문 안쪽으로 삐져나왔다.

잠시 후 풍석범은 조심스레 걸음을 옮겨 문에서 두 자 정도 떨어진 곳에 이르렀고, 그것을 확인한 위소보가 갑자기 소리를 꽥 질렀다.

"여기 있…."

그가 마지막 말을 내뱉기도 전에 풍석범은 전광석화처럼 몸을 날렸다. 챙 하는 소리가 들리며 장검은 비수를 내리쳤고, 바로 두 동강으로 부러졌다. 그 반 토막은 위로 튕겨져 그의 이마를 긁고 다시 땅에 떨어졌다. 위소보는 이미 토담집 옆으로 피신해 있었지만 가슴이 마구 뛰었다. 풍석범은 단말마의 비명을 지르며 질풍처럼 뛰쳐나왔다. 그러고는 무턱대고 앞으로 달려갔다.

위소보가 다시 문 쪽으로 돌아와 안을 살펴보니, 진근남과 정극상은 앞이 보이지 않는 상태에서 계속 무기를 휘둘러대고 있었다. 강적 풍석범이 사라졌으니 정극상 따위는 그의 안중에도 없었다.

위소보는 바로 소리쳤다.

"사부님, 그 '일검무혈'은 저의 칼을 맞고 피투성이가 되어 달아났으니 이젠 걱정 마세요."

진근남은 잠시 멍해 있다가 물었다.

"누구냐?"

위소보가 대답했다.

"저예요, 제자 위소보요!"

진근남은 바로 반색을 하며 더 이상 검을 휘두르지 않았다.

위소보가 다시 소리쳤다.

"장 대형, 왕 대형, 이 대형! 빨리 와봐요! 네, 됐어요. 좋아요! 저 정가 녀석이 무기를 내려놓고 항복하지 않으면 바로 달려들어 난도질을 해서 죽여요!"

정극상은 기겁을 했다. 그는 위소보가 허장성세하는 것이라곤 꿈에도 생각지 못하고 소리쳤다.

"사부님! 사부님!"

풍석범의 대답이 들릴 리 만무했다. 그는 약간 망설이더니 수중의 무기를 버렸다. 위소보가 호통을 쳤다.

"무릎을 꿇어라!"

정극상은 그 자리에 무릎을 꿇었다. 위소보는 단도를 주워들고 칼끝으로 그의 목을 겨냥하며 다시 호통을 쳤다.

"일어나라!"

정극상은 그가 시키는 대로 일어났다. 위소보가 소리쳤다.

"오른쪽으로! 앞으로 세 걸음! 몸을 숙여! 기어들어가!"

위소보가 소리칠 때마다 정극상은 공포를 느끼며 그대로 했다. 그리고 결국 관 속으로 들어가버렸다. 위소보는 깔깔 웃으며 관 앞으로 다가가 경전이 품속에 있는 것을 다시 확인하고 관 뚜껑을 덮었다. 그러고는 진근남에게 말했다.

"사부님, 빨리 눈을 씻으러 가요!"

그는 진근남의 손을 잡고 토담집 밖으로 나왔다.

열 걸음 정도 걸었을까, 고언초가 화단 옆에 쓰러져 있는 것이 보였다. 위소보는 깜짝 놀라 얼른 달려가서 그를 부축했다.

고언초가 말했다.

"얼른 가서 총타주님을 구해줘요! 난 혈도가 찍혔을 뿐 아무렇지도 않아요!"

진근남이 그의 음성을 듣고 가까이 와서 몸을 숙이더니 등과 허리께를 몇 번 추나하자 혈도가 풀렸다.

고언초는 진근남이 눈을 감고 있는 것을 보고는 황급히 물었다.

"총타주님, 눈이 왜 그래요?"

진근남은 눈살을 살짝 찌푸리며 말했다.

"석회가…."

고언초가 말했다.

"그럼 물로 씻으면 안 되고, 채유菜油로 씻어내야 합니다."

그가 진근남의 팔을 잡고 앞으로 걸어나가자, 위소보가 그에게 말했다.

"난 바로 뒤따라갈게요."

그는 다시 토담집으로 돌아와 도끼를 들고 관 뚜껑에다 예닐곱 개의 못을 다시 박았다. 그러고는 말했다.

"정 공자, 그 안에서 며칠만 편히 쉬고 있어. 정말 운이 좋은 거야. 나한테 빚진 은자 1만 냥도 받지 않을게. 누구 말마따나 편의를 봐주는 거라고!"

그는 깔깔 웃으며 대청으로 돌아왔다.

고언초는 이미 채유로 진근남의 눈에 들어간 석회를 다 씻어주었고, 상처를 입은 팔에도 붕대를 감아주었다. 풍제중, 전노본, 현정 도인 등은 여기저기 쓰러져 있었는데, 진근남이 그들의 혈도를 풀어주고 있었다.

풍석범은 난데없이 기습을 해왔고, 워낙 무공이 뛰어나 다들 꼼짝 없이 당한 것이었다. 그리고 풍제중 등은 함께 모여 있었던 게 아니라, 한 사람씩 소리를 듣고 달려오는 통에 차례로 쓰러졌다. 그들은 기습 을 당한 게 분하고 화가 났지만 총타주 앞이라 감히 욕을 하지 못했다.

고언초가 위소보가 간계를 써서 풍석범에게 중상을 입힌 경위를 얘 기해주자, 군호들은 모두들 신이 나서 쾌재를 불렀다. 그런 고약한 놈 은 다시는 눈을 못 뜨게 만들어버려야 한다며 열을 올렸다.

진근남은 두 눈이 팅팅 부어 있었다. 아직도 눈물을 흘리며 심각한 표정으로 말했다.

"전 형제, 고 형제! 어서 가서 정 공자의 눈을 씻어주고 이리로 모셔 오게."

전노본과 고언초는 각자 대답을 하고 밖으로 나갔다.

그때 위소보가 갑자기 나직한 비명을 질렀다.

"아!"

그러고는 비칠거리며 그 자리에 쓰러져 눈을 감아버렸다.

진근남은 얼른 그에게 다가가 부축해 일으키며 물었다.

"왜 그러느냐?"

위소보가 떠듬거리며 말했다.

"저는… 아까… 너무 놀랐어요. 행여… 사부님이 당할까 봐… 지금 손발이 풀려 힘을… 쓸 수가 없어요."

진근남은 그를 안아 의자에 앉혔다.

"조금만 휴식을 취하면 괜찮아질 것이다."

위소보는 석회를 쓴 것이 비열한 수법임을 그 누구보다도 잘 알고 있었다. 지난날 그 일 때문에 모십팔한테 호되게 얻어맞지 않았던가! 지금 군호들은 그가 지혜롭게 위기에 대처했다고 칭찬을 늘어놓았지만, 자신의 부하이기 때문에 아첨을 떤 것뿐이다. 사부님은 다르다. 모십팔에 비해 열 배는 고강한 대영웅이니 엄하게 질책을 할 게 분명했다. 그래서 혼을 내지 못하게 일부러 어지러운 척한 것이다. 설령 혼을 내더라도 좀 약하게 해줄 거라고 생각했다.

잠시 후, 전노본과 고언초가 허겁지겁 대청으로 돌아와 아뢰었다.

"총타주님, 정 공자가 안 보이는데요. 아마 이미 떠난 것 같습니다."

진근남은 눈살을 찌푸렸다.

"떠났다고? 관 속에 없던가?"

전노본과 고언초는 서로 마주 보았다. 토담집 안에 관이 하나 놓여 있는 건 분명하지만, 정 공자가 왜 그 관 속에 있단 말인가?

진근남이 말했다.

"어서 가보세!"

그러고는 일행을 이끌고 토담집으로 향했다.

위소보는 다급해졌다. 그는 뒤를 따라가며 두 손으로 엉덩이를 슬슬 주물러댔다.

'엉덩이야, 엉덩이야. 사부님이 내가 그 녀석을 관 속에 넣고 뚜껑을 못으로 박아버린 걸 알면 너를 호되게 때릴 텐데… 아무튼 미안하다, 엉덩이야….'

토담집 안으로 들어가보니, 곳곳이 석회와 선혈로 어지러운데, 정극상의 모습은 보이지 않았다. 진근남은 위소보가 정극상을 관 속으로 들어가게 만든 것을 분명히 지켜보았다. 그런데 지금 관 뚜껑에 못이 박혀 있는 게 이상해 위소보에게 물었다.

"소보야, 네가 이공자를 관 속에 넣고 뚜껑을 박아버렸느냐?"

위소보는 사부님의 안색이 심상치 않은 것을 보고 잡아뗐다.

"아니요, 난 몰라요. 어쩌면 그가 사부님한테 혼이 날까 봐 <u>스스로</u> 관 뚜껑을 박아버렸는지도 모르죠!"

진근남은 호통을 쳤다.

"당치 않아! 숨이 막혀 죽으면 안 되니까 어서 뚜껑을 열어라! 어서, 서둘러!"

전노본과 고언초가 도끼를 이용해 서둘러 관 뚜껑을 열었다. 역시 안에 한 사람이 누워 있었다. 진근남이 소리쳤다.

"이공자!"

그자를 부축해 일으키는 순간, 모두의 입에서 놀란 외침이 터졌다.

"앗!"

"아니…!"

"이럴 수가!"

진근남은 그만 손을 놓고 뒤로 두어 걸음 물러났다. 그 바람에 그자는 다시 관 속에 쓰러졌다.

군호들은 다시 소리쳤다.

"관부자야!"

짧은 순간이었지만 군호들은 관 속에 있는 사람이 관안기라는 것을 바로 알아볼 수 있었다.

진근남은 다시 앞으로 다가가 그를 부축해 일으켰다. 관안기는 눈을 크게 뜨고 있으나 호흡을 하지 않았다. 이미 죽은 것이다. 아직도 몸에 온기가 남아 있는 것으로 미루어 죽은 지 얼마 되지 않은 것 같았다.

군호들은 놀랍기도 하고 분노와 비통함이 교집되었다. 풍제중과 현정 도인 등은 일제히 밖으로 뛰쳐나가 담장 위에 올라서서 주위를 살펴보았으나 아무도 보이지 않았다.

진근남은 관안기의 옷을 풀어헤쳐 몸을 살펴보았다. 가슴에 붉은 손자국이 선명하게 찍혀 있었다. 그는 절로 소리를 질렀다.

"풍석범!"

현정 도인이 성난 음성으로 말했다.

"풍석범이 틀림없습니다! 이 홍사장紅砂掌은 곤륜파만의 독특한 무공입니다. 그 고약한 놈이 중상을 입은 상태에서도 삼시간에 돌아오다니, 정말… 빌어먹을! 정 공자를 구해가면 그뿐이지, 왜 관 이형을 해쳤는지 모르겠네요?"

군호들은 앞을 다퉈 욕을 해댔다. 관안기의 처남인 가노육은 더욱 땅을 치며 통곡했다. 진근남은 그저 묵묵히 아무 말도 하지 않았다.

잠시 후 다들 대청으로 돌아왔다. 전노본이 입을 열었다.

"총타주님, 대공자와 이공자가 왕위를 놓고 다툼을 벌여온 것은 다들 알고 있는 사실입니다. 우리 천지회는 늘 모든 일에 공정을 기해왔습니다. 대공자가 장자니 당연히 그를 옹립할 수밖에요. 한데 이공자는 줄곧 총타주님을 눈엣가시로 여겨왔고, 이번에 풍석범의 이간질에 넘어가 총타주님을 죽이려 했습니다! 오늘 일로 우린 결국 이공자와 적대하게 됐으니, 돌아가서 왕야께 모함을 할 게 분명합니다. 그러니 총타주님도 다시는 대만으로 가지 않는 게 좋겠습니다!"

진근남은 한숨을 내쉬었다.

"국성야께서 나에게 베풀어주신 하해와 같은 은혜는 분골쇄신을 해도 다 갚지 못할 거요. 왕야는 영명하고 늘 나를 존중해줬으니 결코 충량을 해치는 일은 없을 것이오. 다들 염려하지 마시오."

현정 도인이 말했다.

"옛말에 피는 물보다 진하다고 했습니다. 이공자는 우리 천지회가 대만의 호령에 따르지 않는다고 길길이 날뛰고 있습니다. 이곳 중원에서도 그러한데 대만으로 가면 무슨 수로 결백을 밝힐 수 있겠습니까? 정 왕야는 아들이 여덟이나 되고, 서로 자리를 쟁탈하기 위해 피 터지게 싸우고 있는데, 우리 천지회는 거기에 개입할 이유가 없습니다. 총타주님, 우린 물론 진회秦檜가 되어서는 안 되겠지만, 악비岳飛가 될 필요도 없습니다!"[2]

전노본도 나섰다.

"총타주께선 여태껏 변함없이 정가를 위해 충성을 바쳐왔는데, 이번에 하마터면 이공자한테 죽음을 당할 뻔했습니다. 이 분통을 어찌 참을 수가 있겠습니까?"

진근남은 다시 한숨을 내쉬었다.

"대장부는 무슨 일을 하든, 하늘을 우러러 한 점 부끄러움이 없다면 누가 뭐라고 해도 무슨 상관이 있겠소? 한데 이런 변고가 생길 줄은 실로 뜻밖이오. 만약 소보가 기지를 발휘하지 않았다면 다들 비명에 갈 뻔했소. 아무튼 휴… 관 이형이 애석하게도…."

위소보는 사부가 석회를 뿌린 일과 관에 못질을 한 것을 나무라지 않자 내심 안도의 숨을 내쉬었다. 그러나 또다시 상기시킬지도 몰라 얼른 화제를 돌렸다.

"사부님, 오늘 이곳에서 소란이 일어 주위에서 놀라 관아에 알릴지도 모르니, 속히… 속히… 거처를 옮기는 게 좋을 것 같습니다."

진근남이 고개를 끄덕였다.

"그래, 정신이 없어서 그걸 잊고 있었구나."

곧 군호들과 함께 화원의 흙을 파서 관안기의 시신을 묻고 간단하게 제를 올렸다. 그리고 필요한 물건들을 챙겨 흩어져 떠나갔다. 천지회 군호들은 경성에서 이사를 다니는 게 다반사라 바로 다른 근거지를 찾았다.

위소보는 행여 사부님이 또 무공을 시험할까 봐 적당히 작별을 고하고 궁으로 돌아갔다.

자신의 거처로 돌아온 위소보는 문을 닫아걸고, 여섯 부의 경전을 일일이 다 살펴보았다. 역시 각 권마다 겉장 두 겹 사이에 양피지 조각이 적지 않게 들어 있었다. 그는 그 쇄편을 다 꺼내고는 겉장을 다시 원상복구하려고 실로 꿰매기 시작했다. 그러나 한 부도 채 꿰매지 못하고 싫증을 느껴 속으로 생각했다.

'쌍아가 있으면 얼마나 좋을까? 아마 지금도 청량사 밖에서 날 기다리고 있겠지. 내가 구난 사부님한테 잡혀왔으니 얼마나 걱정을 할까? 빨리 사람을 시켜 데려와야지.'

그는 다시 몇 땀을 꿰매다가 눈꺼풀이 감겨 경전을 갈무리하고 잠들어버렸다.

다음 날 아침 상서방으로 갔다. 강희는 그를 보자 다짜고짜 말했다.

"내일 어명을 내려 널 운남으로 보내겠다. 건녕 공주를 데리고 가서 그 오가의 아들 녀석과 혼례를 올리도록 해라."

위소보가 대답했다.

"네, 황상을 다시 모신 지 얼마 되지도 않았는데 다시 먼 길을 떠나게 되어 아쉬울 뿐입니다."

강희가 음성을 낮춰 말했다.

"태후마마께 들은 얘기가 있는데, 이번에 운남에 가서 네가 처리해줬으면 좋겠다."

위소보는 일단 대답했다.

"네."

강희가 말을 이었다.

"태후마마의 말로는, 그 가짜 태후가 중대한 음모를 꾸미고 있었대. 우리 만주의 용맥을 찾아내 그것을 없애려고 했다는 거야."

위소보는 자신도 모르게 욕이 튀어나왔다.

"그 늙은 화냥년은 정말 사악무도하군요!"

말을 내뱉고는 얼른 손으로 입을 가렸다. 황제의 면전에서 쌍욕을 하는 것은 불경이었다. 그런데 강희는 전혀 개의치 않고 오히려 동조했다.

"맞아! 그 늙은 화냥년은 정말 못돼먹었어! 어마마마께서 온갖 수모를 견뎌내면서도 입을 열지 않았기 때문에, 그 화냥년이 간계를 달성하지 못한 거야. 어마마마께서 지금껏 목숨을 부지한 것도 그 엄청난 비밀을 실토하지 않았기 때문이지."

위소보는 모든 사실을 이미 알고 있으면서도 시치미를 떼고 한술 더 떴다.

"황상, 그런 엄청난 비밀이라면 저한테 말하지 마십시오. 그 비밀을 아는 자가 한 사람이라도 더 늘어나면, 그만큼 기밀이 새어나갈 우려가 더 커지기 마련입니다."

강희는 그런 그를 칭찬했다.

"그래, 매사에 신중을 기해야지. 넌 갈수록 생각이 더 깊어지는 것 같구나. 하지만 넌 지금껏 날 위해 일하면서 단 한 번도 비밀을 누설한 적이 없어. 내가 만약 너도 못 믿는다면, 이 세상에서 믿을 사람이 없을 거야."

그 말에 위소보는 너무나 기분이 좋았다. 온몸 수백 개의 뼈마디가 마치 깃털처럼 가벼워지면서 하늘을 훨훨 나는 것 같았다. 그는 얼른 무릎을 꿇고 큰절을 올렸다.

"황상께서 저를 그렇게 믿어주시니, 그 기밀을 누설하지 않기 위해 기꺼이 혀라도 잘라버릴 각오가 돼 있습니다."

강희는 고개를 끄덕이며 말했다.

"우리 대청 용맥의 비밀은 바로 그 여덟 부의 《사십이장경》 속에 숨겨져 있대."

위소보는 몹시 놀라는 척하면서 연신 고개를 갸웃거렸다.

"아… 그런 비밀이 숨겨져 있다니, 참으로 뜻밖이네요. 전혀 생각지 못한 일입니다."

강희가 말을 이었다.

"지난날 섭정왕이 중원으로 들어온 후, 그 여덟 부의 경전을 팔기八旗

의 기주들에게 나눠주었어. 팔기 중에서 정황正黃, 정백正白, 양황鑲黃 삼기의 병마는 천자가 직접 지휘하지만 논밭과 재물은 각 기의 기주들이 관장하지. 정황기의 경전은 줄곧 부황께서 갖고 계시다가 오대산으로 가져갔고, 나중에 널 시켜 나한테 돌려주셨어. 그리고 양백기鑲黃旗의 기주는 죄를 지어 그의 경전을 궁에서 몰수했는데, 나중에 부황께서 단경 황후께 하사했지."

그 말을 듣고 위소보는 속으로 생각했다.

'노황야께선 단경 황후를 총애해 자신이 아끼는 것을 전부 그녀에게 하사했어. 만약 나라면 그 여덟 부의 경전을 전부 다 회수해서 그녀한테 줬을 거야.'

강희의 말이 이어졌다.

"그 화냥년은 단경 황후를 해친 후에 그 경전까지 차지했어. 오배는 양황기의 기주였어. 그날 네가 오배의 가산을 몰수하러 갈 때 화냥년이 너더러 경전 두 부를 가져오라고 했잖아. 그중 한 부는 양황기 기주오배의 것이었고, 다른 한 부는 정백기 기주의 소유였어."

위소보가 그의 말을 받았다.

"네, 그 화냥년이 그렇게 나쁜 줄 알았다면 당시 찾아내지 못했다고 거짓말을 하고, 경전을 다 황상께 바칠 걸 그랬어요."

강희는 빙긋이 웃었다.

"그때만 해도 우린 그가 가짜 태후라는 걸 몰랐잖아. 그리고《사십이장경》에 그런 엄청난 비밀이 숨겨져 있다는 사실도 전혀 알지 못했지. 그런 상황에서 그걸 나한테 가져왔다면 아마… 아마 볼기짝을 때려줬을 거야!"

위소보는 머리를 조아렸다.

"아, 네! 네…."

그러고는 속으로 생각했다.

'당시 내가 그랬다면, 그게 어디 볼기만 맞고 끝났을 일인가? 말을 그렇게 겸손하게 할 필요는 없는데…!'

그는 시치미를 떼고 물었다.

"그럼 오배가 그 정백기의 경전은 왜 갖고 있었죠?"

강희가 설명했다.

"그는 정백기의 기주 소극살합을 해치고 그의 가산과 재물, 경전까지 다 차지했어. 흥! 그 고약한 역도는 죽어 마땅했지!"

위소보가 맞장구를 쳤다.

"맞아요! 그렇게 해서 그 화냥년이 경전을 세 부나 갖게 됐군요."

강희가 말했다.

"어디 세 부뿐이었겠느냐? 그는 당시 어전 시위 부총관으로 있던 서동을 시켜 양홍기鑲紅旗 기주 화찰박의 트집을 잡아 계속 협박을 했나 봐. 그때 난 그 이유를 알지 못해 의아해하면서도 화찰박은 본디 오배와 한패거리였기 때문에 별로 간섭을 하지 않았지. 지금 생각해보니, 그의 경전을 빼앗으려 했던 거야. 나중에 서동은 갑자기 어디론가 사라져버렸는데, 그 화냥년이 살인멸구를 한 게 틀림없어!"

위소보는 얼른 고개를 끄덕이며 말했다.

"네, 네! 황상께선 신령처럼 모든 일을 정확하게 간파하시는군요!"

입으로는 강희를 극찬하면서 속으로는 딴생각을 했다.

'넌 그 화냥년이 서동을 죽인 거라 생각하고, 난 네가 신령처럼 모든 걸 정확하게 간파한다고 극찬했으니, 혹시 나중에 생길지도 모르는 문제에 대한 여지를 미리 만들어놓은 거야! 나중에 내가 서동을 죽였다는 걸 알게 돼도 말을 바꾸거나 날 다그칠 수 없어. 그러면 넌 자신이 모든 일을 신령처럼 정확하게 간파했다는 것을 부인하는 격이 되니까! 황제의 신분으로 모든 일을 정확히 간파하는 신통력을 지닌 '신령'이 돼야지, 엉터리로 갖다붙이는 '귀신'이 될 수는 없잖아?'

그의 속셈을 알 리 없는 강희가 말했다.

"만약 내 추측이 틀림없다면…"

위소보가 얼른 그의 말을 받았다.

"네! 틀림없을 겁니다!"

강희가 말을 이었다.

"…그 화냥년의 수중에 경전이 네 부 있을 거야. 한데 한 가지 이상한 일이 생겼어. 부황께서 나한테 주신 그 정황기의 경전을 줄곧 상서방에 놔뒀는데, 갑자기 사라졌어. 감히 무엄하게 상서방에 와서 짐의 물건을 훔쳐갈 만한 사람이 누가 있겠어?"

위소보는 생각을 굴리며 말했다.

"상서방에 출입할 수 있고, 또한 감히 경전을 가져갈 사람은 아마 오직… 오직…"

강희가 그의 말을 받았다.

"건녕 공주지!"

위소보는 감히 뭐라고 말하지 못하고 속으로 중얼거렸다.

'이번에는 진짜로 신령처럼 아주 잘 알아맞히는군!'

강희가 말했다.

"그 화냥년은 자기 딸을 시켜 내 경전마저 훔쳐간 거야. 그러니 수중에 다섯 부의 경전이 있겠지!"

위소보가 능청을 떨었다.

"그럼 빨리 자령궁에 가서 찾아봐요. 화냥년은 벌거벗은 채로 달아났으니 아무것도 가져가지 못했을 겁니다."

그렇게 말하면서 가슴이 두근두근 뛰었다.

'지금 황상이 만약 내 방을 뒤진다면 이 소계자는 설령 모가지가 100개 있어도 하루 만에 다 잘려나갈 거야!'

강희는 고개를 절레절레 흔들었다.

"내가 이미 조사해봤는데 아무것도 찾아내지 못했어. 덜렁 승복 한 벌만 있더라고! 화냥년과 놀아난 놈은, 알고 보니 화상이었어. 정말 기가 막혀서… 하하… 하하…."

위소보도 덩달아 웃었다.

"하하… 하하…."

그러나 바로 웃음을 그쳤다. 아무래도 무례한 듯 싶었다.

강희는 여전히 웃으며 말했다.

"한데 그 땅딸보가 화냥년을 안고 달아날 때 언뜻 보니 머리를 길게 길렀더라고. 화상이 머리를 길렀다는 게 이상하잖아. 물론 궁녀로 가장했다면 가짜 머리를 붙였을 수도 있겠지. 그놈은 그렇게 작달막하고 뚱뚱한데, 화냥년이 왜 다른 사내들을 놔두고 그런 못생긴 땅딸보와 놀아났을까?"

위소보 역시 웃으며 말했다.

"그 땅딸보는 아마 무공이 아주 고강했을 겁니다. 영준하게 생긴 사내들 중에는 궁으로 잠입할 만한 실력을 지닌 자가 없었겠죠. 지난번 그 가짜 궁녀도 아주 못생겼었잖아요."

강희가 다시 웃으며 말했다.

"듣고 보니 그렇군."

그러고는 약간 멈칫하더니 말을 이었다.

"나머지 경전 세 부는 정홍기正紅旗, 정람기正藍旗, 양람기의 세 기주에게 있어. 정홍기의 기주는 강친왕인데, 내가 이미 경전을 궁에 바치라고 황명을 내렸어."

위소보는 속으로 잽싸게 생각을 굴렸다.

'강친왕이 갖고 있던 경전은 이미 그날 밤에 도난당해, 지금 내 손에 있어. 한데 강친왕이 무슨 수로 그 경전을 내놓지? 이번 일로 골치가 좀 아프겠군.'

강희가 다시 말했다.

"정람기의 기주 부등富瑝은 아직 젊어. 그에게도 경전에 관해 물어봤는데… 그의 말로는 전임 기주 가곤嘉坤이 운남을 제압할 당시 전쟁터에서 전사해 모든 뒷일을 오삼계가 맡아서 처리해줬다더군. 그후 오삼계가 그에게 넘겨준 것은 도장과 서신, 몇 개의 군기軍旗, 그리고 은자 몇만 냥 외에 다른 건 없었다는 거야."

위소보가 말했다.

"그렇다면 경전은 오삼계가 착복한 게 틀림없군요."

강희도 고개를 끄덕였다.

"그래, 그러니 네가 오삼계의 집에 가서 잘 알아보고 그 경전을 반드시 가져와. 오삼계는 워낙 교활하니까 눈치를 못 채도록 신중을 기해야만 해."

위소보가 얼른 대답했다.

"네, 알았습니다. 상황을 정확히 판단해서 경전을 꼭 가져오도록 하겠습니다!"

강희는 눈살을 찌푸린 채 이리저리 서성이더니 입을 열었다.

"양람기의 기주 악석극합鄂碩克哈은 좀 멍청한 사람이야. 내가 경전을 내놓으라고 했더니, 여러 해 전에 경전을 잃어버렸다는 거야. 그래서 시위들을 시켜 집을 수색했는데, 결국 찾아내지 못했어. 지금 그를 감옥에 가둬 사람을 시켜서 심문하고 있으니, 정말 경전을 도난당했는지, 아니면 숨기고 내놓지 않는 건지, 사실이 곧 밝혀지겠지."

위소보가 나직이 말했다.

"어쩌면 그 화냥년이 사람을 시켜 가져갔을지도 모르죠. 협박을 해서 빼앗아갔든, 몰래 훔쳐갔든… 그랬을 확률이 높습니다."

그러면서 속으로 생각했다.

'이건 화냥년을 모함하는 게 아니야. 협박을 했든, 훔쳐갔든… 그 땅딸보가 한 짓이 분명해.'

그가 다시 말했다.

"만약 그 화냥년이 가져갔다면, 모두 여섯 부의 그 경전들은 대체 어디 있는 거죠?"

그는 이 말을 해놓고 바로 후회했다.

'내가 말을 잘못했어. 괜히 손해를 봤잖아! 난 화냥년이 경전 여섯 부를 갖고 있다고 했는데, 사실 여섯 부의 경전을 가진 사람은 이 위소보야. 그럼 내가 화냥년이 되는 격이잖아!'

강희가 말했다.

"그 화냥년의 정체에 대해서는 아직 아무런 단서도 없어. 이런 큰 음모를 꾸밀 때는 분명 배후에 공모자가 있을 거야. 그는 경전을 손에 넣은 후에 바로바로 궁 밖으로 빼돌렸겠지. 그 여섯 부의 경전을 다시 되찾아온다는 건 결코 쉬운 일이 아니야. 다행인 것은, 어마마마의 말대로라면 그 여덟 부를 다 모아야만 대청의 용맥을 찾아낼 수 있대. 설령 일곱 부를 얻어도 한 부가 빠지면 소용이 없다는 거지. 그러니 우리가 강친왕의 경전과 오삼계가 갖고 있는 경전을 없애버리면 무사태평할 거야. 굳이 용맥을 찾아갈 필요가 없어. 다른 사람이 모르게 하면 되는 거지. 하지만 부황께서 주신 경전을 되찾아오지 못한다면 불효가 될 텐데… 흥! 그 건녕 공주는 정말이지 작은… 작은 화…."

강희가 차마 욕을 내뱉지 못하자 위소보가 바로 덧붙였다.

"작은 화냥년!"

강희는 오대산 금각사 선방에서 순치가 당부한 말들이 뇌리에 맴돌았다. "애야, 넌 영명하고 백성을 잘 보살피니 황제로서 나보다 훨씬 낫다. 그 여덟 부의 《사십이장경》에는 엄청난 보물이 숨겨져 있는 장소의 지도가 들어 있다. 지난날 우리 팔기군이 중원으로 쳐들어오면서 방방곡곡에서 약탈한 금은보화를 전부 그곳에다 모아놓았다. 그러니 그 보고寶庫는 팔기의 공동 소유다. 어느 한 사람이 그것을 독식하지 못하도록 지도를 여덟 등분으로 나눠 팔기에 나눠주었다. 중원에서 한인은 우리 만주 사람들보다 수적으로 수백 배가 더 많다. 만약 그들이 횃불을 들고 일어나면 우린 제압할 수가 없다. 그때 관외로 돌아가서 그 보고를 찾아 팔기가 나눠가지면, 앞으로 수백 년 동안은 편히 살

수 있을 것이다."

위소보가 전해준 부황의 말도 상기했다. "천하의 일은 순리에 따라야 한다. 억지로 되는 일은 없어. 중원 백성들이 참된 삶을 영위할 수 있도록 도와준다면 더 바랄 게 없지만, 만약 만백성이 우리가 떠나길 원한다면 미련 없이 떠나거라. 애당초 우리가 살았던 곳으로 다시 돌아가면 되느니라."

순치는 또 그에게 이런 말도 했다. "우리가 천하를 얻게 된 과정을 돌이켜보면 실로 요행이고, 또한 하늘의 뜻이었다고도 할 수 있다. 언제까지나 영원토록 중원을 다스릴 생각은 하지 마라. 나중에 벼랑 끝에 몰려 모든 것을 다 잃고 만주 사람들이 전부 중원에서 죽음을 당하는 일은 절대 있어서는 아니 된다."

당시 강희는 부황의 말과 당부를 그 자리에서 거역할 수는 없어서 그렇게 하겠노라고 대답했지만 실은 생각이 달랐다. '우리 대청은 중원에서 이미 확고한 기반을 다졌어. 앞으로는 더더욱 강토를 넓히고 천년만년 흔들리지 않는 철옹성을 확립해야지, 왜 물러날 생각을 하라는 거지? 그런 생각을 갖는 건 결코 바람직하지 않아. 그래, 부황께서는 출가하여 불문에 귀의해서 속세의 욕념이 없기 때문에 그런 생각을 하시는 거야.'

그때 부황이 다시 말했다. "지난날 섭정왕이 각 기주들에게 경전을 나눠주면서, 관외에 모아놓은 보물에 대해선 반드시 비밀을 지켜야 한다고 엄명을 내렸다. 만약 만주의 왕공장상들이 물러날 곳이 있다는 것을 알게 되면, 한인이 반기를 들고 일어났을 때 전력을 다해 맞서싸우지 않을 것이다. 그렇게 쉽게 강산을 포기해서는 안 되지. 그래서 팔기는 후손들에게는 보물에 대해선 일절 언급하지 않기로 약속했다. 그저 그 경전 속에 만주 사람들의 용맥에 관한 비밀이 숨겨져 있다고만 이야기하기로 한 거지. 그 용맥이 파괴되면 만주 사람들은 모두 죽어서도 뼈 묻힐 곳조차 없이, 비참한 최후를 당하게 될 테니까. 그럼 팔기의 후손들은 감히 몰래 보물을 발굴할 엄두가 나지 않을 것이고, 설령 누가 욕심을 낸다고 해도 용맥을 생각해 나머지 사람들이 다 힘을 합쳐 그를 막을 것이다. 오직 황제만이 경전의 진정한 비밀을 알고 있어야 한다."

강희는 그날 부황에게 전해들은 말을 상기하면서 무겁게 고개를 끄덕였다.

'섭정왕은 정말로 배포가 크고 치밀한 지략을 가졌던 분이야.'

그는 위소보를 힐끗 쳐다보며 생각을 이어갔다.

'소계자는 비록 충성스럽지만 용맥만 말해줘야지, 보고에 대해선 언급을 하지 않는 게 좋겠어. 나중에 나이가 들어서도 욕심을 내지 않는다는 보장이 없지! 어마마마의 말에 의하면, 부황께서 지난날 그 비밀을 말해주면서 내가 성장한 후에 사실을 전해주라고 하셨댔어. 어마마마가 그 숱한 수모를 견디며 목숨을 부지해온 것도 바로 그것 때문이었어. 어마마마는 내가 이미 오대산에 가서 부황을 만나뵌 일을 모르고 계셔. 그래서 그 화냥년한테 죽음을 당하지 않았으니 어쩌면 다행인지도 모르지.'

위소보는 강희가 계속 깊은 생각에 잠겨 있는 것을 보고, 문득 떠오르는 게 있어 입을 열었다.

"황상, 만약… 오삼계가 그 화냥년을 궁에 잠입시킨 거라면, 그는…

지금 일곱 부의 경전을 갖고 있겠네요?"

그 말에 강희는 흠칫했다. 충분히 가능성이 있는 일이었다. 그는 바로 소리쳤다.

"상의감尙衣監을 들라 해라!"

잠시 후, 나이 지긋한 내관이 들어왔다. 그는 황상의 의복을 책임지고 있는 상의감의 총관이었다.

강희가 물었다.

"확인을 해보았소?"

그 내관이 대답했다.

"아룁니다. 소인이 조사한 바로는 그 승복의 옷감은 북경성의 직물로 밝혀졌습니다."

강희는 고개를 끄덕였다.

"음….'"

위소보는 그제야 강희의 의도를 알아차렸다.

'황상은 그 땅딸보의 정체를 알아내려 했군. 한데 경성의 직물로 만들어진 승복이라면 별로 단서가 될 만한 게 없겠는데….'

내관이 다시 아뢰었다.

"하오나 그 남자의 내의와 속옷은 요동 주단으로 만든 것으로, 금주錦州 일대의 특산입니다."

강희는 얼굴에 희색이 번지며 고개를 끄덕였다.

"알았으니 물러가시오."

그 내관은 큰절을 올리고 물러갔다.

강희가 말했다.

"그래, 네 추측이 맞는 것 같다. 그 땅딸보는 어쩌면 오삼계와 관련이 있을지도 몰라."

위소보는 고개를 갸웃했다.

"저는 무슨 뜻인지 잘 모르겠는데요."

강희가 다시 말했다.

"오삼계는 전에 산해관을 진수鎭守했는데, 금주가 바로 그의 관할이었다. 그 땅딸보는 그의 휘하일 가능성이 있는 거지!"

위소보는 반색을 했다.

"맞습니다! 황상은 영명하오며 판단이 신령처럼 정확합니다!"

강희는 생각을 굴리며 말했다.

"그 화냥년이 만약 운남으로 도망쳤다면, 이번에 너의 운남행은 그만큼 위험이 더 따를 수 있다. 시위들을 더 많이 대동하고 효기영의 군사를 2천 명쯤 이끌고 가라."

위소보가 대답했다.

"네, 황상께선 염려하지 마십시오. 가능한 한 그 화냥년과 땅딸보를 다 잡아와 태후마마의 원한을 풀어드리겠습니다."

강희는 위소보의 어깨를 툭툭 치며 미소를 지었다.

"이번에도 태후마마의 한을 풀어드릴 수 있게 공을 세운다면, 흐흐… 나이에 비해 벼슬은 이미 오를 만큼 올라 있으니 승진을 더 시키기는 곤란하고… 아무튼 우린 소황제고 소대신이니, 둘이서 다시 큰일을 해내면 그 노대신들은 아마 다들 놀라자빠질 거야! 그게 얼마나 통쾌한 일이겠어?"

위소보가 바로 아첨으로 들어갔다.

"황상은 비록 나이는 어리지만 워낙 영명하시고 식견이 넓어, 그 늙은 대신들은 이미 마음속으로부터 존경과 감탄을 금치 못하고 있습니다. 이번에 다시 오삼계를 처리한다면 그야말로 전무래자, 후무고인이옵니다요!"

강희는 깔깔 웃었다.

"빌어먹을! 전무고인前無古人, 후무래자後無來者지! 넌 영리하고 재치가 뛰어난데 책을 안 읽고 공부를 제대로 안 하는 게 흠이야."

위소보는 멋쩍게 웃으며 말했다.

"아, 네! 네… 나중에… 시간이 나면 책을 며칠 동안 좀 읽어보겠습니다."

사실 강희는 위소보가 무식해서 말을 함부로 막 하기 때문에 좋아했다. 그의 곁에는 하나같이 학식이 뛰어나고 종일 고상한 시문을 입에 달고 사는 신하들뿐이었다. 가끔 위소보와 시정에서 쓰는 저속한 말을 해보는 것도 그에게는 하나의 낙이었다.

위소보가 인사를 올리고 상서방을 나오자마자 시위 한 사람이 따라붙어 인사를 올리고는 나직이 말했다.

"위 부총관님, 강친왕이 뵙고자 하는데 혹시 시간이 나는지요?"

위소보가 물었다.

"왕야는 지금 어디에 있소?"

그 시위가 대답했다.

"왕야는 바로 시위방에서 회답을 기다리고 계십니다."

위소보가 다시 물었다.

"직접 오셨단 말이오?"

시위가 다시 대답했다.

"네! 위 부총관을 모시고 술을 나누며 창극을 보고 싶은데, 황상께서 또 무슨 중대한 임무를 맡기실지 몰라, 지금 애타게 어르신을 기다리고 있습니다."

위소보가 웃으며 중얼거렸다.

"빌어먹을, 내가 또 언제 어르신이 됐지?"

시위를 따라 시위방에 와보니, 강친왕은 찻잔을 들고 넋이 빠진 사람처럼 멍하니 앉아 있었다. 양미간을 찌푸린 게 뭔가 고민이 있는 것 같았다.

그는 위소보를 보자 얼른 찻잔을 내려놓고 달려와 두 손을 잡았다.

"위 형제, 오랜만이네. 그동안 보고 싶어서 죽는 줄 알았어."

위소보는 그가 왜 왔는지 잘 알고 있었다. 경전을 잃어버린 일 때문에 온 게 분명했다. 그래도 자기를 이렇듯 반가이 맞이해주니 기분이 좋았다.

"왕야께서 분부할 일이 있으면 그냥 사람을 시켜 알려주시죠. 언제나 푸짐한 주안상과 재미있는 창극이 기다리고 있으니, 저야 바로 단숨에 달려가지 않겠어요? 이렇듯 수고스럽게 직접 오실 필요가 없는데… 송구스럽습니다."

강친왕이 얼른 그의 말을 받았다.

"창극패들이야 이미 집에서 대기하고 있네. 짬을 내지 못할까 봐 걱정을 했는데… 혹시 지금 함께 갈 수 있겠나?"

위소보는 웃으며 말했다.

"저야 좋죠! 왕야께서 한턱내시겠다는데, 황상께서 심부름을 시키지 않는 한, 설령 친아버지가 죽었다고 해도 우선은 왕야께 달려가 한턱먹고 볼 겁니다!"

그는 친아버지가 누군지 모르기 때문에 마음대로 지껄였다.

두 사람은 곧 손을 잡고 궁을 빠져나가 마차를 타고 왕부로 갔다.

강친왕이 주연을 베풀 때면 항상 많은 귀빈들로 시끌벅적했는데, 오늘은 다른 손님이 없었다. 강친왕은 식사를 마치자 그를 서재로 데려가 한담을 나눴다. 황상을 대신해 소림사로 출가한 일부터 무수한 공을 세운 데 대해 칭찬을 늘어놓았다. 그리고 젊은 나이에 어전 시위 부총관과 효기영 도통에 올랐으니, 앞날에 또 얼마나 높은 벼슬에 오를지 헤아릴 수 없다며 한껏 치켜세웠다.

위소보는 겸손을 좀 떨고 나서 앞으로도 왕야께서 잘 이끌어주길 바란다고 했다.

강친왕은 한숨을 내쉬며 드디어 본론으로 들어갔다.

"위 형제, 우린 한 식구나 다름없으니 내 솔직하게 말하겠네. 이 형님은 지금 큰 화를 당하게 되었네. 어쩌면 목숨을 잃을지도 몰라."

위소보는 일부러 몹시 놀란 표정을 지었다.

"왕야께서는 대선대패륵代善大貝勒의 직계 후손이고, 황상의 신임을 한 몸에 받고 있는데 무슨 큰 화를 당한다는 겁니까?"

강친왕이 말했다.

"위 형제는 아마 잘 모를 걸세. 지난날 우리 만청이 중원으로 들어온 후에 선황께서 각 기주에게 경전을 한 부씩 하사했네. 나의 선조이신 정홍기 기주도 한 부를 하사받았지. 한데 황상께서 날 불러들여 선

황이 하사하신 그 경전을 도로 내놓으라는 거네. 그러나… 그러나 그
경전은… 어찌 된 영문인지는 글쎄… 누가 훔쳐간 모양이야."

위소보는 크게 의아해하며 말했다.

"그거 정말 이상하네요. 금은보화라면 누가 훔쳐가겠지만 경전을
훔쳐가서 뭐 하죠? 혹시 금으로 만든 경전인가요? 아니면 보석이 잔
뜩 박혀 있어 값이 나가는 건가요?"

강친왕이 다시 말했다.

"그런 게 아니라… 그저 흔히 볼 수 있는 경전이라네. 하지만 선황
께서 하사한 경전을 잘 간수하지 못하고 분실했으니, 그야말로 크나큰
불경이지. 황상께서 갑자기 그 경전을 내놓으라고 하는 걸 보면, 내가
경전을 분실한 것을 알고 문책하려는 게 분명해. 위 형제가 날 좀 살려
줘야겠네."

그러면서 몸을 일으켜 허리를 숙였다.

위소보는 황급히 답례를 하며 말했다.

"왕야께서 이러시면 소인은 정말 몸 둘 바를 모르겠습니다."

강친왕은 울상이 됐다.

"위 형제가 무슨 좋은 수를 제시해주지 않으면… 난 정말… 목을 매
달 수밖에 없네!"

위소보가 말했다.

"왕야께서는 일을 너무 심각하게 생각하시는 것 같아요. 제가 내일
황상을 뵙고 사실을 고하면 기껏해야 몇 달치 녹봉을 감하거나 종인
부宗人府로 하여금 경고 징계를 내리도록 하시겠죠. 설마 목숨까지 앗
을 일이겠습니까?"

강친왕은 고개를 내둘렀다.

"목숨만 부지할 수 있다면 난 친왕의 작위를 박탈당하고 폐서인이 돼도 상관없네. 그저 하늘에 감사하며 만족할 걸세. 양람기의 기주 악석극합도 바로 선황이 하사한 경전을 잃어버려서 끌려가 투옥되었네. 듣자니 경전의 행방을 추궁하기 위해 혹독한 고문을 해 사람 꼴이 아니게 되었다더군."

그러면서 얼굴에 경련이 일어 근육이 실룩거렸다. 투옥돼서 잔혹한 고문을 받을 생각을 하니 삭신이 떨리는 모양이었다.

위소보는 눈살을 찌푸렸다.

"그 경전이 그다지도 중요합니까? 아, 맞아요! 오배의 가산을 몰수하던 날, 태후는 나더러 그의 집에 가서 경전 두 부를 꼭 찾아오라고 신신당부했어요. 그 무슨 '삼십이장경'인가, '사십이장경'이었는데… 왕야께서 분실한 게 바로 그 경전인가요?"

강친왕의 얼굴에 드리운 그늘이 더욱 짙어졌다.

"맞아, 바로 그 《사십이장경》이네. 태후께서 다른 것은 언급하지 않고 그 경전만 원한 것만 봐도 얼마나 소중한 것인지 짐작할 수가 있지 않나. 그런데 위 형제는 그때 그걸 찾아냈나?"

위소보가 말했다.

"찾긴 찾았어요. 오배 그놈은 그 경전을 침실 비밀 땅굴 속에다 숨겨놔서, 찾는 데 정말 애를 먹었어요. 한데 그 경전이 뭐가 그렇게 대단하다는 거죠? 제가 절간에 가서 똑같은 경전을 열댓 부 사다 드릴 테니 황상께 올리세요."

강친왕이 말했다.

"선황께서 하사하신 경전은 절에서 화상들이 읽는 일반 불경과는 판이하게 다르다네. 얼렁뚱땅 눈가림할 수 있는 게 아니야."

위소보가 짐짓 심각한 표정으로 말했다.

"그렇다면 일이 쉽지 않겠군요. 한데 왕야께서는 저한테 무슨 시킬 일이라도 있습니까?"

강친왕은 고개를 절레절레 흔들며 한숨을 내쉬었다.

"입 밖에 내기가 참으로 곤란하네. 어떻게… 위 형제한테 황상을 기만하는 일을 부탁할 수 있단 말인가?"

위소보는 가슴을 팍 쳤다.

"왕야, 뭐든 말씀하십시오! 이 위소보를 진정 형제로 생각한다면, 보잘것없는 목숨이지만 기꺼이 내놓는 게 의리이지 않겠습니까? 좋아요! 가서 황상께 이 위소보가 경전을 빌려갔다가 실수로 분실했다고 아뢰십시오! 황상께서 물으면 망설임 없이 제가 다 시인할게요. 그럼 황상께선 요즘 저를 좀 총애하기 때문에 기껏해야 곤장을 좀 치겠지, 모가지를 자르진 않을 겁니다!"

강친왕이 간곡하게 말했다.

"그렇게까지 날 생각해주니 정말 고마우이. 하지만 그 방법은 통하지 않을 거야. 위 형제가 나한테서 경전을 빌려갔다는 말을 황상께선 믿지 않을 걸세."

위소보는 고개를 끄덕였다.

"그렇겠네요. 저는 비록 화상이 돼봤지만 글이라곤 한 주먹도 모르는데 경전을 읽기 위해 빌려갔다고 하면 영명한 황상이 믿을 리가 없겠죠. 그럼 우리 다른 방법을 생각해봐요."

29. 공주와 동침하다

강친왕이 말했다.

"그래서 위 형제가… 위 형제가… 위 형제가…."

그는 '위 형제가…'를 연거푸 세 번 되뇌었지만 결코 다음 말을 잇지 못했다. 그저 간곡한 눈빛으로 위소보를 쳐다보며 그의 눈치를 살필 뿐이었다. 위소보가 재촉했다.

"왕야, 그렇게 어려워하실 것 없습니다. 아우의 이 작은 목숨을…."

그는 왼손으로 자신의 변발을 잡고 오른손으로 자신의 목을 베는 시늉을 하더니, 두 손으로 강친왕에게 바치는 자세를 취했다. 그러고는 정색을 하며 말했다.

"이미 왕야께 바쳤습니다. 황상께 큰 해가 되지 않는 일이라면 뭐든지 분부만 내리십시오!"

강친왕은 크게 기뻐하며 말했다.

"위 형제가 이렇듯 의리를 지켜주니, 휴… 형으로서 더 이상 다른 말을 하지 않겠네. 난 위 형제가 태후나 황상한테서 경전 한 부를 좀 훔쳐내줬으면 하네. 내 이미 수십 명의 제본 장인들을 대기시켜놓았으니 밤을 새워서라도 경전 한 부를 똑같이 모조해내면, 이 난관을 넘길 수 있지 않겠나?"

위소보가 물었다.

"정말 똑같이 모조해낼 수 있나요?"

강친왕은 얼른 고개를 끄덕였다.

"그럼, 그럼! 걱정 말게, 전혀 탄로나지 않게 똑같이 만들어낼 수가 있네. 다 만들면 위 형제는 궁에서 가져온 경전을 도로 원래 있던 자리에 갖다놓으면 되네. 절대 추호의 흠집도 내지 않을 걸세."

사실 강친왕도 창졸간에 경전을 똑같이 모조해내는 것이 쉬운 일이 아니라는 걸 잘 알고 있었다. 그래서 진짜와 가짜를 바꿔치기할 생각이었다. 다시 말해, 위소보로 하여금 가짜 경전을 원래 자리에 갖다놓게 하고, 자신은 진짜 경전을 황상께 바칠 심산이었다. 위소보는 글을 모르기 때문에 진위를 가려내지 못할 것이었다. 나중에 탄로가 나지 않으면 그야 하늘에 감지덕지할 일이고, 설령 발각된다고 해도 자기한테 날벼락이 떨어지진 않을 것이었다.

강친왕은 이렇듯 계책이 서 있었지만 지금 위소보에게 솔직히 말할 수는 없었다.

위소보는 그의 속내를 모르는 채 고개를 끄덕였다.

"좋습니다! 지체할 일이 아니니 지금 당장 가서 무슨 수를 써서라도 훔쳐오겠습니다. 왕야는 집에서 좋은 소식이 있기만 기다리십시오."

강친왕은 연신 고맙다고 하면서 그를 직접 문밖까지 배웅해주었다. 그러면서 조심해야 된다고 거듭 당부했다.

자신의 거처로 돌아온 위소보는 그동안 모아온 양피지 쇄편을 등불 아래 놓고 맞춰보았다. 경전 여덟 부 중 이미 일곱 권을 얻었다. 한 부가 부족하다고 해도 대충 맞춰보면 지도의 윤곽이 나올 거라고 생각했다. 그러나 족히 한 시진을 맞춰보았는데도 지도의 한 귀퉁이조차 제대로 맞추지 못했다. 그는 원래 끈기가 없어 곧 짜증이 났다. 더 이상 맞추지 않고 그 1천여 조각이 넘는 쇄편을 기름종이에 쌌다. 그것을 다시 기름종이에 한 번 더 싸서 품속에 잘 간직했다. 그리고 생각했다.

'강친왕은 정홍기 기주니, 그의 경전은 겉장이 분명 붉은색일 거야. 내일 다른 경전을 갖다줘야지.'

다음 날 아침, 위소보는 양백기의 경전 겉장을 꿰매서 표가 안 나게 잘 붙인 다음, 그것을 품속에 넣고 강친왕부로 갔다.

강친왕은 그가 왔다는 전갈에 급히 뛰어나와서 맞이하며 두 손을 꼭 잡았다.

"어떻게 됐나, 어떻게 됐어?"

위소보는 일부러 울상을 지으며 고개를 설레설레 흔들었다. 그것을 본 강친왕은 이내 가슴이 철렁했다.

"그래, 결코 쉬운 일이 아니지. 오늘은 성공하지 못했지만 나중에라도…."

그의 말이 끝나기도 전에 위소보가 나직이 말했다.

"경전은 손에 넣었는데 아마 열흘이나 보름 이내엔 가짜를 만들어내기 어려울 거예요."

강친왕은 경전을 훔쳐냈다는 말에 뛸 듯이 기뻐하며 위소보를 번쩍 안아올렸다. 그렇게 그를 안은 채 서재로 달려갔다. 주위에 있던 시위와 측근들은 왕야가 위소보를 안고 뛰어가는 모습을 보고 모두 웃음을 터뜨렸다.

서재에 이르자 위소보는 경전을 두 손으로 바치며 물었다.

"바로 이건가요?"

강친왕은 떨리는 손으로 경전을 받아 책장을 넘겨보더니 말했다.

"맞아, 맞아! 바로 이거네. 이건 양백기의 경전이기 때문에 겉장이 하얗고 테두리가 붉은색이지. 지금 당장 가서 장인들더러 모조를 하라고 해야겠네! 위 형제, 다시 한번 날 좀 도와줘야겠어. 무슨 수를 써서라도 입궐을 늦춰야 하는데… 말에서 떨어지는 바람에 머리통이 깨져 정신이 온전치 못하다고 하겠네. 가짜 경전이 완성되면 그때 입궐해 황상을 배알하도록 하지. 내 생각이 어떤가?"

위소보는 고개를 내둘렀다.

"황상은 아주 영명하셔서 가짜를 올리면 자세히 살펴보고 바로 알아차릴 수가 있어요. 이 경전은 왕야가 잃어버린 것과 겉장의 색깔이 다른 것 외에 또 다른 데가 있나요?"

강친왕이 말했다.

"겉장의 색깔만 다를 뿐, 다른 건 다 똑같네."

위소보가 말했다.

"그럼 간단해요. 이 경전의 겉장 색깔만 바꿔가지고 오늘 바로 입궐해 황상께 올리세요."

강친왕은 놀라면서도 좋아했다.

"그럼… 그럼… 궁에서 경전을 분실한 것을 알고 조사를 하게 되면 위 형제의 입장이 곤란해질 텐데…."

위소보가 다시 말했다.

"어젯밤에 내가 몰래 상서방에 가서 훔쳐냈는데, 아무도 보지 못했어요. 설령 누가 봤다고 해도… 흥, 흥, 어떤 녀석도 감히 입을 뻥끗하지 못할 겁니다. 모든 걸 다 내가 책임지겠습니다!"

강친왕은 너무 감격해 눈시울이 뜨거워졌다. 그는 위소보의 손을 잡고 아무 말도 하지 못했다.

궁으로 돌아온 위소보는 다른 경전 두 부를 챙겨가지고 반 두타와 육고헌을 찾아갔다. 그는 미리 생각을 다 정리해놓았다.

독물이 잔뜩 묻어 있는 정황기의 경전은 상결 라마가 빼앗아갔다. 그리고 양백기의 경전은 강친왕한테 내주었다.

남은 다섯 부 중 양황기와 정백기의 두 부는 오배의 집에서 가져온 것이고, 양람기의 한 부는 '늙은 화냥년'의 벽장에서 가져온 것이다. '늙은 화냥년'은 이 세 부의 경전을 다 보았다. 만약 그 '화냥년'이 지금 홍 교주 곁에 있다면, 이 세 부는 절대 보내선 안 된다.

정홍기의 경전은 강친왕부에서 슬쩍 가져온 것이고, 양홍기의 경전은 서동의 몸에서 나온 것이다. '늙은 화냥년'은 비록 그 내력을 알고 있지만 별로 상관이 없다. 그래서 반 두타와 육고헌에게 정홍기와 양홍기, 두 부의 경전을 내주었다.

반 두타와 육고헌은 위소보를 기다리다가 눈이 빠질 지경이었는데, 그가 갑자기 나타나 교주가 갈망하던 경전까지 내주니, 그야말로 하늘에서 복신福神이 내려온 것이나 다름없었다.

위소보가 말했다.

"육 선생님은 경전을 갖고 가서 교주님과 영부인께 전해주십시오. 오삼계가 나머지 여섯 부의 행방을 알고 있으니 그를 찾아갈 겁니다. 이 백룡사는 교주님과 영부인을 위해 무조건 충성에 또 충성을 다할 것이니, 이번에 운남에 가서 빙산화해를 마다하지 않고 경전을 찾아올 거라고 전해주십시오. 그리고 반 존자는 저를 호위해 다시 교주님을 위해 공을 세우십시오!"

반 두타와 육고헌은 몹시 좋아했다. 반 두타가 말했다.

"육 형, 백룡사가 큰 공을 세웠으니 우리 두 사람도 덩달아 득을 보게 되었소. 교주님이 표태역근환의 해약을 내주면 바로 사람을 시켜 운남으로 보내주시오."

육고헌은 연신 대답을 하며 속으로 생각했다.

'백룡사는 어린 나이에 정말 대단하구먼. 나중에 틀림없이 교주 자리를 차지하게 될 거야. 지금 빨리 환심을 사놓지 않으면 언제 또 기회가 오겠어.'

그래서 바로 말했다.

"해약은 결코 사소한 일이 아니니, 다른 사람한테 맡기면 안심이 안 됩니다. 제가 직접 가져다드리겠습니다. 백룡사에 대한 충심을 입증하기 위해서라도 백룡사가 해약을 복용하기 전에는 절대 복용하지 않을 겁니다. 설령 표태역근환의 약성이 발동해 죽는 한이 있더라도 먼저 해약을 복용하지 않겠습니다!"

위소보가 웃으며 말했다.

"좋아요, 좋아! 저에게 그렇듯 충성을 하니 그 마음을 결코 잊지 않겠습니다."

육고헌과 반 두타는 좋아서 몸을 숙이며 말했다.

"백룡사가 청복영락清福永樂, 천수만수天壽萬壽를 누리시기를 기원합니다!"

위소보는 속으로 흐뭇해했다.

'영락청복, 천수만수를 누린다면 그의 교주랑 비슷해지겠군.'

위소보가 궁으로 돌아오고 얼마 후에 내관이 달려와 어지를 전했다. 위소보를 일등자작에 봉하고, 건녕 공주를 운남으로 호위해 평서 왕세자 오응웅과 혼례를 올리도록, 사혼사賜婚使에 임명했다. 그리고 오응웅을 삼등정기니합번三等精奇尼哈番 및 소보少保 겸 태자태보太子太保에 봉한다는 내용이었다.

위소보는 내관에게 은자를 주어 돌려보내고, 속으로 생각했다.

'오응웅 녀석은 미모의 공주를 아내로 맞이하고 소보에도 봉해졌으니 그야말로 땡잡았군. 설화 선생한테서 악비 장군이 소보에 봉해졌다는 얘기를 들었는데, 오응웅 같은 녀석이 어떻게 악비 장군과 비교가 되겠어?'

생각이 이어졌다.

'황상이 그를 소보에 봉한 것은 오삼계의 의심을 피하기 위해서야. 언젠가는 녀석의 모가지를 쳐버리겠지. 오배도 역시 소보에 봉해졌었잖아? 그래, 맞아! 악비 장군도 결국 황제에게 죽음을 당했어. 그러니 소보에 오르면 바로 목이 달아나게 돼 있나 봐. 나중에 만약 황상이 날 소보에 봉한다고 하면 결사 사양을 해야 해!'

그는 곧 강희를 배알하고 황은에 감사를 올렸다.

"황상, 이번에 저는 운남으로 가는데, 혹시 황상께 무슨 금낭묘계錦囊妙計가 있으면 저에게 말씀해주십시오."

강희는 껄껄 웃으며 말했다.

"소계자는 역시 학문이 부족하군. 금낭묘계는 '비단주머니 속에 들어 있는 묘계'이니만큼, 천기를 누설해서는 안 되는데, 어떻게 지금 너한테 말로 전해줄 수 있겠어?"

위소보가 말했다.

"네, 그렇군요. 애석하게도 저는 글을 모릅니다. 만약 황상께서 금낭 속에다 묘계를 넣어서 주실 거라면 글 대신 그림으로 그려주십시오.

지난번에 저더러 청량사 주지로 가라고 하실 때 보내주신 그 성지의 그림은 정말 아주 절묘했습니다."

강희가 다시 웃으며 말했다.

"자고로 성지에 글을 쓰지 않고 그림을 그린 건 아마 우리 군신 두 사람이 처음일 거야."

위소보가 다시 말했다.

"그게 바로 전무고인, 후무래자죠."

강희의 입에 미소가 걸렸다.

"좋아, 넌 기억력이 좋아서 가르쳐준 성어를 잘 기억하고 있군."

위소보 역시 웃으며 말했다.

"황상께서 가르쳐주시는 것은 잘 기억하는데, 다른 사람이 말한 건 기억이 가물가물하니 왜 그런지 모르겠어요. 예를 들어서 남아일언중천금이니 한번 내뱉은 말은 그 무슨 말도 쫓아가지 못한다고 하던데, 그 말이 뭔지 도무지 잘 생각이 나지 않아요."

그때 내관이 와서 건녕 공주가 작별인사를 하러 왔다고 아뢰었다. 강희는 위소보를 힐끗 쳐다보더니 들라고 했다.

건녕 공주는 상서방으로 들어오자마자 강희의 품으로 파고들어 방성통곡을 했다.

"황상 오라버니, 저는… 저는… 운남으로 시집가기 싫어요. 성지를 거둬주세요."

강희는 원래 어려서부터 이 누이동생을 좋아했다. 그런데 그 가짜 태후의 악행을 알고부터는 누이동생까지 미워하게 됐다. 이번에 오응웅에게 시집보내는 것도 그녀를 음해하려는 의도가 없지 않았다. 그래도 지금 울고불고하는 것을 보자, 왠지 마음이 약해졌다. 그러나 일이 이렇게 된 이상 황명을 도로 거둬들일 수는 없었다. 그는 건녕의 어깨를 토닥거리며 위로했다.

"여자애는 성장하면 시집을 가기 마련이야. 내가 골라준 신랑감은 꽤 괜찮아. 소계자, 네가 공주님께 말해줘라. 그 오응웅은 아주 잘생겼잖아, 안 그래?"

위소보가 말했다.

"그렇습니다. 공주님, 부마가 될 분은 운남성에서 아주 이름난 미남자입니다. 지난번 경성에 왔을 때 그가 묵었던 집 앞에서 열댓 명의 낭자들이 서로 다투다가 세 명이나 목숨을 잃었어요."

그 말에 건녕 공주는 멍해져서 물었다.

"왜?"

위소보가 대답했다.

"평서왕세자가 아주 준수하다는 것이 천하에 다 알려져 있어요. 그래서 북경에 들어오자마자 수많은 낭자들과 아낙들이 그를 보기 위해 몰려갔죠. 그리고 열댓 명은 서로 머리끄덩이를 잡고 치고받으며 아주 난리가 났어요."

건녕 공주는 울다가 웃으며 눈을 흘겼다.

"쳇! 거짓말 말아. 어떻게 그런 일이 있을 수 있겠어?"

위소보가 다시 말했다.

"공주님, 황상께서 왜 저더러 엄청나게 많은 시위들을 이끌고 공주님을 운남까지 호위하라고 한 줄 아십니까?"

공주가 말했다.

"그건 황상께서 날 아끼기 때문이겠지!"

위소보가 고개를 끄덕이며 말했다.

"그래요. 그건 영명하신 황상께서 혹시 일어날지 모르는 불상사에 대비하기 위해 배려하신 겁니다. 한번 생각해보세요. 부마가 되실 분이 그렇게 영준하고 멋있는데, 그에게 시집가고 싶어 하는 낭자들이 얼마나 많겠어요? 한데 공주님이 혼자서 그를 독점해버렸잖아요. 지금 천하 방방곡곡에서 질투와 시기, 분노, 짜증, 증오… 수많은 여인들이 부글부글 속을 끓이고 있어요. 무공이 뛰어난 낭자들은 어쩌면 달려와서 공주님을 위해할 수도 있죠. 물론 공주님은 무공이 고강해서 그들을 겁내지 않겠지만, 중과부적이란 말이 있잖아요? 그러니 이번에 공주님을 운남까지 호위하는 것은 엄청난 부담이에요. 그 질투의 화신, 낭자군娘子軍들을 다 상대해야 하니… 생각해보세요, 얼마나 험난한 여정이 되겠습니까?"

건녕 공주가 까르르 웃었다.

"무슨 질투의 화신들이야? 순엉터리야!"

그녀는 활짝 핀 꽃망울처럼 웃었다. 양 볼에는 여전히 이슬 같은 눈물방울이 맺힌 채 강희에게 말했다.

"황상, 소계자가 날 운남까지 호위하고 나서도 계속 말동무를 할 수 있도록 곁에 남게 해줘요. 그러지 않으면 난 안 갈래요!"

강희가 웃으며 말했다.

"그래, 알았어. 네가 마음이 다 정리되고 익숙해질 때까지 곁에 남아 있으라고 할게."

건녕 공주는 눈을 흘겼다.

"영원히 돌아오지 말고 내 곁에 있게 해줘요!"

위소보는 공주에게 혀를 날름해 보이며 말했다.

"그건 안 되죠! 부마께서 내가 눈에 거슬려 화가 나 단칼에 죽일지도 몰라요. 목이 없는 소계자가 공주님 곁에 있어봤자 무슨 소용이 있겠어요?"

건녕 공주가 입을 비쭉거렸다.

"그가 감히 누굴 죽여?"

강희가 넌지시 말했다.

"소계자, 운남에 가기 전에 나 대신 한 가지 조사해줘야 할 일이 있어. 상서방에서 불경 한 권이 사라졌는데, 참으로 이상한 일이야. 누가 감히 이곳에 들어와 물건을 훔쳐갔을까?"

마지막 말투는 아주 준엄했다.

위소보는 연신 대답했다.

"아, 네! 네! 알았습니다."

그러자 건녕이 불쑥 나섰다.

"황상, 그 불경은 내가 가져갔는데요, 히히…."

강희가 다그쳤다.

"그걸 가져가서 뭐 하려고? 왜 나한테 말하지 않았지?"

공주는 웃으며 말했다.

"어마마마 분부에 따른 거예요. 황상은 매일 수많은 국사를 처리하느라 노심초사하니, 그깟 불경 따위로 귀찮게 하지 말라고 하셨어요."

강희는 '흥!' 하고 코웃음을 치며 아무 말도 하지 않았다.

건녕 공주는 혀를 날름거리며 간곡히 말했다.

"황상 오라버니, 그 일 때문에 화내지 말아요. 난 이제 곧 운남으로 시집갈 테니 앞으론 책을 훔치고 싶어도 기회가 없을 거예요."

그녀가 가련하게 말하는 바람에 마음이 약해진 강희가 부드럽게 말했다.

"그래, 알았다. 운남에 가서 혹시 필요한 게 있으면 언제든지 내게 말해라."

그러고는 약간 멈칫하더니 말을 이었다.

"하기야 평서왕부에 없는 게 뭐가 있겠느냐?"

위소보가 상서방에서 나오자 시위들과 내관들이 몰려와 축하를 해주었다. 모두들 자기를 운남으로 데려가주길 바랐다. 오삼계가 엄청난 부를 축적했다는 것은 다들 잘 알고 있는 사실이었다. 그곳으로 가면 떡고물만 얻어먹어도 횡재할 수 있을 거라고 생각했다.

오후가 되자 강친왕이 입궐했다. 그는 위소보를 찾아와 희색이 만면한 얼굴로 말했다.

"위 형제, 경전을 이미 황상께 올렸네. 매우 좋아하시면서 칭찬도 해주셨네."

위소보가 말했다.

"그거 잘됐네요."

강친왕이 나직이 물었다.

"궁에서 경전이 없어졌는데 황상께서 문책을 하지 않았나?"

위소보가 다시 말했다.

"건녕 공주가 제 부탁을 들어줘서, 자기가 가져가 잃어버렸다고 했

29. 공주와 동침하다

어요. 황상은 그녀가 곧 운남으로 시집갈 거라 안타깝게 여겨서 더 이상 책망하지 않았어요."

강친왕은 몹시 기뻐했다.

"위 형제도 곧 운남으로 갈 테니 오늘은 내가 한턱내겠네. 자작에 봉해진 것을 축하할 겸, 송별도 해야 하니까."

그는 위소보의 손을 잡고 궁 밖으로 나왔다. 이번엔 강친왕부로 가지 않고 성 동쪽에 자리한 어느 호화 주택으로 안내했다. 이 집은 비록 왕부만큼 으리으리하진 않지만 군데군데 배치된 가구가 호화롭고, 가옥의 대들보나 기둥의 조각이 아주 정교했다. 그리고 뒷마당에 가꿔놓은 화목산석花木山石이 웅장하면서도 품격이 있는 저택이었다.

강친왕이 위소보에게 물었다.

"위 형제, 이 저택이 어떤가?"

위소보는 웃으며 대답했다.

"아주 좋은데요, 아름답습니다. 왕야께서는 정말 즐길 줄 아시는군요. 어느 소복진小福晉('작은마누라'를 뜻함)을 위해 마련한 집입니까?"

강친왕은 빙긋이 웃을 뿐 별다른 대꾸 없이 그를 데리고 대청으로 향했다. 대청에는 이미 많은 귀빈이 와서 기다리고 있었다. 색액도, 다륭 등도 나와서 맞이했다. '축하한다'는 말이 끊이지 않았다.

강친왕이 웃으며 말했다.

"우린 모두 위 대인의 승진을 축하하러 이 자리에 모였으니 그를 상석上席에 앉혀야 당연한데, 오늘은 그가 이 집의 주인이니 주석主席에 앉아야 합니다."

위소보는 이해가 가지 않았다.

"이 집의 주인이라뇨?"

강친왕이 다시 웃으며 말했다.

"이 집은 바로 위 대인의 자작부子爵府네. 이 형이 특별히 마련했지. 마부, 요리사, 하인, 비녀… 전부 다 갖춰놓았네. 서둘러 준비하는 바람에 소홀한 데가 있을지 모르니, 나중에라도 필요한 게 있으면 바로 말해주게. 내 집에 있는 것도 즉시 옮겨다주겠네."

위소보는 놀라고도 기뻤다. 자기는 강친왕을 도와주면서 돈 한 푼도 들지 않았다. 위험부담도 별로 없었다. 강친왕이 사례를 할 거라고는 짐작했지만 이 정도로 거창한 선물을 하리라곤 미처 생각지 못했다. 너무 뜻밖이라 무슨 말을 해야 좋을지 몰라 그저 떠듬거렸다.

"이건… 정말… 이래도 되는 건지…."

강친왕은 그의 손을 꼭 잡고 말했다.

"우린 생사도 함께할 수 있는 형제인데, 형으로서 뭔들 못해주겠나? 자, 자… 다들 기분 좋게 한잔합시다! 취하지 않은 사람은 절대 보내주지 않을 겁니다!"

이날 다들 술이 거나하게 취해 헤어졌다. 위소보는 자작이 됐고, 다들 그가 황상의 뜻에 따라 가짜 내관 행세를 해온 사실을 알고 있었다. 굳이 궁으로 돌아갈 필요가 없어 그 호화 주택 침실에서 묵기로 했다.

위소보는 주위가 온통 눈부신 금기은기金器銀器이고 비단에 주단, 호화의 극치인 것을 보자 갑자기 엉뚱한 생각이 들었다.

'빌어먹을! 이 자작부를 기루로 만들면, 여춘원 열 군데보다 더 나을 거야!'

다음 날 아침, 위소보는 구난을 찾아갔다. 황상의 명을 받아 사혼사 자격으로 운남에 가야 한다는 사실을 전해주었다.

구난이 고개를 끄덕이며 말했다.

"좋아, 나도 함께 가마."

위소보는 '얼씨구나' 좋아하며 고개를 돌려 아가를 쳐다보았다.

구난이 다시 말했다.

"아가도 함께 간다."

위소보로선 그야말로 하늘에서 내려준 희보喜報나 다름없었다. 황상이 그를 자작 100개에 봉한다는 것보다 더 기쁜 소식이었다.

그는 구난과 작별하고 곧장 천지회의 새로운 거점으로 향했다.

진근남은 위소보의 이야기를 듣고 잠시 생각에 잠기는 듯하더니 천천히 입을 열었다.

"오랑캐 황제가 오삼계를 그렇게까지 총애하고 믿으니, 제거하기가 결코 쉽지 않을 것 같구나. 하지만 이번 일은 좋은 기회가 될 수 있어. 소보야, 오삼계가 모반을 꾀하지 않으면 우린 그가 역모를 꾸미도록 만들어야 한다. 그게 안 되면 모반의 죄명이라도 뒤집어씌워야지! 난 원래 너랑 함께 갈 생각이었는데… 이공자와 풍석범이 대만으로 돌아가 분명 왕야께 날 모함할 테니, 조만간 왕야께서 천지회로 사람을 보낼 것이다. 나는 이곳에 남아 모든 것을 사실대로 보고해야지. 대신 이곳에 있는 형제들은 전부 운남으로 데려가도 좋다."

위소보가 말했다.

"풍석범 그 고약한 놈이 또 사부님을 위해할지 모르니 형제들은 이곳에 남아 사부님을 지켜드려려 합니다. 그러지 않으면 제가 안심이 안 됩니다."

진근남은 그의 어깨를 토닥거리며 부드럽게 말했다.

"그렇게까지 날 생각해주니 고맙구나. 풍석범은 비록 무공이 고강하지만 이 사부는 결코 그에 뒤지지 않는다. 지난번에는 그가 문 뒤에 숨어 갑자기 기습을 했기 때문에 오른팔에 부상을 입은 거야. 다음에 또 만나면 그의 뜻대로 되진 않을 것이다. 우리로선 오삼계를 처단하는 게 가장 중요한 당면과제다. 전력을 다 경주해야지. 이곳의 일이 빨리 매듭돼서 나도 바로 운남으로 달려갈 수 있었으면 좋겠구나. 목왕부가 우리 천지회보다 먼저 선수를 치게 할 수는 없으니까."

위소보는 고개를 끄덕였다.

"만약 목왕부가 선수를 친다면 우리 천지회는 약속한 대로 앞으로 그들의 호령에 따라야 하는데, 정말 쪽팔리는… 아니, 그건 정말 체면이 깎이는 일이죠!"

진근남은 그의 맥을 짚어보고, 혀를 내밀어보라고 하면서 안색을 자세히 살폈다. 그러고는 눈살을 가볍게 찌푸렸다.

"체내에 잠재해 있는 독성의 성질이 왜 바뀌었지? 그래도 당분간은 발작할 우려가 없으니 다행이다. 내가 전수해준 내공구결內功口訣은 당분간 연마하지 말도록 해라. 잘못하면 독성이 경맥經脈으로 침습할 수도 있으니까."

그 말에 위소보는 내심 기뻐했다.

'내공을 연마하지 않아도 된대. 신난다! 이건 스스로 한 말이니 나중에 날 나무라지 않겠지!'

생각이 이어졌다.

'그 표태역근환은 정말 무서운 독인가 봐. 사부님도 알아차리지 못했잖아. 육 선생이 하루속히 해약을 가져와야 할 텐데….'

며칠 후에 제반 여건이 다 준비되고 갖춰졌다. 위소보는 강희와 태후에게 작별을 고하고 어전 시위, 효기영, 천지회의 군호들, 그리고 신룡교의 반 두타를 대동하고 건녕 공주를 호위해 운남으로 향했다.

구난과 아가는 위소보의 도움을 받아 궁녀로 위장해 사람들 틈에 끼었다. 천지회의 군호들과 반 두타도 모두 위소보의 시종으로 둔갑해 효기영 군사들의 옷으로 갈아입었다.

강친왕이 준 옥총마玉驄馬를 탄 위소보는 앞뒤로 많은 인마를 이끌고 의기양양하게 남쪽을 향해 길을 재촉했다. 그리고 이미 산서로 사람을 보내 쌍아더러 남쪽으로 오라고 전했다. 그는 도중에 그녀를 만날 수 있기를 바랐다. 다정다감하고 늘 자기를 정성껏 모셔주는 하녀가 없는 게 옥의 티였는데, 그게 바로 쌍아였다.

일행이 가는 곳마다 지방 관리들의 극진한 대접이 있었다. 모두들이 사혼사 대인께 잘 보이려고 온갖 아첨을 다 떨었다. 그야말로 아부의 극치였다. 위소보는 입이 귀에 걸릴 정도로 기분이 좋았다. 성지를 받들고 출궁한 이래 이렇게 신바람이 나고 기분 좋은 적이 없었다. 신선이 부럽지 않았다. 그래서 속으로 생각했다.

'그 늙은 화냥년은 한심하게 왜 딸을 하나밖에 안 낳았지? 만약 박차를 가해서 빌어먹을 딸을 열댓 명 낳았다면 얼마나 좋았을까? 난 다른 벼슬은 다 집어치우고 사혼사 전문 대신이 돼서 공주를 한 명 시집보내고 나면 또 하나를 보내고… 자꾸자꾸 보낼 수 있을 텐데 말이야!

그럼 평생 먹고 마시고 즐기며 금은보화도 줄줄이 들어올 테니, 이보다 더 편하고 좋은 벼슬이 어디 있겠어?'

이날 개봉부開封府에 다다랐다. 하남성의 순무巡撫, 번대藩臺, 지부知府, 현령 등 대소 관리들이 예외 없이 위소보를 위해 성대한 주연을 베풀었다. 주연을 마치자 지부는 일행을 그 고장의 대부호 집으로 안내해 유숙하도록 배려했다. 그러자 건녕 공주는 또 한담을 나누기 위해 위소보를 가까이 불렀다. 경성을 떠난 후 매일 반복되는 일상이었다.

위소보는 행여 건녕 공주가 또 발로 걸어차고 주먹질을 해댈까 봐 항상 전노본과 고언초를 데리고 갔다. 공주가 통사정을 하든 협박을 하며 화를 내든 절대 단둘이 마주하지 않았다.

이날도 저녁식사를 마친 후 공주가 위소보를 부르자, 세 사람이 한 조가 되어 공주가 묵고 있는 침실 밖 작은 객청에 왔다. 공주는 위소보에게 자리를 권했고 전노본과 고언초는 뒤쪽에 서 있었다.

때는 마침 무더운 여름이라 공주는 얇은 치마를 입고 있었고 궁녀 둘이 뒤에서 부채질을 해주었다. 공주는 더위 때문인지 얼굴이 불그레하고 입술 위에 땀방울이 송골송골 맺혀 있어 아주 요염해 보였다. 위소보는 엉뚱한 생각을 했다.

'공주는 비록 내 마누라처럼 절세미인은 아니지만 어디 내놓아도 빠지지 않는 미모야. 오응웅 녀석이 공주를 아내로 맞이하다니, 정말 염복이 있는 거지.'

공주가 얼굴을 살짝 옆으로 돌리며 미소를 지은 채 물었다.

"소계자, 덥지 않아?"

위소보가 간단하게 대꾸했다.

"괜찮아요."

공주가 말했다.

"덥지 않으면 왜 그렇게 이마에서 땀이 흐르지?"

위소보는 웃으며 소맷자락으로 이마의 땀을 닦았다.

이때 궁녀 하나가 오채五彩 항아리를 안고 들어왔다.

"공주님께 아뢰옵니다. 지부 어른께서 더위를 식히라고 빙진산매탕冰鎭酸梅湯을 보냈습니다."

공주가 웃으며 말했다.

"좋아, 한 사발 줘봐라."

궁녀는 청화자기 그릇을 가져와 산매탕을 떠서 공주께 바쳤다.

공주는 숟가락으로 몇 모금 떠먹더니 말했다.

"이렇게 작은 개봉부에서도 얼음을 저장하고 있었군."

산매탕의 그윽한 계화 향기가 방 안 가득 퍼지고, 작은 얼음 조각을 숟가락으로 휘저으니 잘랑잘랑 경쾌한 소리가 들렸다. 그렇지 않아도 더위에 지쳐 있는 위소보와 전노본, 고언초는 절로 군침을 삼켰다.

공주가 궁녀에게 말했다.

"다들 더운 모양인데, 한 그릇씩 떠줘라."

궁녀에게서 산매탕을 받아든 위소보 등 세 사람은 고맙다는 인사를 거듭했다. 얼음 조각이 들어 있어 아주 시원하고 맛이 좋았다. 세 사람은 단숨에 다 들이켰다. 속까지 후련했다.

공주가 말했다.

"무더운 날씨에 계속해서 길을 재촉하느라 다들 고생이 많은 것 같아. 내일부터는 새벽 일찍 출발해서 해가 높이 뜨면 쉬도록 하자."

위소보가 말했다.

"공주마마께서 아랫것들을 위해주시는 마음은 감사하지만 일정이 너무 지체될 것 같습니다."

공주가 다시 말했다.

"뭐가 걱정이냐? 난 상관없는데 소계자는 급한 모양이지? 오응웅 그 녀석더러 그냥 기다리라고 해."

위소보는 빙긋이 웃으며 한마디 하려는데, 갑자기 머리가 핑 돌며 몸이 휘청거렸다. 그것을 본 공주가 물었다.

"왜 그래? 더위를 먹어서 그런가?"

위소보가 약간 당황한 표정으로 대답했다.

"아마… 좀 전에 술을 너무 많이 마셨나 봅니다. 공주마마, 소인은 이만 물러갈게요."

공주가 천연덕스럽게 말했다.

"술을 많이 마셨다고? 그럼 술이 깨게 산매탕을 좀 더 마셔봐."

위소보는 머리를 조아렸다.

"네… 감사합니다."

궁녀가 다시 산매탕을 세 그릇 떠주었다. 전노본과 고언초도 머리가 어지러워 산매탕을 받아들자마자 꿀꺽꿀꺽 다 마셨다. 그러더니 곧 비칠비칠 그 자리에 쓰러져버렸다. 위소보는 소스라치게 놀랐다. 눈앞에 불꽃이 빙글빙글 맴돌아 산매탕을 한 모금 마시고 나머지는 다 몸에다 쏟아버렸다. 그러고는 정신을 잃었다.

시간이 얼마나 흘렀을까, 위소보는 몽롱한 의식 속에서 비를 흠뻑 맞는 것 같아 눈을 뜨려고 했다. 그러자 다시 물세례가 쏟아졌다.

잠시 후, 그는 겨우 정신을 차릴 수 있었다. 온몸이 얼음장같이 차갑게 느껴지고, 갑자기 까르르 웃는 소리가 귓전에 들려왔다. 얼른 눈을 떠보니 공주가 히죽히죽 웃으며 자기를 쳐다보고 있었다.

"앗!"

위소보의 입에서 놀란 외침이 터졌다. 자신이 바닥에 누워 있는 것을 깨닫고는 황급히 일어나려 했으나 뜻밖에도 손발이 묶여 있었다. 다시 기겁을 해 몸을 버둥거렸지만 제대로 움직일 수가 없었다.

재빨리 주위를 둘러보니 공주의 침실 안이었다. 누가 몸에 물을 끼얹은 듯 온몸이 축축하게 젖어 있었다. 일순, 그는 자신이 실오라기 하나 걸치지 않고 발가벗겨진 채 누워 있다는 사실을 깨달았다. 너무 놀라 눈앞이 캄캄했다. 절로 소리쳤다.

"이게… 어떻게 된 거지?"

다시 방 안을 둘러보니 촛불 아래 공주만 보일 뿐, 궁녀들과 전노본, 고언초의 모습은 온데간데없었다. 놀란 외침은 비명에 가까웠다.

"아! 난… 난…."

공주가 그의 말을 받았다.

"나나… 너너… 어쨌다는 거야? 공주한테 이게 무슨 무례냐?"

위소보가 정신을 가다듬고 물었다.

"그들은 어디 있지?"

공주의 안색이 차갑게 변했다.

"그 두 녀석은 눈에 거슬려서 이미 모가지를 쳐버렸어!"

위소보는 그녀의 말이 사실인지 거짓인지 알 수 없었다. 그러나 이 공주님은 이제껏 상식 밖의 행동을 밥 먹듯 해왔으니, 무슨 짓인들 못하겠는가! 그녀는 전노본과 고언초를 얼마든지 죽일 수 있고, 그건 전혀 이상한 일이 아니었다.

위소보는 문득 뇌리에 스치는 생각이 있었다. 공주가 준 그 산매탕에 몽한약을 풀어넣은 게 분명했다. 바로 확인에 들어갔다.

"산매탕에 몽한약을 탔지?"

공주는 빙그레 웃으며 말했다.

"제법 똑똑한데! 하지만 한발 늦었어."

위소보가 물었다.

"그 몽한약을… 시위들한테 얻어온 거지?"

자신도 오입신 등을 놓아줄 때 시위들에게 몽한약을 얻어 쓴 적이 있다. 나중에 상결 등 라마승들을 기절시킬 때도 유용하게 사용했는데, 그때 바닥이 나버렸다. 그래서 궁으로 돌아오자마자 장강년한테 다시 한 보따리를 얻어 행낭 속에 넣어두었다. 비수, 보의, 몽한약 이 세 가지는 '소백룡' 위소보가 공수攻守를 겸비할 수 있는 3대 보물이었다.

건녕 공주는 평상시 시위들을 찾아가 무공을 가르쳐달라고 조르며 강호에서 일어나는 재미있고 해괴한 일들을 많이 주워들었다. 그러니 장난삼아 몽한약을 달라고 한 것은 전혀 이상한 일이 아니었다.

공주가 웃으며 말했다.

"모르는 게 없군! 하지만 아깐 산매탕에 몽한약을 탄 걸 몰랐지?"

위소보는 지금 당장 어떻게 하면 좋을지 몰랐다.

"공주님은 나보다 백배천배 더 총명하고 재주가 많으니 완전히 승복했소이다! 손발이 다 묶여 있으니 그저 처분만 바랄 뿐, 어떻게 해볼 도리가 없네요!"

얼렁뚱땅 이야기하며 속으로는 이 위기에서 벗어날 궁리를 했다.

공주가 콧방귀를 날렸다.

"흥! 눈깔을 이리저리 굴리는 걸 보니 또 무슨 수작을 부리려는 모양이군!"

그녀는 위소보의 비수를 손에 쥐고 획획 휘두르며 말했다.

"소리를 지르기만 하면 배에다 구멍을 열댓 개 뚫어줄게. 그럼 살아 있는 내관일까, 아니면 죽은 내관이 될까?"

비수에서 써늘한 광채가 번뜩였다. 위소보는 속으로 시부렁댔다.

'이런 염병할 죽일 년을 봤나! 정말 눈에 뵈는 게 없구먼. 그 비수로 내 몸 아무 데나 그저 슬쩍 긋기만 해도 난 바로 저승행이야! 일단 겁을 주고 나서 위기탈출을 생각해봐야지!'

그는 이를 갈며 말했다.

"그렇게 되면 난 살아 있는 내관도 아니고, 죽은 내관도 아니야. 흡혈귀나 강시로 변할 테니까!"

공주는 발을 들어 그의 배를 세게 내리밟으면서 욕을 했다.

"이런 썩을 놈을 봤나! 또 날 겁주려는 거지?"

위소보는 아파서 비명을 질렀다.

"으악!"

공주가 욕을 계속했다.

"오장육부가 삐져나올 정도로 밟지도 않았는데 아프다는 거냐? 좋아, 그럼 한번 알아맞혀봐라. 내가 몇 번을 밟아야 오장육부가 배 밖으로 삐져나올까? 알아맞히면 널 놔줄게!"

위소보가 말했다.

"난 손발이 묶이면 머리가 둔해져서 아무것도 알아맞히지 못해!"

공주는 막무가내였다.

"알아맞히지 못하면 내가 알아내볼게. 하나, 둘, 셋!"

숫자를 셀 때마다 배를 한 번씩 내리밟았다.

위소보는 너무 아파 소리를 질렀다.

"안 돼! 그만! 계속 밟으면 뱃속에 있는 똥오줌이 다 밖으로 쏟아져 나올 거야!"

이 말이 주효했다. 공주는 흠칫 놀라며 더 이상 밟지 않았다. 오장육 부가 삐져나오는 건 상관없지만, 똥오줌이 나오면 냄새가 너무 지독해 서 더 이상 놀 수가 없을 것이었다.

위소보가 사정을 했다.

"예쁜 공주마마, 제발 날 좀 풀어줘. 뭐든지 시키는 대로 할게. 싸우 자면 싸울게!"

공주는 고개를 흔들었다.

"난 싸우는 건 싫어! 때리는 게 더 좋아!"

그녀는 침상 밑에서 채찍을 꺼내 다짜고짜 위소보의 맨몸을 후려쳤 다. 철썩철썩 하는 소리가 연이어 들리는 가운데, 위소보는 열몇 대나 얻어맞았다. 당연히 몸 여기저기 살갗이 터져 피가 흘러나왔다.

공주는 붉은 피를 보자 눈을 반짝 빛내며 활짝 웃었다. 그러고는 몸 을 숙여 그의 상처 부위를 어루만졌다.

위소보는 온몸이 불덩어리처럼 달아오르고 너무 아파 애원을 했다.

"예쁜 공주님, 이젠 실컷 때렸죠? 난 공주님한테 잘못한 게 없어요."

공주는 버럭 화를 내며 그의 코를 걷어찼다. 바로 코피가 터졌다.

"뭐? 나한테 잘못한 게 없다고? 황상이 날 오응웅 녀석한테 시집보내는 것도 네가 중간에서 꾸민 일이잖아!"

위소보는 얼른 부인했다.

"아니야, 아니라고! 이건 순전히 황상께서 스스로 내린 용단이야! 나하고는 전혀 상관이 없어!"

공주는 화가 나서 씩씩거렸다.

"그래도 잡아떼겠다는 거야? 태후마마는 항상 날 가장 총애했는데, 왜 내가 멀리 운남으로 시집가는데도 아무 말도 안 했지? 심지어 내가 작별인사를 하러 갔는데도 전혀 거들떠보지도 않았어. 난… 난 그의 친딸이잖아!"

그러면서 서러움이 북받치는지 얼굴을 가리고 울기 시작했다.

위소보는 속으로 생각했다.

'태후는 벌써 바꿔치기를 했어. 늙은 화냥년에서 진짜 태후로 바뀐 거야. 진짜 태후는 널 뼈에 사무치도록 미워할 테니 거들떠보지 않은 게 당연하지! 욕지거리를 퍼붓지 않은 것만도 다행으로 생각해! 하지만… 어쨌든 이 비밀을 입 밖에 내서는 안 돼.'

공주는 한참 울고 나서 위소보를 싸늘하게 노려보았다.

"이게 다 네 잘못이야! 네가 잘못한 거라고!"

그녀는 위소보를 또 마구 걷어찼다.

위소보는 문득 뇌리에 스치는 생각이 있어 말했다.

"공주마마, 오응웅에게 시집가고 싶지 않으면 왜 진작 말하지 않았어? 나한테 좋은 수가 있는데…."

공주의 눈이 커졌다.

"거짓말 마! 무슨 방법이 있는데? 황상이 내린 성지인데 누가 거역할 수 있겠어?"

위소보가 당당하게 말했다.

"그 누구도 황상의 어지를 거역할 수 없는 건 사실이야. 하지만 딱한 녀석이 있어. 황제까지도 그를 어떻게 할 수 없지!"

공주는 궁금해졌다.

"그게 누군데?"

위소보의 대답은 간단했다.

"염라대왕!"

공주는 무슨 뜻인지 몰라 다시 물었다.

"염라대왕이 뭘 어쨌다는 거야?"

위소보가 말했다.

"염라대왕이 도와주면 돼. 그가 오응웅을 잡아가면 시집가지 않아도 되잖아!"

공주는 멍해졌다.

"그런 우연이 어디 있어? 멀쩡한 오응웅이 하필 지금 이때 죽을 리가 있겠어?"

위소보가 웃으며 말했다.

"그가 염라대왕을 만나러 가지 않으면 우리가 보내주면 되잖아."

공주는 그제야 알아차렸다.

"그럼 오응웅을 죽이자는 거야?"

위소보가 고개를 내둘렀다.

"죽이는 게 아니라… 어떤 사람들은 영문도 모르게 그냥 죽을 수도 있어. 아무도 그가 왜 죽었는지 몰라.”

공주는 눈을 크게 뜨고 잠시 그를 응시하다가 버럭 소리를 질렀다.

“나더러 그를 죽이라고? 그건 안 돼! 오응웅은 아주 영준하게 생겨서 천하의 낭자들이 다 그에게 시집을 가고 싶어 한다고 했잖아! 만약 네가 그를 죽인다면 내가 가만두지 않을 거야!”

그러면서 채찍을 들어 다시 마구 후려쳤다. 위소보가 아파서 연신 비명을 지르자, 공주가 웃으며 말했다.

“아프냐? 네가 아플수록 난 기분이 좋아. 대신 너무 큰 소리로 비명을 지르진 마. 밖에서 들을 수도 있어. 영웅답지 못하게 왜 그래?”

위소보가 말했다.

“난 영웅이 아니야! 그냥 멍멍 짖는 구웅狗熊이야!”

공주가 욕을 했다.

“이런 개 같은 새끼를 봤나! 이제 보니 구웅이잖아!”

위소보는 멍해졌다. 궁에서 금지옥엽으로 자란 공주마마가 이렇게 쌍스러운 욕을 할 줄이야, 너무나 뜻밖이었다.

공주는 한쪽에 벗겨져 있는 위소보의 버선을 집더니 그의 입에다 쑤셔넣었다. 그러고는 다시 채찍질을 했다. 비명도 지르지 못하고 맞기만 하던 위소보는 갑자기 눈을 허옇게 까뒤집으며 쓰러졌다.

공주가 다시 욕을 했다.

“이 새끼야! 죽은 척을 하는 거지? 좋아! 배때기에다 칼을 세 번 찌를게! 진짜 죽었으면 움직이지 않겠지!”

비수로 찌르면 바로 황천행이었다. 더 이상 죽은 척을 하고 있을 수 없어 위소보는 얼른 몸을 버둥거렸다. 그러자 공주는 까르르 웃으며 다시 채찍을 내리쳤다. 예리한 파공음이 계속 들리는 가운데 위소보의 알몸은 숱한 뱀이 달라붙은 듯 시퍼런 피멍으로 얼룩졌다.

때리다가 지쳤는지 공주는 채찍을 버리고 빙글빙글 웃었다.

"이번엔 제갈량이 등갑병藤甲兵을 불태워죽이는 놀이를 해볼까?"

위소보는 기절초풍했다.

'19대 조상이 대체 무슨 죄업을 저질렀기에 오늘 이런 미친년한테 걸려든 거지?'

공주는 혼잣말처럼 중얼거렸다.

"지금 이 등갑병은 등갑옷을 입고 있지 않으니 불태우기가 쉽지 않겠군. 그래, 우선 몸에다 기름을 뿌려야겠어."

그러더니 몸을 돌려 밖으로 나갔다. 모름지기 기름을 구하러 간 것 같았다.

위소보는 안간힘을 다해 손발에 묶인 밧줄을 풀려고 했으나 워낙 단단하게 묶여 있어 소용이 없었다. 상황이 너무나 다급했다. 문득 사부님이 생각났다.

'빌어먹을, 난 많은 사부를 모셨잖아. 해대부 그 개뼈다귀에서부터 시작해, 나중에 천지회 총타주를 사부로 모셨고, 그다음에는 천수만세를 누리는 홍 교주, 불여우처럼 요염한 홍 부인, 소황제, 징관 선사 노화상 사부님, 아직도 미모를 간직한 구난 사부님. 한데 그렇게 많은 사부가 있으면 뭐 해? 당장 이 위기에서 벗어날 수 있는 무공은 누구도 가르쳐주지 않았잖아! 이 어르신이 만약 심후한 내공을 익혔다면 까짓것 살짝 내력을 끌어올리기만 해도 손발에 묶여 있는 이 밧줄을 끊어낼 수 있을 텐데! 그럼 날 찌르려 하든, 불태워죽이려 하든, 겁낼 이

유가 없잖아?'

그가 자신을 탓하지 않고 사부님들을 원망하고 있는 사이에, 갑자기 창밖에서 나직한 음성이 들려왔다.

"빨리 들어가서 구해줘!"

바로 그가 방금 원망한 '미모의 구난 사부님' 음성이었다.

그녀의 음성을 듣자 위소보는 너무 좋아서 펄쩍 뛰려 했다. 그러나 손발이 묶여 있으니 꼼짝도 하지 못했다.

이때 아가의 음성이 들려왔다.

"그는… 그는 옷을 안 입고 있는데, 어떻게 구해줘요?"

위소보는 화가 나서 속으로 욕을 했다.

'이런 빌어먹을 계집! 옷을 안 입었으면 왜 못 구해준다는 거야? 꼭 옷을 입어야만 구해주냐? 낭군님을 구해주지 않아서 만약 죽는다면 넌 청상과부가 되는데, 그래도 좋냐?'

구난이 다시 말했다.

"그냥 들어가서 눈을 감고 손발에 묶인 밧줄을 끊어주면 되잖아."

아가가 말했다.

"안 돼요! 눈을 감으면 보이진 않지만 만약… 만약 그의 몸을 건드리게 되면 어떡해요? 사부님이 들어가서 구해주세요."

구난이 화를 냈다.

"난 속세를 떠난 승려인데 어떻게 그런 일을 할 수 있겠니?"

위소보는 비록 나이가 어리지만 그래도 열댓 살이 된 남정네였다. 발가벗고 있는 추태를 여승이 어떻게 볼 수 있단 말인가?

위소보는 너무 답답해서 소리를 지르고 싶었다.

"왜 그렇게 멍청해? 일단 옷을 던져 몸을 가린 다음에 구해주면 되잖아!"

그러나 입안에 버선이 물려 있어서 소리를 지를 수 없었다.

구난과 아가는 세상물정을 몰라 너무 융통성이 없었다. 두 사람은 궁녀로 가장해서 얼굴에 누리끼리한 황랍을 바르고, 평상시에 혹여 공주의 눈에 띄면 의심을 살까 봐 주로 허드렛일을 하는 궁녀들과 어울려 지냈다. 그러니 공주를 본 적이 없었다. 이날 밤 공주의 침실에서 채찍질을 하는 소리가 들려 이상해서 살그머니 다가와 안을 살펴보았는데, 마침 위소보가 발가벗겨진 채로 공주한테 채찍질을 당하는 것을 발견하게 된 것이었다.

창밖에 있는 구난과 아가가 미처 결정을 내리기도 전에 건녕 공주가 침실로 돌아왔다. 그녀는 히죽히죽 웃으며 말했다.

"가서 찾아보니 쇠기름, 돼지기름, 들기름… 그런 기름밖에 없더라고! 그러니 개기름을 쓸 수밖에 없을 것 같은데… 넌 영웅이 아니라 멍멍 구웅이라고 했잖아. 한데 개기름이 어떻게 생겼는지 난 본 적이 없어. 넌 혹시 본 적이 있니?"

그러면서 탁자 위에 있는 촛대를 집어들더니 바로 촛농을 떨어뜨리며 불이 붙어 있는 심지로 위소보의 가슴을 지졌다. 위소보는 극심한 통증을 느끼며 몸을 뒤로 움츠렸다. 그러자 공주는 왼손으로 그의 머리카락을 움켜잡아 움직이지 못하게 하고, 오른손으로는 여전히 위소보의 가슴을 지졌다. 살갗이 타는 냄새가 나기 시작했다.

구난은 소스라치게 놀랐다. 더 이상 망설일 수가 없었다. 그녀는 바로 창문을 밀어붙이고 아가를 번쩍 들어 방 안으로 던져버렸다. 동시에 소리쳤다.

"어서 구해줘!"

자신은 행여 위소보의 알몸을 볼까 봐 얼른 몸을 돌리고 눈을 감아 버렸다.

사부에 의해 방 안으로 던져진 아가의 눈앞에 실오라기 하나 걸치지 않은 위소보의 알몸이 바로 드러났다. 아무리 보지 않으려 해도 볼 수밖에 없었다. 어쨌든 그녀는 냅다 건녕 공주의 뒷덜미를 향해 일장을 후려쳤다.

공주는 이 난데없는 상황에 놀라 비명을 질렀다.

"누구냐?"

그녀는 왼손으로 상대의 공격을 막고 오른손을 휘두르는 바람에 촛불이 바로 꺼졌다. 그러나 탁자 위에 아직도 네댓 개의 촛불이 있어 방 안은 여전히 환했다. 아가는 죽어라 맹공을 퍼부었다. 공주는 그런 아가의 적수가 될 수 없었다. 으드득 하는 소리가 들리며 공주는 왼쪽 다리와 오른팔이 탈골되어 침상 옆에 쓰러지고 말았다.

천성이 독살스러운 공주는 계속해서 욕을 해댔다. 아가는 그 욕을 듣자 화가 나고, 이 아수라 같은 상황에 정신이 없었다.

"다 네 잘못인데, 왜 욕을 해?"

그러다가 갑자기 '아!' 소리를 지르며 울음을 터뜨렸다. 뭐가 뭔지 몰라도 아무튼 너무 억울하고 수치스럽고 서러움이 북받쳤다. 공주는 멍해져서 욕을 그쳤다. 상대방이 자기를 쓰러뜨리고 나서 왜 우는지 도무지 이해가 가지 않았다.

아가는 비수를 집어 위소보의 손발에 묶여 있는 밧줄을 끊어주었다. 그새 얼굴이 홍당무처럼 빨개져 바로 비수를 팽개치고 창문을 뛰어넘어 무조건 앞으로 달려갔다. 구난이 그녀의 뒤를 따랐다.

침실 안에서 난리법석이 났으니 밖에 있는 궁녀나 내관들이 못 들었을 리가 없다. 그러나 공주가 미리 그들에게 단단히 일러두었다. 방 안에서 그 어떤 이상하고 해괴한 소리가 들려도 자기가 부르기 전에는 절대 누구도 들어와선 안 된다고 다짐을 받아둔 것이다. 만약 들어오면 그 즉시 모가지를 쳐버리겠다고 엄포를 놓았다. 그러니 다들 서로 쳐다만 볼 뿐 그 어떤 행동도 하지 않았다. 다만 얼굴에 경악과 함께 도저히 이해할 수 없다는 표정이 가득할 뿐이었다.

건녕 공주는 어려서부터 뭐든지 다 제멋대로였다. 하루가 멀다 하고 온갖 해괴망측한 짓을 저질렀다. 궁녀와 내관들은 그녀가 하는 짓거리에 다들 신물이 나 있었다.

따지고 보면, 건녕의 생모는 원래 가짜 태후고 강호에서 아무렇게나 막 굴러먹던 여자라 딸을 제대로 가르쳤을 리가 없다. 순치는 궁을 떠나 출가해서 승려가 됐고, 강희는 나이가 어렸으니, 건녕이 아무리 버릇없이 굴어도 타이르거나 야단치는 사람도 없었다. 아무튼 건녕 공주는 아무도 못 말리는 여자였다.

조금 전에도 궁녀와 내관들을 시켜 기절해 쓰러져 있는 전노본과 고언초를 밖으로 끌고 가서 결박하라고 분부했다. 그래서 다들 오늘 밤 분명히 또 무슨 해괴한 일이 벌어지겠구나 생각하고 있었다. 그런데 우여곡절 끝에 공주 자신이 엎어터져 꼼짝 못하고 쓰러져 있을 줄이야, 꿈에도 생각하지 못한 일이었다.

위소보는 구난과 아가가 멀리 떠난 것을 확인하고, 입안에 물린 버선을 꺼낸 후 창문을 굳게 닫았다. 그러고는 바로 욕을 했다.

"이런 썩을 년! 개기름을 봤냐고? 그럼 넌 불여우기름을 봤냐? 난 보지 못했어! 그러니 여우기름을 한번 짜보자!"

그는 공주를 두어 번 걷어찬 다음 두 팔을 뒤로 꺾어 그녀의 치맛자락을 찢어서 묶었다. 공주는 팔다리가 탈골돼 아파서 땀을 뻘뻘 흘리고 있으니 무슨 수로 반항하겠는가?

위소보가 그녀의 옷깃을 잡고 힘껏 당기자 쫙 찢어졌다. 원래 얇은 옷을 입고 있던 터라 깃이 찢어지자 이내 백옥처럼 희디흰 가슴이 드러났다. 위소보는 좀 전에 당한 것을 분풀이라도 하듯, 촛대에 불을 붙여 욕을 하면서 그녀의 가슴을 지지기 시작했다.

"이 썩을 년아! 난 빚을 지고는 못 사는 사람이야! 바로 갚아줄게. 여우기름이 많이는 필요 없어. 그저 산매탕 한 사발 정도만 나오면 충분해!"

공주는 아파서 비명을 질렀다.

"으악!"

위소보는 막무가내였다.

"그래! 너도 구린내 나는 버선 맛을 봐야지!"

그는 몸을 숙여 버선을 주워서는 그녀의 입안에 쑤셔넣으려 했다. 그러자 공주가 갑자기 부드럽게 말했다.

"계 패륵, 소리를 지르지 않을 테니 버선을 입안에 넣지 마사와요."

위소보는 '계 패륵'이란 말을 듣자 이내 멍해졌다. 지난날 황궁 공주의 침실에서 그녀가 궁녀로 가장해 자기한테 시중을 들 때도 역시 공손하게 '패륵님'이라고 불렀다. 지금 다시 그 호칭을 듣자 절로 두근두근 마음이 설레었다.

공주가 다시 코맹맹이 소리로 말했다.

"계 패륵, 쇤네를 용서해주세요. 기분이 언짢으시다면 채찍으로 저를 때려 분풀이를 해도 좋아요."

위소보는 이를 악물었다.

"좋아! 널 후려패지 않으면 도저히 분이 풀리지 않을 것 같아!"

그는 촛대를 내려놓고 공주의 몸에 채찍을 가하기 시작했다.

공주는 연신 가볍게 비명을 질렀다.

"아야… 아야…"

그러면서도 앵두 같은 입을 벌리고 눈에는 웃음이 가득했다. 스스로 즐기면서 말할 수 없이 황홀해하는 것 같았다.

위소보가 욕을 했다.

"이런 천박한 계집! 그렇게도 좋으냐?"

공주가 다시 부드럽게 말했다.

"네, 저는… 쇤네는… 천박한 계집이에요. 좀 더 세게 때려주사와요, 아야…"

위소보는 채찍을 팽개치고 차갑게 말했다.

"누구 맘대로 때려달라는 거야? 안 때릴 거다!"

그는 몸을 돌려 자신의 옷을 찾았는데, 그녀가 어디다 숨겨놨는지 도무지 찾을 수가 없었다.

"내 옷을 어디다 뒀느냐?"

공주가 말했다.

"난 팔다리를 움직일 수 없으니 우선 접골을 좀 해주세요. 그럼…

쉰네가 패륵께 옷을 입혀드릴게요."

위소보는 생각했다.

'정말 희한한 계집이지만 황상이 나더러 운남까지 호위하라고 했으니 죽게 할 수는 없지.'

그는 욕을 했다.

"이런 천박한 계집! 네 할미 뽕이다!"

그러면서 속으로 생각했다.

'네 어미는 화냥년이라 내가 욕을 숱하게 했어. 그리고 네 할미는 보지 못했으니 욕해도 상관없겠지.'

공주가 웃으며 물었다.

"어때, 재미있지?"

위소보는 화를 냈다.

"네 할미가 재밌다!"

그는 공주의 팔을 잡고 접골을 해주기 위해 위아래로 힘껏 움직였다. 그러나 접골을 할 줄 몰라 한참 씨름을 한 후에야 겨우 관절을 맞출 수 있었다. 그 과정에서 공주는 아파서 계속 숨을 헐떡이며 소리를 질러댔다.

"아야! 아파… 살살 해, 아야…."

이번에는 그녀의 다리를 접골시키려 했다. 공주는 그의 등에 엎드려 뜨거운 입김과 함께 숨을 헐떡였다.

"아야… 아파…."

그렇게 맨몸으로 서로 밀착돼 있자, 위소보는 입술이 바싹바싹 타고, 가슴 밑바닥에서부터 뜨거운 불덩어리가 타오르는 것 같았다. 그래서 짜증이 났다.

"좀 가만히 있어! 자꾸 이러면 널 마누라로 삼을지도 몰라!"

공주가 코맹맹이 소리로 흥얼거렸다.

"그래, 난 네 마누라가 되고 싶어…."

그러면서 두 팔로 그를 꼭 껴안았다.

위소보가 살짝 몸을 버둥거리며 그녀를 뿌리치려 하자, 공주는 그의 몸을 돌려서 입을 맞췄다. 순간, 위소보는 머리가 빙빙 돌고 눈앞이 캄캄해졌다. 이후로는 몸이 두둥실 구름을 타고 하늘을 나는 듯 말할 수 없이 기분이 좋았다. 눈앞에 있는 이 천박한 불여우가 너무너무 귀엽고 요염하게 느껴졌다.

방 안에 있던 붉은 촛불마저 흐느적거리며 하나둘 사그라지고, 위소보는 비몽사몽간에 자신이 지금 어디에 있으며 무엇을 하고 있는지, 그저 가물가물 아득하기만 했다.

한창 달콤한 꿈결 속을 헤매고 있는데, 갑자기 창밖에서 아가의 음성이 들려왔다.

"소보! 아직도 여기 있어?"

위소보는 깜짝 놀라 비로소 꿈속에서 깨어나 반사적으로 대답했다.

"나 여기 있어."

아가가 화를 냈다.

"아직도 여기서 뭐 하는 거야?"

위소보는 너무 당황스러웠다.

"저… 난… 아무것도 안 했는데…."

그는 공주와 함께 침상에 누워 있는 자신을 발견했다. 얼른 공주를 밀치고 침상에서 일어나 앉으려 했는데, 공주가 팔다리로 그를 꼭 끌어안고 나직이 말했다.

"가지 마. 저 계집더러 어서 꺼지라고 해! 뭐 하는 계집이야?"

위소보는 내키는 대로 대꾸했다.

"저… 내 마누라야."

공주는 잠시 멍해하더니 말했다.

"이젠… 내가 네 마누라지! 쟤는 아니야!"

아가는 화가 나고 참을 수 없는 수치심에 발을 한 번 구르더니 이내 몸을 돌려 떠나버렸다.

위소보가 소리쳤다.

"사저! 사저!"

그러나 대답이 들리지 않았다. 그리고 부드럽고 촉촉한 입술이 입을 눌러와 더 이상 소리를 낼 수 없었다. 밤은 새벽을 배고 천천히 깊어만 갔다.

다음 날 아침 일찍 위소보는 옷을 챙겨입고 살금살금 공주의 침실을 빠져나왔다. 밖에 대기하고 있던 내관에게 물으니, 전노본과 고언초는 동쪽 객방에 묶여 있을 뿐 무사하다고 했다. 그는 안심이 됐지만, 스스로 부끄러운 생각이 들어 그들을 만나러 가지 못하고, 내관에게 풀어주라고 일렀다.

자기 방으로 돌아온 위소보는 벅찬 기쁨과 왠지 모를 불안감에 머리가 어지러웠다. 그는 더 이상 생각하고 싶지 않아 이불 속으로 기어들어가 잠들어버렸다.

이날 오후가 돼서야 구난을 만날 수 있었다. 위소보는 얼굴이 빨개진 채 고개를 숙였다. 이번에는 사부가 틀림없이 크게 꾸짖을 거라고 생각했다. 어쩌면 자기를 때려죽일지도 모른다는 생각에 두렵기도 했다. 그런데 구난은 세세한 사정을 전혀 알지 못하는 듯 오히려 그를 위로해주었다.

"그 어미에 그 딸이라더니, 정말 못된 계집이더구나. 많이 다치지 않았니?"

위소보는 내심 안도의 숨을 내쉬었다.

"괜찮아요. 정말… 정말 다행히 근골을 다치진 않았어요."

아가가 자신을 노려보고 있는 것을 의식하고 얼른 말을 이었다.

"사부님과 사저가 달려와 구해줘서 정말 다행이에요. 아니면… 하마터면 불에 타 죽을 뻔했어요."

아가가 쏘아붙였다.

"간밤에… 둘이서…."

이내 얼굴이 빨개져 말을 잇지 못했다.

위소보가 얼른 변명을 했다.

"그 천박한… 공주가… 몽한약을 써서… 사저가 구하러 왔을 때는 아직… 약성이 남아 있어 제대로 움직일 수가 없었어요."

구난은 측은한 생각이 들었다.

"난 비록 널 제자로 거둬들였지만 무공을 제대로 전수해주지 못했어. 그러니 그런 계집한테도 수모를 당한 거야."

위소보가 만약 진짜 무공을 배울 욕심이 있다면, 지금 간청하면 구난이 바로 절학을 전수해줄지도 몰랐다. 그 절학을 배우면 평생 유용하게 사용할 수 있을 것이었다. 그러나 끈기를 갖고 열심히 꾸준하게 해야 되는 일과는 거리가 먼 위소보였다. 어젯밤 밧줄에 묶여 죽을 둥 살 둥 할 때는 사부님들이 제대로 무공을 전수해주지 않았다고 원망을 하더니, 지금 막상 무공을 전수받을 수 있는 기회가 생기자 딴전을 부렸다. 그는 끙끙거리며 엄살을 떨었다.

"사부님, 머리가 아파 죽겠어요. 머리통이 빠개지는 것 같고 온몸의 살갗이 한 점 한 점 찢겨져나가는 것 같아요."

구난이 고개를 끄덕였다.

"그래, 어서 가서 쉬어라. 다시는 그 계집과 맞닥뜨리지 않는 게 좋을 것 같다. 부득이 만나야 된다면 사람들을 많이 대동해라. 그럼 공개적으로 널 괴롭히진 못할 거야. 그리고 그가 주는 음식은 뭐든 절대 입에 대서는 안 된다."

"아, 네! 네!"

위소보가 연신 대답을 하고 물러가려는데 구난이 다시 불러세우더니 물었다.

"그런데 어젯밤에 무슨 일로 널 때린 거냐? 황상이 널 총애하고 있다는 걸 모르는 것이냐?"

위소보가 대답했다.

"저… 실은… 운남으로 시집가고 싶지 않은가 봐요. 한데 제가 황상한테 권해서 그렇게 됐다는 거예요. 사부님과 제가 자기 엄마한테 한 일을 다 알고 있는 것 같았어요."

이렇게 살짝 거짓말을 해서 어젯밤 공주가 자기를 때린 이유를 사부한테 거의 다 돌려버렸다.

구난은 안색이 심각하게 변하며 고개를 끄덕였다.

"그래, 그 어미가 말을 다 한 모양이구나. 앞으로는 더욱 각별히 조심해야 한다."

그러면서 나름대로 생각했다.

'그날 내가 궁에서 가짜 태후에게 신랄한 수단을 쓴 것은 사실이지. 한데 소보는 그때 모습을 드러내지 않았는데, 가짜 태후가 뭔가 눈치를 채고 딸을 시켜 복수를 하라고 했나 보군.'

일행은 천천히 서쪽으로 향했다. 공주는 매일 밤마다 위소보를 침실로 불러들였다. 위소보는 처음엔 사부님과 천지회 동료들이 눈치를 챌까 봐 조심스럽고 두려웠는데, 그보다도 본능이 앞섰다. 한창 혈기 왕성한 소년에게 적극적이고 교태 넘치는 공주가 화끈하게 달라붙으니 무슨 수로 떼어놓을 수 있겠는가? 설령 성인군자라고 해도 거절하지 못할 것이었다. 하물며 위소보는 그 '성인군자'와는 4만 8천 리나 떨어져 있지 않은가!

위소보는 처음 며칠 동안은 그래도 남의 눈치를 봐가며 몰래몰래 행동을 했는데, 나중에는 아예 대놓고 공주의 방에서 밤을 지새우곤 했다. 그러니 낮에는 사혼사요, 밤에는 부마나 다름이 없었다.

궁녀와 내관들은 그런 것을 뻔히 알면서도, 일단은 공주가 두렵고, 또한 위소보가 계속해서 많은 은자를 뿌려대니 어느 누가 감히 입을 나불거릴 수 있겠는가!

그날 밤 공주는 팔다리가 탈골됐으니 당연히 위소보에게 아가가 누군지 캐물었다. 위소보는 특기를 살려 얼렁뚱땅 둘러댔다. 공주는 원래 덤벙대는 성격에다 한창 운우지락이 농익을 때라, 더 이상 꼬치꼬치 따지지 않았다.

젊은 남녀끼리 한번 불붙기 시작한 사랑의 유희는 걷잡을 수 없었다. 꿀보다 훨씬 달콤한 시간의 연속이었다. 공주는 예전의 그 거칠고 멋대로 행동하는 성격이 아니었다. 위소보가 방 안으로 들어오면 스스로 아랫사람으로 자처하며 무릎을 꿇고 맞이했다. 연신 '계 패륵', '계 부마' 하면서 극진히 모셨다.

지난날 방이가 위소보를 신룡도로 유인해갈 때, 배 안과 해변에서 거짓으로 부드럽게 속삭이며 추파를 던졌을 때도 위소보는 너무 황홀해 정신을 차리지 못했다. 그런데 이번에는 거짓이 아니라 진짜로 한 몸이 되었으니, 넋이 나가고 좋아서 까무러치기 일쑤였다. 두 사람은 지금 가고 있는 이 길이 영원히 끝이 없이 이어지길 바랄 뿐이었다.

아가는 잡일을 하는 궁녀들 틈에 섞여 있었다. 위소보는 낮에 틈을 내서 그녀의 환심을 사려고 접근해봤는데, 늘 욕을 얻어먹거나 주먹질이 돌아오기 일쑤라, 풀이 죽어 되돌아가야만 했다.

이날, 일행은 장사長沙에 이르렀다. 마침 육고헌이 신룡도에서 비마飛馬를 타고 달려와 홍 교주의 말을 전했다. 홍 교주는 경전 두 부를 받고는 무척 좋아했고, 백룡사의 충심과 뛰어난 능력에 대해 극찬을 아끼지 않았다고 한다. 그리고 교를 위해 큰 공을 세웠다면서 표태역 근환의 해약을 내주었다.

위소보는 요 며칠 황홀하게 두둥실 구름 위를 날아다니느라 몸에 극독을 당한 것도 잊고 있었는데, 육고헌의 말을 듣자 몹시 기뻐하며 반 두타, 육고헌과 함께 해약을 복용했다. 반 두타와 육고헌은 백룡사가 큰 공을 세운 덕분에 해약을 받게 되었다고, 연신 몸을 숙여 감사를 표했다.

육고헌이 말했다.

"교주님과 영부인은 백룡사가 나머지 여섯 부의 경전까지 찾아내는 공을 세운다면 후한 상을 내릴 거라고 했소."

위소보가 말했다.

"당연히 최선의 노력을 다해야겠죠. 교주님과 영부인의 하해와 같은 은혜는 우리가 분골쇄신하더라도 다 갚지 못할 겁니다!"

반 두타와 육고헌도 일제히 소리를 높였다.

"교주님은 홍복영락 천수만세할 것이며, 백룡사도 청복영락 천수를 누릴 겁니다!"

위소보는 미소를 지을 뿐 아무 말도 하지 않았다. 대신 속으로 중얼거렸다.

'그냥 천수를 누려서 뭐 해? 지금과 같은 염복을 영원히 만끽하면서 천수를 누려야지!'

오삼계는 목합을 손에 든 채 웃으며 말했다.

"이 두 가지 노리개를 드릴 테니 가져가서 놀아요."

위소보가 고개를 내둘렀다.

"아닙니다. 이건 왕야께서 호신용으로 쓰셔야지, 제가 어찌 감히 받겠습니까?"

오삼계는 목합을 그의 손에 쥐여주며 웃었다.

위소보와 공주는 운남으로 가는 이 길이 멀고도 멀어 영원히 그 끝에 닿지 않기를 바랐다. 하지만 길이 아무리 멀고 또한 일부러 천천히 간다고 해도 결국은 종착지에 다다르기 마련이다.

귀주貴州는 오삼계가 관할하는 직할지다. 그래서 귀주 나전羅甸에 그의 병사들이 많이 주둔하고 있었다. 건녕 공주 일행이 귀주성에 들어서자마자 오삼계는 소식을 듣고 병마를 보내 마중했다. 그리고 운남이 가까워지자 오응웅이 직접 달려와 맞이했다. 그는 위소보를 보자 거듭해서 감사하다는 인사를 했다. 조례朝禮에 따라, 혼례를 올리기 전에 그는 공주와 상면할 수 없었다.

공주는 위소보와 짝짜꿍이 맞아 아교처럼 달라붙어서 한시도 떨어지지 않으려 할 때, 오응웅이 왔다는 얘기를 듣고는 눈을 부라리며 역정을 냈다. 이날 밤, 위소보를 붙잡고 푸념을 했다. 무슨 방법을 써서라도 오응웅을 빨리 염라대왕에게 보내라는 것이었다. 그리고 자기랑 영원히 부부로 살자고 했다. 위소보는 기겁을 할밖에! 가짜 부마로서 밤에 슬쩍슬쩍 재미를 보는 건 몰라도, 진짜 부마가 되는 건 절대 있을 수 없는 일이었다.

공주는 그가 눈살을 찌푸리며 고민하는 것을 보고 버럭 화를 냈다.

"왜 아무 말도 안 하는 거야? 오응웅을 염라대왕한테 보내자는 건

애당초 네가 한 말이지, 내 생각이 아니었잖아!"

위소보가 말했다.

"물론 보내긴 보내야 하는데… 기회를 기다렸다가 손을 써야지, 남한테 의심을 사면 안 되잖아!"

공주는 생떼를 썼다.

"좋아, 일단 네가 시키는 대로 할게. 아무튼 이제부터 난 무조건 너만 따라다닐 거고, 절대 그 녀석하고는 동침하지 않을 거야! 네가 그놈을 염라대왕한테 보내지 않으면 모든 걸 다 털어놓겠어. 오삼계한테 네가 날 겁탈했다고 말할 거야. 황상 오라버니가 아무리 널 총애한다고 해도 오삼계가 아마 널 열여덟 토막 내버리겠지! 그럼 네가 오응웅보다 먼저 염라대왕을 만나 인사를 드려야 할걸!"

위소보는 어이가 없고 화가 치밀어 냅다 귀싸대기를 올려붙이며 소리쳤다.

"무슨 헛소리야? 내가 언제 겁탈을 했다는 거지?"

공주는 히죽히죽 웃었다.

"겁탈하지 않았다고? 지금 바로 겁탈할 거잖아!"

그러고는 위소보를 끌어안고 부드럽게 말했다.

"이 원수덩어리야, 그렇게 모질게 때리면 어떡해? 내가 얼마나 아픈지 몰라?"

이날도 두 사람에게는 밤이 짧았다.

곤명昆明이 가까워지자 풍악과 호각 소리가 요란하게 울려퍼지는 가운데 군관 한 명이 달려와 보고했다.

"평서왕께서 직접 공주의 난가鸞駕를 맞이하러 오셨습니다."

365

위소보는 말을 몰고 앞으로 달려나갔다. 번쩍이는 투구와 갑옷을 차려입은 병사들이 선봉대로 큰 말을 타고 달려왔다. 가까이 온 그들은 일제히 말에서 내리더니 양쪽으로 쫙 갈라져 질서정연하게 나열했다. 그 뒤를 이어 풍악 소리와 함께 수백 명의 붉은 장포를 입은 소년들이 깃발을 세워들고 장군 한 명을 에워싸 앞으로 다가왔다. 찬례관贊禮官이 소리를 높여 외쳤다.

"평서친왕 오삼계가 건녕 공주 전하를 배알합니다!"

위소보는 오삼계를 유심히 훑어보았다. 그는 체구가 우람하고 얼굴이 불그스름하며 수염과 머리카락은 반백이었다. 비록 나이는 많지만 걸음걸이가 당당하고 아주 건장해 보였다.

'세상 사람들이 다 이 개뼈다귀의 이름을 운운하더니… 이렇게 생겨먹었구먼!'

위소보는 그가 공주의 마차 앞에서 무릎을 꿇고 큰절을 올리는 것을 한쪽에 서서 지켜보며 속으로 시부렁거렸다.

'늙은 개뼈다귀야, 됐다! 인사 그만해라!'

그가 절을 다 올리고 나서야 넌지시 말했다.

"평서친왕, 면례免禮('예를 생략하라'는, 형식적인 인사말)!"

오삼계는 몸을 일으켜 위소보 앞으로 다가와 웃으며 말했다.

"이분이 바로 오배를 제압해 천하에 명성을 날린 위 작야爵爺죠?"

위소보는 몸을 숙이며 말했다.

"별말씀을요, 비직卑職 위소보가 왕야께 인사 올립니다."

오삼계는 껄껄 웃으며 그의 손을 잡았다.

"대인대의大仁大義하신 위 작야의 영명英名을 일찍이 들었소이다. 이런 속된 예의는 생략합시다. 우리 부자는 앞으로 위 작야의 전폭적인 지지가 있길 바랄 뿐이오. 괜찮다면 서로 한집안 식구처럼 허물없이 지내도록 합시다."

위소보는 그의 말투에 양주 사투리가 섞여 있어 은근히 친근감을 느꼈다.

'아따, 걸쩍지근하구먼! 나랑 한 고향인가 보네.'

속으로 시부렁대면서 겉으로는 점잖게 말했다.

"그렇게 말씀하시니 송구스럽습니다. 비직이 어찌 감히 그럴 수가 있겠습니까?"

그러면서 은근히 양주 사투리를 섞었다. 그러자 오삼계가 웃으며 말했다.

"위 작야는 양주 사람이오?"

위소보가 간단하게 대답했다.

"그렇습니다."

오삼계는 활짝 웃으며 고개를 끄덕였다.

"그럼 더욱 잘됐군. 난 요동에서 자랐지만 원적은 양주 고우高郵요. 우린 정말 한집안 식구군."

위소보는 다시 속으로 시부렁댔다.

'이런 썩을 놈! 이제 보니 고우의 함압단鹹鴨蛋('짠 오리알'이라는 뜻. 양주 고우 지방은 소금에 담근 짭짤한 오리알이 유명하다)이구먼! 양주에서 너 같은 매국노가 나오다니, 나까지 재수 옴 붙게 생겼어!'

오삼계는 위소보와 나란히 앞장서서 공주의 난가를 성안으로 인도했다. 곤명성의 백성들은 공주마마가 평서왕세자한테 시집을 온다는 소식을 듣고 구경하기 위해 일찌감치 길가로 나와 인산인해를 이루었다. 그리고 성안 곳곳에 오색 종이와 등롱이 내걸렸고, 혼례를 축하하는 희장喜幛이 나부꼈다. 북을 치고 징을 두드리며 연이어 폭죽을 터뜨리는 소리가 하늘을 찌를 듯했다.

위소보가 오삼계와 말을 타고 성안으로 들어서자 연도의 백성들이 모두 몸을 숙여 깍듯이 맞이했다. 위소보는 의기양양해했지만 속으로는 투덜댔다.

'교태가 넘치고 꽃같이 아리따운 공주를 오응웅한테 내주고, 이 어르신까지 직접 불원천리 사혼사로 왔으니 이 망할 놈은 정말 염복이 터졌구먼!'

괜히 분통이 터졌다.

오삼계는 공주를 곤명성 서쪽에 있는 안부원安阜園으로 안내해 잠시 머물게 했다. 안부원은 명나라 때 목 왕야의 옛집으로, 원래 고각누대高閣樓臺가 우뚝 서 있고, 잘 다듬어진 정원과 정자가 아름다운 저택이었다. 오삼계는 공주가 시집온다는 소식을 전달받은 후 이 집을 또다시 새롭게 단장하도록 했다.

오삼계 부자는 공주에게 문안인사를 올린 후 비로소 위소보를 데리고 평서왕부로 향했다.

평서왕부는 오화산五華山에 자리하고 있었다. 원래는 명 왕조 영력제의 별궁으로, 그 면적이 몇 리에 달할 정도로 넓었다. 오삼계가 거처로 정한 뒤로는 해마다 누대관각樓臺館閣 증축을 거듭해, 지금은 성벽을 연상케 하는 높은 담장과 붉은 지붕의 정자, 푸른 연못 등 황궁 내원과 별 차이가 없었다.

대청에는 이미 주연이 준비돼 있고, 평서왕 휘하의 문무백관이 모두 사혼사 겸 흠차대신欽差大臣 일행을 접대하기 위해 모여 있었다. 흠차대신 위소보는 당연히 수좌에 앉았다.

술이 세 순배 돌자, 위소보가 웃으며 말했다.

"왕야, 북경에 있을 때 가끔 왕야께서 모반을 꾀한다는 이야기를 들었는데…."

그 말에 오삼계는 이내 얼굴이 새파래졌고, 문무백관들도 역시 안색이 변했다.

위소보가 말을 이었다.

"오늘 왕부에 와보니 그것이 다 터무니없는 낭설임을 알겠습니다."

오삼계는 굳었던 안색이 좀 풀렸다.

"위 작야께서 물론 통찰을 하시겠지만, 비겁한 소인배들의 모함은 절대 믿을 게 못 됩니다."

위소보는 고개를 끄덕였다.

"그럼요. 만약 모반을 꾀한다면, 그건 황제가 되고 싶어서겠죠. 하지만 황상의 궁전은 이곳만큼 화려하지 못하고, 의복도 왕야에 못 미칩니다. 게다가 제가 오랫동안 수라상을 책임져왔는데, 부끄럽게도 이곳 왕부만큼 풍성하고 맛있지 않습니다. 평서왕으로 있으면 황상보다 더 편안하고 풍족한데 왜 굳이 황제가 되려고 하겠습니까? 북경으로 돌아가면 평서왕은 절대 황제가 될 생각이 없다고 황상께 아뢰겠습니다. 설령 용좌를 내준다고 해도 극구 사양할 거라고 분명히 밝히겠습니다."

일순간, 대청 안은 찬물을 끼얹은 듯 조용해졌다. 다들 젓가락과 술잔을 내려놓고, 얼토당토않은 위소보의 말에 그저 표정이 굳어지며 가슴만 두근거릴 뿐이었다. 오삼계는 더욱 안색이 붉으락푸르락해져서 뭐라고 말해야 좋을지 몰라 하며 나름대로 생각했다.

'말을 들어보니, 황상은 내가 모반을 꾀할 거라고 의심하고 있는 모양이군.'

그는 어쩔 수 없이 허허 멋쩍게 웃으며 입을 열었다.

"황상께선 워낙 영명인효英明仁孝하고 근정위국勤政爲國하시니, 자고로 그 어느 현능한 황제도 따르지 못할 겁니다."

위소보가 말했다.

"그렇습니다. '요순어탕'도 황상에 미치지 못할 겁니다."

그 말에 오삼계는 다시 멍해졌으나, 이내 '요순우탕堯舜禹湯'이라는 뜻임을 알아차렸다. 그래서 빙긋이 웃으며 말했다.

"미신微臣은 황상의 근면성덕勤勉聖德을 흠모하여 기거에 있어 감히 사치를 행하지 못했는데, 성은을 베풀어주시어 공주마마를 맞이하게 됨에 최선을 다하고자 한 것입니다. 이번 혼사를 마치면 다시 지난날로 돌아가 검소하게 살 겁니다."

속으로는 이 녀석이 북경으로 돌아가 내가 호화롭게 살고 있다고 고하면 황상이 좋아하지 않을 테니, 무슨 수를 써서라도 입막음을 해야겠다고 생각했다.

그런데 뜻밖에도 위소보는 고개를 절레절레 흔들었다.

"돈은 쓰고 또 쓰고 자꾸 써야 신나는 거죠. 왕야인데 돈을 안 쓰면 어떻게 왕야라고 할 수 있겠어요? 금은보화가 너무 많아 다 못 쓸까 봐 걱정이 된다면, 제가 도와드릴 테니 함께 쓰는 게 어때요? 하하…."

위소보의 입에서 이런 엉뚱한 말이 나오자 오삼계는 이내 얼굴이 환해지며 가슴을 쓸어내렸다. 돈을 원하고, 돈을 받겠다면, 문제는 간단하지 않겠는가?

대청에 모인 문무대신들도 그가 공공연히 돈을 원하는 투로 말하자, 모두들 입가에 미소가 피어올랐다. 나이 어린 것이라 역시 상대하기 쉽다고 느꼈다. 다시 술잔을 돌리며 무슨 예물을 줘야 할지, 서로 은밀히 의견을 교환했다. 좀 전에 그 어색하던 분위기는 거짓말처럼 말끔히 사라지고 제각기 위소보의 공덕을 칭송하며 아첨을 떨고, 떠들썩하게 술자리를 즐기다가 돌아갔다.

오응웅이 직접 위소보를 안부원까지 바래다주었다. 대청에 자리를 잡고 앉자 오응웅은 비단에 싼 금합錦盒을 두 손으로 건네며 말했다.

"이건 사소한 은자 나부랭인데, 필요하실 때 용돈으로 쓰십시오. 북경으로 돌아가시면 부왕께서 위 작야의 노고에 따로 보답을 해드릴 겁니다."

위소보는 웃으며 말했다.

"그렇게까지 하실 필요는 없습니다. 그렇지 않아도 북경을 떠나기 전에 황상께서 저에게 분부하신 바가 있습니다. '소계자, 다들 오삼계가 간신이라는데 가서 잘 좀 살펴보거라. 도대체 충신인지 간신인지 네가 직접 확인해봐라. 빈틈없이 이모저모를 두루 다 살펴봐야 한다.' 그래서 제가 아뢰었습니다. '황상, 심려하지 마십시오. 소인이 눈을 크게 뜨고 머리에서 발끝까지 샅샅이 다 살펴서 확인해 보고를 올리겠습니다.' 하하… 소왕야, 충신인지 간신인지는 어떻게 말하느냐에 달려 있는 게 아닐까요?"

오응웅은 속으로 화가 치밀었다.

'너희 대청 강산은 다 나의 아버님이 직접 이룩해놓은 거야! 이제 기틀을 다 다졌다고 배은망덕하게 아버님이 충신인지 간신인지 확인해보겠다는 거냐? 그렇다면 공주를 나한테 시집보낸 것도 뭔가 꿍꿍이가 있겠군!'

그는 속내를 드러내지 않고 정중하게 말했다.

"우리 부자는 늘 황상을 위해 충성을 다해왔으며 앞으로도 역시 우마牛馬가 돼서라도 황상의 은덕에 보답하고자 합니다."

위소보는 한쪽 다리를 다른 무릎에 포개며 거드름을 피웠다.

"당연히 그래야죠. 나 역시 소왕야의 충심을 잘 알고 있습니다. 황상께서 만약 소왕야를 믿지 못한다면 공주를 시집보내 부마로 삼겠습니까? 소왕야, 이제 황상의 매부가 되어 한꺼번에 8등급이나 승진한 격이니, 정말 기분이 좋으시겠습니다."

오응웅이 말했다.

"그게 다 황상의 하해와 같은 성은과 위 작야께서 도와주신 덕분이니 저로서는 그저 감사할 따름입니다."

위소보는 속으로 시부렁댔다.

'널 자라새끼로 만들어줘도 감사하다고 할 거냐?'

오응웅을 보내고 나서 금합을 열어보니, 은표 열 다발이 들어 있었다. 한 다발에 500냥짜리 은표가 40장씩 묶여 있으니, 모두 20만 냥이다. 위소보는 그 많은 액수에 놀랍기도 하고 기분이 좋아졌다.

'씀씀이가 크긴 크구먼. 용돈으로 쓰라고 은자 20만 냥을 주다니, 용돈이 왕창 필요하다고 하면 100만 냥이고 200만 냥이고 선뜻 내주

지 않겠어?'

다음 날, 오응웅은 흠차대신 겸 사혼사 위소보를 열병閱兵 교장으로 모셔갔다.

위소보는 오삼계와 나란히 열병대 위에 섰다. 우선 평서왕의 휘하 두 도통都統이 수십 명의 좌령佐領을 이끌고 투구와 갑옷 차림으로 말을 타고 나타났다. 그들은 열병대 앞에 이르러 말에서 내려 정중히 인사를 올렸다. 이어 무리를 이룬 병마들이 열병대 아래에서 절도 있게 훈련을 해 보였다. 번병藩兵이 지나가자 새로 편성된 오영五營의 충용병忠勇兵, 의용병義勇兵 편대가 총병總兵의 지휘 아래 질서정연하게 훈련을 선보였다. 군사들은 모두 씩씩해 보였고, 말들도 아주 건장했다. 누가 봐도 훈련이 잘돼 있는 군사들이었다.

위소보는 군사훈련에 대해 아는 바가 전혀 없었다. 그러나 이렇듯 훈련이 잘돼 있는 군사들을 보자 감탄을 금치 못했다. 그래서 옆에 있는 오삼계에게 말했다.

"왕야, 오늘 정말 감탄했습니다. 저는 효기영의 도통이고, 우리 효기영은 황상의 친위군인데, 부끄럽게도 만약 왕야의 충용영, 의용영과 실제로 맞붙는다면 효기영은 대패해서 꼬리를 감추고 달아나기 바쁠 겁니다."

오삼계는 우쭐대며 빙긋이 웃었다.

"위 작야의 과찬에 몸 둘 바를 모르겠소. 난 원래 군관 출신이고, 병사들을 훈련시키는 것을 늘 천직으로 생각해왔소."

이때 고막이 찢겨나갈 듯한 호포성號砲聲이 터지며 장병들의 우렁찬 함성이 쩌렁쩌렁 주위를 진동시켰다. 위소보는 화들짝 놀라 다리가 풀리며 의자에 털썩 주저앉았다. 이내 안색까지 창백해졌다.

그것을 본 오삼계는 내심 비웃었다.

'네놈은 원래 황상 곁에서 알랑대는 환관이고, 감언이설로 어린 황제의 환심을 샀을 뿐이야. 그 외에 무슨 쓸모가 있겠어? 아직도 젖비린내가 나는 꼬마 녀석이 자작에 봉해지고 효기영의 도통, 흠차대신이 되다니! 이것만 봐도 황제가 얼마나 어리석고 한심한지 짐작이 간다.'

그는 원래 강희를 안중에 두지 않았는데, 지금 위소보의 어리바리한 꼬락서니를 보자 내심 웃음이 나왔다. 조정에 이렇다 할 인재가 없다는 얘기니 걱정을 안 해도 될 것 같았다.

열병식이 끝나자 위소보는 오삼계에게 황제의 성지를 전해주었다.

"이건 황상의 성지니, 왕야께서 모두에게 선독宣讀해주시죠."

오삼계는 무릎을 꿇고 성지를 받으며 말했다.

"황상의 성지니 흠차께서 직접 선독하십시오."

그러자 위소보가 웃으며 말했다.

"성지는 날 알지 모르지만 난 성지를 잘 모릅니다. 아는 글이 별로 없는데, 무슨 수로 읽겠습니까?"

오삼계는 빙긋이 웃으며 성지를 받쳐들고 장병들에게 큰 소리로 선독했다. 그의 음성은 기가 넘치고 우렁찼다. 한 마디 한 마디가 멀리 울려퍼졌다. 광장에 모여 있는 수만 명의 장병들은 모두 무릎을 꿇고 경청했다.

성지에는 평서왕이 오랑캐들을 평정하고 변방을 수호하는 데 공을 많이 세운 것을 치하하고, 그의 병사들도 모두 노고가 많았으니 한 계급씩 특진시키고 따로 포상하겠다는 내용이 담겨 있었다.

오삼계는 성지를 읽고 나서 경성이 있는 북쪽을 향해 무릎을 꿇고 큰절을 올렸다. 그리고 낭랑하게 소리쳤다.

"황상의 성은에 감사드리나이다. 만세 만세 만만세!"

이어서 모든 장병들이 일제히 우렁차게 소리쳤다.

"황상의 성은에 감사드리나이다. 만세 만세 만만세!"

이번에 위소보는 이미 마음의 준비가 돼 있었기 때문에 크게 놀라지 않았다. 그래도 수만 명의 장병들이 일제히 함성을 지르자 그 기세가 가히 경천동지할 만해 가슴이 떨리고 다리가 후들거렸다.

평서왕부로 돌아와서 오삼계는 위소보에게 이번 혼례 날짜 택일에 대해 상의했다. 그는 얼굴을 찡그리며 별로 달가워하지 않았다.

오삼계가 말했다.

"다음 달 초나흘이 길일이니 혼사를 치르면 대길대리大吉大利할 거요. 위 작야의 생각은 어떻소?"

위소보는 속으로 생각했다.

'공주가 일단 오응웅에게 시집가버리면 난 더 이상 가짜 부마 노릇을 할 수 없어.'

그래서 넌지시 말했다.

"대혼大婚을 하는데 너무 서두르는 게 아닌가요? 공주마마의 혼사는 국가의 대사입니다. 왕야, 만반의 준비를 갖춰야 할 겁니다. 솔직히 말해서 공주마마께서는 태후마마와 황상의 총애가 아주 극진했어요. 조금이라도 소홀한 일이 있으면 우리 아랫것들은 정말 입장이 곤란해집니다."

오삼계는 가슴이 철렁했다.

'이놈이 지금 또 뭘 더 뜯어내려고 일부러 트집을 잡는 게 아닌가?'

그는 웃으며 말했다.

"아, 그래요, 그래. 위 작야의 말이 옳습니다. 미흡한 데가 있으면 언제든 분부만 내리십시오. 바로 알아서 시정하겠습니다. 초나흘이 너무 촉박하다면 다음 날 16일도 좋은 날짜입니다. 공주마마와 아들 녀석의 팔자에도 상충되지 않고 전혀 금기 될 게 없는 날이지요."

위소보는 선뜻 승낙을 하지 않았다.

"잘 알았습니다. 공주님의 생각이 어떠신지 한번 여쭤보겠습니다."

안부원으로 돌아오자 예상했던 대로 많은 관원들이 줄을 서서 기다리고 있었다. 위소보는 그들이 가져온 예물을 차례로 다 챙기고, 적당히 좋은 말로 몇 마디 얼버무려 돌려보냈다.

그는 모처럼 틈이 나자, 운남에 온 후로 한 번도 만나지 못한 결의형제 양일지가 생각났다. 그래서 오응웅에게 사람을 보내 양일지를 불러달라고 했다.

그런데 오라는 양일지는 오지 않고 오응웅이 직접 나타났다.

"위 작야, 양일지는 공무로 부왕의 명을 받고 멀리 출타했기 때문에 위 작야를 모실 수가 없게 됐네요."

위소보는 매우 실망해서 바로 물었다

"어디로 갔는데요? 언제 돌아오죠?"

오응웅은 안색이 약간 변하더니 말도 좀 떠듬거렸다.

"그는… 서장으로 갔습니다. 워낙 먼 길이라 이번에는 아마… 만나기가 힘들 겁니다."

눈치가 빠른 위소보는 이내 알아차렸다.

'뭔가 숨기는 것 같은데… 대체 무슨 수작을 부리고 있는 거지?'

그가 다시 물었다.

"양 형은 서장에 무슨 일로 갔는데요? 얼마나 머물다 오는 거죠?"

오응웅이 대답했다.

"그리 중요한 일은 아닙니다. 서장의 라마승이 사람을 시켜 선물을 가져왔기에 부왕께서 양일지를 시켜 답례품을 보낸 겁니다. 요 며칠 전에 떠났어요."

위소보는 고개를 갸웃거렸다.

"일이 참 공교롭게 됐네요."

오응웅을 보낸 후에 아무리 생각해도 뭔가 미심쩍었다. 그들은 자기와 양일지가 아주 가까운 사이라는 걸 잘 알고 있을 것이다. 자기가 운남에 오면 당연히 양일지를 시켜 접대케 해야 이치에 맞는 일이거늘, 하필이면 왜 자기가 운남에 올 즈음 그를 멀리 심부름 보냈을까? 답례품을 보내는 건 얼마든지 다른 사람을 시킬 수도 있는 일이다. 일부러 양일지를 만나지 못하게 하려는 게 분명했다.

위소보는 곧 조제현과 장강년을 불렀다. 두 사람더러 오삼계 부자의 위사들과 어울려 술도 마시고 노름도 하면서, 눈치 못 채게 양일지에 관해 알아보라고 했다.

이날 밤, 위소보는 공주를 만나 혼인 날짜를 다음 달 16일로 정했다고 알렸다. 그러자 공주는 눈꼬리를 치켜세우며 버럭 화를 냈다.

"내가 혼례 전에 그 오응웅 녀석을 염라대왕에게 보내라고 했잖아! 만약 그러지 않고 억지로 혼례를 치르게 한다면 모든 걸 다 까발리고 절대 절을 올리지 않을 거야!"

위소보는 그렇지 않아도 기분이 좋지 않았는데, 그녀가 강짜를 부리자 화가 나서 문을 박차고 그냥 나가려고 했다. 공주가 얼른 그의 손을 붙잡았지만 뿌리치고 밖으로 나와버렸다. 등 뒤에서 공주가 울고불고 난리를 쳤지만 못 들은 척했다.

위소보는 잠시 혼자만의 시간을 가졌는데, 너무 무료해서 결국 10여 명의 시위들을 불러들여 주사위노름판을 벌였다. 그제야 기분이 좀 나아졌다.

한밤중이 되자 조제현과 장강년이 돌아왔다. 위소보는 집었던 주사위를 던지려다가 두 사람을 보고는 웃으며 말했다.

"물주의 운이 다 된 것 같으니 따려면 어서 돈을 거시오!"

조제현이 나직이 말했다.

"부총관님이 분부한 일을 알아냈습니다."

위소보가 고개를 끄덕였다.

"좋아요!"

그는 주사위를 던져 천문天門은 먹고, 상문上門과 하문下門은 물어줬다. 그리고 두 사람의 손을 잡고 옆에 붙은 객방으로 들어가 물었다.

"어떻게 됐소?"

조제현이 대답했다.

"역시 부총관님이 짐작한 대로 양일지는 서장으로 가지 않았습니다. 알고 보니, 죄를 저질러 평서왕이 그를 가둔 모양입니다."

위소보는 눈살을 찌푸렸다.

"무슨 죄를 저질렀죠?"

조제현이 말했다.

"우린 왕부의 위사들과 술을 마시면서, 양일지를 잘 아니 불러다 함께 술을 마시자고 했습니다. 그러자 한 위사가 '양일지를 찾나요? 그럼 흑감자黑坎子로 가봐요'라고 하더군요. 그래서 흑감자가 어디냐고 물었죠. 그러자 옆에 있는 다른 위사가, 동료가 술에 취해 헛소리를 한 것이니 신경 쓰지 말라고 얼버무리더라고요."

위소보는 고개를 갸웃거렸다.

"흑감자라…?"

조제현이 말을 이었다.

"우린 뭔가 사연이 있을 것 같아 그들과 적당히 술을 마시고 나서 헤어졌습니다. 그리고 돌아와서 알아보니까 그 '흑감자'는 감옥이더라고요. 그래서 평서왕이 양일지를 감옥에 가둔 것을 알게 됐죠. 그가 무슨 죄를 저질렀는지는, 혹시 다른 사람들이 의심할까 봐 자세히 캐묻지 못했습니다."

위소보가 물었다.

"그럼 흑감자는 어디에 있죠?"

역시 조제현이 대답했다.

"오화궁五華宮에서 서남쪽으로 약 5리쯤 떨어진 곳에 있답니다."

위소보는 고개를 끄덕였다.

"알았어요. 두 분 모두 수고했어요. 밖에 가서 나 대신 물주를 잡고 놀아봐요."

조제현과 장강년은 좋아하며 바로 노름판으로 향했다. 위소보 대신 물주 노릇을 하면 그야말로 떼놓은 당상이었다. 돈을 따면 챙길 수 있고, 잃어도 자기네 돈이 아니니 전혀 손해 볼 게 없었다.

위소보는 영 기분이 좋지 않았다.

'양 대형이 대체 무슨 큰 잘못을 저질렀기에 오응웅까지 날 속여가면서 그를 서장으로 보냈다고 한 거지? 죽을죄가 아니라면 내 체면을 봐서라도 그를 놓아줄 텐데… 오응웅이 이미 거짓말을 했으니 내가 가서 사정을 해도 끝까지 잡아뗄 거야. 어쩌면 입을 봉하기 위해 바로 죽일지도 모르지. 그럼 완전히 증거인멸이 될 테니까! 그를 구하려면 특단의 수를 쓸 수밖에 없어. 나중에 설령 오삼계가 알고 화를 내도 난 겁날 게 없어. 감히 핏대를 세우며 나한테 따지진 못할 거야.'

위소보는 곧 이역세, 번강, 풍제중, 고언초, 전노본, 현정 도인, 서천천 등 천지회의 군호들을 불렀다. 그리고 자초지종을 알리고 양일지를 구해낼 수 있는 방도를 상의했다.

이역세가 먼저 입을 열었다.

"위 향주, 이번 일은 반드시 해야 하오! 양 대형을 구해낼 수 있다면 물론 더 바랄 나위가 없고, 설령 구해내지 못한다고 해도 오삼계는 위 향주가 자기를 상대로 일을 꾸민 것을 알면 식겁할 겁니다. 틀림없이 황상의 명을 받고 한 일이라 생각하겠죠. 그러니 내심 겁을 집어먹고 모반을 앞당길 수도 있어요."

위소보가 말했다.

"네, 바로 그거예요! 한데 놈이 바로 모반을 꾀해 우릴 모조리 잡아서 가둔다면, 다들 흑감자 안에서 노름을 한판 벌일 수 있으니, 그것도 재밌는 일이겠죠!"

현정 도인이 말했다.

"상황이 여의치 않으면 삼십육계가 최고죠."

위소보가 다시 말했다.

"그럼 다들 양 대형을 구하러 가고, 난 오응웅을 불러다 일단 인질로 삼을게요. 그럼 여차한 경우에도 오삼계가 함부로 하지 못하겠죠."

전노본이 말했다.

"인질을 잡아두는 건 아주 좋은 생각입니다. 우린 내일 우선 흑감자의 지세를 파악할게요. 그리고 오삼계 부하로 가장해 감옥으로 쳐들어가 사람을 구해오지요."

다음 날 오후 위소보는 혼사에 관해 상의할 일이 있다면서 연회를 마련하고, 사람을 시켜 오응웅을 모셔오게 했다.

안부원 대청에 풍악이 울려퍼지고 술잔이 오가며 분위기가 무르익어갈 무렵, 천지회의 군호들은 평서왕부 위사들의 차림을 하고 흑감자로 쳐들어갔다.

위소보는 효기영의 군사들과 어전 시위들을 시켜 주위를 삼엄히 경계하고, 오응웅이 데려온 위사들을 단단히 잘 감시하도록 일렀다. 그리고 자신은 오응웅과 술잔을 나누며 악극을 감상했다. 오늘 무대에 올린 악극은 〈종규가매鍾馗嫁妹〉라는 곤극崑劇이다. 종규는 민간 설화에서 역귀疫鬼들을 쫓아낸다고 하는 신이다. 잡귀 다섯이 곤두박질로 뒹굴고 이리저리 날뛰며 여러 가지 재주를 펼쳐 보였다. 분위기가 화끈 달아올랐다. 위소보는 연신 잘한다고 소리치며 은자를 내려줬다.

왁자지껄 떠들썩한 분위기가 한창일 때, 누가 등 뒤로 다가와 살그머니 소맷자락을 잡아당겼다. 고개를 돌려보니 고언초가 가볍게 고개를 끄덕여 보였다. 위소보는 일이 잘됐다는 것을 알고 내심 기뻐하며 오응웅에게 말했다.

"소왕야, 잠깐만 앉아 계십시오. 난 가서 오줌 좀 깔기고 올게요."

오응웅은 속으로 웃었다.

'이런 망나니 같으니라고! 말이 되게 천박하군.'

겉으로도 웃으며 말했다.

"그럼 다녀오세요."

위소보가 뒤쪽 외당外堂으로 가보니, 천지회의 군호들이 한 사람도 빠짐없이 다 모여 있었다. 그는 환히 웃으며 말했다.

"다들 수고했어요. 아무도 다친 사람이 없군요. 그래, 사람을 구해냈습니까?"

그런데 군호들의 안색이 모두 침울했다. 뭔가 심상치 않은 것 같았다. 고언초가 이를 갈며 말했다.

"오삼계 그놈은 정말 악랄하기 짝이 없습니다!"

위소보가 얼른 물었다.

"왜요?"

고언초와 서천천이 몸을 돌려 나가더니 담요에 싸인 한 사람을 들고 들어왔다. 담요는 온통 선혈로 물들어 있었다. 위소보가 깜짝 놀라 달려가 확인해보니, 담요에 싸인 사람은 바로 양일지였다.

양일지는 눈을 꼭 감고 있었는데, 얼굴은 핏기라곤 찾아볼 수 없이 아주 창백했다. 위소보가 절로 소리쳤다.

"양 대형! 내가 양 대형을 구해내라고 했어요!"

그의 외침을 들었는지 못 들었는지, 양일지는 그저 가볍게 고개를 끄덕였다. 위소보가 다시 소리쳤다.

"양 대형, 많이 다쳤습니까?"

서천천이 담요를 가볍게 젖혔다. 순간, 위소보는 놀란 비명과 함께 뒤로 두 걸음 물러났다. 충격에 몸이 휘청거리며 하마터면 쓰러질 뻔했다. 전노본이 그를 부축했다. 양일지는 두 팔이 잘렸고, 두 다리도 무릎에서부터 잘려나갔다.

서천천이 나직이 말했다.

"혀도 잘렸고, 눈도 파버렸습니다."

위소보는 여태껏 이렇듯 참혹한 모습을 본 적이 없었다. 격한 감정이 끓어올라 이내 방성통곡을 터뜨렸다. 따지고 보면, 그는 양일지와 그다지 깊은 교분이 없었다. 단지 서로 의기투합해 결의형제를 맺었을 뿐이다. 당연히 기쁨을 서로 나누고, 고난을 함께 짊어져야 했다. 지금 사지가 모두 절단된 그의 모습을 보자, 그 비통함은 이루 말로 표현할 수 없었다. 당장 비수를 뽑아들고 악을 썼다.

"당장 가서 오응웅 그놈의 팔다리를 다 잘라버릴 거야!"

풍제중이 그의 팔을 잡았다.

"진정하고, 차분하게 대책을 논의해봅시다."

풍제중은 말이 별로 없고 과묵하지만, 입을 열면 항상 옳은 말만 했다. 그래서 위소보도 항상 그를 경외하며 그의 의견에 따랐다. 바로 흥분을 가라앉히고 고개를 끄덕였다.

"풍 대형의 말이 옳아요."

서천천은 담요를 다시 덮어주고 말했다.

"이번 일은 역시 우리와 연관이 있습니다. 오삼계는 양 대형이 위 향주와 가깝게 지내면서 결의형제를 맺은 것을 알고 부귀영화를 탐해 자신을 배신하고 조정에 붙었다고 생각한 겁니다. 그래서 죽지도 못하고 살지도 못하게 만들어, 부하 장수들에게 자신을 배신하지 못하도록 본보기를 보인 거죠."

위소보가 눈물을 흘리며 말했다.

"오삼계, 그 씹할놈은 18대까지 조상대대로 썩어문드러질 자라새끼들이었을 겁니다! 양 대형은 나랑 결의형제를 맺었을 뿐 자기를 배신한 것도 아닌데, 자기가 나라를 팔아먹은 매국노이기 때문에 양 대형도 그럴 거라고 지레 의심을 한 거예요. 양 대형을 이 모양으로 만든 게 바로 그가 모반을 꾀하고 있다는 증겁니다. 설령 양 대형이 조정에 협력한다고 해도 그게 뭐가 잘못입니까?"

전노본이 동조했다.

"맞습니다! 위 향주는 양 대형을 북경으로 데려가서 소황제한테 진상을 고하십시오!"

위소보가 서천천에게 물었다.

"양 대형이 저랑 결의형제를 맺은 것을 오삼계가 알고 이런 짓을 저질렀다고 했는데, 서 삼형은 그 사실을 어떻게 알았습니까?"

서천천은 대답하기에 앞서 밖으로 나가 한 사람을 들고 들어와 바닥에 패대기쳤다. 끌려온 자는 7품 관복을 입었고 허여멀겋게 살이 쪘는데, 바닥에 엎어져 꼼짝도 하지 않았다.

서천천이 말했다.

"위 향주, 이 녀석의 이름을 아마 익히 들었을 텐데, 보진 못했을 겁니다. 바로 그 노일봉입니다."

위소보는 당장 냉소를 날렸다.

"흥! 어쭈구리, 누군가 했더니 바로 그 노 어르신이구먼. 북경에서 길길이 날뛰다가 오응웅한테 맞아 다리몽둥이가 부러졌는데, 어째서 또 여기 있지?"

노일봉은 잔뜩 겁을 먹고 떠듬거렸다.

"아… 네, 네! 소인이 잘못했습니다."

서천천이 나섰다.

"원수는 외나무다리에서 만난다더니, 이 녀석이 흑감자의 간수더라고요! 불태워 재로 변한다고 해도 난 금방 알아볼 수 있어! 우리가 오삼계의 부하로 가장해서 죄수를 데려가겠다고 하니까, 이 녀석이 어깨에 힘을 주며 평서왕의 친서가 없으면 아무도 내줄 수 없다고 하더군요. 빌어먹을! 네놈의 모가지가 바로 평서왕의 친서다!"

위소보는 고개를 끄덕였다.

"마침 잘됐네요. 이 녀석을 만나서 양 대형을 데리고 나오기가 좀 수월했겠군요."

위소보는 군호들이 그의 목에 칼을 들이대 바로 양일지를 데리고 나왔으리라 짐작했다. 서천천의 별호가 '팔이 여덟 개 달린 원숭이'라는 뜻의 팔비원후인데, 두 팔로 한 사람 정도 데려오는 것은 식은 죽 먹기였을 것이었다.

서천천이 말했다.

"양 대형이 오삼계의 심사를 거슬리게 했다는 것은, 바로 이 녀석이 실토한 기밀입니다."

노일봉은 '기밀을 실토했다'는 말에 얼른 변명을 늘어놓았다.

"그건… 내가 실토한 게 아니라 저… 어르신이 강요해서… 난 절대 평서왕의 기밀을 누설하지 않았습니다."

위소보가 냅다 그의 얼굴을 걷어찼다.

"으악!"

노일봉은 앞니가 부러지며 비명을 질렀다.

위소보가 말했다.

"난 가서 오응웅이 의심하지 않게 구슬리고 있을게요. 여러분은 이 녀석을 잘 심문해보십시오. 만약 이실직고하지 않으면 양쪽 팔과 두 다리를 몽땅 잘라버려요!"

노일봉은 입에서 피를 흘리며 말했다.

"다 말할게요, 말할게요."

그는 천지회 사내들이 얼마나 무서운지 잘 알고 있었다. 게다가 양 일지가 팔다리를 잘리고 혀까지 뽑힌 참상을 눈앞에서 보고 있으니 바로 까무러칠 것만 같았다.

위소보는 양일지 곁으로 다가갔다.

"양 대형!"

양일지는 그의 음성을 알아듣고 반사적으로 몸을 일으키려 했다. 그러나 상반신을 일으키자마자 바로 자빠졌다. 군호들은 그의 참혹한 모습을 보자 모두 분개했다. 원래 그는 매국노의 앞잡이라 크게 측은 한 생각이 들지 않았지만, 오삼계 부자가 자신들에게 충성해온 부하를 목불인견目不忍見, 차마 눈 뜨고 볼 수 없는 지경으로 만든 그 악랄함에 치를 떨지 않을 수 없었다.

위소보는 눈을 닦고 마음을 가다듬은 다음 대청으로 돌아와 깔깔 웃으며 말했다.

"정말 재미가 있네요!"

그런데 대청 안이 쥐 죽은 듯 조용하고 풍악 소리도 들리지 않았다. 위소보는 내심 의아해했다.

'아니… 왜들 이러지?'

창극 단원들은 무대 위에 서서 꼼짝도 하지 않았다. 그러다가 위소보가 나타나자 그제야 풍악을 울리며 다시 〈종규가매〉를 이어갔다.

위소보가 오줌을 누러 간다고 해서 창극을 중단시켰던 것이다. 위소보가 중간 이야기를 보지 못하니, 돌아오면 다시 이어서 하도록 배려를 한 것이었다.

위소보는 일단 오응웅에게 늦어서 미안하다고 사과를 했다. 공주께서 부마가 될 사람이 왔다는 소식을 듣고 자기를 불러 부마가 평상시에 무슨 음식을 좋아하며 주로 어떤 옷을 입는지 등등 꼬치꼬치 묻는 바람에 늦었다고 너스레를 떨었다. 오응웅은 입이 귀에 걸려서 연신 괜찮다며 머리를 조아렸다.

오응웅이 떠난 후 위소보는 자기 방으로 돌아왔다. 그런데 천지회 군호들이 보이지 않았다. 물어보니 다들 다시 나갔다고 했다. 또 무엇을 하러 나갔는지 궁금했다.

그들은 밤이 깊어서야 돌아왔는데, 또 한 사람을 잡아왔다. 서천천이 노일봉을 다그쳐 오삼계가 양일지를 잔혹하게 처벌한 이유를 알아냈던 것이다. 우선은 위소보와 결의형제를 맺어 자신을 배신할 속셈이 있다고 의심해서 다른 부하들에게 본보기를 보인 것이고, 또 하나의 이유는 몽골 왕자 갈이단葛爾丹과 연관이 있었다.

갈이단은 오삼계와 근자에 와서 서로 친해져 예물도 교환하고 왕래가 빈번했다. 최근에도 사신을 시켜 선물을 보내왔다고 한다. 그 사신의 이름은 한첩마쭈帖摩인데, 오삼계와 어울리며 여러 날 동안 이야기를 나눴다. 그런데 양일지가 그 어떤 내막을 알게 되어, 아마 오삼계에게 진언을 하는 과정에서 노여움을 사게 된 모양이었다. 노일봉은 관직이 낮아 그 세세한 경위는 잘 알지 못했다. 단지 오삼계의 심복을 통해 몇 마디 전해들었을 뿐이다. 그래서 천지회의 끈질긴 추궁 끝에 자신이 알고 있는 것만 털어놓았다.

군호들은 서로 상의해서 내친김에 다시 오삼계의 부하로 가장해 그 몽골 사신 한첩마를 붙잡아온 것이다.

위소보는 소림사에서 몽골 왕자 갈이단을 본 적이 있다. 아주 거만하고 포악해서, 부하들을 시켜 자기에게 표창을 발사하도록 명했었다. 당시 만약 보의를 입고 있지 않았다면 아마 목숨을 잃었을 것이다. 지금 잡혀온 사신도 역시 고약한 놈일 거라고 생각했다. 위소보는 그를 유심히 살폈다. 나이는 오십 안팎이고, 턱밑에 누런 수염을 길렀다. 그리고 눈알을 이리저리 굴리는 게 아주 교활해 보였다.

위소보가 고언초에게 말했다.

"양일지한테 데려가서 몸을 샅샅이 보게 해요."

"네!"

고언초는 대답을 한 다음 그를 끌고 옆방으로 갔다. 좀 이따가 한첩마의 비명과 뭐라고 떠들어대는 소리가 들렸다. 그의 음성에는 공포가 가득 배어 있었다. 모름지기 양일지의 처참한 모습을 보고 혼비백산을 한 모양이었다. 아니나 다를까, 고언초가 그를 다시 데려왔을 때는 안색이 백지장처럼 창백하고 몸을 연신 부들부들 떨었다.

위소보가 그에게 물었다.

"아까 그 사람을 잘 봤느냐?"

한첩마는 말도 제대로 못하고 고개만 끄덕였다.

위소보가 말했다.

"내가 그 사람한테 뭘 좀 물어봤는데, 솔직히 대답하지 않고 거짓말을 하더라고. 난 여태껏 스스로 정한 원칙을 꼭 지켜왔어. 누구든 나한테 거짓말을 한 마디 하면 다리 하나를 자르고, 두 마디 하면 다시 나머지 다리를 자르지."

그러고는 고언초에게 물었다.

"그자가 거짓말을 몇 마디 했지?"

고언초가 바로 대답했다.

"일곱 마디입니다!"

위소보는 고개를 절레절레 흔들며 가볍게 한숨을 내쉬었다.

"휴… 그 사람은 거짓말을 너무 많이 하더라고. 그래서 어쩔 수 없이 왼쪽 다리, 오른쪽 다리, 왼팔, 오른팔, 양쪽 눈깔, 그리고 혀를 잘라버렸어."

그가 비수를 뽑아들고 옆에 있는 걸상을 쓱 긋자 걸상다리가 잘려나갔다. 그 비수를 손으로 만지작거리며 웃었다.

"이 비수로 사람의 팔다리를 자르는 건 두부 자르듯 아주 간단한데, 한번 시험해볼까?"

한첩마는 원래 몽골 용사인데 양일지의 참상을 보고는 이미 기절초풍한 상태라 떠듬거리며 말했다.

"대인, 제발… 뭐든 묻는 대로 솔직히… 솔직히 다 대답할게요. 절대… 거짓말을 하지 않겠습니다."

위소보가 다시 말했다.

"좋아, 평서친왕이 나더러 다시 확인해보라고 해서 묻는데, 네가 왕야한테 한 말이 전부 사실이냐? 아무래도 뭔가 숨기는 것 같다고 그러던데…."

그의 말에 한첩마는 처음엔 멍해하더니 곧 대답했다.

"제발 믿어주세요. 소인이… 어찌 감히 왕야를 속이겠습니까? 제가 한 말은 틀림없는 사실입니다."

위소보는 고개를 흔들었다.

"왕야께서는 믿지 못하겠다고 하던데… 왕야의 말로는 몽골 사람들은 워낙 교활해서 분명히 자신이 한 말도 나중에 잡아떼고 생떼를 쓴다더라고."

그 말에 한첩마의 안색이 복잡하게 변했다. 오기가 나는 듯 입술을 깨물더니 이내 분노로 변했다.

"우린 칭기즈칸의 자손입니다. 하나면 하나고 둘이면 둘이지…."

위소보가 그의 말을 받았다.

"그래, 셋이면 셋이고 넷이면 넷이겠지!"

한첩마는 다시 멍해졌다. 그는 비록 한족의 언어를 유창하게 구사하지만 고사성어에 대해선 한계가 있었다. 위소보가 한 말이 고사성어인지, 비꼬는 건지, 아니면 다른 의도가 있는지, 갈피를 잡지 못해 선뜻 뭐라고 대답하지 못했다.

위소보가 얼굴을 찡그리며 그에게 물었다.

"그럼 내가 누군지 알고 있나?"

한첩마는 고개를 내둘렀다.

"모르겠는데요."

위소보가 말했다.

"그럼 한번 알아맞혀보시지."

한첩마는 지금 자신이 와 있는 안부원이 아주 으리으리하고, 자기를 잡아온 사람들이 평서왕부의 위사들이라는 것을 우선 염두에 두었다. 그리고 위소보가 비록 나이는 어리지만 일품 무관의 복식을 하고 있으며 황마괘黃馬褂에 홍보석이 박힌 모자를 쓰고 있어 조정의 대관으로 귀하신 몸일 거라고 생각했다. 특히 황제만이 하사할 수 있는 황마괘를 입고 있어 더욱 존귀해 보였다.

한첩마는 머리가 빨리 돌아가는 편이었다. 그는 나름대로 생각을 굴렸다.

'어린것이 이렇게 큰 벼슬에 올라 있는 것을 보면 틀림없이 아비의 덕을 본 거야. 곤명성에서 평서친왕을 제외하고 이런 위세를 지닌 사람이 또 누가 있겠어? 게다가 평서왕부의 심복들이 그를 아주 공손하게 대하잖아. 그래, 틀림없어!'

그는 곧 공손하게 말했다.

"소인이 눈이 멀어 미처 알아보지 못했습니다. 이제 보니 평서친왕의 소공자시군요."

그는 오응웅을 본 적이 있지만, 그에게 동생이 있는지 없는지는 알지 못했다. 단지 위소보의 복장이 오응웅과 비슷해 그쪽으로 생각을 굳힌 것이다.

위소보는 속으로 욕을 했다.

'이런 죽일 놈을 봤나! 내가 천하의 대매국노 큰 자라의 아들이라고? 그럼 난 소매국노에 새끼자라가 되는 거잖아!'

겉으로는 껄껄 웃으며 말투를 바꿨다.

"역시 똑똑하구먼. 그러니 갈이단 왕자가 그대에게 이런 중차대한 임무를 맡겼겠지! 그대의 왕자는 나랑 아주 친한 사이요."

이어 전에 보았던 갈이단의 용모와 복식을 되짚으며 대충 허풍을 좀 떨고 나서 말했다.

"그날 그대의 왕자님과 무공에 대해 좀 논했는데, 그가 보여준 무공이 아주 대단하더군."

곧이어 갈이단이 소림에서 전개했던 무공을 간단하게 펼쳐 보였다.

한첩마는 매우 기뻐하며 바로 몸을 숙여 인사를 새로 했다.

"소왕야는 우리 왕자님과 절친한 사이군요. 이제 보니 우린 다 한 식구네요."

위소보가 능청스레 물었다.

"왕자님은 잘 계신지? 요즘도 창제昌齊 라마와 늘 붙어다니나요?"

한첩마가 얼른 대답했다.

"창제 라마는 지금 우리 왕부에 머물고 있습니다."

위소보는 고개를 끄덕였다.

"그렇겠지."

그러고는 넌지시 물었다.

"그 남색 치마를 즐겨입는 한족 낭자, 이름이 아기라고 하던데… 그녀도 왕부에 머물고 있소?"

한첩마는 눈이 휘둥그레졌다. 만면에 놀라움과 기쁨이 뒤섞이며 대답했다.

"이제 보니 소왕야께선… 그 일까지 알고 있군요. 정말… 대단하십니다."

위소보는 건성으로 그냥 물어본 건데, 사실과 맞아떨어지자 의기양양했다. 그는 하하 웃으며 말했다.

"그대의 왕자님은 나한테는 숨기는 게 없소. 아기 낭자는 왕자의 절친이고, 그녀의 사매 아가 낭자는 바로 나의 정인이오. 따지고 보면 우린 다 한집안 식구나 다름이 없지. 하하… 하하…."

한첩마도 덩달아 웃었다.

"하하… 하하하…."

두 사람은 마주 보고 유쾌하게 웃으며 격이 없어지는 것 같았다.

위소보의 말투가 부드러워졌다.

"부왕께서 나더러 소상히 물어보라고 했소. 그대가 부왕한테 한 말이 성심성의가 담긴 사실인지, 아니면 다른 음모가 있는 건지 좀 헷갈린다고 하시더군요."

한첩마가 진지하게 말했다.

"소왕야는 우리 왕자님과 절친한 사이인데 어찌 소인을 의심하는 겁니까?"

위소보가 말했다.

"부왕께서는 워낙 신중을 기하시는 분이라 확실히 짚고 넘어가려는 거요. 부왕께선 한 사람이 만약 거짓말을 하면, 첫 번째 한 말과 두 번째 한 말이 서로 다를 수 있다고 하셨소. 알다시피 이번 일은 워낙 중차대해서 자칫 실수를 하는 날이면 모두 다 패가망신을 당하게 될 거요. 그러니 자초지종을 나한테 다시 한번 말해주시오. 부왕께서 들은 이야기와 상충되거나 혹시 조금이라도 틀린 부분이 있는지 재차 확인해보려는 거요. 한첩마 노형, 내가 그대의 왕자님을 못 믿어서 이러는 게 아니라, 우린 초면이잖소. 아직은 서로의 속마음을 헤아릴 수 없어서 신중을 기하려는 것이니 이해해주길 바라오."

한첩마가 정색을 했다.

"그야 당연하죠. 이 일이 만약 누설되는 날이면 다들 바로 멸문을 당할 겁니다. 평서왕야는 역시 세심하군요. 돌다리도 다시 두들겨보고 건너는 게 맞죠. 그럼 소왕야가 다시 왕야께 전해주십시오. 이번에 사자동맹四者同盟이 이루어지면 바로 출병해서 천하를 사분四分하는 겁니다. 중원 강산은 약속한 대로 틀림없이 왕야가 독차지하고, 나머지 삼자는 절대 중원을 넘보지 않을 겁니다."

위소보는 내심 소스라치게 놀랐다.

'천하를 4등분한다고? 한데 사자가 누구누구지? 만약 직접 물어보면 내가 아무것도 모르는 게 되니까, 들통이 날 수도 있어.'

그는 빙긋이 웃으며 태연하게 말했다.

"그 일은 나도 그대의 왕자와 여러 번 상의한 바가 있소. 한데 성사된 후에 천하를 나누는 방법에 대해 의견 통일이 잘 안 되었는데, 이번에 왕자가 혹시 다른 얘긴 없으셨소?"

한첩마가 말했다.

"저희 왕자님은 약속한 것 외에는 절대 욕심을 부리지 않을 거라고 했습니다. 그러나 러시아가 출병을 하는 데는 왕자님이…."

위소보는 '러시아의 출병'이란 말을 듣자 가슴이 철렁했다.

한첩마가 말을 이었다.

"왕자님이 천신만고 끝에 겨우 설득한 겁니다. 러시아의 화기火器는 아주 위력적이라 일단 대포와 총을 쏘면 청병淸兵은 도저히 당해낼 수 없습니다. 러시아가 출병하기만 하면 틀림없이 천하를 차지하게 될 겁니다. 평서왕이 중국의 황제가 되면 소왕야는 바로 친왕이 되겠죠."

당시 중국인들은 러시아를 '나찰국羅刹國'이라고 했다. 그 나라 사람들은 노란 머리카락에 푸른 눈 등 모습이 아주 독특해서 중국인들은 그들을 귀신으로 여겼다. 그래서 불경에 나오는 악귀 '나찰'에 빗대 러시아를 '나찰국'이라고 한 것이다.

청나라 순치 연간에 러시아의 카자크哥薩克 기병대와 여러 차례 교전을 한 일이 있다. 비록 청병이 매번 그들을 격퇴했지만 막대한 손실을 입은 것도 사실이었다.

위소보는 군사에 대해선 별로 아는 게 없지만 궁에서 생활하면서 러시아의 병사들이 아주 흉포하고, 특히 그들이 사용하는 화기가 무섭다는 것을 들어서 알고 있었다. 그는 속으로 생각했다.

'이거 정말이지 야단났구먼! 오삼계 녀석은 매국에 맛을 들이더니 이번엔 러시아와 짝짜꿍 손을 잡는다니, 빨리 소황제에게 알려 러시아의 화기에 대비해야 되겠어!'

한첩마는 위소보가 아무 말도 없이 불쾌한 표정을 짓고 있자 조심스레 입을 열었다.

"소왕야, 혹시 무슨 하실 말씀이라도 있나요?"

위소보는 헛기침을 하며 잽싸게 머리를 굴렸다. 무슨 수로 상대방의 입을 통해 더 많은 정보를 알아내느냐가 관건이었다. 때마침 정극상이 형과 자리다툼을 하기 위해 풍석범을 보내 사부님을 죽이려 했던 일이 떠올랐다. 그래서 벌떡 일어나 비분강개하며 말했다.

"빌어먹을! 내가 무슨 할 말이 있겠어요? 부왕이 황제가 되면 나중에 형이 황위를 계승할 거고 난 그저 친왕일 뿐인데, 좋아할 게 뭐가 있어요?"

한첩마는 비로소 이 '소왕야'의 속내를 깨닫고 가까이 다가와 귀엣말로 속삭였다.

"우리 왕자님은 소왕야와 절친하니까 소인이 돌아가서 소왕야의 의사를 전하겠습니다. 일이 성사된 후에 우리 몽골과 러시아, 그리고 서장의 활불 삼자는 적극적으로 소왕야를 밀겠습니다. 그럼… 그럼… 소왕야는 뭐가 걱정입니까?"

위소보는 속으로 중얼거렸다.

'이제 보니, 출병하기로 한 사자는 몽골과 서장, 러시아, 그리고 오삼계군!'

그는 곧 희색이 만면해 말했다.

"정말 세 집에서 적극적으로 날 밀어준다면 대권을 장악한 후 상응하는 보답을 할 거요. 물론 노형의 도움도 절대 잊지 않겠소."

그러면서 500냥짜리 은표 네 장을 꺼내 건네주었다.

"이건 우선 용돈으로 쓰시오."

한첩마는 그의 거침없는 씀씀이에 놀라고 기뻐하며, 연신 몸을 숙여 고맙다는 인사를 했다. 원래 약간 의심이 간 것도 사실인데, 이젠 그런 의구심이 말끔히 사라졌다. 이 어린 소왕야는 자기 형인 오응웅과 자리다툼을 하고 있다고 생각했다. 그렇다면 갈이단 왕자와 자신이 중간에서 다리 역할을 하면 많은 이득을 볼 수 있을 거라고, 나름대로 주판알을 튕겼다.

위소보가 물었다.

"그럼… 노형의 왕자는 최종적으로 천하를 어떻게 나눌 거라고 말했죠?"

한첩마가 대답했다.

"중원의 금수강산은 당연히 오씨 문중의 차지입니다. 그리고 사천은 서장의 활불, 천산남북로와 내몽골 동사맹東四盟, 서이맹西二盟, 찰합이察哈爾, 열하熱河, 수원성綏遠城은 우리 몽골이 차지할 겁니다."

위소보가 그의 말을 받았다.

"정말 엄청 큰 땅이네요."

그는 한첩마가 이야기한 곳이 얼마나 크고 넓은지 전혀 알지 못했다. 단지 여러 곳을 말하기에 절대 작지는 않을 거라고 생각했다.

한첩마는 미소를 지으며 말했다.

"우리 몽골은 왕야를 위해 정말 애를 많이 썼습니다."

위소보가 고개를 끄덕이며 다시 물었다.

"그럼 러시아는?"

한첩마가 다시 대답했다.

"러시아의 대황제께선 산해관을 경계로 왕야와 강산을 나누기로 약속했습니다. 절대 산해관 안으로는 한 발짝도 들여놓지 않겠다고 했습니다. 알다시피 산해관 밖은 원래 만주 땅이었습니다. 그러니 러시아는 만주 땅만 차지하고 중원 땅은 넘보지 않겠다는 뜻입니다."

위소보는 다시 고개를 끄덕였다.

"그렇다면 공평한 셈이지. 그래, 노형의 왕자는 언제쯤 거사를 할 예정이죠?"

한첩마가 말했다.

"모든 것을 왕야를 위주로 하고 있습니다. 나머지 삼자는 그에 호응할 뿐이니, 그저 왕야의 결정에 따를 겁니다."

위소보가 말했다.

"부왕께서도 물론 그렇게 말씀하셨는데… 우리가 출병을 하면 나머지는 어떤 방식으로 호응할 거요?"

한첩마가 다시 말했다.

"그 점에 대해서는 왕야께서 염려를 안 해도 됩니다. 왕야의 대군이 일단 운남, 귀주를 벗어나면 우리 몽골군은 서쪽에서부터 동쪽으로 진격하고, 러시아의 카자크 기병대는 북에서 남으로 치고 내려와 양방향에서 북경을 협공할 겁니다. 그리고 서장 활불의 병력은 즉시 천변川邊을 공략할 겁니다. 또한 신룡교의 정예는…."

위소보는 자신도 모르게 소리를 질렀다.

"아!"

그러고는 무릎을 탁 치며 말했다.

"신룡교의 일도 정말… 다 알고 있단 말이오? 홍 교주는… 뭐라고 하던가요?"

위소보는 신룡교까지 이 엄청난 음모에 가담했다는 이야기를 듣고는 충격을 받았다. 음성까지 떨리는 것 같았다.

한첩마는 그의 신색이 이상하다는 것을 느끼며 물었다.

"왕야가 신룡교의 일도 소왕야에게 언급했나요?"

위소보는 태연을 가장하기 위해 하하 웃었다.

"왜 말을 안 하겠어요? 그리고 난 홍 교주와 홍 부인을 직접 만나 두 번이나 이야기를 나눴어요. 신룡교의 백룡사도 본 적이 있고요. 난 노형의 왕자가 이 일을 잘 모를 거라고 생각했는데…."

한첩마는 빙긋이 웃었다.

"신룡교의 홍 교주는 러시아 대황제의 칙봉敕封을 받았기 때문에, 러시아가 출병하면 신룡교도 당연히 호응을 하기 마련입니다. 나중에 중국 모든 연안의 크고 작은 섬들, 대만과 해남도海南島를 포함해 전부 신룡교의 관할이 될 겁니다. 그리고 복건의 경정충耿精忠, 광동의 상가희尚可喜, 광서의 공사정孔四貞도 때가 되면 다들 가세할 겁니다. 왕야께서 기치만 들면 동서남북에서 일제히 행동을 개시할 테니, 이 천하는 당연히 왕야의 차지가 될 게 아니겠습니까?"

위소보는 다시 하하 웃었다.

"네! 좋습니다, 좋아요!"

속으로는 비명을 질렀다.

'이거 정말 큰일이 났구먼!'

위소보는 비록 영악하지만 아직은 나이가 어린 탓에, 일반적인 사안에는 적당히 거짓말로 얼버무릴 수 있지만, 이렇듯 대군大軍이 동원되는 국가 대사에는 아무래도 문외한이라 내심 당황하지 않을 수 없었다. 무엇보다도 소황제가 걱정되었다. 그래서 '좋습니다, 좋아요!' 하고 소리치면서도 별로 기뻐하는 기색이 보이지 않았다.

한첩마는 눈치가 빨라 그의 속내를 지레짐작하고 넌지시 말했다.

"소왕야는 저희 왕자님과 절친한 사이이고 또한 소인을 각별히 대해주시니 어떤 방식으로라도 보답을 해드리고 싶습니다. 그러니 무슨 어려운 점이 있으면 솔직히 말씀해주십시오. 소인의 힘이 닿는 일이라면 목숨을 걸고라도 도와드리겠습니다."

위소보가 그의 말을 받았다.

"다름이 아니라… 다들 땅덩어리를 수박 쪼개듯 여기 한 덩어리, 저기 한 덩어리씩 나눠가지면 나중에 내가 황제가 되더라도 관할할 수 있는 게 다 조각난 땅뿐일 테니, 참으로 한심한 일이 아니겠소?"

한첩마는 그 말에 수긍이 갔다.

'그것 때문에 걱정을 하는군. 그럴 수도 있지.'

그는 나직이 말했다.

"소왕야, 너무 걱정하지 마십시오. 일단 거사가 성공하면 경정충, 상가희, 공사정 등을 일일이 다 제거하십시오. 그땐 우리 몽골도 출병해서 적극적으로 도와드리겠습니다."

위소보는 기뻐하는 척했다.

"고맙습니다, 고마워요. 그 말을 꼭 노형의 왕자께 전해줘야 합니다. 노형은 갈이단 왕자의 심복 중 심복이니, 나한테 약속을 하면 왕자 전하가 약속한 거나 다름없겠죠."

한첩마는 자신이 임의로 결정할 일이 아니라 약간 난색을 표했지만, 어차피 나중 일이라 일단 승낙을 하기로 작정했다. 그는 자신의 가슴을 치며 말했다.

"소인은 소왕야를 위해 충성을 바쳐 최선을 다할 겁니다!"

위소보는 또 에둘러 이것저것을 찔러봤지만 더 이상은 알아내지 못했다.

"그럼 여기서 편히 쉬도록 하십시오. 난 돌아가 부왕께 보고를 드리겠습니다."

이어 음성을 낮춰 말했다.

"우리가 오늘 나눈 얘기가 반 마디라도 누설되면 내 형이 아마 날 독살할지도 모릅니다. 그럼 부왕도 날 감싸주지 못할 거요."

몽골에서도 형제끼리 자리다툼을 하는 일이 비일비재해 한첩마도 그런 사례를 많이 보아왔다. 당연히 그 심각성도 잘 알고 있었다. 그래서 곧 무릎을 꿇고 기밀을 지키겠다고 하늘에 맹세했다.

위소보는 방 밖으로 나가 풍제중과 서천천더러 한첩마를 엄히 감시하라고 이르고, 양일지를 보러 갔다.

방문을 열고 들어간 위소보는 깜짝 놀랐다. 반 토막밖에 남지 않은 양일지의 몸이 바닥에 떨어져 있었다. 얼른 달려가 살펴보니, 꼼짝도 하지 않았다. 이미 숨이 끊어진 것이다. 침상에 깔려 있는 흰 이불에 피로 쓴 몇 글자가 눈에 들어왔다. 위소보는 그중 '삼三' 자와 '계桂' 자만 알아볼 수 있었다. 그래서 곁에 있는 고언초에게 물었다.

"뭐라고 쓴 거죠?"

고언초가 대답했다.

"네, '오삼계모반매국與三桂謀反賣國' 일곱 글자입니다."

위소보는 길게 한숨을 내쉬었다.

"양 대형이 죽기 전에 잘린 팔로 쓴 거군요."

고언초가 울적한 표정으로 말했다.

"그렇습니다."

위소보는 나중에 강희에게 보여 증거로 삼기 위해, 고언초더러 잘 간수하라고 일렀다. 그러고는 천지회의 군호들을 소집해 한첩마에게 들은 이야기를 전해주었다. 군호들은 모두 비분강개하며 오삼계에 대한 욕을 쏟아놓았다. 매국을 한 번 한 것으로 부족해 또다시 매국을 하려 한다며 이를 갈았다.

그때 현정 도인이 갑자기 자신의 옷깃을 풀어헤치며 말했다.

"다들 이걸 보시오!"

그의 가슴에는 사발만 한 상처 자국이 있었다. 가슴뼈가 거의 보일 정도로 움푹 파인 상처는 보기만 해도 징그러웠다. 그뿐만 아니라 왼쪽 어깨에도 한 자 남짓한 도상刀傷이 보였다. 군호들은 그와 오랫동안 함께 지내면서도 이렇게 중상을 입은 사실을 전혀 모르고 있었다. 모두들 아연해했다.

현정 도인이 스스로 말했다.

"이게 바로 러시아 귀신 같은 놈들이 화창火槍으로 입힌 상처요!"

위소보가 조심스럽게 물었다.

"그럼 도장은 러시아 사람들과 싸운 적이 있나요?"

현정 도인의 표정이 참담하게 변했다.

"나의 아버지, 백부님, 형님 아홉 명이 모두 다 러시아 놈들에게 목숨을 잃었소. 빈도가 출가를 한 것도 바로 그 때문이오."

이어 당시의 상황을 이야기해주었다. 그의 가족은 조상대대로 가죽 제품을 취급하는 피혁상皮革商이었다. 장가구張家口에서 100년 전통을 자랑하는 가게를 운영하고 있었는데, 그해에 백부님과 아버지는 형제들과 조카들을 데리고 은색여우 은호銀狐와 검은담비 자초紫貂의 귀한 모피를 구매하러 새외塞外로 갔다. 그런데 도중에 러시아들이 나타나 그들의 금은과 모피를 강탈했다. 새외로 가면서 신변을 보호하기 위해 표사鏢師 세 명을 고용했는데, 러시아인들의 화기가 워낙 위력적이라 총상을 입고 모두 목숨을 잃었다. 그리고 아버지와 형님들, 백부님도 역시 화창과 마도馬刀에 희생됐다.

현정 도인은 어깨에 칼을 맞고 가슴에 화창을 맞아 정신을 잃고 핏속에 쓰러졌다. 러시아인은 그가 죽은 줄로 알고 금은과 모피를 챙겨 달아났다. 그는 정신을 차린 후 산림 속에서 몇 달 동안 간신히 버티며 겨우 상처를 치유했다.

그런 큰 화를 당하자 가산은 바닥났고 피혁상도 문을 닫고 말았다. 그 자신은 실의에 빠져 결국 출가해서 도인이 된 것이다. 그리고 국변이 일어나자 천지회에 몸담게 되었다. 비록 20년 전에 겪은 일이지만 지금도 러시아인의 무서운 화기를 잊지 못했다. 한밤중에 악몽을 꾸고 놀라서 식은땀에 흠뻑 젖은 적이 한두 번이 아니었다.

이역세가 말했다.

"러시아인이 무서운 건 그들이 갖고 있는 화기 때문이니, 무슨 수를 써서든 그것만 깨부수면 겁낼 이유가 없지."

현정 도인은 고개를 내둘렀다.

"일단 화기를 발사하면 천둥 번개가 치듯 그 위력이 엄청나 제아무리 무공이 고강하다고 해도 결코 피하지 못할 거요."

서천천이 나섰다.

"러시아인이 오삼계와 손을 잡고 오랑캐 천하를 빼앗으려 한다면,

우린 그들이 서로 머리통이 터지도록 싸우게 내버려두고 수수방관합시다. 그래야 어부지리를 얻어서 우리의 대명 강산을 되찾아올 수 있죠."

현정 도인이 말했다.

"앞문으로 들어오는 늑대를 막다가 뒷문에서 호랑이가 들어올 수도 있소. 러시아인은 만주 오랑캐보다 훨씬 더 흉악무도하오. 그들은 만청을 무너뜨리면 절대 산해관 밖에만 있지 않고 우리 강산을 다 차지하려 들 거요."

서천천이 반문했다.

"그럼 우린 오히려 만주 오랑캐를 도와야 한단 말이오?"

군호들은 의견이 분분했다. 위소보는 당연히 강희를 돕고 싶었지만 그 말을 공공연히 입 밖에 낼 수 없었다.

"차후의 일은 지금 서둘러서 결정할 필요가 없습니다. 우린 양 대형을 빼왔고 한첩마와 노일봉을 잡아왔으니, 오삼계가 곧 알아차릴 겁니다. 그에 대한 대비책을 우선 세워야 합니다."

다들 생각을 굴리며 의견을 내놓았다. 즉시 오삼계와 맞서자는 의견이 있는가 하면, 야음을 틈타 일단 달아나자는 의견도 많았다.

위소보가 말했다.

"그 왕자라의 병마는 엄청 많아서 우린 당해내지 못할 겁니다. 그리고 운남과 귀주는 워낙 땅덩어리가 넓어 열흘이고 보름 이내엔 그의 손아귀에서 벗어나기 어려울 거예요. 음… 이렇게 하죠. 노일봉과 양 대형의 시신을 즉시 흑감자로 보냅시다."

군호들은 멍해졌다.

"다시 보내라고요?"

위소보가 자신의 생각을 밝혔다.

"그래요, 우리가 노일봉에게 겁을 주면 그놈은 감히 입을 뻥끗하지 못할 겁니다. 놈이 만약 위에다 보고하면 자신도 당하게 될 테니까요. 그리고 양 대형은 이미 죽었으니 그의 시신을 갖고 있어봤자 소용이 없습니다."

군호들은 비록 강호 경험이 많지만 관변官邊에 관한 일은 위소보만큼 빠삭하게 알지 못했다. 그들은 위소보의 계획이 아무래도 위험부담이 크다고 여겼다. 감옥에 들어가 중죄인을 납치해온 중대한 일을 노일봉이 상부에 보고하지 않을 리가 없다고 생각한 것이다.

이역세가 잠시 생각을 굴리더니 입을 열었다.

"내가 보기에 노일봉은 워낙 겁이 많은 녀석이라 아마… 아마 이런 중대사를 감히 위에다 보고하지 못할 거요."

위소보가 웃으며 말했다.

"문제는 노일봉이 관리로서 처신을 잘하느냐 못하느냐에 달려 있어요. 관변에는 '편상불편하騙上不騙下'라는 말이 있어요. '윗사람은 속이되 아랫사람은 속이지 말라'는 뜻이죠. 모든 일이 다 그러하듯, 가능한 한 무탈하게 적당히 넘기는 게 좋지, 굳이 스스로 일을 확대해 자신에게 올가미를 씌울 필요는 없다는 거예요. 가서 그 녀석을 데려오세요. 제가 따끔하게 몇 마디 해둘게요."

고언초는 밖으로 나가 노일봉을 데려다가 바닥에 팽개쳤다. 노일봉은 얼어터진 데다 너무 놀라 얼굴에서 핏기를 찾아볼 수 없었다.

위소보가 넌지시 말했다.

"노 형, 고생이 많았소."

노일봉은 떨리는 목소리로 말했다.

"아… 아닙니다."

위소보가 말했다.

"그래도 노 형은 우리한테 의리를 지키기 위해 평서왕의 중대한 기밀을 조금도 숨김없이 아주 소상하게 다 말해주었소. 정말 고맙소. 의리는 의리로 갚아야 하는 법, 좋소이다! 당장 노 형을 돌려보내드리리다. 그리고 노 형이 우리한테 평서왕의 기밀을 털어놓은 일은 절대로 그 누구한테도 발설하지 않을 것을 약속하오. 강호 호한은 하나면 하나, 둘이면 둘… 일구이언을 하지 않소. 노 형이 만약 스스로 평서왕과 맞서겠다는 배짱으로 떠벌리고 다닌다면, 그건 자신이 책임져야 할 일이니 우리로서도 어쩔 수가 없죠. 하하… 하하….."

노일봉은 온몸을 부들부들 떨었다.

"아… 아니… 소인이 제아무리 겁이 없다고 해도 어찌 감히… 감히 그런 짓을 하겠습니까?"

위소보가 다시 말했다.

"좋아요! 형제들, 지금 당장 노 대인을 아문衙門으로 보내 맡은 바 임무에 임하게 하세요. 그리고 나중에 위에서 물으면 노 대인의 입장이 난처해질 수 있으니 죄수의 시신도 함께 보내세요."

노일봉은 놀랍기도 하고 기쁘기도 한 와중에 얼떨결에 군호들에 의해 끌려나갔다.

그 후 며칠이 지나는 동안 천지회 군호들은 행여 노일봉이 오삼계한테 고해 엄청난 인마가 안부원으로 쳐들어올까 봐 마음을 졸였는데, 아무런 일도 일어나지 않았다. 그렇다고 아주 마음을 놓을 수는 없었다. 오삼계가 워낙 노회해 암암리에 무슨 꼼수를 쓰고 있는지, 아니면 위 향주의 추측이 들어맞았는지, 갈피를 잡을 수 없어 연일 대책을 강구했다.

위소보가 말했다.

"이렇게 하죠. 내가 오삼계를 찾아가 은근히 한번 떠보겠습니다."

서천천이 우려를 표했다.

"그가 만약 위 향주를 인질로 잡고 놔주지 않으면 어떡하죠?"

위소보가 웃으며 말했다.

"우린 지금 다들 그의 손아귀에 있습니다. 놈이 만약 날 잡을 생각이라면 내가 찾아가지 않아도 역시 그의 손에서 벗어날 수가 없죠."

그는 효기영의 병사와 어전 시위들을 대동하고 평서왕부로 향했다.

오삼계는 친히 나와서 맞이했다. 그는 싱글싱글 웃으며 위소보의 손을 잡고 왕부 안으로 들어갔다.

"위 작야, 무슨 전할 말이 있으면 아들 녀석을 시켜 전하면 될 텐데, 어찌 이리 직접 어려운 걸음을 하신 거요?"

위소보가 너스레를 떨었다.

"어이구, 왕야는 너무 겸손하신 것 같습니다. 소장 같은 미관말직이 어찌 감히 부마께 심부름을 시키겠습니까. 왕야께서 그렇게 말씀하시면 저는 정말이지 몸 둘 바를 모르겠습니다요."

오삼계가 웃으며 말했다.

"위 작야는 황상께서 가장 총신寵信하는 측근이라 전도가 양양하니 나중에 이 왕부에 와서 왕야가 될지도 모르죠."

그 말에 위소보는 가슴이 철렁하며 안색이 급변해 걸음을 멈추고 말했다.

"왕야, 그 말씀은 천부당만부당합니다."

오삼계가 다시 웃으며 말했다.

"왜 안 된다는 거지요? 위 작야는 이제 겨우 열댓 살 정도인데도 효기영의 도통, 어전 시위 부총관, 흠차대신, 그리고 작위에도 올랐잖소. 자작에서 백작, 후작, 공작, 왕작, 그리고 친왕까지는 10년 내지 20년이면 충분할 거요. 하하… 하하…."

위소보는 고개를 내둘렀다.

"왕야, 제가 이번에 경성을 떠날 때 황상께서 이렇게 말씀하셨습니다. '오삼계더러 친왕 노릇을 잘하라고 해라. 나중에 그 평서친왕은 내 매부가 되는 오응웅의 차지가 될 거고, 오응웅이 죽으면 내 조카가 친왕이 될 것이다. 그리고 내 조카가 죽으면 그 아들의 차지가 된다. 아무튼 평서친왕은 오씨 문중이 세세대대로 계승할 것이다.' 왕야, 황상께서 정말 간곡한 어조로 그렇게 말씀하셨습니다."

오삼계는 내심 흐뭇했다.

"황상께서 정말 그렇게 말씀하셨단 말이오?"

위소보가 말했다.

"그렇다니까요! 제가 왜 거짓말을 하겠습니까? 하지만 황상께선 그 말을 바로 들려주지 말고 왕야가 정말 진심으로 조정을 위하는 충신인지 잘 살펴보고 나서 전하라고 했습니다. 그렇지 않으면 흐흐… 황상께서 일구이언을 하는 격이 되잖아요. 황상께서 한 말은 절대 되돌릴 수 없습니다. 그게 바로 남아일언 사마난추死馬難追죠!"

그는 또 사두마차 사마駟馬를 죽은 말 사마死馬로 말했다.

오삼계는 '흥!' 하고 코웃음을 쳤다.

"그럼 위 작야가 오늘 나한테 그런 말을 해준 건 날 충신으로 생각하기 때문이오?"

위소보가 다시 말했다.

"그야 당연하잖아요? 왕야가 충신이 아니면 이 세상 어느 누가 충신이겠습니까? 그러니까 말입니다, 만약 제가 나중에 정말 왕야께서 말씀하신 대로 승승장구해서 그 무슨 정동왕征東王, 소북왕掃北王, 정남왕定南王이 될 수 있을망정, 이곳 운남의 평서왕부에는 영원히 손님으로 올 뿐이지, 절대 주인이 될 수는 없습니다."

두 사람은 이야기를 나누며 안채로 들어갔다. 오삼계는 위소보가 자기를 치켜세우는 바람에 신이 나서 그의 손을 잡고 말했다.

"자, 자… 나의 내서재內書齋로 가서 잠깐 차 한잔 합시다."

정원 두 곳을 지나 내서재로 갔다. 오삼계가 안내한 방은 비록 서재라고 하지만, 방 안에 있어야 할 책은 별로 보이지 않고, 벽에 도검창극刀劍槍戟이 잔뜩 걸려 있었다. 그리고 한가운데 호피가 깔린 태사의太師椅가 놓여 있었다. 일반 호피는 노랑 바탕에 검은 무늬가 있기 마련인데, 이 호피는 흰 바탕에 검은 무늬가 있는 게 아주 독특했다.

위소보가 눈을 둥그렇게 뜨고 말했다.

"어머나! 왕야, 이 백호白虎의 호피는 아주 희귀하네요. 저는 황궁에서도 이런 호피를 본 적이 없어요. 오늘 또 새롭게 견문을 넓혔네요."

오삼계는 우쭐댔다.

"이건 내가 지난날 산해관을 지킬 때, 영원寧遠 부근으로 사냥을 나 갔다가 잡은 거요. 이런 백호를 '추우騶虞'라고 하는데, 아주 희귀하죠. 이것을 손에 넣으면 운수대통한다는 말이 있소."

위소보가 말했다.

"그럼 왕야는 매일 이 호피의자에 앉아 계시니 승승장구, 운수대통 이 끝도 없이 영원히 이어지겠네요. 정말 대단하십니다."

호피의자 옆에 대리석 병풍 두 개가 세워져 있었다. 높이가 대여섯 자 정도 되고, 마치 그린 듯이 산수와 목석이 자연스러운 색감으로 드 러나 있었다. 그중 하나에는 산봉우리가 있는데, 그 봉우리 위에 꾀꼬 리 한 마리가 앉아 있는 것 같았다. 그리고 물가에 호랑이 한 마리의 형상이 있는데, 마치 살아 있는 듯 생동감이 넘쳤다.

위소보는 감탄을 금치 못했다.

"이 병풍 두 개도 아주 귀중한 보물이군요. 황궁에서도 이렇듯 자연 스러운 대리석 병풍을 보지 못했어요. 왕야! 저도 들은 이야긴데, 하늘 이 이렇듯 자연스러운 그림을 내려주신 것은 아주 큰 길조라고 하더 군요."

오삼계가 웃으며 물었다.

"그럼 이 병풍은 무슨 길조죠?"

위소보가 대답했다.

"제가 보기에, 저 높은 산 위에 앉아 있는 꾀꼬리는 그저 꾀꼴꾀꼴 울기만 할 뿐이지 별로 쓸모가 없어요. 그 아래 있는 호랑이야말로 위 풍당당하고 기운이 넘치는군요. 이 호랑이는 당연히 왕야겠죠?"

그 말에 오삼계는 흐뭇했다. 그러나 곧 생각을 달리했다.

'녀석은 작은 꾀꼬리가 높은 데서 그저 꾀꼴꾀꼴 울기만 할 뿐 별로 쓸모가 없다고 했는데, 혹시 소황제를 뜻하는 게 아닐까? 은근히 날 떠보려는 수작 아닌가?'

그가 넌지시 물었다.

"저 작은 꾀꼬리는 뭘 뜻하는 것 같소?"

위소보는 웃으며 반문했다.

"글쎄요, 왕야께선 어떻게 생각하시죠?"

오삼계는 고개를 내둘렀다.

"난 잘 모르겠는데… 위 작야에게 가르침을 받고 싶소."

위소보는 다른 병풍을 가리키며 빙긋이 웃었다.

"저기엔 산도 있고 물도 있으니 만리강산萬里江山이네요. 하하… 좋은 징조입니다. 네, 좋아요!"

오삼계는 가슴이 두근거렸다. 무슨 뜻인지 다시 자세히 물으려다 엄두가 나지 않아 입을 다물었다. 괜히 분위기가 어색해지고, 그는 입이 바싹 타들어가는 것 같았다.

위소보는 우연히 눈길을 돌리다가 탁자 위에 경전이 한 권 놓여 있는 걸 발견했다. 놀랍게도 바로 그 눈에 익은 《사십이장경》이었다. 겉장의 바탕이 남색이었다.

위소보는 자신도 모르게 가슴이 철렁했다.

'여덟 번째 경전을 이 왕자라가 갖고 있군. 일이 참 묘하게 돼가네!'

그는 다시는 경전에 눈길을 주지 않고 벽에 걸려 있는 창칼을 쳐다보며 말했다.

"왕야께선 서재에도 이렇게 많은 병기가 있으니 정말로 대영웅, 대호걸답네요. 솔직히 말해 저는 일자무식입니다. '서재'라는 두 글자만 들어도 골이 지끈지끈 아파요. 한데 왕야의 서재는 이렇듯 훌륭하니 정말 감탄을 금치 못하겠습니다."

오삼계는 하하 웃으며 말했다.

"여기 있는 병기들은 다 나름대로 사연을 갖고 있소. 그래서 옛 추억을 되새기기 위해 여기다 걸어놓은 거요."

위소보가 그의 비위를 맞췄다.

"아, 그렇군요. 왕야께선 지난날 동서를 종횡하며 남정북벌南征北伐, 숱한 공로를 세웠으니 이 무기들은 다 당시 전장에서 사용했던 것이겠군요?"

오삼계는 자랑스레 웃었다.

"그렇소. 평생 크고 작은 전투를 수백 번이나 치르면서 죽을 고비도 숱하게 겪었소. 따지고 보면 이 왕위도 목숨을 걸고 쟁취한 거요."

은근히 위소보를 비꼬는 듯한 말투였다. 황제의 총애를 등에 업고 초고속 승진에다 작위까지 얻은 너 같은 꼬마 녀석과는 다르다는 뜻이었다. 위소보는 고개를 끄덕이며 물었다.

"그럼 산해관을 지킬 때는 어떤 병기를 썼습니까? 그리고 어떤 공을 세웠죠?"

오삼계는 이내 안색이 변했다. 산해관을 지키는 임무가 그에게 주어졌던 당시에는 만주인과 맞서싸워야만 했다. 그러니 만주인을 많이 죽일수록 더 큰 공을 세운 셈이었다. 그리고 결국 나라를 팔아먹고 매국노가 됐다.

위소보의 말은 그에게 매국노라고 비꼬는 것과 다를 바가 없었다.

그는 화가 치밀었다. 심한 모독감에 손이 가볍게 떨렸다.

위소보가 말했다.

"듣자니 명 왕조의 영력 황제는 왕야한테 쫓겨 운남에서 미얀마까지 달아나다가 결국 붙잡혔다고 하더군요. 그때 왕야께서는 활시위로 그의 목을 조여 죽였다던데…."

이어 벽에 걸려 있는 장궁長弓을 가리키며 물었다.

"혹시 이 궁을 사용하지 않았나요?"

오삼계가 왕년에 청조淸朝에 충성을 과시하기 위해 명나라 영력 황제를 죽였지만, 그래도 마음 한구석에서는 큰 수치로 여기고 있었다. 왕부에서 그 어느 누구도 감히 그 일을 입에 올리지 못했다. 그런데 위소보는 그의 면전에서, 그 숨기고 싶은 마음의 상처를 건드린 것이다.

오삼계는 일순 끓어오르는 분노를 더 이상 억제하지 못하고 싸늘하게 소리쳤다.

"위 작야! 오늘 계속해서 날 비꼬는 것 같은데, 대체 무슨 의도로 그러는 거요?"

위소보는 놀라는 척했다.

"아닌데요. 제가 왜 왕야를 비꼬겠습니까? 북경에 있을 때 조정대신들이 왕야에 관해 이야기하는 걸 자주 들었어요. 왕야는 명나라 황제까지 죽일 정도로 대청에 대한 충성심이 대단하다고들 하더군요. 다들 왕야가 당시 직접 영력 황제를 죽였다고 하던데요. 활시위에서는 '찌찌찍' 소리가 나고, 영력 황제의 목에선 '으으윽' 소리가 났다고요. 그래서 왕야가 '하하하' 웃었다더군요. 잘했어요, 정말! 대단한 충성심입니다."

오삼계는 자리에서 벌떡 일어나며 주먹을 불끈 쥐었다. 그러나 곧 생각을 달리했다.

'이 어린 녀석이 뭘 안다고 감히 나를 모독하겠어? 틀림없이 그 어리석은 꼬마 황제가 날 한번 떠보려고 시킨 거겠지. 아니면 나한테 불만을 갖고 있는 대신 나부랭이들이 요 녀석을 부추겼을지도 몰라.'

그는 역시 능구렁이답게 바로 분노를 가라앉히고 배시시 웃으며 말했다.

"본왕이 세운 공로는 별거 아니지만 황상에 대한 충성심만큼은 그 누구에게도 뒤지지 않는다고 자부합니다. 위 작야도 남정북벌을 해서 정남왕, 벌북왕이 되고 싶거든 다른 건 몰라도 황상에 대한 본왕의 충성심만은 본받아야 할 거요."

위소보가 말했다.

"네, 네! 그거야 당연히 본받아야죠. 한데 저는 늦게 태어난 게 한입니다. 왕야를 본받아 명나라 황제를 죽이고 싶어도, 왕야가 벌써 다 죽였으니 어디 손쓸 데가 없네요."

오삼계는 속으로 욕을 해댔다.

'이런 썩을 놈! 두고 봐라, 언젠가 내 손에 걸리는 날이면 천참만륙千斬萬戮, 난도질을 해서 죽여주마!'

겉으로는 웃으며 말했다.

"위 작야가 공을 세우고 싶으면 얼마든지 기회가 있을 거요."

위소보가 그의 말을 받았다.

"글쎄요, 만약 누가 모반을 꾀한다면 좋을 텐데!"

오삼계는 내심 흠칫하며 물었다.

"아니, 왜요?"

위소보가 말했다.

"누가 모반을 꾀한다면 황상께선 저더러 출정하라고 명할 거고, 저는 왕야를 본받아 목숨을 걸고 싸워서 역도를 잡으면, 그 공을 인정받아 땅도 나눠줄지 모르죠!"

오삼계는 정색을 하고 말했다.

"위 작야, 그런 말을 함부로 하면 안 돼요. 황상께서 워낙 현능해 만백성이 한마음 한뜻으로 받들고 있는데, 누가 모반을 꾀하겠습니까?"

위소보가 능청스레 물었다.

"왕야의 말은, 모반을 할 사람이 없다는 거죠?"

오삼계는 다시 멍해졌다.

"절대 없다고는 단언하기가 어렵죠. 명 왕조의 잔당들과 각처에 흩어져 있는 불순세력이 반란을 일으킬 수도 있겠죠."

위소보가 다시 물었다.

"만약 반란이 일어난다면 황상이 현능한 게 아니고, 만백성이 한마음 한뜻으로 황제를 받드는 게 아니겠군요?"

오삼계는 화를 억누르고 흐흐 마른 웃음을 흘리며 말했다.

"위 작야는 말을 참 재밌게 하는군요."

위소보는 탁자 위에 놓여 있는 《사십이장경》을 발견한 후로는 일부러 계속해서 오삼계를 화나게 만들었다. 그가 화를 참지 못하고 훌쩍 자리를 뜨면 경전을 슬쩍할 심산이었다. 그런데 오삼계는 워낙 노회해서 발끈할 듯 말 듯, 그러다가 결국은 자신의 감정을 추스르는 바람에 위소보의 꼼수가 먹혀들지 않았다.

오삼계가 자극을 받지 않자 위소보는 속이 탔다. 경전은 바로 손이 닿는 곳에 있는데 그것을 챙길 기회는 좀처럼 잡히지 않았다. 작전을 바꿔야만 했다. 그는 곧 말투를 바꿔 오삼계가 듣기 좋은 말을 골라서 했다. 입으로는 알랑방귀를 뀌면서 속으론 경전을 훔쳐갈 궁리를 한 것이다.

'내가 만약 황상이 경전을 원한다고 가짜 성지를 전하면 이 왕자라는 감히 경전을 내놓지 않을 수 없을 거야. 황제가 경전을 원하는 건 사실이고, 운남에 가면 경전을 찾아보라고 했으니, 왕자라한테 경전을 내놓으라고 해도 결코 가짜 성지는 아니지. 문제는 이 왕자라가 워낙 교활해 경전을 내주겠다고 하면서 암암리에 수작을 부려, 마치 강친왕처럼 가짜를 만들어 바꿔치기를 하면 책 안에 숨겨져 있는 쇄편을 손에 넣을 수 없다는 건데….'

생각이 가짜 경전에 미치자 이내 계책이 섰다. 그는 갑자기 음성을 낮춰 말했다.

"왕야, 황상의 밀지가 있습니다."

오삼계는 깜짝 놀라 벌떡 자리에서 일어났다.

"신 오삼계, 성지를 받들겠습니다."

위소보는 그의 손을 잡고 느긋하게 말했다.

"이렇게 서둘 필요는 없어요. 제가 우선 자초지종, 자세한 사연을 전해드릴게요."

오삼계가 대답했다.

"아, 네! 네…."

결코 자리에 앉지는 않았다. 위소보가 말했다.

"황상께서 왕야가 대청의 충신인 걸 알면서도 새삼스레 저더러 충신인지 간신인지 다시 확인해보라고 밀령을 내린 이유가 뭔지 알고 계십니까?"

오삼계는 머리를 긁적였다.

"그건 잘 모르겠는데요."

위소보가 다시 말했다.

"황상께서 왕야께 아주 중대한 일을 시킬 생각인데 마음이 안 놓이나 봐요. 과연 성심성의껏 그 일을 이행할지도 의문이고, 그래서 건녕공주를 시집보낸 것도 그 무슨 격… 격… 뭐더라…?"

오삼계가 그의 말을 받았다.

"격려지의激勵之意란 말이죠?"

위소보가 손뼉을 치며 말했다.

"네, 맞아요! 격려의 뜻, 격려지의라고요. 저는 배움이 부족해서 그 말이 얼른 떠오르지 않았네요."

오삼계가 위소보의 눈치를 살피며 말했다.

"황상께서 그 어떤 임무를 맡겨도 최선을 다해 충실히 이행할 겁니다. 한데 황상께서 무슨 분부를 내리셨는지요?"

위소보가 말했다.

"이번 일은 워낙 중차대합니다. 내일 이맘때 왕부에서 기다려주십시오. 그때 제가 다시 와서 밀지를 알려드리겠습니다."

오삼계는 고개를 끄덕였다.

"네, 네! 황상께서 밀지를 내렸다면 신이 안부원으로 가서 대기하겠습니다."

위소보가 음성을 낮췄다.

"아닙니다. 안부원에는 다른 사람들의 이목이 많으니, 여기가 가장 안전합니다."

그러고는 작별을 고했다. 오삼계는 그가 수작을 부리고 있다는 걸 전혀 알아채지 못하고, 직접 문밖까지 배웅해주었다.

다음 날 위소보는 약속한 시간에 왕부에 왔고, 두 사람은 자연스레 다시 서재로 향했다. 위소보는 그 《사십이장경》이 아직도 제자리에 있는 것을 확인하고 마음이 놓였다.

"왕야, 제가 지금 전해드리는 말을 절대 누설해서는 안 됩니다. 너무 많은 사람들이 연루돼 있어요. 설령 나중에 황상께 상서上書를 하게 되더라도 이 기밀을 언급해선 안 됩니다."

오삼계가 대답했다.

"네, 알았습니다. 절대 누설하지 않을 겁니다."

위소보가 음성을 낮췄다.

"황상께서 밀보를 받는데, 상가희와 경정충이 모반을 꾀하고 있답니다!"

이 말을 듣자 오삼계는 이내 안색이 크게 변했다. 평남왕平南王 상가희는 광동에 좌진해 있고, 정남왕靖南王 경정충은 복건을 다스리고 있다. 그래서 오삼계와 더불어 이들 셋을 삼번三藩이라 일컬었다. 삼번은 영욕을 함께 나누며 운명도 함께하기로 돼 있었다. 오삼계는 모반을 기획하면서, 그렇지 않아도 그들 두 사람을 끌어들였다. 지금 위소보의 입을 통해 황상이 상가희와 경정충이 역모를 꾸미고 있다는 사실을 알고 있다는 말을 듣자, 그 놀라움과 당황함은 이루 형용할 수 없었다. 목소리마저 떨렸다.

"아니… 그게… 그게 사실입니까?"

위소보는 원래 어제 가짜 성지를 날조해 오삼계를 혼비백산하게 만들고 그 틈을 타서 경전을 훔칠 생각이었다. 그러나 그는 아직 나이가 어리고 군사에 대해선 아는 게 별로 없었다. 아무렇게나 지껄여대다가는 오삼계한테 금방 들통이 날 수가 있었다. 그리고 나중에 강희가 알면 호되게 문책을 할지도 몰랐다. 그래서 일단 안부원으로 돌아가 천지회 군호들과 상의한 다음 다시 가짜 성지를 전해주기로 마음먹은 것이다. 그리고 기표청의 제안을 받아들였다. 상가희와 경정충이 모반을 꾀한다는 걸 밝혀 오삼계를 겁먹게 만들자는 것이었다. 그럼 오삼계로 하여금 모반을 앞당기도록 할 수도 있다고 짐작했다.

기표청의 제안은 역시 주효했다. 오삼계는 나무 놀라고 당황해 어찌할 바를 몰라 했다. 위소보가 말했다.

"황상께서는 삼번이 역모를 꾸민다는 말을 숱하게 들어왔지만, 그게 다 날조된 헛소문이라는 걸 잘 알고 계십니다. 전에 목왕부에서 왕야를 모함한 것처럼 말이죠. 하여 황상께선 결코 믿지 않았습니다."

오삼계가 얼른 말했다.

"아, 네! 네… 황상께서는 늘 현능하고 영명하시옵니다."

위소보의 표정이 심각하게 변했다.

"하지만 이번에 황상께선 상가희와 경정충이 모반을 꾀하고 있다는 증거를 이미 확보했습니다. 그들이 아직은 구체적인 행동을 취하진 않고 있지만, 왕야더러 광동과 광서 변계邊界에 대한 경비를 보강하라고 했습니다. 대기하고 있다가 그들 두 사람이 행동을 개시하면 즉시 광동과 복건으로 파병해 그들을 체포해서 북경으로 호송하라는 것이지요. 그럼 왕야께선 또다시 조정을 위해 큰 공을 세우게 됩니다."

오삼계는 공손히 몸을 숙였다.

"황상의 성지를 받들겠습니다. 상가희와 경정충이 수상한 행동을 하면 바로 출병해서 두 사람을 잡아 북경으로 압송하겠습니다."

위소보가 다시 말했다.

"황상께선 상가희는 어리석고 경정충은 무능하기 때문에 절대 왕야의 적수가 될 수 없다고 했습니다. 그러니 굳이 조정에서 직접 군사를 동원할 필요도 없이, 왕야께서 출병하면 그들을 제압할 수 있을 거라고요."

오삼계는 빙긋이 웃었다.

"황상께 심려하시지 말라고 전해주십시오. 황상과 조정을 위해 그동안 군사들을 훈련시켜왔습니다. 소신의 병사들은 삼기三旗 친위병들처럼 황상께 충성할 것을 맹세했습니다."

위소보도 웃으며 말했다.

"왕야의 말을 전해들으면 황상께서 무척 기뻐하실 겁니다."

오삼계는 속으로 좋아했다.

'이렇게 되면 내가 군사를 움직여도 어리석은 소황제는 날 의심하지 않을 거야.'

위소보는 벽에 걸려 있는 화창을 가리키며 물었다.

"왕야, 이게 바로 서양인의 화기입니까?"

오삼계가 대답했다.

"그래요, 이건 러시아의 화기죠. 지난날 우리 대청과 러시아의 병사들이 관외에서 교전할 때 노획한 건데, 위력이 아주 대단합니다."

위소보가 말했다.

"저는 화창을 한 번도 써본 적이 없는데… 한번 쏴봐도 될까요?"

오삼계는 미소를 지었다.

"물론이죠. 이런 종류의 화창은 전쟁터에서 쓰는 거라 멀리 쏠 수는 있지만 지니고 다니기가 불편합니다. 러시아 사람들이 사용하는 다른 단총短銃 화기가 있습니다."

그러고는 목궤木櫃 앞으로 걸어가 서랍을 열더니 붉은색의 목합을 꺼냈다.

위소보는 바로 탁자 옆에 서 있었다. 지금 오삼계가 몸을 돌리는 것을 보고는 역시 바로 몸을 돌렸다. 그리고 입고 있는 황마괘 안주머니에서 잽싸게 《사십이장경》 한 부를 꺼내 탁자에 올려놓고, 원래 있던 그 경전을 황마괘 안에 숨겼다. 이 바꿔치기 수법은 아주 신속하게 이뤄져, 오삼계가 총을 꺼내기 위해 몸을 돌리지 않았더라도, 그가 등으로 슬쩍 가리기만 하면 눈치를 채지 못했을 것이다.

여덟 부의 《사십이장경》은 다 모양이 똑같고, 단지 겉장의 색깔이 다를 뿐이었다. 간밤에 양람기의 경전에서 붉은 테두리를 떼어버리자, 정람기의 경전과 색깔이 같아졌다. 그래서 감쪽같이 이 정람기 경전과 바꿔치기할 수 있었던 것이다.

오삼계는 목합을 열어 길이가 한 자 남짓한 단총 두 자루를 꺼냈다. 총구에다 화약을 장전하고 쇠꼬챙이로 꾹꾹 누른 다음 철탄을 세 알 집어넣었다. 그리고 화도火刀와 화석火石을 이용해 종이를 말아 만든 지매紙媒에 불을 붙였다.

"심지에다 불을 붙이면 철탄이 바로 발사될 거요."

위소보는 총을 받아들고 창밖 꽃동산을 향해 총구를 겨냥했다. 그리고 심지에 불을 붙이자 곧 고막이 찢길 듯한 굉음이 들리며 뜨거운 열기가 얼굴을 엄습해왔다. 심한 진동이 손에 전해져와 그만 총을 떨어뜨리고 말았다. 눈앞에 연무가 뿌옇게 깔리자, 위소보는 놀란 나머지 절로 두어 걸음 물러났다. 그것을 본 오삼계가 껄껄 웃었다.

"이 화창의 위력이 어때요, 대단하죠?"

위소보는 손목이 저려 욕이 나왔다.

"제기랄! 서양인의 노리개는 정말 희한하네요."

오삼계가 웃으며 말했다.

"저기 꽃동산을 한번 보세요."

위소보가 자세히 바라보니, 화원에 꾸며놓은 가산假山 한 귀퉁이가 철탄에 떨어져나갔고, 돌조각이 주위에 널브러져 있었다. 위소보는 혀를 내밀고 잠시 아무 말도 하지 못하다가 간신히 마음을 진정시켰다.

"이 총으로 사람을 쏜다면, 제아무리 철골강근鐵骨鋼筋의 몸이라고 해도 견뎌내지 못하겠군요."

그러고는 몸을 숙여 총을 집어서 다시 목합에 넣었다.

왕부의 위사들이 총소리를 듣고 달려왔으나, 왕야와 위소보가 아무일 없이 창가에서 이야기 나누는 것을 본 후 안심하고 돌아갔다.

오삼계는 목합을 손에 든 채 웃으며 말했다.

"이 두 가지 노리개를 드릴 테니 가져가서 놀아요."

위소보가 고개를 내둘렀다.

"아닙니다. 이건 왕야께서 호신용으로 쓰셔야지, 제가 어찌 감히 받겠습니까?"

오삼계는 목합을 그의 손에 쥐어주며 웃었다.

"우린 한 식구나 다름없는데 왜 그런 섭섭한 말을 하는 거요? 내 것이 바로 위 작야의 것이 아니겠소?"

위소보가 말했다.

"귀한 이 러시아의 보물을 앞으로 다시 얻기 힘들 텐데 제가 받아서야 되겠습니까?"

그러면서 속으로는 시부렁댔다.

'넌 러시아 놈들과 결탁을 했으니 이런 화기쯤이야 얼마든지 더 얻을 수 있겠지!'

오삼계는 웃으며 말했다.

"귀한 거라서 위 작야에게 주고 싶은 거요. 평범한 물건이라면 위 작야의 눈에 차지 않겠죠. 안 그래요? 하하….'

위소보는 고맙다는 인사를 하고 목합을 받았다.

"앞으로 누가 만약 날 해치려 한다면 바로 이 화창을 꺼내 펑 쏘면 상대방은 분골쇄신이 되겠네요. 그럼 결과적으로 왕야께서 저의 목숨을 구해준 셈이 되는 거죠."

오삼계는 그의 어깨를 툭툭 치며 웃었다.

"원 별말씀을… 화창은 비록 위력이 대단하지만, 화약을 장전해야 하고 철탄을 넣고 다시 불을 붙이는 등 여러 단계를 거쳐야 사용할 수 있소. 우리네 궁전弓箭처럼 연속해서 발사할 수는 없다오."

위소보가 고개를 끄덕였다.

"그렇군요. 만약 서양인의 화창이 궁전처럼 꺼내서 바로 쏠 수 있다면 우리 중국인들이 남아나겠습니까? 대청의 금수강산도 결국 날아가고 말겠죠!"

그러고는 히죽히죽 웃으며 말했다.

"어쨌든 한 가지 장점은 분명히 있어요. 이 화창이 있으면 무공을 연마하지 않아도 걱정할 것이 없어요. 제아무리 무학이 뛰어난 고수나 대종사라고 해도 다 적수가 되지 못하니까요!"

두 사람은 한담을 좀 더 나누고 나서 작별했다. 위소보는 안부원으로 돌아왔다. 그는 일단 방문을 걸어잠그고 그 정람기의 경전을 꺼내 겉장을 뜯었다. 역시 생각했던 대로 양피지 쇄편이 많이 들어 있었다.

'이젠 여덟 부의 경전에 숨겨져 있는 지도의 쇄편을 다 손에 넣었어. 앞으로 시간을 내서 천천히 쇄편을 맞춰보면 만주 오랑캐가 숨겨놓은 보물과, 용맥이든 용대가리든 용간이든 다 찾아낼 수 있을 거야.'

그러나 그 수천 개나 되는 쇄편을 일일이 다 조합해 지도를 완성할 생각을 하니 머리에 쥐가 났다.

'그래, 서두를 필요는 없어. 앞으로 얼마든지 시간이 있으니까!'

그는 겉장을 봉하고 나서 양피지 쇄편을 한데 싸 몸에 잘 간수했다. 그렇게도 바라고 바라던 일을 이제 마무리했다는 생각에 아주 의기양양했다.

'소황제, 늙은 화냥년, 개뼈다귀, 홍 교주, 매국노, 그리고 나이가 어중간한 여승 사부님… 모두 다 이 여덟 부의 경전을 얻고자 했는데, 결국 이 위소보의 손에 들어왔어. 하하… 만약 이 사실을 안다면 다들 내 팔과 다리를 잡고 늘어지겠지. 그러면 난 오마분시五馬分屍를 당하는 꼴

이 되고 말 거야, 제기랄!'

아무리 생각해도 너무나 신나는 일이었다. 가는 곳마다 자랑하고
싶은 생각이 굴뚝같았지만 그럴 수 없는 게 옥의 티였다. 그는 다리를
포개 흔들거리며 양주 기루에서 들었던 소곡小曲을 흥얼거렸다.

술 한 잔을 따라 천천히 마시며
고운 님께 고향이 어디냐고 묻노라.
양주는 살기 좋은 고장,
다리가 스물네 곳,
다리마다 미인이 있으니,
다정한 님은 미인을 무릎에 앉히고
노래를 흥얼거린다.
그리고 나머지 스물세 명은….

그는 다음 가사를 잊었다. 양주를 휩쓸고 다니며 흥청망청 즐기는
가사였는데, 오래돼서 까먹었다.

이때 갑자기 문을 두드리는 소리가 들렸다. 우선 세 번 두드리고 잠
시 쉬었다가 두 번 두드렸다. 그러고 나서 또다시 세 번을 두드리니,
바로 천지회의 암호다.

위소보가 일어나서 문을 열어주자, 서천천과 고언초가 들어왔다. 두
사람의 표정이 모두 심각해서 얼른 물었다.

"무슨 일이 생겼습니까?"

서천천이 대답했다.

"시위들의 말을 들어보니, 왕부의 위사들이 몽골 사람 하나를 찾기 위해 여기저기 수소문하고 다닌다더군요. 당연히 그 한첩마겠죠. 그리고 말투로 미루어 우릴 의심하고 있는 것 같습니다. 단지 대놓고 묻지 못할 뿐이지… 이 일을 어쩌면 좋겠습니까?"

위소보가 말했다.

"가서 그 녀석을 데려다 단단히 묶어서 제 침상 밑에 쑤셔넣어놔요. 오삼계의 수하들이 감히 내 방은 뒤지지 못할 겁니다."

서천천이 말했다.

"하지만 위 향주가 출타하면 놈들은 무슨 핑계를 대서라도 들어와 수색을 할지도 몰라요."

위소보가 다시 말했다.

"무조건 못 들어오게 막으십시오. 그들이 강압적으로 나오면 바로 맞붙어도 좋아요. 형제들을 관병으로 생각하고 있을 테니 감히 살상은 하지 못할 겁니다."

서천천과 고언초가 알았다며 고개를 끄덕였다.

이때 별안간 전노본이 허겁지겁 들어왔다.

"매국노가 불을 지를 모양입니다."

세 사람은 모두 깜짝 놀랐다.

"뭐라고?"

전노본이 말했다.

"매국노의 수하들이 혹시 무슨 수작을 부리지 않나, 요즘 주위를 자주 둘러보곤 했는데, 좀 전에 서쪽 숲속에서 수상한 자들이 어른거리는 것을 발견하고 살그머니 가서 확인해보니, 10여 명이 유황 따위를 가져와 몰래 불을 지르려고 분주하게 움직이고 있었습니다."

위소보가 대뜸 욕을 했다.

"빌어먹을! 그 매국노 녀석이 공주님을 불태워죽일 작정인가?"

전노본이 다시 말했다.

"그게 아니라, 우리가 한첩마를 잡아왔을 거라고 의심하는데 감히 수색할 엄두는 나지 않으니, 일단 불을 지른 다음 불을 끈다는 핑계로 우르르 몰려올 겁니다. 그리고 수색을 하겠죠."

위소보는 고개를 끄덕였다.

"맞아요, 그럴 속셈이 분명해요. 무슨 좋은 생각이 없습니까?"

서천천은 손으로 목을 베는 시늉을 하며 말했다.

"살인멸구, 증거인멸을 할 수밖에요!"

위소보는 '증거인멸'이란 말을 듣고는 이내 생각했다.

'그건 내 특기니 감쪽같이 해치울 수 있어. 그 몽골 털보를 삽시간에 누런 물로 만들어버리면 그만이니까! 하지만 그 녀석은 매국노가 러시아와 결탁한 내막을 잘 알고 있으니 북경으로 압송해 황상이 직접 심문하도록 해야 해.'

그가 말했다.

"그 몽골 털보는 오삼계가 모반을 꾀했다는 것을 입증할 가장 명확한 증인입니다. 그러니 반드시 북경으로 압송해가야 합니다. 그럼 매국노가 역모를 하기 싫어도 할 수밖에 없을 거예요. 그리고 목왕부가 우리 천지회의 호령에 따르게 만들려면, 그 역시 역모의 증거인 그 털보의 역할이 큽니다."

오삼계가 역모를 하게끔 만들어 결국 목왕부가 천지회의 명에 따르게 하는 것은, 군호들이 잊어본 적이 없는 대사였다. 세 사람은 위소보의 말에 모두 안색이 변하며 고개를 끄덕여 수긍했다.

서천천이 말했다.

"위 향주가 지적해주지 않았다면, 우리는 하마터면 큰일을 그르칠 뻔했습니다."

다들 이 천덕꾸러기 같은 소년에게 갈수록 경의敬意가 생겨났다.

전노본이 말했다.

"일단 매국노의 수하들이 방화를 빙자로 수색하는 걸 막아야 합니다. 또 하나, 한첩마를 데리고 운남에서 빠져나가야 합니다. 한데 운남과 귀주는 가는 곳마다 검문검색이 심해 곤명을 벗어나는 것도 그리 쉬운 일이 아닐 겁니다."

위소보가 웃으며 말했다.

"전 대형, 전에 복령을 먹인 돼지를 황궁 안까지 옮겨왔잖아요. 이번에도 돼지 한 마리를 곤명 밖으로 운반할 수 있지 않을까요?"

전노본은 멋쩍게 웃었다.

"돼지를 싣고 성을 빠져나가는 것도 검문을 통과하기가 어려울 겁니다. 다른 방법을 생각해봅시다. 시신으로 위장해 관 속에 넣고 나가는 것도 낡은 방법이라 통할지 의문이고…."

위소보가 그의 말을 받았다.

"시신으로 위장해서 통하지 않으면 산 사람으로 가장하면 되죠. 전 대형, 가서 그의 수염을 다 깎아버리고 얼굴에다 밀가루랑 석회 따위를 발라줘요. 얼굴을 완전히 바꾸는 거죠. 그러고 나서 효기영 관병의 모자와 옷으로 갈아입히세요."

그러고는 숨을 한번 몰아쉬더니 다시 말을 이었다.

"난 공주님이 황상과 태후마마께 오랜만에 문안도 드리고 또 대혼 날짜가 잡혔다는 걸 알리기 위해 경성에 다녀오겠다고 할게요. 소수의 효기영 병사들을 이끌고 갈 텐데, 그중에 수염이 없어진 한첩마를 섞어놓는 겁니다. 물론 아혈을 찍어 말을 못하게 만들어야죠. 오삼계의 부하들이 황상의 친위군을 붙잡고 일일이 이름을 확인하고 나서 보내주지는 않겠죠."

세 사람은 일제히 박수를 치며 절묘한 계책이라고 칭찬했다.

그러자 위소보가 갑자기 엉뚱한 질문을 했다.

"곤명성에도 기루가 있겠죠?"

전노본 등 세 사람은 서로 마주 보며 같은 생각을 했다.

'위 향주가 왜 갑자기 기루에 가려고 하지?'

전노본이 웃으며 대답했다.

"당연히 있죠."

위소보도 웃으며 더욱 엉뚱한 말을 했다.

"그렇다면 우리 현정 도장을 모시고 기루에 가서 한번 놀아봅시다. 우릴 따라갈지 모르겠지만…."

전노본이 고개를 내둘렀다.

"도장은 출가인이라 기루에 가지 않으려고 할 겁니다. 위 향주가 꼭 가겠다면 제가 모시겠습니다."

위소보가 말했다.

"전 대형도 물론 가야겠지만, 우리 형제들 중 현정 도장만큼 몸집이 우람한 사람은 없잖아요. 현정 도장만이 한첩마와 몸집이 비슷해요."

세 사람은 그제야 위소보의 의도를 알아차렸다. 현정 도인에게 그 한첩마 행세를 하라는 것이었다. 전노본이 웃으며 말했다.

"본회의 대업을 위해 현정 도장은 명에 따라 어쩔 수 없이 기루에 갈 수밖에 없겠군요."

네 사람은 일제히 깔깔 웃었다.

위소보가 다시 말했다.

"다들 가서 도장에게 털보의 옷을 입히고 그가 몸에 지녔던 물건을 가져가라고 하세요. 그리고 한첩마에게서 깎아낸 수염을 그에게 붙여주시고… 여하튼 누런 수염의 몽골인으로 보이게 해야 합니다. 나머지 형제들은 여전히 평서왕부 위사들의 복장을 하고 규모가 좀 큰 기루에 가서 술을 때려마시고 신나게 노는 겁니다. 그리고 예쁜 기녀를 놓고 서로 다투다가 전 대형이 단칼에 도장을 죽이는 거죠."

그 말에 전노본은 깜짝 놀랐다. 그러나 진짜 죽이는 게 아니라는 걸 곧 깨닫고는 웃으며 말했다.

"위 향주의 계책은 정말 절묘합니다. 현정 도장과 제가 서로 기녀를 놓고 다툴 때 쏼라쏼라 몽골어도 해야겠네요. 그리고 미리 다른 한 구의 시신도 준비해놓아야죠."

위소보가 고개를 끄덕였다.

"그래요. 나가서 그 털보와 몸집이 비슷한 나쁜 놈을 찾아내서 해치워버려요. 그리고 시신을 기루 옆에 숨겨놨다가 전 대형이 도장을 죽이면 기녀들이 기겁을 하고 달아날 테니, 그때 도장은 되살아나고 털보의 옷을 그 시신에 입혀 바꿔치기하면 됩니다."

고언초가 웃으며 말했다.

"그 시신의 얼굴을 알아보지 못하게 짓이기고 깎은 누런 수염을 침상 밑에다 던져놓으면 오삼계의 부하들은 살인을 한 흉수가 일부러 한첩마를 몰라보게 만들기 위해서 그렇게 한 거라고 생각할 겁니다."

위소보도 웃었다.

"고 대형은 역시 주도면밀하군요. 자, 이제 준비가 됐으니 다들 은자를 가지고 기루로 놀러 가세요! 이번 일은 무지무지하게 재미있을 텐데, 난 체구가 작아 혹시 허점을 드러낼지도 모르니 함께 갈 수가 없습니다."

〈7권에서 계속〉

미주

▶ **모든 주석은 옮긴이 주이다.**

1 운남성 곤명에는 명말 청초의 한이 서린 오삼계와 진원원의 애틋한 사랑 이야기
가 전한다. 요서로 떠나기 전 오삼계는 사랑하는 여인을 만나게 된다. 바로 중국 역
사의 운명을 가른 진원원이다. 원래 성은 형邢이고, 이름은 원沅이며 자가 원원圓圓
또는 원방畹芳이다. 어렸을 때 기방에 팔려간 그녀는 열두 살 때 이미 춤과 노래가
뛰어나고 재주도 많아, 명기名妓로 일대에서 명성을 떨쳤다. 이목구비가 수려할 뿐
만 아니라 가무와 기예에도 뛰어나 '강남팔염江南八艶'의 하나로 손꼽혔다.

명나라 숭정 황제에게 바쳐졌으나, 국정이 어려웠던 터라 숭정은 그녀를 취하지
않고, 금주 총병관 오양에게 하사했다. 오양은 다시 자신의 아들 오삼계에게 소개
했고, 그는 그녀를 애첩으로 삼았다. 그 후 오삼계는 진원원을 북경에 홀로 남겨
둔 채 산해관 방어 임무를 수행하기 위해 떠났다.

이자성의 농민군이 북경으로 진군해오자, 명나라의 운명을 예감한 오양은 이자성
군에 투항했다. 원래는 오삼계 역시 이자성에게 투항하기로 되어 있었으나, 이자
성이 진원원을 그의 부장에게 줘버리자, 크게 분노해 산해관으로 진군하던 청군
에게 투항해버렸다. 이자성의 농민군은 오삼계가 이끄는 명군과 청군 연합세력의
적수가 되지 못했다. 전세가 불리해진 것을 확인한 이자성은 급히 말을 몰아 북경

으로 도망쳤고, 오삼계에게 보복하기 위해 오양과 그의 일가족을 몰살했다. 이자성을 추격해 북경을 탈환한 오삼계는 진원원을 되찾았으며, 공로를 인정받아 온갖 권세와 재산을 얻게 되었다.

2 남송의 명장 악비 장군은 중국 역사상 가장 잘 알려진 충신의 대명사이자 구국의 영웅으로 칭송된다. 반면 그를 모해하여 죽음으로 몰고 간 진회는 매국노이자 간신의 대명사로 불린다. 악비는 나라에 혁혁한 전공을 세웠으나 나중에 간신 진회의 모함을 받아 항주杭州 풍파정風波亭에서 살해되었다. 당시 나이 39세였고, 아들 악운岳雲과 부장副將 장헌張憲도 함께 변을 당했다.

작가 주

26장(51쪽) 정성공은 정경을 비롯해 아들 열 명을 낳았다. 정경은 강희 원년에 왕위를 계승해 연평군왕이 되었고, 슬하에 극장과 극상 등 자식을 여덟 명 낳았다. 극장은 장자지만 서출庶出로 진영화의 사위가 되었고, 나중에 감국세자監國世子가 된다. 그의 모친 동董 부인은 피살당했다. 차남 극상은 풍석범의 사위가 되었고, 그가 즉위했을 때는 열두 살에 불과했다. 이 책에서는 줄거리 구상에 따라 나이가 많게 묘사되었지만, 사실史實과는 괴리가 있다는 것을 밝혀둔다.

鹿鼎記